打造海洋探险小说新高峰

源于猎海人探寻沉船宝藏的真实经历

猎海日志

The Extraordinary Deck Log

皇家宝藏

周洲 著

江苏凤凰文艺出版社
JIANGSU PHOENIX LITERATURE AND ART PUBLISHING, LTD

图书在版编目（CIP）数据

猎海日志．皇家宝藏 / 周洲著．-- 南京 : 江苏凤凰文艺出版社，2018.8

ISBN 978-7-5594-2529-4

Ⅰ．①猎… Ⅱ．①周… Ⅲ．①长篇小说－中国－当代 Ⅳ．①I247.5

中国版本图书馆 CIP 数据核字（2018）第 152439 号

书名	猎海日志．皇家宝藏
作者	周洲
责任编辑	丁小卉　姚丽
选题策划	郑英祖
出版发行	江苏凤凰文艺出版社
集团地址	南京市湖南路 1 号 A 楼，邮编：210009
集团网址	http://www.ppm.cn
出版社地址	南京市中央路 165 号，邮编：210009
出版社网址	http://www.jswenyi.com
印刷	三河市金元印装有限公司
开本	710×1000 毫米　1/16
字数	275 千字
印张	18
版次	2018 年 8 月第 1 版，2018 年 8 月第 1 次印刷
标准书号	ISBN 978-7-5594-2529-4
定价	39.80 元

前言

《猎海日志》——猎海人打捞古代沉船，寻找海底宝藏的诡异经历

根据联合国教科文组织估算，全球共有300万艘沉船，数兆亿美元的财富长眠于海底。其中，南中国海、地中海、加勒比海沉船数量最多，被誉为世界三大沉船坟墓。除此之外，海上丝绸之路沿线，也是重要的沉船地。巨额的沉船宝藏吸引了无数探险者深入海下，亡命捞宝。

古往今来，深海捞宝的主力一直是海盗，欧洲的海军有时也会掺一脚。但由于打捞技术的限制，深海捞宝并没有发展成一个职业。1986年，一个叫迈克·哈彻的英国人靠着从东印度公司沉船“哥德马尔森号”上打捞起来的一批中国文物大发了一笔横财之后，众多的宝藏猎人才把目光从陆地转到了海洋。哈彻之后，陆续出现了一批专司沉船宝藏打捞的沉船猎手。

我是2012年听说这个新兴职业的。彼时，我和闺蜜正在马来西亚的兰卡威旅行。我们在某天的日落时分，乘坐一艘游艇出海巡游。

在聊天儿的过程中，船长提及了他到兰卡威经营游艇前的职业经历。

“我曾经是一名沉船猎手，受雇于一家新西兰的深海打捞公司，在印尼的勿里洞岛海域参与过一艘中国五代时期的沉船的打捞。”

船长向我讲述了他的那段经历，他的故事实在太新奇了，听得我入迷。于是，我决定以这段经历为原型，写一本深海探险小说。

小说的素材主要源自以下几个方面：一直被忽视的中国人灿烂的航海史；我在十几个东南亚国家搜集到的民间故事和历史资料；我对现实中的沉船猎手、巨鱼钓手和海上游牧民族等海客的采访记录；我在一些收藏家、航海者的家中看过的海图、航海日志和古代书信等；网络和图书资料。

我从 2012 年冬天开始搜集相关的资料，2015 年除夕动笔，2017 年的最后一天写完了这个故事。我叫它《猎海日志》。

楔子

1998 年 9 月，印度尼西亚勿里洞岛外海。

太阳刚刚跳出海平线，灼热的阳光把海水染成了黄金的颜色。沃特法身背阳光，慢慢往海下潜。鱼群在海水里舞蹈，海葵在礁石间招摇，海胆像一只只胆小的刺猬躲在沙砾中。

一切美得像个梦。但在沃特法眼里，此间的大海实际上是另一个样子——数亿美钞在海水里舞蹈，多如星辰的珠宝在礁石间招摇，数不清的金币像一个个性感的女人躺在沙砾中，诱惑着他。

两年前，这名 47 岁的德国人还只是一家水泥厂的老板，为了生活汲汲营营，人生也平平无奇。因为妻子是印尼人，沃特法雇用了不少印尼工人在厂里工作。一个偶然的机会，沃特法从一名印尼员工那里听到了一个传闻。

“我的老家勿里洞岛，在婆罗洲和苏门答腊之间，那里的水下有很多沉船，还有神秘的宝藏。有一次我的一个朋友到外海捕鱼，他把渔网放到了海底，想多抓一些鱼。没想到收网的时候，竟然在鱼堆里发现了一个瓷器。我朋友很好奇，潜下海底看了一眼。结果，他发现了一座瓷器山，还有好大一艘船！他又捞了两件东西上来，但他没办法再带更多东西了，因为水实在是太深了！”

几乎所有人听到类似的故事，脑海里都会立刻展开幻想。幻想自己找到了一艘满载财宝的大船，船上有很多箱子，箱子里装满了黄金、珠宝和钻石。

沃特法也是这样的家伙，但他对沉船和宝藏的兴趣不仅仅停留在意淫的层面而已。这位敢想敢干的水泥厂老板当即就买了潜水装备，拉上他的印尼雇员，直奔勿里洞岛而去。

沃特法到当地一打听才知道，印尼雇员所说的那艘沉船在当地人人都知道。早在他之前，就有人打过这艘船的主意。可是，由于沉船的海域水太深，打捞难度非常大，所有的打捞队都无功而返了。

沃特法身上流淌着德意志人坚韧不拔的血液，他不但没有退缩，反而快速地张罗好了船舶和设备，并从印尼政府那里获得了打捞许可。

皇天不负有心人，1997 年，沃特法发现了“鹰潭号”。第二年，他又发现了“马热尼号”。两年发现两艘沉船的纪录让沃特法一夜之间变成了打捞界的名人，他索性关闭了德国的水泥厂，扎根在勿里洞岛，成为了一名真正的沉船猎手。

时间回到 1998 年 9 月，一名潜水爱好者意外地在海底发现了一个埋着瓷器的土堆。这片海域离“鹰潭号”不远，起先，沃特法还以为潜水者发现的是“鹰潭号”上残余的东西。

不想，考古专家研究过那些瓷器后，得出了一个震惊四座的结论：“这些瓷器是九世纪，中国晚唐时期的东西！这是一艘新船！我们发现新船了！”

沃特法简直激动得要发疯了。他立刻赶往了沉船所在的海域，打着再次打捞“鹰潭号”的幌子，秘密带队下水勘探。

沃特法有种强烈的预感，他的人生即将因为这次打捞发生翻天覆地的改变！

沃特法领着两个同伴向深海游去。其中一名同伴手持摄影机，把整个过程都记录了下来。这人是英国某电视台的摄影师，这家电视台打算把沃特法打捞沉船的故事做成纪录片。

三人在海中下潜得越来越深，20 米、30 米、40 米……突然，一块巨大的黑色礁石毫无征兆地出现在了他们眼前，礁石边的海床上躺着一艘木制的古船。船身被厚厚的海底黏土覆盖着，船体保存得很完整，底部有一个大洞，像是被撞出来的。

船上的货物从破洞开始延伸出好几百米，无数的瓷器堆积成了一座近两层楼高的钟形小山。这些瓷器看起来年代非常久远，而且大部分没有受损。鱼儿把这座瓷器山当成了大海的一部分，肆无忌惮地在周围游来游去。

沃特法已经是打捞界的老手了，但他从来没有见过这样的景象。他的同伴们也很兴奋，在水里不停地做着手势。如果不是身在海下，他们早就激动得大喊大叫了。

一行人兴奋地靠近了堆满瓷器的小山。沃特法的头灯无意间扫过了海底某处，突然，一星儿亮光如流星般在他眼前一闪而过。

沃特法心想那不会是什么宝贝吧？他立刻潜到了海床附近，开始搜寻。终于，他从淤泥里挖出来一面古镜。那面镜子是铜造的，镜身在海水里泡了千年，已经生锈了。

沃特法除去了镜背的陈泥，上面隐约显出了一条栩栩如生的飞天龙，还有一圈中国字。沃特法兴奋地捧着镜子翻来覆去地看，蓦地，浑浊的镜面上异光浮动，一对猩红而狭长的瞳孔出现在了镜面上，冷冷地看向了镜子外的捞宝人……

目录

第一章　江心镜 001
第二章　船上的古玩店 007
第三章　海上鬼市 021
第四章　黑石号 029
第五章　海盗 044
第六章　蛇蛊 054
第七章　抉择 061
第八章　特训 073
第九章　猎海法则 087
第十章　猎海号 094
第十一章　终极对决 103
第十二章　那智号 119
第十三章　钓海渔夫 130
第十四章　拜海 144

第十五章　黄雀……155
第十六章　接鱼神……165
第十七章　山下奉文藏金……176
第十八章　自杀岛……183
第十九章　老水手号……197
第二十章　生死门……213
第二十一章　429 御研究所……226
第二十二章　海上黑鹰……235
第二十三章　不明生物……245
第二十四章　聚宝匣……256

尾声　巡海夜叉……267
参考文献……274
特别鸣谢……276

第一章 江心镜

2011年3月13日，新加坡滨海湾艺术与科学博物馆。

展厅里的灯光通透而清冷，薄光在玻璃展柜上晕成了涟漪状的光圈，一件件精美的晚唐瓷器宛若一个个妖娆的仕女躺在精心布置的展架上。这些在深海中沉睡了千年的宝贝，宛如大梦初醒一般，在灯光下展示着自己曼妙的身躯。成群结队的参观者，在不同的展柜间穿梭、驻足、拍照。他们的脸上莫不挂着兴奋的神情，仿佛正在亲手揭开某个尘封了千年的大秘密。

一个扎着马尾辫的讲解员，正在为参观者讲述展馆中这些沉船珍宝的故事。“1998年，一名潜水者在印尼勿里洞岛外海度假时，意外地在海底发现了一堆瓷器！一个叫沃特法的德国人得知这个消息后，带着他的打捞队，花了一年多的时间，从海里捞起了一艘千年前的阿拉伯商船‘黑石号’。宝船里载有六万七千多件中国唐代的珍宝，其中，最有传奇色彩的，就是我们眼前的这面江心镜了……”

吴秦的心在讲解员提到“江心镜”三个字时微微一颤。他和杜长风正是为了这面镜子才到新加坡来的。

吴秦，1992年4月17日生于成都，属猴，白羊座，O型血。站在他右前方那个留着及肩中长发，穿着格子衬衫、破洞牛仔裤，打扮得像个落拓文艺青年的哥们儿叫杜长风——1988年8月30日出生于台北，属龙，处女座，B型血。这哥儿俩是倒腾海捞古玩的。

“海捞古玩”又叫“海客”“水获”，专指从海里出水的古董玩器。

杜长风是从 2008 年夏天开始干这一行的。彼时，他刚刚从台大考古系毕业，趁着毕业旅行的机会，来北京看奥运。闲来无事间，杜长风到潘家园逛了一圈。然后，他就毅然决然地留在了北京，做起了倒卖海捞古玩的生意，行话叫跑趟儿。

吴秦曾经问过杜长风为什么要离乡背井来北漂。杜长风两眼放光地说：“大陆的消费能力实在是太惊人了！十个台湾也比不了！”

杜长风虽然在潘家园有自己的门面，但他主要还是在网络上揽客接活儿。杜长风的网名叫“长风破浪”，他用这个名字在各个与古玩和收藏有关的网站和论坛都注册了账号。

平日里闲来无事，杜长风就在网上写帖子，发照片，讲讲古玩，聊聊收藏，再与一些个所谓的专家大咖比比眼力，斗斗口。

杜长风的家族经营着台湾数一数二的古董拍卖行，他本人又是台大考古系毕业的，能说会道，文采了得。不到一年，杜长风就在网上聚了小十万粉丝，成了业界网红。名气起来后，杜长风索性关了实体店，注册了一个网店，彻底干上了网商。

吴秦是 2009 年 10 月认识杜长风的，当时他刚从成都某职业高中的酒店管理专业毕业，想卖掉父母留下来的一枚古币，上京城混去。

那是一枚椭圆形的铜钱，有鸡蛋那么大，形状像个微缩的龟壳。钱币一面刻着一个秃顶、尖耳，面目凶恶的人像；另一面刻着两个龙飞凤舞的大字“猎海”。

吴秦在送仙桥古玩城转了一天，竟然没有一个文物贩子见过这样的古钱。古玩城关门后，吴秦垂头丧气地来到一家小店吃抄手。杜长风不知从哪里冒了出来，坐到了他对面。

吴秦把杜长风从头到脚打量了一遍。此人大概二十三四岁，个子比自己矮了两三厘米，头发烫得蓬松又时尚，刘海微微撩起，露出了饱满的额头和浓密的双眉。他的眼睛是深褐色的，眼眶略微有点儿凹，眼皮内双，瞳孔明亮，眼神却漫不经心，好像没把任何人，任何事放在眼里。他的鼻梁挺直又狭窄，鼻头却异常的饱满圆润，是面相学上说的有财又有福的鼻子。他的嘴唇厚薄适中，人中两侧各有一撇八字胡，下巴和颌部也覆盖着浓密的胡渣，像是玫瑰的刺。

杜长风穿了一双深棕色的高筒马丁靴、一条磨得很旧的破洞牛仔裤和一件黑色的机车皮衣。这身浪子的打扮让他看上去比实际年龄大了三四岁，痞气又随性。

匆匆一瞥之后，吴秦给杜长风下了定论——这是一个粗线条，没城府，不羁又放荡的文艺青年。俗话说得好，以貌取人一定会死得很难看。很快，吴秦就亲自验证了这个真理。

杜长风简单地做了一番自我介绍后，直入主题，“你手上是不是有一枚古钱，没人认得出来？能给我瞧瞧吗？”

吴秦心想自己终于遇到识货的主儿了，赶紧把东西交到了杜长风手上。后者从夹克的内袋里掏出来一枚口哨模样的折叠放大镜，把吴秦的古钱来来回回地查看了好几遍。

吴秦从没见过样子这么奇怪的放大镜，好奇道：“这是什么高科技？”

杜长风瞥了吴秦一眼，得意扬扬地说：“1970年德国原装的金蔡司！专业级15倍放大，水晶镜片，纯银外壳！2007年我在德国一个二手照相器材市场花了300欧拿下的！这款放大镜磨制难度极大，早就停产了，现在想找新的都没有了！”显摆完，杜长风又把话题引了回来：“你手上这玩意儿是哪来的？”

吴秦把古钱的来历一五一十地说了出来：“这钱是我爸的遗物。他是个海员，常年在海上漂着，不着家，我完全记不清他长什么样子了。我三岁那年，我妈说要去海上找我爸，就把我送到了表舅家，没想到他们的船在海上遇难了。从那以后，我就只能跟着表舅生活了。表舅对我蛮好的，但是我们三观不太合。我要去北京闯荡，他不准！我们吵翻了脸，表舅断了我的粮，我只能把这枚古币拿出来卖了。反正我一定要去北京！”

杜长风的脸上露出了玩味的神色：“这么重要的东西你舍得卖？”

吴秦心想：“这有什么舍不得的？再重要的东西有我的前途重要吗？”当然，这种话吴秦不可能对杜长风说。“你看了半天，我这东西值多少钱？”

“两千五！”杜长风脱口而出。

虽然这个价格跌破了吴秦的预期，但杜长风是今天唯一向他开价的人。吴秦正琢磨着怎么和杜长风讨价还价，后者突然补充了一句："我说的是你，不是你的东西，你的东西价格就不好说了。可以说价值连城，也可以说一文不值。"

杜长风说着，把古钱抛了过来。吴秦在空中接住了它，放在手心细细地打量。

杜长风把吴秦的反应看在眼里，半调侃半认真地说："父母留给你的东西，寄托了他们的念想儿。人的念想儿值多少钱呢？"

吴秦实在讨厌杜长风这副心灵导师的口吻，索性收了钱币，不再跟他废话了，杜长风也收起了放大镜。接下来的时间，两人不再交谈，安静地吃完了各自点的东西。

分道扬镳前，杜长风对吴秦说："你刚才说想去北漂？哥就住在北京，正好需要一个帮手。你要愿意，就跟哥走。月薪两千五，包住不包吃。"

就这样，吴秦跟着杜长风来到了北京，干上了现在的活计。两个月前，杜长风接到了老主顾"飞龙在渊"的委托，要他赶往新加坡，从一位专门经营暗黑古玩的商人手中，搬一面江心镜回国。

今天一早，吴秦和杜长风飞到了狮城。放好行李后，杜长风把吴秦拉到了博物馆，说是接头时间还早，先带他掌掌眼，尤其是要看一看"江心镜"的真容。

听着讲解员介绍"江心镜"，吴秦不由自主地陷入了沉思。此时，杜长风走了过来。

"你丫在这儿站了半天，看出什么名堂来了？"杜长风虽然是台湾人，但在京城混迹多年，说了一口台湾味的京片子。

杜长风仗着入行早，学艺精，总是小瞧吴秦。吴秦虽然憋了一口气，奈何技不如人，只能忍了。但是今天不一样！今天吴秦是有备而来的！

"既然老板要求了，那我就说说？要是说对了怎么办？"

杜长风冷笑"呵呵"，道："你丫要是真能说清楚江心镜的来龙去脉，晚上哥请你去吃法餐！菜你随便点！单我买！"

"真的？"

杜长风拍了拍胸脯，一副信他得永生的样子。

一雪前耻的机会来了！吴秦抑制住喜悦的心情，盯着展示窗中的江心镜，认真钻研起来。

那镜子在海下沉睡了上千年，镜身已经生出了绿色的铜锈。仿佛一张褪色的老照片，涂抹着时光的痕迹。镜子是圆形的，镜钮为龟状，钮外铸有四灵瑞兽像——青龙腾云飞翔，白虎伏地奔驰，朱雀昂头破空，玄武垂首入海。四瑞兽外围是一圈八卦纹饰，再往外是二十四字的楷书铭文："唐乾元元年戊戌十一月廿九日于扬州扬子江心百炼造成"。

吴秦清了清嗓子，把背熟的资料说了出来："江心镜又名水心镜、百炼镜，是唐代官吏给皇帝送礼的指定产品……"

大概因为唐太宗李世民说了"以古为镜，可以知兴替；以人为镜，可以知得失"的名言，唐代兴起了一股大臣向皇帝"献镜"和皇帝赏赐大臣镜子的潮流。尤其是唐玄宗，特别好这一口。

唐玄宗把他的生日八月初五定成了千秋节，每年的这一天，他都会赏赐百官铜镜。百姓也会效仿天子，在这一天铸镜相赠友人。

消费者的需求激活了唐代的铜镜产业，也把唐代的铜镜铸造技术推向了历史巅峰！唐代最好的铜镜就是扬州产的江心镜。

根据史书记载，江心镜的铸造过程充满了神秘色彩。首先是铸镜的材料，讲究五金合炼。所谓"五金"指黄色的金，在五行里代表土；白色的银，五行属金；赤色的铜，五行属火；黑色的铁，五行属水；青色的锡或铅，五行属木。"五金"以一定的比例混合，铜锡铅为主，少量的掺杂其它金属。

其次，铸镜的时间和地点也很讲究。镜子必须在每年农历五月五日的午时燃火铸造，因为五月五日午时具备三重之火，是阳盛之时；铸镜的地点必须在江心，因为江水属阴，江心就是至阴之地。

选择至阳的时辰在至阴的地点铸镜，是应了天地阴阳平衡的大气场；铜镜为金，江为水，船为木，日月时为火，铸镜的模子为土，又符合了五行合一之道。这样铸造出来的铜镜具有通达天地的神秘力量，常常在祭祀活动中被用作法器，地位十分尊荣。

一通滔滔不绝的讲述后，吴秦总结道："虽然这面江心镜的品相并不十分精美，却是考古学家苦苦寻找，却从来没有发现过的宝物。堪称国宝中的国宝！"

杜长风耐着性子听完了吴秦的长篇大论，脸上露出了无语问苍天的表情。"以为你丫这次真的开挂了！没想到还是半瓶醋！"

"江心镜必须在五月五日铸造，可这镜身上的铭文明明白白地写着：'唐乾元元年戊戌十一月廿九日于扬州扬子江心百炼造成'。这说明了什么？"

吴秦依杜长风所说，再看那镜子，脸色立马就沉下来了。

杜长风把吴秦的反应看在眼里，继续说："你再看镜背上的八卦四兽纹饰。根据文王八卦方位图，朱雀居南，应该在离卦；玄武居北，在坎卦；东青龙在震卦，西白虎在兑卦。镜背上的四兽却是青龙在巽位，白虎在坎位、朱雀在坤位、玄武在艮位！这要真是一面皇家贡镜，铸镜的工匠该把脑袋交出来了！"

吴秦的脸色愈发难看了，"你的意思是这是一件老仿？"[①]

杜长风点头，"黑石号是一艘阿拉伯商船，唐代是一个对外贸易发达的朝代。我想这面镜子是工匠为了赚外汇，特地为外商定制的高仿货吧。不过这是有史以来发现的唯一一面江心镜，虽然它的价值不及真品，但它证明了古籍中所说的江心镜是真实存在的，也是今人寻找真迹最重要的凭据！不是国宝，也是稀世珍宝了！"

吴秦听杜长风这么说，眼睛变得雪亮，"如果客户让我们找的是真的江心镜，我们岂不是捡到大漏儿了？"

杜长风微微一笑，"是宝还是草，哥一上手就知道了。走吧。"

"去哪儿？"

"榜鹅海滩。"杜长风说着，迈步走向了出口。吴秦紧随其后。

---

① 老仿，古玩行话。指解放前各朝代对前朝文物的仿制品。此类仿品并非现代所造的赝品，与真品相比同样具有一定的历史、艺术及收藏价值。

第二章 船上的古玩店

吴秦和杜长风离开博物馆的时候，黄昏已经占领了整座狮城。两人拦了一辆出租车，杜长风报上目的地后，司机不知道出于什么原因，猛地踩了一脚刹车，两人没有心理准备，结结实实地撞在了一起。

司机从后视镜里看见两人的狼狈样，连忙道："对不起，我没有恶意。榜鹅海滩是新加坡有名的闹鬼地，现在已经快天黑了，基本没人敢往那边走了。你们是来旅游的吧？胆子可真够大的。"

吴秦天生好奇心强，坊间异闻和灵异事件什么的是他的最爱。他一下子来了兴致，追问司机："闹鬼？怎么个闹法儿？"

"你上网搜搜就知道了。"

吴秦当即把手机摸了出来，很快，他就有了收获，"我在网上查了一些资料，给你们念念——"

1945 年 2 月 15 日，日本人赶跑了英国人，统治了新加坡。鉴于当地华侨在英日战争中为英军提供了支援，时任日本第 25 军司令的山下奉文、参谋长铃木宗作和参谋主任杉田大佐等人，发起了一场针对新加坡华人的报复性大屠杀，史称"大肃清"，数以万计的无辜百姓在这次杀戮中不幸罹难。侥幸活下来的人，全都被送到了泰国，修建"死亡铁路"。

"日军当年杀人的屠场有三处——榜鹅海滩、旧樟宜海滩和东海岸靠近码头一带的区域。坊间传说，这些地方经常会看见无头冤魂或者满身是弹孔的孤魂。其中，榜鹅海滩地理位置最偏，是闹鬼最严重的地方！"吴秦念出上述资料的时候，车子刚好开到了一个可以俯瞰榜鹅海滩的地方。彼时，太阳已经落山了。琥珀色的阳光，铺展在蓝色的海面上。海水浮光掠金，如梦似幻，就像上帝在蓝丝绒布上撒了一把金币。

景色如此美丽，海滩上却没有一对情侣在漫步，也没有一个孩童在嬉戏，甚至连过往的行人都没有。更离奇的是，海滩周近的水面上停满了各式各样的废弃船只——集装箱船、散货船、油轮……船上没有人也没有货物。百来艘弃船就像乱葬岗上的坟茔一样，密密麻麻地绵延了几十里，一眼望不见边际。

吴秦问司机："怎么会有那么多没人没货的船停在海上？不会是幽灵船队吧？"

司机哈哈一笑，"这你倒是想多了！2007 年开始的那场经济危机，对船运业的打击很大。近一两年，货物的运输价格直线下降，船运公司的利润也跟着下降了许多。以一艘 8 万吨的运输船为例，以前的整船运输费大概在 5 万新元，金融风暴后，跌到了 5500 新元。这些船出一次海赚来的钱还不能满足开销，就只好停运了。还有一些船，是破产的航运公司丢弃在这里的！经济形势不好，所有人都要跟着遭殃。"

司机的话不是没有道理。这几年，经济形势不好，各行各业的生意都不好做了。来新加坡前，吴秦和杜长风已经整整九个月没开张了。两人铆足了劲儿，要在狮城一扫霉运。

闲谈间，目的地到了。杜长风和吴秦下了车，缓步朝码头走了过去。一路上，他们都很小心。杜长风一边走一边留意着停泊在码头边的船舶。

吴秦跟在他身后，喃喃道："出了国，画风真是不一样了！我头一次听说有人把古玩店开在船上的！"

"这有什么好大惊小怪的？我还见过有人直接在古墓里吃现席的！"说话间，杜长风在一艘锈迹斑斑的货船前停住了脚步。他核对了船号后，招呼吴秦："是这艘船。”说罢，杜长风沿着舷梯爬上了船，吴秦赶紧跟了上去。[①]

船上一片漆黑，唯有甲板尽头的船舱里，有一排晃动的烛火，好像幽冥深处亮着的鬼火。吴、杜二人循着烛火，走进了船舱。舱内都是盖着黑布的展柜，地面上黑影憧憧。那些影子晃啊晃的，就像躲在地狱里的鬼魅，随时会从暗处跳出来，把人撕碎。

“有人在吗？”杜长风喊了一声，没有人回答。

“你确定是这艘船吗？不会找错了吧？”吴秦嘟囔着，打开手机，往四周一照。突然，他在船舱的东南角看见了一个跪在地上的女人。女人穿着一身绿色的旗袍，一动不动地跪着，惨白的脸蛋儿有如僵尸一般！

吴秦被吓了个半死，“啊”地尖叫了起来，杜长风也惊呼了一声。

“嘘！”旗袍女把食指放在嘴唇前，嗔道，“不要打扰了我的客人。”

“你的客人？”吴秦惊讶地四望，旗袍女的面前除了一块四角压着铜钱的白色毡布和一袋盐，什么也没有！吴秦正纳闷儿，黑暗中忽然传来了一阵马蹄般的脚步声。

“踏踏——踏踏——”

旗袍女仿佛见了鬼一样，急切地喊道：“他来了！快跪下，低头，把手举起来！”

吴秦和杜长风完全被旗袍女唬住了，赶紧举着手跪了下来。

“踏踏——踏踏——踏踏踏——”

那脚步声越来越近！蓦地，一双二战时期日军标志性的昭五式军鞋闯进了吴秦的视线！他正想抬头看一看军鞋主人的庐山真面目，旗袍女猛地拽了他一把，“你不要命啦！别抬头！”

吴秦被旗袍女神经兮兮的样子吓住了，再也不敢抬头了。

旗袍女垂着头，口中吟哦着：“太上老君、三清上神……南无阿弥陀佛……急急如律令……”她一边念一边把面前的那袋盐推到了毡布的东南角，然后迅速

① 吃现席，古玩行里的隐秘勾当。具体操作方式是盗墓贼勘察好墓地位置后，把盗洞打到墓室边上，然后请买家到现场来，当着他们的面开墓室，掏明器，现掏现卖。“吃现席”里的“席”不是指宴席，而是指旧社会用来裹死人的芦席，即坟墓。

地举高了双手。整个过程中旗袍女始终跪在地上，低着头，不敢看军鞋的主人一眼。

就在这时，屋内唯一的一排蜡烛突然莫名其妙地熄灭了，四下陷入了伸手不见五指的黑暗。军鞋的声音戛然而止，恐怖的气氛仿佛一团沉重的黑云压在空气中。

吴秦紧紧地挨着杜长风，脑海里如涨潮一般涌现出了无数恐怖电影的画面。

一个身穿白色寿衣，长发遮面的女人爬出了电视……

恶灵上身的小女孩儿反转着手脚，龇牙咧嘴地从楼梯上“跑”下来……

一个面色惨白如纸，黑眼仁儿大得占满了眼眶的男孩儿似笑非笑地蹲在地上……

如果有人问吴秦，此生经历过最可怕的事情是什么，他一定会毫不犹豫地说，是此时，此刻，身在此地！

杜长风也和吴秦有同样的感觉。他的后背完全被汗水湿透了，身体僵硬得像块石头。

时间一分一秒的在战栗中爬行着，吴秦和杜长风不敢抬头，也不敢说话，他们甚至连呼吸都快不敢了！就在两人即将崩溃的时候，那如鬼魅一般的军鞋声，又响了起来。

“踏踏——踏踏——踏踏踏踏——踏踏踏踏踏踏——”

许久，悚人的军鞋声才逝去了。旗袍女重新点亮了烛火，她面前的白色毡布上赫然多出了一个血脚印。毡布上的那袋盐也不见了，取而代之的是一本老旧的皮面笔记本。

旗袍女撤去了毡布，在对面摆上了两个蒲团。她把那本皮面笔记本放到了身侧，冲吴秦和杜长风招了招手，“二位要买点儿什么？”

吴秦和杜长风还没有缓过劲儿来，反应了半天才说——

“你丫是老板娘啊？”

“这间店是你开的？”

旗袍女点了点头，自我介绍说她叫苏若水，一年前从美国留学回来后，开了这间专卖暗黑古玩的小店。

直到此刻，吴秦这才看清了苏若水的真面目。她是一个年纪和自己差不多大的姑娘，因为妆画得太浓，吴秦差点儿把她误认为是超自然存在了。虽然吴秦不喜欢苏若水的僵尸妆，但她的穿着还是很养眼的。

苏若水穿了一件水绿色的暗花旗袍，旗袍的领口和裙摆锁着精致的边，胸口的盘扣做得像起舞的蝴蝶。苏若水凹凸有致的肉体包裹在剪裁得体的旗袍中，宛如娇柔的花苞包裹在绿色的萼片中；她那在旗袍开衩处若隐若现的雪白大腿，把吴秦吓飞的魂又勾了回来。

“你刚才是在？”

“做生意啊。”苏若水说，“我这儿常有这种客人，他们活着的时候做了太多坏事，欠下了一屁股的阴债，死后不得不用生前的东西从活人手上换盐还债。死者有东西要卖，活人有东西要买，大家不知道该怎么做交易。我刚好在中间牵个线，顺便赚点化妆品钱。比如这本笔记——”苏若水拿起了刚入手的笔记本，“你们可别小看它，这可是山下奉文的笔记呢！山下奉文是二战时期赫赫有名的刽子手。据说，他有个变态的喜好，他喜欢把战俘背部的皮肤剥下来，做成人皮笔记本……”

苏若水讲得起劲儿，吴秦和杜长风可是听得浑身起鸡皮疙瘩。终于，杜长风听不下去了，插嘴道：“还是聊聊正事儿吧！听说你手里有一面从黑石号出水的江心镜？”

苏若水的脸上立刻露出了防备的神色，“谁告诉你的？”

杜长风说出了那个名字：“飞龙在渊！”

“飞龙在渊”是吴秦和杜长风的老主顾。一年前，“飞龙在渊”在网上找到了杜长风，要后者替他鉴别一个海捞“哥窑粉青葵瓣口盘”的真伪。买卖进行得很顺利。从此以后，“飞龙在渊”就成了吴、杜二人的常客。

苏若水听见“飞龙在渊”的名字，脸上的表情明显缓和了下来。她二话不说地站起来，走向了身后的货柜，掀开柜子上盖着的黑布，取出一个老旧的木盒，放到了吴秦和杜长风面前。杜长风正准备掀开盒盖，苏若水一把按住了他的手。

“在你们看货之前，有件事，我必须讲清楚。我这间铺子里卖的可不是一般的古玩，如果你们没有本事驾驭它们，它们可能会给你们带来某些不便。”

“什么样的不便？”杜长风问。

“比如说有个搞二战历史研究的教授，从我这里买了一把日本兵用来切腹的肋差。有一天晚上，他忘了把刀放回盒子里，结果他半夜起来上洗手间的时候，发现那把刀莫名其妙地插在他的枕头上。又比如说我这里有一台 1940 年造的留声机，如果遇到下雨的星期天，它会准时在 17:20 响起来，播放《黑色星期天》……所以你们考虑清楚了，能接受，我们再继续，否则就不要给彼此找麻烦了。”[①]

苏若水的语气虽然很柔和，但她的话说得很重。吴秦一下子被唬住了，犹豫地看向了杜长风。

杜长风毕竟比吴秦多吃了两年的盐，他虽然也有些发怵，但并没有表现出来。“既然这里是你的地盘，一切你说了算，我们按规矩办。”杜长风说着，主动抽回了手，不再急于去看盒子里的东西了。

苏若水满意地一笑，把盒子推到了一边。“那就按规矩来，我先给你们讲讲盒子里这位‘朋友’的身世。要是故事讲完了，你们还没有改主意，我们再说别的。”

吴秦和杜长风顺从地点了点头，苏若水把置于身侧的手机拿了过来，调出了一个视频。

视频是在海底拍摄的。画面中有一块巨大的黑色礁石，礁石边的海床上歪着一艘阿拉伯古船，沉船周围全是堆积成山的瓷器，两个潜水员正拿着一个打捞框慢慢地游向其中的一座瓷器山。视频中的沉船和博物馆展出的黑石号复原模型一模一样！吴秦和杜长风不觉精神一振，赶紧坐直了身子，睁大了眼睛，盯紧了屏幕。

只见视频里的两名潜水员在瓷器山前放下了一个收集框，然后从框子里取出了一台海底吸尘器，打开了开关。吸尘器像一条巨型的清道夫，把海底的泥沙和有机物吃了个干净。

趁着吸尘器工作的当口儿，两名潜水员陆续从瓷器山上取下了一个个满布泥

① 《黑色星期天》又名《忧郁的星期天》，相传是匈牙利自学成才的作曲家鲁兰斯·查理斯（或译为：莱索·塞莱什）（Rezső Seress，1899 — 1968 年）谱写于 1933 年的歌曲。据说全世界有超过 100 人因为抵挡不住这首忧郁歌曲的魔力，而选择了自杀。

沙的瓷碗，小心翼翼地放进了打捞框。他们的动作非常缓慢，像被海水凝固了一样。

就在这时，一个潜水员好像发现了什么。他潜到了瓷器山附近的海床，从淤泥里挖出了一面古镜。潜水员缓缓地除去了镜子上的陈泥，镜背上隐约显露出了一条盘龙。

潜水员捧着镜子，好奇地左看右看。蓦地，镜面上毫无预警地出现了一对狭长而血红的瞳孔！与此同时，视频里响起了一阵奇怪的声音，仿佛狂风从某个幽深的洞穴里呼啸而出。可这里是海底啊！哪里来的风？

吴秦正想让苏若水把视频暂停，好让他把刚才的镜头瞧个仔细，忽然，他的身后，烛光照不到的黑暗处传来了“砰”的一声响。所有人都不约而同地望向了声音的来源，只见一个黑影恍如一阵邪风，从船舱的东南角一晃而过。摆在那里的蜡烛受到了风的影响，烛火不安地跳动了几下，熄灭了。

“谁？”杜长风惊呼了一声，回答他的只有寂静。

“不要紧张，只是阵风而已。”苏若水走过去，把烛火重新点燃了。然后，她坐了回来，继续播放视频。

吴秦和杜长风的注意力又回到了视频上。伴随着水底的那阵怪风，海下起了一股没来由的潜流，仿佛有谁打开了海神藏在水底的隐形抽水机。所有的东西都被卷了进去，搅动着，旋转着。巨大的水声隆隆作响，震得人耳鼓轰鸣。

视频的拍摄者大概也遭殃了，后面的镜头晃动得厉害，画面里到处都是涌动的海水，卷起的泥沙，上升的气泡，慌忙乱蹬的脚蹼和惊恐的人脸。

苏若水把时间轴拖到了视频的末尾，按下了暂停键。

画面静止于此，时间也静止了。吴秦和杜长风盯着不动的画面，在一堆泡沫和泥沙的包围中寻见了那面引起了异象的古镜。

此时，镜面上那对骇人的瞳孔已经不见了，取而代之的是一张足以颠覆人世界观的面孔——一张龙的脸！

吴、杜二人简直不敢相信自己的眼睛，呆呆地凝视着手机屏幕，忘记了呼吸和动作。就在这时，手机进入了待机模式，黑屏了。漆黑的手机屏幕上映着吴秦和杜长风惊诧的脸。吴秦瞪着眼睛，张着嘴巴；杜长风若有所思地皱着眉。

许久，杜长风问苏若水："你检验过吗？这视频不是造假的吧？"

苏若水嗤笑一声，"需要我把视频拷给你们研究一下吗？"

杜长风没话说了。鉴定古玩是他的专长，鉴定视频就不是了。再说了，他和吴秦这次是客场作战。就算真让他们拿到了视频，要到哪里去找人帮忙做鉴定呢？

苏若水似乎看穿了杜长风的心思，语气强硬地说："盒子里这位'朋友'的来历就是这样了。要不要见它，悉听尊便。"

杜长风和吴秦交换了一个眼神后，各自伸出一只手，放在了装着江心镜的盒子上。苏若水了然一笑，打开了木盒。

盒子里放着一面直径大约有三十厘米的圆形铜镜。比起博物馆里摆放的那面江心镜，这面镜子更薄，形状也更规整。镜子的背面，刻着一条栩栩如生的飞天龙，巨龙在镜背上盘成了一个圆。圆心中间的镜钮，仿佛一颗光华万丈的夜明珠，明珠周围缀有九朵精美的祥云。飞龙张口衔珠，四肢腾空，爪踏祥云，体态妙曼，满身龙鳞，栩栩如生。更奇特的是镜子历经了千年之后，竟然没有生锈。镜身上的黑漆，一如初铸那样，保有着珐琅般温润的光泽。

杜长风像往常一样，祭出了他的金蔡司。吴秦用手机替他打了个光，杜长风捧着铜镜，看了几眼就收工了。"你这'朋友'我看不好，收起来吧。"

吴秦没料到杜长风竟然会给出如此震惊四座的结论，一脸惊骇之色。苏若水也很诧异，"能说说理由吗？"

"如果我把你不知道的事告诉了你，你是不是也能把我不知道的事说出来？"杜长风说着，别有深意地看向了房间的东南角。

吴秦顺着杜长风的目光看过去，在烛光的尽头看见了一双昭五式军鞋——黑处藏着一个人，或者是……

吴秦正在胡思乱想，杜长风开腔了："唐铜镜是用范铸法制成的，制作工艺非常繁复。从造型设计到绘画刻字、模范制造、合金配比……每一个步骤都大有学问。铜镜铸成后，工匠还要替镜子'上药开光'。具体的做法是让锡在低于13.2度的环境中发生化学反应，变成粉末状的玄锡。取一钱六分玄锡，一钱水银和一钱六分明矾，混合在一起，研成细粉，制成磨镜药。之后用白毡蘸上磨镜药，反复打磨铜镜，谓之‘上药’。如果要让铜镜呈现出白亮的‘水银沁’，上药后就用火烧铜镜，让铜镜表面的锡粉转化为白色的二氧化锡；想要‘黑漆古’，就得把铜镜放入皂矾水里充分浸泡后取出，让其表面的锡变成一氧化锡。铜镜‘上药’之后，表面会形成一层‘锡膜’。这层膜除了让铜镜呈现出非黑即白的色彩之外，还有一个作用就是抗锈蚀。唐铜镜能够千年不锈，正是托了这层‘锡膜’的福。”

杜长风一本正经地讲完理论后，话锋一转，“不过，锡在低于 13.2 摄氏度的环境中会发生化学反应，变成粉末，还会迅速传染到附近的区域，这种现象叫作‘锡疫’。来这之前，我特意去博物馆看了黑石号出水的那面江心镜。同样是‘水获’，那件宝贝可不是这个样子的。”杜长风说到这里，别有深意地望向了盒子中几乎没有锈迹的铜镜。

苏若水被杜长风毫不客气地“打了脸”，她却不恼怒，反而悠然地笑了，“开灯吧，他们过关了。”她话音刚落，整间船舱骤然亮起了白晃晃的灯。

吴秦的眼睛一时不能适应光线的剧变，陷入了短暂的失明。等他恢复视力，睁眼一看，还以为自己穿越了呢！没想到那些被黑布盖住的并不是摆放古董的货架，而是废弃的木箱！

一个穿着昭五式军鞋的男人笑眯眯地从货架后面走向了吴秦和杜长风——他竟然是刚才载两人过来的出租车司机！

司机走到苏若水身边，盘腿坐了下来。他大概四十出头，身高一米七八，蓄着一头利落的短发，眼作菱形，鼻梁挺直，嘴唇厚实，下巴的线条清晰而分明。司机的五官生得很硬朗，再配上古铜色的皮肤和健硕的身材，全然一副正直硬汉的样子。正因为如此，吴秦和杜长风才会上了他的鬼当。

“自我介绍一下，我叫韩斐。”

韩斐伸出了手，想与杜长风握手言和。后者根本不吃这一套，甩了个冷脸给他。韩斐碰了个冷钉子，悻悻地收回了手。“你是怎么发现我的？”

“苏小姐讲故事的时候，哥们儿把什么东西碰倒了吧？我当时就起疑了，所以嘛……”杜长风狡黠一笑，“你们把镜面打磨得那么光滑，我正好借来用一用。结果我一抬起镜子，就照见了仁兄妖娆的侧影。”

韩斐“哈哈”笑了起来，“看来我演砸了。”

“别了，哥们儿，你演得可不砸！”吴秦想起韩斐扮成鬼军官卖人皮笔记本给苏若水的情景，现在还在后怕呢。

杜长风铁青着脸，“你们这算什么？耍我们呢？”

“只不过是个小小的心理游戏罢了。”苏若水一语道破了真相，“韩哥先用一个半真半假的鬼故事对你们进行第一重心理暗示。然后我们联手在你们毫无准备的情况下做一出好戏，加深这个暗示。当恐惧击垮你们的理智后，我再用一些语言上的小技巧引导你们，你们就会对我的身份和我说的话深信不疑了。这个时候我再把江心镜拿出来，你们有很大概率会上当的。”

杜长风冷哼了一声，“就算我们还有怀疑，但在昏暗的烛光下，我们处在精神高度紧张的状态中，面对着一件几乎能够以假乱真的赝品，难免会打眼。古玩，古玩，本来就是玩的人多，懂的人少。”

苏若水没有否认，“你说得不错。我们把故事讲得越精彩，气氛营造得越真实，你们就越容易忽视那些直指真相的细节，也越容易接受我们的心理暗示。”

杜长风冷笑了一声，嘲讽道：“我们哥儿俩要真是棒槌，今天可就要打眼了！”

韩斐知道杜长风生气了，连忙出来打圆场：“买古董就像找对象，卖古董就像嫁女儿。找对象要看准了‘对象’，嫁女儿也要看准了人。并不是把女儿嫁给最富有的求婚者，她就能幸福。我老板想把‘女儿’托付给一个真正懂她的人，虽然他用的方法极端了一些，却也把他想找的人筛选出来了，不是吗？”

韩斐这番话说得入情入理，吴秦和杜长风虽然一肚子的不满，但也说不出反驳的话来。而且对生意人来说，口头上的输赢也不是真正的输赢，把钱装进口袋，才是硬道理。

“说吧，要我们怎么办？”杜长风妥协了。

韩斐开门见山地说：“每人200美金，送你们去海上鬼市见我的老板潮爷。”

吴秦和杜长风在潘家园混过，对鬼市并不陌生。“鬼市”起源于老北京，指的是后半夜开市，天亮收摊儿的夜市。旧时的老北京四城共有八个鬼市，西城老皇城根下的那个最大，称为“大号”，其它的鬼市以卖古董为主的宣武门、卖旧家具为主的德胜门和估衣为主的崇文门最为著名。祖国的鬼市吴秦和杜长风熟得很，外国的鬼市他们就没见识过了，而且是海上鬼市。吴秦的好奇心又开始茁壮成长了，他询问了韩斐海上鬼市和陆地鬼市的区别。

韩斐的回答是，陆地鬼市的交易地点是固定的，海上鬼市则不然。海上鬼市开市前，买卖双方会约定一个坐标，一般会选在公海上。为了防止被海盗抢劫，交易的地点并不固定，时间也不固定，每次都会更换。

开市的时候，卖家会用船把货拉到约定的海域，在自己的船上售货。买家坐船来看货，看中了，到卖家的船上谈价。价钱谈好了，卖家再把货送到买家船上。一手交钱，一手交货，谁也跑不了；跑了的，谁也找不着，是真正考验眼力的地方。

吴秦又问："买家和卖家互相不认识，怎么约定坐标呢？有人在中间组织吗？"

"有！鬼市的掮客叫作巡海夜叉！买卖如果成了，巡海夜叉会抽10%的中介费，买卖双方各付一半。如果没有成交，就收每人200美金，作为来回的船费。"

"一张船票200美刀，还要打一！这不是在抢人吗？"杜长风从来就是个特别心疼钱的人。[①]

韩斐耸了耸肩，摆出了一副"随你便"的样子。

吴秦把杜长风拽到了一边，低声道："为什么我总觉得怪怪的呢？这俩孙子完全可以用更简单的方法来测试我们，干嘛非要绕山绕水绕地球，把事情搞得云里雾里的？我们可要考虑清楚了，小心被骗到哪个鸡不拉屎，鸟不生蛋的地方把肾割了！"

杜长风的心里也很毛。以往"飞龙在渊"总是把货主和货物的所有信息都说清楚了，才会给他派活儿。可是这次，"飞龙在渊"什么信息也没有透露，就把他和吴秦叫到了狮城。杜长风也缠着"飞龙在渊"问过情况，可是"飞龙在渊"每次都说："这一次的情况有点儿特殊，到时候你就知道了。"现在，已经到时候了。

于是，杜长风给"飞龙在渊"打了个电话，把他和吴秦的遭遇说了一遍。

---

① 打一：古玩行话。指按成交价的10%给中间人付报酬。

“飞龙在渊”郑重地向两人道了个歉，“对方是跟我说过要测试你们，还要我帮忙打掩护，但我没想到他们竟然会用这么极端的方式啦。不过，我对那面江心镜志在必得，有劳两位替我跑一趟啦。事成之后我再给两位包个大红包啦！”

“飞龙在渊”是吴秦和杜长风的大金主，他们要是把大金主给得罪了，以后的生意就不好做了。考虑到这一层，杜长风和吴秦只能咬牙把船票钱交了。随后，韩斐把轮渡叫来了。

这是一艘已经达到了报废标准的小型客船，船身基本上全是锈，看上去马上要散架了。吴秦刚踏上甲板就踩了个空，他低头一看，甲板上竟然有个大窟窿。

“200 美刀一张的船票！就派了这么一艘破船过来？”

“等到了鬼市，你找巡海夜叉的人抱怨去！”韩斐说着，把吴秦赶上了船，杜长风紧随其后。三人在船舱坐定之后，船夫发动了引擎。

船舱里的陈设简陋到了极点，除了两排硬邦邦的座位，什么也没有。更让人难受的是，舱内弥漫着一股浓烈的海腥味。杜长风患了感冒，逃过了一劫。吴秦就遭殃了，他在舱里待了不到一分钟就狼狈地逃到了甲板上。

彼时，天已经黑透了。阴沉的夜空，不见星月。失去光明照拂的大海，就像一个无边的黑洞，里面装了多少秘密，没有人知道。

韩斐站在船舷边，低头翻看手机相册里的照片。照片的主角是一个十一二岁大的女孩儿，女孩儿的脸上挂着快乐的笑容，就像一朵盛开在阳光下的胡姬花，美好而灿烂。

吴秦走到韩斐身边，和他并排站着。“你女儿？”

“是啊。”韩斐双眼盯着手机屏幕，语气柔和地说，“前年，我和她妈离婚了。我一个男人又当爹又当妈，完全不得要领，把她惯得天不怕地不怕的！”

倏然间，吴秦的心里有些酸涩。韩斐提起女儿时的慈爱模样让他想起了自己的表舅姜华。

姜华是绵阳人，年轻时当过兵。退伍后在成都开了间串串店，还娶了一个泼辣美艳的宜宾媳妇儿。那女人除了爱打麻将，还爱偷汉子。

吴秦十五岁那年，姜华的媳妇儿带着他的儿子，跟别的男人跑了。姜华心都碎了，串串店也不开了，成天以酒洗胃。整整四个多月，吴秦每天放学回家，都能看见姜华躺在客厅的沙发上，手里抓着个酒瓶子，醉生梦死。

有一天，吴秦实在看不下去了，把姜华的酒全砸了。“为了个婊子，你至于吗？”

姜华借酒发疯，嗷嗷地大哭：“她是个婊子！但是我……呜呜……我喜欢婊子……呜呜……”那晚，姜华嚎了一夜。

第二天，吴秦放学回家，发现他家的串串店竟然奇迹般地开门了。姜华在厨房炒底料，“小兔崽子，去把毛肚泡起噻！”吴秦愣了几秒，赶紧跑进了厨房。

吴秦不知道姜华是不是忘记了那个无情的女人，但他知道，从那天开始，这个男人活过来了。

姜华再也没找女人，吴秦成了他唯一的亲人。虽然吴秦不是姜华的亲儿子，但是姜华对他很好，吃穿住行没有一样亏待过他，可是吴秦总觉得生活差了点儿什么。他想出去闯闯，想做点事。虽然他不知道自己具体要干什么，但他知道这份渴望很真实。

姜华不理解吴秦的烦恼，他只想吴秦吃好喝好穿好，找个稳稳当当的工作，到了年纪再娶个安分的老婆，平平安安地过一生。他甚至已经开始盘算着要在盐道街为吴秦买套学区房，以便吴秦未来的儿子能上个好的学校。

姜华为吴秦考虑得很周全，吴秦也很感激他，可这并不是吴秦想要的。每次吴秦和姜华讲起这个话题，姜华都会反问他：“那你说嘛，你要啥子？”

“我——”吴秦回答不上来。他的渴望很真实，他的迷茫也一样。吴秦不知道是因为他处在了这样的一个年纪，还是因为他处在了这样的一个时代。他很焦躁，想做很多事，想成功。但他并不知道真正的成功是什么，也不知道他到底要做什么事。他只能走下去，还要走出去。

吴秦思考了很久，决定要去北漂。他把这个想法告诉了姜华，姜华坚决不同意，两人大吵了一架。姜华一气之下把吴秦赶出了家门，那以后吴秦在送仙桥遇到了杜长风……

回忆过境，吴秦才发现，自打他跟着杜长风去了北京，就再也没给姜华打过电话了。小学课本上那首诗是怎么写的？对了——“独在异乡为异客，每逢佳节倍思亲。”

“今天是什么节日吧？”吴秦问韩斐。

“没有啊。”

“那明天呢？”

韩斐想了想，“好像是白色情人节吧？”

吴秦哦了一声，心想：“怪不得我想家了。”

吴秦陷入了浓浓的乡愁中，再也不讲话了。韩斐没有打扰他，安静地翻看着手机。杜长风一直窝在船舱里，没有出来。渡船载着三个满腹心事的人儿，摇摇晃晃地奔向了未知的远海。

第三章 海上鬼市

四个小时后，渡船在一片被船灯照得亮如白昼的海上停了下来。海面上泊满了各式各样的船，远远望去，仿佛有人在茫茫的大海中央，用船造了一条商业街。

所有的船一艘挨着一艘，组成了两排狭长的“商铺”，中间留出了一条二十来米宽的“街道”。卖家在自己的船上，把货物铺开，摆在显眼的位置售卖。买家乘摆渡船在“街道”上溜达，看到中意的货品，就停船和卖家讨价还价。

眼前的景象如此繁荣，俨然一条人气兴旺的商业街。船只进进出出，来来往往，就像商业街上的行人熙熙攘攘，擦肩而过。只不过，商业街销售的是工厂制造出来的商品；而这海上鬼市销售的全都是大海的馈赠——海捞古玩、沉船遗珍、稀有珊瑚、海螺，甚至还有各类异形海洋生物。

吴秦兴奋地站在船头，双眼目不转睛地盯着从眼前划过的人和物。“这就是海上鬼市？还真是新鲜。”

杜长风也是第一次见到这样的奇景，但他表现得比吴秦淡定多了。“你丫站稳了啊！小心别掉下去！”

船夫把船靠在了鬼市的一边，换了一艘便于行动的摆渡船。韩斐把吴、杜二人送上摆渡船后，冲他们挥了挥手，“两位慢走。祝你们捡个大漏儿。”

吴秦一愣，“你不去？谁带我们去找潮爷？”

韩斐神秘一笑，“如果你们真是潮爷要找的人，他一定会现身的。”

杜长风被韩斐故弄玄虚的台词说昏了头，“你这话是什么意思？”

韩斐狡黠一笑：“字面上的意思。”

说话间，船夫发动了引擎。摆渡船劈开波浪，驶向了鬼市的深处。

吴秦看着渐行渐远的韩斐，有些着急了，“这算什么？另一个变态的测试？”

杜长风耸了耸肩，“既然想不明白，何必白费脑细胞呢？这市场上的玩意儿还真不少。看看我们能不能捡个漏儿。”

杜长风是处女座的，总是一副老谋深算，沉稳淡定的样子。吴秦可没他这定力，吴秦是白羊座，办事风风火火的，性子又急。他最怕的就是寻觅和等待。

摆渡船载着吴、杜二人在喧闹的鬼市里穿行而过。琳琅满目的货物在小船两侧过如车马，衣着怪异的卖家，肤色不同的买家，优哉的船夫，还有形形色色、说不清身份的人，划着小船，在鬼市里进进出出。

突然，一只奇异的生物吸引了吴秦的注意力。那是一只蓝色的阿拉斯加帝王蟹，足足有三四公斤重，每只脚有50多厘米长。乍一看，就像个玩具。帝王蟹是餐桌上常见的海鲜，一般是暗红色的。吴秦长这么大，还是头一次见到蓝色的帝王蟹，连忙招呼船夫停船观看。另外几艘船也被这只奇异的海洋生物吸引了，好奇地靠了过来，把卖蟹船围在了中间。

卖蟹人说他是个海鲜餐厅的老板，前些日子从阿拉斯加进口了一批海鲜。打开箱子一看，发现了这只奇异的帝王蟹。卖蟹老板正在拍卖这只帝王蟹，有人已经出到500美元了。

当然，大部分的人还是来看热闹的。这些吃瓜群众说的都是马来话，吴秦和杜长风听不懂他们的话，船夫充当了翻译。

有人说这只蟹是新物种；也有人说它是病种，类似于人得了白化病；还有一个人说，这只蟹是水产店老板人工制造的。

“我就见人试验过，找一个鱼缸来，贴满蓝纸。再到市场上买只螃蟹，养在那个鱼缸里。然后再把鱼缸放到见不到太阳的地方，每天往里面滴几滴苯胺蓝染色剂。三个月后，螃蟹就变成蓝色的了。之后只要不让螃蟹晒太阳，正常养着，它就永远是蓝色的了。”

卖蟹老板听见有人质疑自己，不高兴了，“我和你赌 500 美金！我替你把所有的东西准备好，你按照你说的方法来养蟹！三个月后，如果你能弄出一只蓝色的螃蟹来！钱全归你！你敢不敢？”

抬杠的人大概是现编西游记，听了老板自信满满的话后，马上就哑火了，默默地转身想溜走。不想，他的船被一艘新加入的小船堵住了。

小船上站着两个年龄迥异的华裔男子。老的那个，大约有五十几岁，长着一张弥勒佛一样的圆脸，双下巴，大耳垂，满脸堆笑，样子看起来很慈祥。老头儿的身高一米七左右，体重超过了九十公斤，是个名副其实的大胖子。老头儿今天穿了一件夏威夷风格的橘色翻领衬衣，一条米色的短裤和一双颇有个性的人字拖，打扮得很时尚。年轻的那个和杜长风差不多年纪，剪了一头利落的齐耳短发，身形高挑修长，麦色的皮肤，琥珀色的眼瞳，挺鼻，菱唇，尖下巴。他的五官都不出众，组合在一起，却十分顺眼，活脱脱一副国民初恋的样子。

两人一加入人群，立刻吸引了众人的目光。胖老头儿一点儿也不在乎别人怎么看他，笑眯眯地跳上卖蟹船，英俊青年紧随其后。他沉着脸，用锐利的目光扫视了一圈周围的人。所有接触到他目光的人，都不由自主地移开了视线。

胖老头儿抓起那只帝王蟹看了一眼，然后他高声对卖家说了句什么话。卖蟹人骤然脸色大变。与此同时，周围的群众也沸腾了起来。

吴秦问船夫老头儿讲了什么，后者言简意赅地说：“这老头儿想赴卖蟹老板的赌约！”

吴秦一听这话，来了兴致，挤到了人群的最前面，等着看好戏。杜长风也凑了过去。

胖老头儿低声和英俊青年交代了几句话，随后，青年点点头转身走进了卖蟹船的船舱。他离开后，老头儿好整以暇地拿出一台相机，对准那只蓝色帝王蟹按了几下快门。然后，他走了过来，把相机递给了吴秦。“能替我拍张照吗？”老头儿用中文问吴秦，听口音，他像是潮汕人。

既然是同胞，又是举手之劳，吴秦没理由拒绝老头儿。

吴秦接过了老头儿递来的相机。老头儿抓起了那只蓝色帝王蟹，吴秦“咔”的一声按下了快门。老头儿看完他的作品，啧了啧嘴。“能不能把人放在中间啦？而不是蟹啦？”

“我帮您拍吧！”杜长风不知道什么时候走了过来，接过了吴秦手中的相机。他招呼老头：“往左一点，对，站在甲板正中央。稍稍侧一点身，收腹、挺胸、抬头、收下巴……”

杜长风是个网红，拍照是他的特长。他放在网上那些 360 度无死角的写真，没少欺骗广大无知群众。

老头儿对杜长风的成果非常满意，“挺专业啊！你是摄影师？”

杜长风笑着摇头，“我是开网店的，经常拍照，业务比较熟练。”

说话间，英俊青年带着一桶柴油回来了。卖蟹人看到他手上的东西，脸色骤变，露出了一副大难临头的表情。

英俊青年从围观群众那里要来了一张湿巾，用柴油濡湿了，平铺开来，敷在了蓝色帝王蟹的背壳上。不出半分钟，湿巾就染上了一抹刺眼的蓝色。

这下子，所有人都看明白了。恐怕卖蟹人是用了某种油溶性的染色剂，把螃蟹染成了蓝色。这类染色剂，遇水没事儿，遇到油就废了。

真相大白后，刚刚和卖蟹人抬杠的老兄不想跑了，他像只斗胜的公鸡回到了围观群众当中。大家把卖蟹人围在中间，你一言我一语，说得他面红耳赤。卖蟹人的脸羞成了猪肝色，嘴里咿咿呀呀地说着话，看样子是在极力辩解。可是事实摆在眼前，谁信他呢？在群众的威逼下，卖蟹老板只得按照赌约给了胖老头儿 500 美元。

闹剧收场后，胖老头儿和英俊青年在众人钦佩的目光中，威风凛凛地离开了。吴秦和杜长风也离开了，继续在鬼市上闲逛。

两人把鬼市从头到尾走了个遍，也没有淘到什么好宝贝，更没有找到潮爷。杜长风正准备联系“飞龙在渊”，请他想想办法，三艘充气快艇忽然从后方插了上来。每一艘快艇上都有四五个手持棍棒或鱼叉的凶猛汉子。

吴秦和杜长风完全没搞明白这是怎么回事，摆渡的船夫也是一脸惊诧，直到那群闯入者的首领出来喊话。

首领说的是马来话，吴秦和杜长风一句也没听懂，但他的脸很面熟——这人不就是刚才那个卖蓝色帝王蟹的人吗？

吴秦大感不妙，“他们不会把我们当成那老头儿的同伙了吧？”

杜长风也是一脸衰相，“你觉得呢？”

说话间，三艘快艇已经像三条凶狠的鲨鱼把摆渡船团团围住了。船夫见到这样的情景，二话不说，扔下船桨，跳海就逃。不出半分钟，他就游得没影儿了。

吴秦和杜长风就像古罗马竞技场上的角斗士被遗弃在了械斗的现场，要么拿起武器殊死一战，要么匐下身体被对手一顿好打。

事已至此，逃命无用。

“跟他们拼了！”吴秦怒吼一声，抄起一支船桨，当成了屠龙刀。

杜长风抄起了另一只桨——那是他的倚天剑。“长风破浪会有时！老子今天就是豁出这条小命去，也要把这帮孙子拿下！”“长风破浪会有时”是杜长风的口头禅，每次他被惹毛了，都会请出这句话。

吴秦和杜长风背靠着背，肩并着肩，昂首立于孤舟之上，面对着敌人的刀枪棍棒。新月在他们头顶皎皎如刀，湿风在他们耳边猎猎似鼓。他们犹如两个孤胆侠客，那气概，那威风，简直无人能敌。

可惜，以上画面，只保持了三秒钟。三秒后，两人就被敌人的棍棒和拳脚包围了。只一刹那，吴秦的视线范围内就只剩下了黑压压的拳头和硬邦邦的棍棒。他慌乱的挥舞船桨格挡，然而并没有什么作用。他的鼻梁，脸颊都挂彩了，小腹也被狠狠地踹了一脚。很快，吴秦的战斗姿势就从站立变成了蹲地，他手上的动作也从出拳，变成了抱头。

杜长风的情况比吴秦好不到哪里去，敌人的攻击仿佛一阵无所不在的风，把他严丝合缝地包裹在其中。虽然杜长风一直高喊着“长风破浪会有时”，实际上已经被收拾得快成破烂了。

更糟糕的是，这帮暴徒都是常年生活在海上的主儿，在船上怎么移动、使劲儿都没有问题。吴秦和杜长风就不行了，两人在船上就像两个笨瓜，只要稍稍一动作，就把小船搞得摇里晃荡的，无法平衡，船很快就翻了，吴秦和杜长风狼狈地跌进了水里。

吴秦小学一年级就被表舅姜华送到了游泳队参加训练，是个游泳健将。入水之后，他还能自救。杜长风就不行了，他不会游泳，在水里扑腾了没几下，就沉了。

“长风破浪——救命——”

吴秦听见杜长风的呼喊，心下“嗖”的一凉，赶紧朝他游了过去。谁知他刚游到一半，卖蟹老板的充气艇就打斜冲了过来，挡住了他的去路。

卖蟹老板单脚踩在船舷上，嘴里骂骂咧咧的。吴秦的心思全在落水的杜长风身上，想尽了办法要绕开他的船。卖蟹老板被吴秦惹怒了，猝不及防地从船上抄起一把鱼叉，对准吴秦的胸膛狠狠地扎了下来。

吴秦的眼角瞥见一抹流星般的月光在鱼叉的尖端一溜而过，他本能地往旁一闪。鱼叉从他的右臂划了过去，刺进了水里，发出了“砰”——的一声怪响。怎么像爆胎的声音？

吴秦定睛一看，卖蟹老板乘坐的充气艇尾部不知道什么原因破了一个大洞。伴随着“噗噗”的漏气声，充气艇变得越来越瘪，眼看就要报废了。

这真是“跌跟头捡金条，运气好到挡不了”。瞬间，吴秦买彩票的心都有了。充气艇很快就失去了承重的能力，卖蟹老板和他的同伙别无选择，只能跳船了。

吴秦得救了，但现在还不是欢庆的时候，他迅速地游到了最后一次瞧见杜长风的地方，一个猛子闷下了水。

水下一片漆黑，能见度几乎为零。吴秦一边在水中焦急地搜寻着杜长风的身影，心里一边祈祷这小子千万不要翘脚！他还欠自己一个月的工资没发呢！

吴秦在水中费了一番功夫，才终于找到了杜长风。彼时，杜长风正以一种奇怪的姿势在水里运动着。他弓着背，身体整个儿卷成了一团，手脚无力地耷拉着，活像一只煮熟的虾米。杜长风既没有随着海流左右摆荡，也没有缓缓下沉，反而以极快的速度逆向划向了海面，仿佛水面上有一股看不见的力量在拉扯他。

很快杜长风就被拖出了水面，吴秦跟着钻出水一看，只见月下停着一艘木船。船舷边站着两个人，正是他和杜长风在卖蟹船上见过的胖老头儿和英俊青年。

英俊青年手上拿着一把鱼枪，胖老头儿徒手拽着一条鱼线——杜长风是被老头儿“钓”上来的！英俊青年和胖老头背靠着背，肩并着肩，昂首立于孤舟之上。新月在他们头顶皎皎如刀，湿风在他们耳边猎猎似鼓。他们犹如两个孤胆侠客，那气概，那威风，简直无人能敌。

以上画面，足足保持了三十秒。三十秒后，复仇心切的卖蟹老板带着剩余的两艘船，凶狠地包抄了过来。

老头儿和英俊青年仿佛没看见他们一样，前者不慌不忙的把杜长风从水中拉了出来，安置在了船尾，后者把吴秦拉上了船。吴秦向英俊青年匆匆道了一声谢，立刻奔向了杜长风。杜长风躺在船尾，情况很不好。他脸色发白，嘴唇发紫，呼吸非常微弱，眼看就要挂了。

老头儿把杜长风的身体放平了，让他的头枕在自己的膝盖上，脖子后仰，同时招呼吴秦：“把他的衣服解开！嘴里面的东西清理干净！舌头拉出来！”

吴秦赶紧依言照做。一切办妥后，老头儿一把抱起杜长风，让他背朝上，头下垂，同时一次又一次地用手平压杜长风的背部。这样重复了几次后，杜长风终于呛出了几大口水来，算是捡回了一条小命。

就在吴秦和胖老头儿为杜长风做急救的当口儿，两艘敌船已经左右开弓，把他们包围在了当中。英俊青年还是一副稳如泰山的样子，他沉默地把弹夹退出来看了看——里面还剩下三发子弹。

吴秦粗略地数了数，对方至少有十个人，三发子弹怎么可能解决十个人，除非英俊青年的子弹像电影里那样会转弯。但电影是电影，现实是现实。

吴秦还来不及审视现实，英俊青年已经开枪了。

砰！砰！英俊青年一出手就接连放出了两发子弹，不偏不倚地打爆了两艘充气艇的气阀！吴秦终于明白卖蟹老板的充气艇刚才为什么会突然漏气了。

气阀一坏，敌船很快就沉了。船一沉，船上的人只能跳海逃生了。不过也有例外，比如吴秦左边那艘船上的一个黑大汉，他也不知道是哪里来的灵光，一屁股坐在了漏气的地方，企图用自己的肥臀堵住气阀。结果因为体型太壮，气阀直接被他坐爆了。只听见一声炸响惊天动地，仿佛巨人放了一个响屁。黑大汉被冲起来的气流崩得跳了起来，捂着屁股栽进了水里。吴秦差点儿没笑抽过去。

卖蟹老板没料到自己会败得那么迅速、那么轻易，气得鼻孔喷火。但他是个不服输的主儿，他从跳船的爪牙手里夺过一把鱼刀衔在嘴里，一头扎进了水里。卖蟹老板的战斗值虽然不高，但他水性一流，仿佛一艘潜艇，一入水就隐形了。

英俊青年面无表情地盯着卖蟹老板消失的水面，不知道在想什么。突然，他转过身，毫不犹豫地朝吴秦开了一枪。这是他射出的第三发子弹，也是最后一发！

吴秦完全蒙了，呆呆地站在原地，脑袋一片空白。带着火星的子弹从距离吴秦的左耳边不到一厘米的地方，“嗖”地飞了过去。

下一秒，吴秦的身后忽然传来了一阵哗啦啦的水声，还有“啊！”的一声惨叫。吴秦惊然转身，看见卖蟹老板仰面倒进了水里，海面上鲜血如染。如果英俊青年再晚一秒出手，卖蟹老板恐怕已经从水下跳出来，把鱼刀插进吴秦的后背了！

英俊青年应该是有意给卖蟹老板留了一条活路，所以只打伤了他的手臂。卖蟹老板侥幸逃过了一死，灰溜溜地游走了。他的党羽也跟着散了。

搞定这帮水上“古惑仔”后，胖老头儿和英俊青年把吴秦和杜长风载到了他们的船上。那是一艘不起眼的小型货船，停泊在鬼市的最末端。船的前甲板被收拾了出来，铺上了两块黑色的绒布。布上摆着三十来个规格、款式和釉色都很相似的青瓷碗。

杜长风一见到那些青瓷碗，立刻迫不及待地摸出了他的金蔡司。上手之后，杜长风说出了他的结论：“这些碗是黑石号出来的吧？——你是潮爷！”

潮爷笑着点了点头，“自我介绍一下啦，鄙人李潮宗。”潮爷转向了英俊青年，“这位是——”

“林青蓝！”英俊青年的声音清脆而干净，宛若雨滴落下屋檐——“他”竟然是个女人！吴秦和杜长风不是没见过中性的女人，但林青蓝的气质与众不同。她的帅气中透着一股勃勃的英气，就像穿上了战袍的花木兰，挂上了帅旗的穆桂英，让人又想靠近又不敢靠得太近。

林青蓝见吴秦和杜长风盯着自己看，厌恶地白了他们一眼，径自走入了船舱。

潮爷笑着摇了摇头，“我们进舱说啦！请！”

第四章 黑石号

潮爷把吴秦和杜长风领进了船舱，船舱布置得像一间古玩店，灯光明亮又通透，把舱内照得仿佛白昼一般。舱内货架俨然而立，材质均是上好的金丝楠木。架子上的古玩瓷器虽然不多，但每一件都不是凡物。

船舱中央放着一墩石缸，模样就像商周时期的酒樽。石缸的外侧雕刻着一条腾云而起的大龙，缸内养了一只奇怪的四脚蛇。

这只四脚蛇大概有 30 厘米长，全身呈褐色，长着红色的羽状鳃，四肢细小，身体柔软，皮肤微微有些透明，乍一看就像一条迷你版的龙。

潮爷说，这尊石缸叫作“双龙压海”，是古代水手祭海神、敬龙神、祈祷航行顺利的风水摆设。

缸里的生物叫作洞螈，是一种栖息在阿尔卑斯山地下水脉中的两栖动物。当地居民称它为“人鱼”，中国人相信这种奇异的生物是龙的后裔。

杜长风接过潮爷的话道：“风水风水，风是元气和场能，水是流动和变化。风主运，水主财。风龙不动，好运不散；水龙游动，财运滚滚。双龙压海，富贵平安。”

潮爷但笑不语，把吴秦和杜长风引到了靠近舷窗的茶台，为在场的每个人都泡了一杯英式红茶。大家一边喝茶一边聊。

潮爷和杜长风像唱二人转似的，你方说罢我方说，从五大名窑，讲到了近二十年的沉船打捞。林青蓝全程一语不发，只是喝茶、倒茶。吴秦因为肚子里的墨水实在太少，插不上嘴，也只能喝茶、听讲。

如此东拉西扯了近半个小时后，潮爷终于切入了正题："二位对黑石号有多少了解？"

杜长风言简意赅地把他知道的情况讲了一遍。提到黑石号拍卖的过程时，杜长风别有深意地说："当时，打捞方开出了高达4000万美金的天价，而且语气很强硬，要么整船货物一起出售，要么一件不卖。正是这个原因，大陆三家有意迎回'黑石号'的博物馆都铩羽了。2005年，新加坡的'圣淘沙'集团整体购买了这批宝物。今年，办了展览。在此之前，圈内虽然也出现过一些所谓的黑石号遗珍，但都算不上精品。像江心镜这样的大虫，我还是第一次听说。"

杜长风的潜台词很明显了，黑石号的宝贝都在博物馆躺着呢，您老手上的江心镜是哪来的？不会是贼货吧？而这也是吴秦担心的。吴秦和杜长风虽然都是爱财之人，但有两种货他们坚决不碰——鬼货和贼货。鬼货出自墓葬，碰了损阴德；贼货来路不正，等同于赃物，收了犯法。

潮爷听出杜长风话中有话，"呵呵"一笑，"考古发掘和商业发掘不同啦。如果是考古发掘，专家会测算好每块船板的位置，整体打捞。商业打捞就不一样啦，打捞者只管将有价值的器物打捞走，别的根本不管啦。黑石号打捞的过程中，一直有渔民悄悄地潜下水去捞宝。2002年的时候，渔民在鬼市上售卖黑石号出水的青瓷碗，价格大概是200到300美刀一件。2004年的时候，同样的瓷碗，成色比两年前那批差了不少，价格已经涨到1000美刀一件啦。不过，你说得对，这些都不算精品啦。我原以为黑石号的大器都在博物馆啦，直到一个叫沃特法的打捞公司老板找上了我。"

吴秦和杜长风有种预感，潮爷快要讲到江心镜的事了。他们赶紧坐直了身子，竖起了耳朵，做出了一副专心聆听的样子。

只听潮爷说："早在2004年的时候，沃特法就找过我，想让我替他从中撮合，把黑石号卖到日本去，我拒绝了，那以后我们就断了联系。这是我和沃特法第二次见面，那天是 2005 年的除夕。我本来是不想见他的，他不过节，我要过啦！可是他看起来很着急，也很坚持，一直守在我家门口。我不得已只能让他进门啦，然后他给我看了一样东西。”

潮爷说着把置于茶台边的笔记本电脑拿了过来，调出了苏若水给吴秦和杜长风看过的打捞视频。

趁着两名年轻人温习视频的当口，潮爷道:“这段视频是一家英国电视台拍的。他们本来打算把沃特法打捞‘黑石号’的全过程拍下来，做成纪录片。没想到发生了这样的事，有一名潜水员在那次意外中失踪啦，只有沃特法和摄影师回到了船上。之后，沃特法扣下了摄影师的素材，纪录片的拍摄计划也被搁浅啦……”

潜水员出事之后，打捞工作暂停了足足一个月之久。之后，沃特法再次组队下海，把那面古怪的镜子打捞了起来。结果，当天晚上又发生了意外。这次不是镜子上出现了奇怪的脸，也不是潜水员碰上了致命的潜流，而是打捞船遇到了一场诡异的风暴。

那场风暴来得异常迅猛。前一秒，海上还风平浪静，星月寥寥；下一秒，立刻阴风怒号，浊浪排空，就像电影镜头突然切换了一样。

打捞船在躲避风暴的过程中，不小心闯进了一片暗礁海。那情形和当年“黑石号”沉没时的遭遇一模一样，好在沃特法的船上装有现代的航海仪器设备，他们才侥幸逃脱了。

第二次下水之后，打捞队中传出了一个奇怪的流言。大家都说黑石号上有幽灵作祟，这两次意外都是幽灵闹的阻咒。沃特法雇用的潜水员几乎都是当地人，十分迷信，他们都不愿意再下水干活儿了。沃特法只能把酬金提高到了两倍，才摆平了一切。谁知，第三次打捞又出事了。

潮爷讲到这里，把吴秦和杜长风刚才看过的视频最小化了。然后他从电脑里调出了一个叫作“黑石号”的文件夹，从里面找出了一张照片。

照片中有一只瓷碗，碗中心绘有一条异常凶恶的摩羯鱼，鱼尾隐藏在一大片深褐色的釉里，鱼头凶猛地撞向了一艘三角帆船——那条船竟然与黑石号一模一样！

潮爷说："这只摩羯鱼碗是沃特法第三次下水时捞起来的。摩羯鱼是佛经中记载的一种神鱼，地位类似于河海之神。《大藏经·一切经音义》卷四十有云：'摩羯者，梵语也。海中大鱼，吞噬一切。"摩羯吞舟有惩戒贪婪的寓意，沃特法的潜水员大部分是佛教徒，当地的居民也信佛，他们把这只摩羯鱼碗看成了一种警示。如果他们再继续打捞，就会像黑石号的船员一样，葬身海底啦。"

潮爷说话的时候，吴秦一直盯着电脑屏幕上的摩羯鱼碗瞧。突然，吴秦发现了一件事。摩羯鱼的造型不正是龙首鱼身吗？难道江心镜上出现的那张脸，并不是龙的脸，而是摩羯鱼的脸？

吴秦赶紧把图片放大了，想要看得更清楚一点。就在这时，他发现了另一个惊人的事实。碗中的摩羯鱼，尾部隐藏在一块莫名其妙的釉里，就像是突然从某个未知的世界跳出来的。

这两个发现彻底打开了吴秦的脑洞，吴秦突然有点儿理解潜水员的不安了。这只摩羯鱼碗是在黑石号沉没前就装上船的，可是它却宛如一个可怕的预言，昭示了之后发生的灾难。莫非黑石号的沉没真的与超自然力量有关？

吴秦把自己的猜测说了出来，却遭到了杜长风的反对。吴秦和杜长风虽然常有意见不合，但在客户面前，他们从来都是一个鼻孔出气的。但这次，杜长风破例了。

"长沙窑烧制的瓷碗，通常有四个半月形的釉，与圆形的碗边组合在一起，象征着'天圆地方'。大概是工匠在碗边涂釉的时候，失手了，才制造了那片无法解释的釉。而且'黑石号'出水的摩羯鱼碗可不止这一只！外面的甲板上也有两只啊！"

杜长风言之凿凿，吴秦没办法反驳他，只能乖乖地闭上了嘴。听潮爷继续往下说。

为了安抚人心，继续打捞。沃特法在当地找了一名法师，大张旗鼓地做了一场法事，把那面镜子送回了海里，并且承诺，如果再发生任何怪事，立即停止打捞。说也奇怪，沃特法把镜子放回去之后，真的没事发生了。

那以后，沃特法带着人，花了一年多的时间，顺利地把黑石号打捞了起来。

2002 年，黑石号文物的清理、分类工作结束了。2003 年，沃特法开始张罗着要拍卖这批文物。也就是在同一个时间，潮爷从一个下海捞宝的渔民手上买下了视频中的那面镜子。

沃特法不知从哪里得知了这个消息，他找到了潮爷，要潮爷把镜子还回海里，潮爷拒绝了。沃特法持有官方的打捞许可，为了逼潮爷就范，他把潮爷告了。潮爷为此还进过一个月的监狱，不过两人最后还是和解了。

2004 年年底，潮爷联系上了爱国侨商邱先生的后人。在邱家的资助下，新加坡的‘圣淘沙’机构买下了黑石号的珍宝。作为交换条件，沃特法同意潮爷保有那面镜子，但潮爷必须保证五年内不让镜子在市场上流通。今年是 2011 年，距离潮爷和沃特法达成协议刚好五年。

该讲的都讲清楚了，接下来自然到了鉴宝的时间。在潮爷的示意下，林青蓝从放茶的架子上拿来了一个木盒子，盒中装的铜镜模样与苏若水用来骗人的仿货一模一样。唯一的区别是，这面镜子的镜身锈迹斑斑，显然是受到了“锡疫”的影响。

杜长风拿出金蔡司，对着铜镜研究了许久，久到新泡的茶都凉透了，才收工。他的瞳孔中闪烁着吴秦从未见过的复杂光芒，额角挂着薄汗。他好像极度的兴奋，又好像很迷茫，“您这东西我看不好。”

吴秦简直不敢相信自己的耳朵，震惊地看向了潮爷和林青蓝，前者面带笑容，一副稳如泰山的样子；后者也是一副悠然自得的神情。吴秦完全无法从两人身上看出任何做贼心虚的迹象。

吴秦一头雾水地看向了杜长风，等他给自己一个解释。杜长风把金蔡司收了起来，对潮爷和林青蓝欠了欠身说：“对不起，我烟瘾犯了，出去抽支烟。”然后，他把吴秦拉到了甲板上。

此刻，正是黎明前最黑暗的时候，天黑得跟锅底一样。海上阴风怒号，海浪仿佛一只发疯的兽，随时会跳起来，把人拉进某个万劫不复的深渊中。

杜长风给自己和吴秦分别点了一支烟，两人一边吞云吐雾，一边吹着海风。抽了半支烟后，杜长风才开口，“你听说过玄宗祈雨镜吗？”

吴秦捶了杜长风一拳，“你不知道我几斤几两啊？有话快说，有屁快放！”

杜长风对着漆黑如墨的海水，缓缓地吐出了一个烟圈。等到白烟在黑夜里散尽了，他才娓娓道：“《异闻录》有记载：‘唐天宝三载，五月十五日，扬州进江心镜一面，玄宗觅而异之。’李太守向唐玄宗献镜时，讲述了工匠铸造这面宝镜的奇遇……”

天宝三年，五月初，工匠吕晖正准备铸造一面进贡给玄宗的铜镜。这时候，来了一个白衣飘飘的老者和一名十来岁的黑衣少年。老者自称龙护，少年叫玄冥。

龙护说他们可以帮助吕晖铸造一面玄宗喜欢的铜镜，但吕晖必须关闭所有的门窗，而且不让任何人靠近作坊，直到他们打开旁门。吕晖答应了龙护的条件，随后，龙护和玄冥走进了作坊。三天三夜之后，旁门终于打开了，一老一少却不见了踪影。

吕辉在作坊里发现了一张纸条，上面写着：“镜长三尺四寸五分，法三才，象四气，禀五行也。纵横九寸，类九州分野。镜鼻如明月珠焉。开元皇帝神通圣灵，吾遂降祉，斯镜可以辟邪鉴万物，秦始皇之镜，无以加焉。歌曰：‘盘龙隐于镜中，分野有象，变化无穷。兴云吐雾，行雨生风。上清仙子，来贤圣聪’。”

吕晖知道自己得到了神灵的帮助，他立刻把铸镜炉搬到了一条大船上。到了五月初五这天，吕晖驾船来到了扬子江心，开始铸镜。

一开始天清气朗，风和日丽。正午时分，镜子正在浇铸时，江水突然掀起了几十尺的大浪，并且伴有巨大的龙吟声，方圆几百里清晰可闻。

李太守的故事打动了唐玄宗，唐玄宗从此把这面江心镜视为了稀世珍宝，爱惜有加。

天宝七年，秦中大旱，唐玄宗祈雨不得，便找来了元真护国天师叶法善询问原因。叶法善说因为求雨的法器没有真龙，所以天不应人。

唐玄宗想起了李太守进贡的江心镜，立刻命人把它从长安库中取了来。叶法善拿着镜子再度求雨，只见镜中升起一白一黑两道真气，直冲天际。顷刻，殿外大雨如注，连降七天。这一年，大唐迎来了一个大丰年。

故事听完，吴秦总算知道杜长风为什么会表现得那么反常了。博物馆里那面仿制的江心镜已经是稀世珍宝了，更何况是传说中的玄宗祈雨镜？这已经不是捡了个大漏儿，而是捡了个天漏儿的问题了。很多玩古董的三生三世也遇不上这样的好运气，正因为如此，杜长风的压力才会那么大。如果换作是吴秦，也不敢轻易下结论。可杜长风不是吴秦，他是“天才掌眼”啊！

杜长风的爷爷杜齐斋是台湾知名的古董鉴定家，他的父亲杜凡旭经营着台湾最大的拍卖行奇宝斋。杜长风自小痴迷古玩，6 岁看钱，12 岁考证海捞古玩，15 岁就成了台湾古玩鉴赏家协会的成员，是该协会成立以来年龄最小的会员。

杜长风的成名战打响于他 8 岁那年。当时，一个古币藏家带了一本装有 100 枚古币的收藏册，来找杜老爷子。藏家等待老爷子时，杜长风顺手拿过他的钱册看了一会儿，然后他从册中取出了一枚古币，说：“这枚钱不对，仿的。”

藏家把杜长风说的话当成了小童戏言，没听进去。谁知杜老爷子上手后，竟然得出了和孙子同样的结论。藏家惊得目瞪口呆。

第二天，藏家把一本装有 300 枚古币的册子放到了杜长风面前。为了试探杜长风，藏家故意在钱册里夹了 2 枚仿品。杜长风只看了 10 分钟不到，就找出了所有的赝品。至此，杜长风一战成名，成为了宝岛藏古界赫赫有名的“天才掌眼”。

吴秦虽然只跟着杜长风混了小半年，但杜长风的实力他是亲眼见过的。吴秦信任杜长风：“如果你觉得自己的判断没错，就如实告诉‘飞龙在渊’呗。不管结果怎么样，咱哥儿俩一起扛。”

杜长风什么话也没说，默默地抽完了一支烟。然后，他给“飞龙在渊”发了一条信息，把江心镜的鉴定结果告诉了对方，要他想想开什么价。

完事后，杜长风收起了手机，招呼吴秦：“走吧！回去了！”

吴秦“哦”了一声，跟上了杜长风。“咱哥儿俩这次要是搞定了这面镜子，肯定就火啦！到时候是不是该雇个经纪人，把咱俩打造打造，弄一个古玩界的偶像组合出来？名字我都想好了！”

“叫啥？”

“‘黑白吴长’！”

“去你丫的！”

吴秦和杜长风回到船舱的时候，舱内的气氛明显轻松了许多。鉴宝和议价是古玩交易中最紧张的两个环节，就像一场大战中两次关键的冲锋。现在是停战修整时间，不谈买卖，大家聊的话题也轻松多了。

潮爷和杜长风再次发挥了他们的三寸不烂之舌，从东南亚各国的风土人情，谈到了当地美食。两人都是吃货，谈起吃的，眉飞色舞的。

林青蓝从始至终没有说过一句话，只是静静地立在潮爷身边，替他端茶倒水。看得出来，她对潮爷非常恭敬。

大家聊了一会儿，天蒙蒙亮了，苏醒的曙光在海天之间撕出了一条金色的裂缝。早起的阳光从缝隙中探出了头，好像初生的娃娃。海上鬼市已经接近尾声了，卖家们的吆喝声比之前更盛了。所有人都想在休市前，最后做成一单买卖。

杜长风看了看手机，“飞龙在渊”还没有回消息，大概是在考虑吧。潮爷也不着急，淡定自如地和他闲扯。不知道是无心还是有意，说着说着，潮爷把话题转回了江心镜上，“说起黑石号和江心镜，我还知道一件有意思的事……”

天宝十四年，安史之乱爆发了。次年六月十三，唐玄宗得知安禄山将要大举进攻长安，带着众后妃和随从仓皇逃出了宫。皇帝人间蒸发的消息传开后，一些大胆的市井无赖趁乱跑进了宫城，疯狂地盗抢金银财宝，还纵火焚烧了左藏三库之一的大盈库。

新任京兆尹崔光远闻讯赶来杀了十多个带头作恶的凶徒，又把大火扑灭了，局势才稳定了下来。然而，还是有大批的财宝，被趁火打劫的村夫野老掳走了。玄宗祈雨镜便是在那时，落入了一位发国难财的张姓青年手中。

后来，安禄山打进了长安。他听说了国库被盗的事，立即命人在长安城挨家挨户地入室追赃，一旦发现盗窃分子，格杀勿论，财产充公。

张姓青年知道这个消息后，连夜带着财宝和家人南下逃到了广州。

太和元年的秋末，一艘阿拉伯商船来到了广州。船长听说城里有个姓张的人，手上有一件绝世珍宝。

此时，距离安史之乱爆发已经过去 70 多年了。自玄宗之后，多灾多难的大唐已经换了好几朝天子，当年入左藏劫财的张姓青年也成了鲐背的老头儿。张老头儿当年从国库里虏获的宝贝，已经被他卖得差不多了。唯独那面玄宗祈雨镜太惹眼，他不敢卖，怕引来杀身之祸。

阿拉伯船长找上门的时候，张老头儿意识到让玄宗祈雨镜变现的机会终于来了。一番讨价还价之后，船长用十斤黄金换走了镜子。

为了顺利地把这件来路不正的宝贝带走，船长仿制了一面假的江心镜。这个偷龙换凤的计谋，最终骗过了市舶使。

时年冬初，这艘阿拉伯商船离开了广州。船员们打算趁着东北季风盛行的时候，回到伊拉克的巴斯拉港。

不想，天有不测风云，人有旦夕祸福，商船开到印尼的巴莱镑时，遇上了一件意想不到的劫难。

巴莱镑在唐代被唤作巨港，是当时的海上贸易强国室利佛逝的首都。

佛逝的港口非常发达，但他们发展港口经济的方式并不友好。每当有外国船只经过佛逝所辖的港口，王室就会派出海军逼迫船只入港贸易。如果船只拒绝，海军就会用武力逼他们就范。

阿拉伯商船就遭到了佛逝海军的攻击。逃命的过程中，船长不小心把船开进了一片暗礁海。之后，商船不幸触礁沉没了。

潮爷讲完故事，顺手从茶台的一角拿起了一本老旧的古书。这本书打从吴秦和杜长风进入船舱的时候就放在那里了。

“这本《猎海志》是我从明代嘉靖年间的传奇海盗首领吴平的后人那里得来的，我刚才提到的事，就写在里面。”

吴平生于福建诏安县四都梅岭的一户穷苦人家，儿时以放牧为生，长大后成了富人的家奴。吴平虽然生得十分矮小，但水性奇佳，而且很有智谋。他不堪忍受女主人长期以来的虐待与折磨，与倭寇狼狈为奸，抢夺了主人的所有家产后，出洋当了海盗。

后来，窜犯的倭寇被官兵击败，吴平趁机收服了他们，并通过一次次的海上征伐，逐渐成了闽广一带赫赫有名的海上枭雄。后来，吴平又被同一时期的几位海盗头领尊为了闽广海盗集团的总头目。

朝廷见吴平在闽海势力日盛，急令戚继光、俞大猷等将领围剿吴平设在南澳岛上的老本营。吴平依仗南澳岛易守难攻的地形，与明军相持三月。但他最终还是没有敌过俞、戚二将的水陆夹击。吴平的船舰在此役中几乎损失殆尽了。他的一万五千部众也被明军无情地斩杀了，侥幸生还的吴平带着几百名部下，驾船逃到了安南。

次年，吴平在安南万桥山遭到了明将汤克宽与安南万宁宣抚司官的联合围剿。盟军焚烧了吴平的所有船只，擒斩了吴平的全部心腹，吴平大败。

吴平战败后的去向一直是个谜。当时的兵部尚书杨博在《覆福广抚臣报平逆贼吴平严行按臣核勘疏》中说吴平在官军的火铳击中他乘的船后，一时窘迫，投水死了；但是杜臻在《粤闽巡视纪略》里又说吴平逃亡到了一座不知名的海岛上，抱着一棵枯树死了。他的尸体被烈日晒成了人干；而顾炎武在《天下郡国利病书》里的说法却是吴平在安南之战中被火烧毁了面容，再也没有人能认出他来了。他挖出了当年埋藏在故人家中的金银珠宝，隐姓埋名，浪迹江湖去了。

“以上都是史书的记载啦。《猎海志》的说法可不相同。”潮爷一边说，一边漫不经心地翻着《猎海志》。泛黄的书页在他的指间一张张的划过，发出了“唰唰”的响声，仿佛海浪一般。

“吴平当海盗的时候，搜集了许多航海志。其中有一本航海志提到了一艘满载着珍宝的阿拉伯商船。吴平当年在诏安洗劫主人家的财产时，把主人的家谱也抢来了。巧合的是，那本家谱里也提到了这艘阿拉伯商船。几百年前，主人家族里的某位成员曾经把一面稀世的铜镜卖给了这艘阿拉伯商船的船长。吴平通过这些发黄的资料，大致锁定了这艘阿拉伯沉船的位置。然后他只身来到了勿里洞岛外海，打算找到沉船里的宝藏，东山再起。从那以后，吴平就失踪了。”

“吴平在勿里洞岛招募水手寻宝时，曾以猎海参军的名号自居。后来的捞宝人沿用了这个称号，并把吴平的脸刻在钱币上，铸成了‘猎海令’。渐渐地，这帮人便被称为了猎海参军。”

杜长风正端着茶杯，准备喝茶。听见猎海参军这四个字时，他的手倏然一抖，滚烫的茶水洒了出来。杜长风赶紧把茶杯放在了茶台上，慌乱的从纸巾筒里抽出纸来，擦拭着身上的水渍。

整个过程中，潮爷一直目不转睛地盯着杜长风。潮爷的目光如刀一样犀利，仿佛要刺穿杜长风的皮囊，戳进他的灵魂里。杜长风在潮爷的逼视下，好像要躲避什么似的，迅速地别开了脸。

潮爷把杜长风的反应看在眼里，高深莫测地说："经过数百年的发展，猎海参军成为了海上一支特殊的队伍。我们擅长水性和秘术，懂得各种海洋知识，却不像海盗一样去偷去抢，而是凭借高超的技术定海弄潮，捞船寻宝。世界各大拍卖行超过三成的海捞文物都是我们提供的。我们是海面以上，海水之下，最强的宝藏猎人。"

说话间，潮爷把手中的《猎海志》放在了桌上。吴秦这才注意到日志的封面上画着一张秃顶、斜眼、长颌、尖耳、钩鼻、须发张扬的凶恶人脸。这张脸和吴秦的父母留下来的那枚钱上刻的人像一模一样！

吴秦简直不敢相信自己的眼睛，惊愕地望向了杜长风。杜长风死死地盯着书上的人像，脸上一阵红一阵白。他的表情不是惊讶，而是难堪。吴秦就算心再大，也察觉到了，杜长风这小子有鬼。

杜长风被吴秦看得有些不自在，他借口给"飞龙在渊"打电话，逃到了一边。"喂，龙哥，你考虑得怎么样了？"电话拨通后，杜长风小声问。

"你呢？你考虑得怎么样了？是自己坦白，还是我替你说？"两个声音同时对杜长风说。一个声音来自手机的听筒，那是"飞龙在渊"的声音；另一个声音来自杜长风身后，那是潮爷的声音。

杜长风震惊的转身，看见了正在接电话的潮爷！

杜长风瞬间石化了，嘴唇开开合合，半天也说不出一句完整的话来，"你们——声音不一样啊——"

"通话变声器，很常见的设备。"林青蓝平静地点破。

"为什么要骗我们？"吴秦一肚子问号。他和杜长风只不过是两个穷得叮当响的古玩贩子，与潮爷和林青蓝更是无冤无仇，吴秦实在想不出潮爷他们的动机。潮爷仿佛看穿了吴秦的心思，他挂掉了电话，从腰间取出了一枚古钱，放到了茶台上。

吴秦一看，这不是他那西去的双亲留下来的那枚古钱吗？潮爷什么时候把它拿走了？吴秦下意识地摸了摸平时放钱的口袋。没想到竟然摸到了一个圆形的硬物。他的钱还乖乖儿地躺在口袋里呢！

吴秦惊愕地看向了潮爷，潮爷也在看他，“你们也有一枚一模一样的钱吧？哪里来的？”

杜长风正想回答，吴秦抢先了一步。“我爸留给我的！怎么了？”

“你父母叫什么名字？”

“我爹叫吴靖海，我妈叫秦小宜。我还有个表舅——”

“你没有表舅。”潮爷打断了吴秦，“你爸是个孤儿，你妈那边的人在1976年唐山大地震中全部过世了！”

“你怎么知——”猛地，吴秦意识到了什么，“你认识他们？”

潮爷幽幽地叹了一口气，把目光放向了舷窗之外。舱外的鬼市异常喧嚣，仿佛另一个世界。潮爷久久地凝视着窗外的繁华，脸上的表情渐渐柔和了起来。

“‘飞龙在渊，潮宗于海’。我们四兄弟，每个人手上都有一枚这样的‘猎海令’。这世间，也只剩下这四枚‘猎海令’啦。”潮爷说着，把他的“猎海令”推到了吴秦面前。

吴秦拿出自己的“猎海令”来与潮爷的做了个对比。果然，两枚“猎海令”一模一样，丝毫没有分别。一瞬间，吴秦的脑子里仿佛涨潮一样，涌现出了无数武侠小说的情节。

比如，少侠小杨的父亲是个忘恩负义的小人，母亲恨铁不成钢，终于积郁而亡。父母去世后，小杨被两位当世大侠收养，取名为“过”，寓意“有过则改之”。小杨自小聪明叛逆，不被所谓的名门正派待见。最终，小杨加盟了古墓派，与他的天仙老师上演了一段感动江湖的师生恋。

再比如，痞侠小江的父母背着自己的女老大私自生下了一对双胞胎。女老大盛怒之下，杀死了小江的父母，带走了他的哥哥。小江长大后，与哥哥无缺成为一对亦敌亦友的死对头。在最后的决斗中，小江用计迫使女老大说出了真相。两兄弟终于相认了。

那么他呢？吴秦想，他是哪一款呢？罪人的遗子还是仇人的克星？

潮爷不知道吴秦内心的百转千回。他面色一沉，转向了杜长风，厉声道：“你呢？你的古钱上刻了什么？”

杜长风有片刻的失神，好像丢了魂儿一样。那以后，他重重地叹了一口气，似乎已经放弃了抵抗。“除了一双眼睛，我什么也没有。我第一眼看见那枚古钱，就猜到了它的来历。那东西，虽然不是古玩，却是一张古玩界人人认可的通行证。有了猎海令做背书，只要是我出的货，没有人会怀疑它们的真伪。”

“即使你出了假货，也没有人敢轻易找你的麻烦。”林青蓝一语道破，“但是他们会把账记在猎海参军的头上！”

杜长风冷笑了一声，迎向了林青蓝的目光。他脸上的表情很复杂，既像是恼羞成怒，又像是赧颜无地。“有的东西就像屎盆子。该用的时候，必须充分利用；没用的时候，就要扣在别人头上。我是借了你们的东西，也借了你们的名头。事情是我做的！后果我认！”

杜长风这番话彻底颠覆了吴秦的三观。吴秦把他和杜长风相识、相遇后的事，一桩桩，一件件地回想了一遍。随后，他拼凑出了一个与自己以往的认知截然不同的故事。

杜长风在送仙桥古玩市场看见了吴秦的猎海令，为了把它骗到手，杜长风雇用了他。然后，杜长风开始挟猎海令以行骗，在网络上谎称自己是猎海参军，大肆招揽生意，直到真正的猎海参军找上门来。

真相受得住考验，谎言却经不起推敲。当一个人选择闭上眼睛，他真的可以什么都看不见。但是当他开始探寻真相，他曾经看到过的一切都会变成头顶的星月，如星似月，指引他一步步走近真相。

杜长风刚开始和吴秦搭档，就背着吴秦把网店的标志和他在微博和论坛上的所有头像都换成了猎海令的照片。吴秦当时很不爽，毕竟猎海令是他的东西。杜长风说服了吴秦。“这叫增加曝光率，你不是想把那玩意儿让出去吗？识货的人看见图片，自然会找上门的！”

果然，图片挂出去不久，一个香港大老板就找上门了。然后是一个台湾的知名收藏家，再然后“飞龙在渊”来了。这些大佬没有收吴秦的“猎海令”，却收了杜长风推荐的东西。几笔生意成功之后，杜长风摇身一变，从一个房租都快交不起的小小古董掮客，成为了业内炙手可热的红人，顾客多了，名声也打响了。吴秦原本以为这些都是杜长风时来运转的缘故，现在想来，一切并没有那么简单。

还有杜长风“天才掌眼”的身份，吴秦对此是深信不疑的，可是网友并不相信杜长风。有人曾经在网上上传过杜长风雇抢手写通稿，自我炒作的证据。还有一本收藏杂志专门为此写了一篇报道，题目叫《“天才掌眼”遭揭穿，业内人称“不知此人”？》。

杜长风从来不回应这些质疑。有时候，吴秦气不过了，在网上和那些叫板的人对骂。杜长风还教育他：“狗咬你一口，难道你也要咬狗一口？那么你和狗有什么区别？”吴秦以为杜长风是个特别大度的人。可是大度如杜长风，也曾因为别人对他的某次鉴定提出了质疑，连发了一周的微博，写了三万多字的文章与对方互撕。

还有杜长风的学历。杜长风自称是台大考古系毕业的，可吴秦从来没有见过他的毕业证。有一次，吴秦问起这件事来，杜长风说他的毕业证丢在台湾了。吴秦没有怀疑他。

进而，吴秦又想到了杜长风的家世。杜长风自称是古董鉴定家杜齐斋的孙子，拍卖大王杜凡旭的儿子。可是，据媒体报道，杜齐斋只有杜凡旭一个儿子，杜凡旭也只有一个独子叫作杜长青，杜家是三代单传。杜长风解释说他是杜凡旭的私生子，还扯了一大堆他的父亲抛妻弃子，爷爷把他看成了耻辱打出家门的催泪故事，彻底混淆了吴秦的视听。

突然，吴秦发现了一个事实：杜长风是个故事很多的人。他的出生有故事，他的童年有故事，他的成长有故事，他生活的每一天，做的每一件事都有故事。或许他和杜长风的相遇、搭档，甚至两人之间的兄弟情谊，也只是杜长风人生中又一个微不足道的小故事罢了。

倏然间，吴秦有些迷茫了。他看向了眼前这个陌生又熟悉的人，他叫杜长风。

不管选择哪一个种族，打《魔兽争霸》的时候，他永远都是自己的手下败将；酒量不行却非要说自己千杯不倒；处女座，没有洁癖，但是很龟毛……

此刻，这个叫杜长风的家伙就站在自己眼前。但吴秦真的不知道，他到底还是不是杜长风。是不是他最落魄的时候在送仙桥遇到的那个杜长风？是不是把他带到潘家园的那个杜长风？是不是总欠着他工资，却从不欠他一顿饱饭和一床暖被的那个杜长风？

想到这些，吴秦的胸中五味杂陈的，就像吃下了一锅黑暗料理。“你有什么话想对我说吗？”

杜长风的表情阴晴不定，吴秦不知道他在想什么，也不敢猜测。吴秦想听杜长风的解释，可又怕听他的解释。谁知道，所谓解释会不会又变成了另一个故事？

许久，杜长风才开口。他的语气低沉而缓慢，“我——”

“呜——呜——呜——”杜长风的话被三声有节奏的汽笛声打断了。

潮爷和林青蓝听见那声音，面色黑沉地对望了一眼。与此同时，一个赤裸上身的船夫焦急地跑进了船舱。船夫跑得太急，拖鞋掉在了半路上。他根本顾不上回头穿鞋，赤着脚就冲了进来。船夫一边跑，一边喊：“Pirates are coming! Pirates are coming!”

吴秦听不懂船夫在说什么，习惯性地扯了杜长风一把，求翻译。

杜长风刚要开口，却听见林青蓝严峻地说：“海盗来了！”

第五章　海盗

林青蓝撂下一句“海盗来了”的惊人之语后就和潮爷火速地离开了。现在，船舱里只剩下了吴秦和杜长风。经历过刚才的事情，两人都很尴尬，面对面却不知道该说什么。再加上现在情况特殊，吴秦也无心说什么了。于是，他一个人来到了前甲板。

此时，天已经亮了。初升的太阳像一只不安分的大眼睛，担忧地看着海上发生的一切。

鬼市上的人知道海盗来袭，已然乱成了一锅粥。客人来不及离开主人的船，主人也来不及送客，买家来不及拿货，卖家来不及收钱，所有人逮到一艘船就赶紧钻进去，坐上就跑。每个人都在奔命，每艘船都在逃亡。

“呜呜”的汽笛声，“突突”的马达声，“呼呼”的风声，“哗哗”的浪声，千百种声音同时响彻在海面上，中间夹杂着人们呼叫报警的声音，抢救东西的声音，船和船急于逃亡不小心碰在一起的声音……整个鬼市，混乱不堪。

吴秦在胡乱的人群中寻到了潮爷和林青蓝的身影，潮爷指挥着手下，把鬼市首尾的船疏散开来，让出了两条通道；林青蓝带人疏通了拥堵海域的交通。在两人的努力下，鬼市稍微恢复了一点秩序。所有的商船兵分两列，从通道排队撤离。

与此同时，停在鬼市外围的警卫舰队，也排好了阵形。两艘装有高压水枪的冲锋船排在最前面，后面是一艘装载着火炮的护卫舰，护卫舰两侧各有两艘灵活机动的小艇。每艘艇上有五名配有重型武器和卡拉什尼科夫冲锋枪的警卫。

相比鬼市这方，海盗方的阵容实在是太寒碜了。他们只派出了四艘独桅帆船，总共三十几个人，就想吃下这偌大的鬼市，简直就是自不量力。他们的队形也很散乱，行进的路线忽左忽右的，行动还不统一，两艘船向东，一艘船向西，剩下的船在中间乱窜，不知道在干什么。

不必等到交火，单从架势上，海盗方就先下了一成。可是不知道为什么，吴秦总觉得海盗的排兵布阵乱得有些不正常。毕竟是他们主动发起进攻的，怎么会在一开始就表现得如此无组织，无纪律呢？

吴秦平时闲来无事，最大的爱好就是打游戏，特别是战略类的游戏。从当年的《红色警戒》《帝国时代》，到一代神作《魔兽争霸》和去年新出的《星际争霸Ⅱ》，没有吴秦不精通的。

吴秦在对战平台上有个ID叫“恶魔影子手”。巅峰时期，他曾经在全服《魔兽争霸》总对战榜前五的位置上，占了三个月的坑；除了打游戏，吴秦还有一个特长就是驾驶，姜华的小轿车经常被吴秦开得飞沙走石的。专科第三年，吴秦偷偷去龙泉山飙车，撞折了右手腕。因为这个，吴秦差一点儿没能按时毕业。

话题扯远了。之所以提到打游戏的茬，是因为海盗现在的表现很像他打《魔兽争霸》时惯用的战术——派出一队人马佯装攻击敌人的基地，实际上是为了把敌人正在野外练级的英雄引回来救场。只要对方的英雄一回到基地，吴秦立刻就撤退，绝不与之发生正面冲突。等到对方离开，吴秦再回来骚扰……如此来来回回地拖延时间，待自己的基地升级完毕，高级兵种出来了，对方就再也没有回天之术了。

海盗的打法和吴秦的战术何其相似？他们虽然是来打劫的，可是除了在鬼市外围兜兜转转，什么实质性的事也没干。难道他们还有别的目的？

吴秦放眼四顾，很快就发现了问题。潮爷的船停泊的位置在鬼市的最远端，距离其它商船有五六十米的距离。现在，众人都撤了，这片海域只剩下了潮爷的这一艘船。潮爷和林青蓝都不在船上，他们的绝大多数手下也跟着主人去护卫鬼市了。这样的情况，简直就是英雄落单。打游戏的时候，英雄落单往往是会被宰的。

吴秦正担忧，一束船灯有如舞台上的追光灯，突地扫过了他眼前的海面。伴随着移动的灯光，一艘深蓝色的渔船，踏着浪，从远海驶进了吴秦的视线。

吴秦感觉不对劲，把管事的船夫叫来了。船夫正在组织船员把甲板上的瓷器收起来，放到安全的地方去。他拿过望远镜看了看，一脸惊恐地指着来船说了一串英语。吴秦听不懂他在说什么，只能抢过望远镜来自己瞭望。

只见来船的前甲板上站着四个男人。其中三个男人浑身都是肌肉，年龄看起来在三十岁左右。他们有说有笑的把一个上身赤裸、精瘦的中年男人推到了船边。中年男人的表情很紧张，嘴唇开开合合，似乎在向那三个年轻人解释什么。

也不知道中年男人说错了什么，背对着吴秦的那个身穿花衬衣，戴着头巾的男人忽然从腰间掏出一把手枪，朝中年男人的脑门开了一枪！中年男人瞬时倒地，看样子是被打死了。头巾男杀完人后，他的两名同伴立刻把尸体抛进了大海！然后，三人有说有笑地站在船头，用望远镜看向了鬼市的方向！头巾男一眼就看到了吴秦。吴秦也一眼就看到了他。

头巾男长着一副中国人的面孔，皮肤黝黑，身材极瘦。他个子不高，只有一米七出头，穿着花衬衫，大短裤，戴着一块红色的头巾，踩着人字拖，打扮得像90年代港片里的街头小混混。头巾男知道吴秦在看他，先对吴秦竖起了中指，然后又对吴秦比了一个手枪爆头的姿势。

吴秦知道头巾男对他动了杀心，焦急地对船夫喊："Go！ Go！"

不用吴秦说，船夫也会尽力逃命的。奈何海盗乘坐的渔船马力强劲，速度比吴秦他们的船快多了。随着追逐的继续，吴秦他们的船与海盗船的距离一点点的拉近了，与鬼市护卫队的距离却越拉越远……

吴秦手握望远镜，心提到了嗓子眼儿。而且，就他从望远镜里看见的情况来说，那伙海盗并不止三个人，而是有八个人。其他五个人刚才还待在船舱里，现在全都出来了，他们每个人手上都握着一把老式的 AK–47，其中一个膘肥体壮的海盗甚至扛着一个 RPG–2 火箭筒。

吴秦一看对方都武装到牙齿了，连忙问船夫船上都有什么装备。船夫听不懂吴秦在说什么，懵懂地摇了摇头。吴秦正不知道该怎么办，杜长风走了过来。

杜长风翻译了吴秦的问题，又把船夫的回答告诉了吴秦，“船上有高压水龙头。船舱里有盾牌、太平斧、铁棍、摘钩器，还有防弹衣和防弹头盔。”

“就这些？”

船夫解释说，东南亚的海盗跟索马里的不同，东南亚的海盗大多数不是职业的。有钱挣的时候，这些人是工人、农民、渔民、小商贩一类的普通人。只有经济形势不好，他们没法养家糊口的时候，才会冒险出来做海盗。业余海盗的武器，往往是自制的砍刀、匕首之类的。只有像阿萨组织这种，背后有恐怖分子支持的职业海盗团伙，才会带着枪和火箭筒！他们今天非常倒霉！竟然遇上了阿萨组织！

吴秦听船夫这么说，也是绝望得很，“人家那边抬的可是AK-47啊！你就给我两个水龙头？”

船夫一脸无辜，“对付普通的海盗，基本都是这两招：加强巡逻，防止他们乘隙摸上船；在高压水龙头里储备足够的水，只要海盗船靠近，就把它打沉。”

船夫言语之间流露着严重的不自信。吴秦听了就着急：“你也说了这是对付普通海盗的招，我们今天遇到的是职业海盗啊！这些人渣已经武装到脚趾了！我刚才亲眼看见他们杀了一个人！”讲起刚才看见的情景，吴秦禁不住打了个寒战。

船夫还在絮絮叨叨的解释，但这次杜长风没有替他翻译。“事情已经发生了，抱怨有什么用？还不如进船舱去找根铁棍，没准儿一会儿还能保命呢！”

杜长风说得对。事已至此，抱怨无用，只能做好和海盗决一死战的准备了。两人立马跑进船舱，穿好了防弹衣戴上防弹头盔，吴秦还找了根铁棍拿在手上。

就在吴秦和杜长风穿戴装备的时候，管事的船夫联系上了潮爷。潮爷让他们先撑一会儿，他和林青蓝马上就赶过来。

为了防止海盗登船，管事的船夫把船上的六个人，分成了三组，前往船上的三个关键地方进行防守。吴秦和杜长风被安排到了前甲板，和管事的船夫一起对抗海盗。

彼时，海盗的渔船已经行驶到裸眼可见的范围了。吴秦手持铁棍，严阵以待。

杜长风和管事的船夫也举起了高压水枪瞄准了海盗的渔船。

风在他们耳边如号角“呼呼”作响，浪在他们脚下似战鼓“咚咚”擂动。吴秦紧张得浑身上下的衣服都被汗水浸透了，他手中的铁棍差点儿在汗液的润滑下，脱出掌心去。杜长风和管事的船夫也很紧张，他们的表情，就像扑克牌上的老K，庄严而凝重。

海盗船离得越来越近，船头推出的白色浪花清晰可见。350米、300米、250米……终于，敌船进入了高压水枪的射程之内。

管事的船夫像是抱了必死决心的战士，临风怒喊：“Fire！”

下一秒，一道强劲的水柱化成了一条白色的狂龙，嘶吼着扑向了海盗船。与此同时，海盗的子弹也如狂风暴雨一般砸了过来。

原本平静的海面在双方的猛烈交战中，变成了一个大型喷泉，到处都是蹿起的水柱和飞溅的水花，还有船为了躲避子弹，急速逃窜时推起的浪山，此起彼落，不停不歇。

一拨儿接一拨儿的子弹穿过水幕，打在船身上。刺耳的金属撞击声，混合着轰隆隆的爆炸声，几乎要把人的鼓膜震破。整艘船上火星四溅，烈焰升腾。刹那间，船身就被打得千疮百孔，活像一个钢铁马蜂窝。

海盗那边也没有好多少，高压水枪把他们的阵形完全冲散了。他们无不被打得跌在甲板上，丢枪弃弹，失去了作战能力。有一个海盗更是被大水冲进了海里，瞬间就被船激起的浪山淹得没影儿了。

更大快人心的是，海盗船灌了水以后，开始向一边倾斜了过去。那些海盗在水淋淋的地板上站都站不稳，还要顾着手里的武器，乱得跟鬼一样。

这是一场水与火的较量。目前看来，战神暂时站到了吴秦他们这边。高压水枪的攻击起了奇效，海盗们受到重挫，火力一下子停了。

初战告捷，吴秦兴奋地伸出手，想和杜长风击掌庆祝，对方却没有回应他。“不要高兴得太早了！”杜长风面色凝重地看向了海盗所在的方向。只见海盗调整了船的方向，让两艘船的船头正正地对在了一起，这样杜长风他们船上的水枪只能攻击到海盗船的前甲板，海盗船的后甲板完全成了盲区。海盗们趁机从后甲板放下了一艘快艇，两名海盗跳上了快艇，其中就有那个扛着 RPG-2 火箭筒的肥汉。

吴秦也看见了这一幕，惊道："完了！他们要放大招了！"

杜长风思考了一秒，当机立断地对管事的船夫下达了作战指令："Shoot the small one!"

管事的船夫得令，把水枪对准了快艇。与此同时，那个胖海盗也用火箭筒瞄准了两人。

生死就在千钧一发之间，水枪在胖海盗发射火箭弹的前一秒打中了快艇。海盗船都在水枪的威力下败下了阵，更别说是小小一艘快艇了。小艇瞬间就被打翻了，两个海盗毫无抵抗之力，跳海逃生了。

第二次出击，又胜利了。吴秦正兴奋，突然，一摊温热的血液，毫无预警地喷在了他的脸上。吴秦讷讷地转身，看见了管事船夫轰然倒下的身躯。他的太阳穴被打开花了，脑浆炸得一地都是，眼睛鼓得大大的，不甘心地瞪着瞎了眼的老天。

吴秦没和这个老外说过话，也不知道他姓啥名啥，家住何处。可是大家一起出生入死过，人与人并肩作战三分钟结下的感情，远比饭桌上喝三年酒得来的感情深多了。

吴秦木然地望向了海盗船，只见头巾男狞笑着放下了枪，并对着他比了个一枪爆头的姿势。

滔天的怒火在吴秦的胸中炸开了，吴秦气汹汹地丢开了铁棍，夺过杜长风手中的水枪，射向了头巾男。可是已经来不及了。

一枚火箭弹，像幽灵一样，从船尾的方向飞了过来，正正地射中了吴秦他们的船舱。刹那间，天崩地裂，浓烟肆虐。吴秦和杜长风被这突如其来的爆炸震得飞了出去，摔在甲板上，失去了意识。

等吴秦和杜长风恢复神志的时候，胜负已分。火箭弹炸坏了船上的水泵，高压水枪彻底失去了作用。舵手也毙命了，其他船员生死不明。更糟糕的是，刚才击中船舶的火箭弹并不是从头巾男所在的海盗船发射的，而是来自他们身后刚刚赶来的一艘巡逻船。

这是一艘四十来米长的巡逻船，船的两翼站满了荷枪实弹的海盗，目测至少有二十人。

两艘全副武装的海盗船对吴秦他们的船进行了合围。现在的情形，除非摩西现世，在海中开辟一条生路，否则，吴秦和杜长风死定了。

吴秦藏身在甲板上，一边躲避海盗的子弹，一边环顾四周，寻找死里逃生的机会。也是天无绝人之路，当他的目光扫过左舷附近的海面时，刚才被高压水枪打翻的海盗的快艇出现在了他的视线里。这简直是上帝派来拯救他和杜长风的诺亚方舟！

吴秦一下子燃起了希望，他用手肘捅了捅杜长风，然后指了指快艇。

杜长风立刻明白了他的意思。“你丫开过？”

吴秦摇头，杜长风露出了怀疑的表情。

吴秦豁出去了，夸口说：“哥们儿当年在成都混的时候，人送外号‘龙泉山车神’！只要是带方向盘的，我都能开飞了！你就说你信不信我吧？”

人与人并肩作战三分钟结下的感情，远比饭桌上喝三年酒得来的感情深多了。更何况在这之前，吴秦和杜长风已经在饭桌上喝了大半年的酒。

杜长风犹豫了两秒，就下定了决心：“走！”

海盗也很给面子，两人刚刚做出这个决定，他们就停止了射击。吴秦和杜长风抓紧机会，在甲板上矮身前进，悄悄靠近了快艇。

吴秦率先跳上了艇。就在杜长风准备登艇的时候，海盗发现了两人的计划。又一阵枪林弹雨开始了，密集的枪火把杜长风隔在了一阵飞溅的水花和子弹之后。他试了好几次，都没能上艇，还差点儿被子弹打中了。吴秦这边也不好受，快艇在子弹雨的打击下，犹如被猎人围住的小鹿，哪里也去不了，只能在原地打转。

眼看海盗船离两人越来越近，杜长风不知道哪根筋不对了，突然远远地离开了快艇，跑到了甲板的另一侧。子弹如暴风雨一般扑向了杜长风，他在甲板上上蹿下跳，到处躲避，就像一只过街的老鼠。

“你干什么，杜长风？”

“玄宗祈雨镜还在船上，我得回去拿！”

吴秦简直无法理解杜长风的思路，“都什么时候了，你还想着一面破镜子？”

杜长风是个固执的人，他一旦横下心来做一件事，八万匹马都拉不动，“你丫别管我了，快滚！”

“我不走，除非你也走！”

杜长风恶鼓鼓地瞪着吴秦，并没有要妥协的意思。吴秦也跟杜长风杠上了，手握方向盘，就是不开船。就在两人僵持的当口儿，敌方的巡逻舰迅速地贴近了他们的船。一队全副武装的海盗做好了准备，看样子是要登艇了。与此同时，头巾男驾驶的船，也迫近了。

杜长风见状，再不跟吴秦废话，直接冲向了船舱。海盗们的子弹在杜长风的身前身后频频落下，要不是穿着防弹衣，戴着防弹头盔，他早就挂了一万次了。

“姓杜的，你给老子回来！”

“长风破浪会有时！放心吧！”杜长风的最后一句话夹在嘈杂的枪炮声中，远远地传了过来。然后吴秦就再也看不见他的身影，听不见他的声音了。

吴秦的心瞬间凉了半截儿。虽然杜长风欺骗了他，利用了他，但是两人一起走过了人生中最落魄的一段时光。吴秦不知道他们的关系以后会变成什么样，但是此时此刻，杜长风依然是他吴秦的兄弟。在吴秦的人生准则里，无论发生了任何情况，兄弟都是不可弃的。

想到这里，吴秦横下心，把充气艇开到了最大马力。他打算从两艘海盗船中间的缝隙硬闯出去，绕到船的另一侧救杜长风。头巾男一伙大概没想到吴秦会那么生猛，愣了一会儿，才开始向他开枪。

吴秦已经热血上头，完全忘记了生死。他驾驶充气艇一个轻巧的左转，避开了这一拨儿攻击。

头巾男立刻招呼手下转到了左舷，瞄准了吴秦的快艇。吴秦不会让头巾男得逞的！他一扭舵，向左一个转弯，开到了攻击的盲区。头巾男一伙的子弹全都打在了水上，除了浪花，什么效果也没制造出来。

头巾男彻底怒了，他指挥手下掉转了船的方向，死死地咬住了吴秦。海盗船的转弯半径比吴秦的快艇大得多，但是它的速度非常快，吴秦一时半会儿也甩不开它。

眼看这招儿不行，吴秦急中生智，将舵向右一转。快艇因为急速变向，受力不均匀，半倾到了一边。海水从吴秦的脚底飞溅进来，打湿了他的鞋袜。

一般的新手经历这种九十度的转弯，早就控制不住方向，翻船了。但吴秦不是一般人，他是“龙泉山车神”！虽然这个外号刚刚才诞生，只有杜长风一个人知道，但吴秦用姜华的小轿车练了一手好车技不假。只要是带方向盘的交通工具，吴秦就有自信把它开飞了！快艇剧烈地颠簸了几下，并没有倾覆。

敌船不敢像吴秦这样转直角弯，只能继续向左转弯。这样一来，它要调整好位置，就要比吴秦多划一个大圈。吴秦一下子为自己赢得了几分钟的时间，向前冲了百来米。虽然吴秦还在 AK-47 的射程范围内，但是他一直在猛转弯，头巾男一伙始终没法瞄准他。

眼看这招儿奏效了，吴秦继续发力，利用快艇灵活、掉头快的优势和头巾男的船一阵周旋。很快，吴秦就脱出了枪火的攻击范围。

然后，吴秦再次转舵，驾驶快艇从斜里冲将出去。敌船的舵手反应也很迅速，立即微微掉转方向，以较小的弧度，朝吴秦开了过来。吴秦等的就是这个时机，对方刚刚开始掉头，他便猛打方向，又是一个大弧度的急转，瞬间把两艘船之间的距离拉大到了 300 米。

头巾男想必是打定了主意要和吴秦死磕到底，依然追着他不放。可是吴秦的心思并不在和头巾男决胜负上，他惦记着杜长风，想回去救他。吴秦不再理会头巾男，开足了马力直奔杜长风而去。

形势本来一片大好，不想吴秦刚开出去 300 米不到，就听见船尾传来了轰的一声炸响，就像过年的时候放鞭炮。吴秦转身一看，快艇的后屁股不知道什么原因冒出了滚滚浓烟。伴随着马达歇菜的声音，快艇的速度变得越来越慢，越来越慢。

这真是阴沟里翻船，家门口崴脚啊！瞬间，吴秦抱大石头冲天的心都有了。快艇很快就停了下来。吴秦别无选择，只能跳船了。幸好吴秦有一身好泳技，否则，他这样跳海和自杀也没什么区别了。

入海后，吴秦转头看了一眼身后，让他没想到的是，头巾男一伙不知道出于什么原因，突然掉头朝着相反的方向行驶了过去，而且速度非常快。不一会儿，他们就消失在了吴秦的视线中。再看杜长风那边，也已经看不见硝烟和火焰，听不见枪炮声了。究竟发生了什么事？杜长风还活着吗？

想到杜长风的安危，吴秦再也不敢耽搁，赶紧往前游。吴秦在海中沉沉浮浮，咬牙游了很久。等他游到地方的时候，战斗已经结束了，海盗的巡逻舰也已经离开了。海面又恢复了往昔的平静，如果不是海天之间弥漫的硝烟，吴秦真的要怀疑刚才发生的一切只是一场梦了。

吴秦找到杜长风所在的船，麻溜儿地爬了上去。船上的景象让人震惊，抬眼望去，甲板上到处都是红得发黑的污血，散发着要人命的恶臭。船员们无一幸免，全都遇难了。他们的尸体横七竖八地卧在甲板上，死状诡异得让人惊叹。

看起来他们好像中了什么毒，每个人死前的姿势都是在身上乱抓，好像很痒。他们的皮肤全都变成了茄子一样的深紫色，背上长出了一大片黑色的脓疮，就像背了一个龟壳。他们的眼睛是最诡异的，黑眼仁异常的胀大，眼球凸出了眼眶，死不瞑目地瞪着天。

吴秦就算是心理素质再好，看见这一幕，也顶不住了。他冲到船边，“哇哇哇”地吐了个爽。吐完之后，吴秦忍住了恶心，把那些尸体一具具的翻过来查看——杜长风不在里面。吴秦松了一口气，赶紧跑进了船舱。

船舱里一片狼藉，所有的货架都被推倒了，架子上的古董也不见了。潮爷的风水缸里全都是血，里面的洞螈也被弄死，翻着肚皮漂在水面上，鳃部有一个豁口，仿佛被什么东西咬了一口。

吴秦在船舱里寻了一圈，并没有找到杜长风，活不见人，死不见尸。他正焦急，身后的风水缸里突然传来一阵奇怪的声音。

咕、咕、咕——

吴秦不敢回头看，因为他感觉到有一个滑腻，滴水的东西，从缸里爬了出来，贴上了他的脊背……

咕、咕、咕——

第六章 蛇蛊

“今天凌晨5点30分，本地海警阻止了一起海盗抢劫事件。此次行动共逮捕海盗22人，缴获海盗船一艘，突击步枪24支，手枪8支，火箭筒2枚，手榴弹1箱……”

电视的声音把吴秦从昏睡中唤醒了。他恍恍惚惚地睁开眼睛，发现自己躺在酒店的床上。天已经亮了，灿烂的日光把落地窗外的狮城照得明艳动人，像一张精心拍摄的照片。

吴秦甩了甩头，感觉自己还有些恍惚，电视的声音彻底唤醒了他。

“这些海盗本来打算趁夜打劫一个海上市场，却被接到线报的海警逮了个正着。记者了解到，被抓的海盗是恐怖武装阿萨组织的成员。该组织成立于1996年……”

吴秦猛地坐直了身子，盯着电视。屏幕上，几个双手抱头的海盗在荷枪实弹的海警的看押下走下了海盗船。这群海盗正是昨晚打劫鬼市的那帮人！被缴的海盗船则是用火箭弹攻击吴秦和杜长风的那艘巡逻舰！

吴秦的记忆被电视新闻完全地勾了出来。他抬起了双手，只见他的手上缠着绷带，手心火辣辣的刺疼，手指上全是水疱——这些都是他昨夜驾驶快艇，上演《速度与激情》的证明！难以想象，几天前还在网上开店卖古董的他，竟然会因为一面江心镜卷入了这么多离奇的事件，简直就像演电影一样。难道他像《盗梦空间》

里的莱昂纳多，坠入了一场梦中梦？

就在吴秦准备掐自己一下，以验证自己是梦是醒的时候，他的身后传来了一阵断断续续的呼吸声。吴秦这才注意到他旁边的床上还有别人。

那人背对着吴秦躺着，背上的皮肤颜色是不正常的紫红色，上面还长着一个黑色的大脓包。那人也被电视的声音吵醒了，哼唧了几下后，转过了身——是杜长风！

杜长风缓缓地睁开了眼睛，吴秦差点儿被吓得滚到了地上。杜长风的白眼球像中毒一样变成了黄色，黑眼仁大得几乎占满了眼眶——他，他，他竟然和吴秦在海盗船上看见的死尸长得一模一样！

吴秦怔了片刻，走向了杜长风。杜长风的脸色非常难看，额头上冷汗直冒，脸上的肌肉莫名其妙地抽搐着。吴秦担忧地问他："你没事儿吧？"

杜长风一语不发，颤抖地抬起了左臂。只见他的手臂上，靠近手肘的地方有一个两三寸长的肉瘤，在皮肤下一跳，一跳的。

忽然，杜长风的白眼球像充了气一样凸出了眼眶，瞳孔剧烈地往中间收拢，直至变成了柳叶的形状！杜长风看起来十分痛苦，双手死死地抓住了吴秦的手臂，指甲深深地嵌入了吴秦的皮肤，嘴里咿咿呀呀地说着什么。可是除了疼痛至极的粗喘，吴秦根本听不明白杜长风在说什么。没几下，吴秦的手臂就被杜长风抓出了一个紫红色的掌印。

吴秦赶紧拨通了前台的电话，想叫人来帮忙。不想，电话刚刚接通，就被从外面进入房间的潮爷挂断了。

"稍安毋躁，我们来处理。"林青蓝跟在潮爷身后，走进了房间，手上拿着吴秦在海上鬼市见过的那本《猎海志》。

潮爷把杜长风扶了起来，让他靠在床头。杜长风已经陷入了昏迷的状态，浑浑噩噩地任潮爷摆弄。吴秦看着杜长风满头大汗，脸色发白的样子，很是不忍，"他怎么了？"

潮爷没有回答吴秦，而是转向了林青蓝："找到了吗？"

林青蓝点点头，把手中的《猎海志》翻到了中间的一页，念道："安南有一名海盗，背上生了个肿包，大如痰盂，奇痒难耐，仔细听来，内有细声。大夫都不知是什么病症，只有一个巫医说是蛇蛊。巫医给予药物让海盗回家外敷，脓包破裂后再来找他。海盗按方包药，脓包果然破了，从里面爬出一窝小指长的白蛇。海盗感到身体轻快，以为病好了，便未再寻巫医。然而溃口久久不见愈合，并且时时有小蛇钻出。海盗此时再找巫医，巫医已不知所踪。海盗重病不治，亡于海上。”

“药方呢？”潮爷问。

林青蓝翻了一页笔记，继续念，“外治：用银针把脓包戳破，再用艾草熏烤伤口，待里面的小蛇爬出来之后，将其丢入火中烧死，再将患者的伤口用炭灰包好。内治：以北帝玄珠和鸡冠石入酒，灌入患者腹中，直到患者吐出蛇蛊。”林青蓝合上了《猎海志》，“放心吧，我已经让若水去准备了。”

说曹操曹操就到，林青蓝话音刚落，苏若水就提着一袋东西走进了房间。

卸掉了僵尸妆，脱下了绿旗袍，略施粉黛的苏若水让人眼前一亮。苏若水的长相十分娇美，一对黑珍珠般的眼睛镶嵌在弧度完美的鹅蛋脸上，眸光似水，顾盼藏情。大部分时间，那双眼睛里噙着秋霜一样的淡漠和疏离，只有谈及触动心弦的话题时，它们才会流露出春水般的脉脉温情。苏若水的嘴是标准的性感唇，唇色嫣红，下唇比上唇厚一些。不管笑与不笑，那双唇都像一颗熟透的樱桃，娇艳欲滴。苏若水的发色和瞳孔一样，黑得发亮，发丝柔顺而笔直，宛如九天垂下的瀑布，落在脸庞两侧。她的身材也很火辣，臀翘胸挺，有腰有腿。而且，苏若水不是那种空有皮囊的女人。她的气质与外貌相得益彰，性感中透着一点疏离，知性中藏着一星娇媚，举手投足之间，处处显露着女神的风仪。

出于雄性动物的本能，吴秦的目光贪恋地停留在苏若水的身上，忘记了移开。苏若水冷冷地睨了他一眼，“你看够了没？看够了请过来搭把手。”

吴秦赶紧收回了视线，同时接过了苏若水手中沉甸甸的袋子。

袋子里放着一瓶硝石粉，一包雄黄，三四瓶白酒，一包碳灰，一袋艾灸条，一把烧烤喷枪，一把不锈钢镊子，还有一个精致的木盒。

潮爷让杜长风翻了个身，背朝众人躺在床上。然后他打开木盒，从里面取出了一把纯银的牛排刀，倒上白酒，用打火机烧热了。“你们俩按住他，我要把他背上的脓包挑破。”潮爷招呼吴秦和林青蓝。

两人依言照做，潮爷操刀干活儿。脓包的表面覆盖着一层石头一样的硬痂，潮爷弄了好几个回合，也没能把它切开。过程中，杜长风恍恍惚惚地睁开了眼睛。

“怎么样？”吴秦关切地问。

杜长风被折磨得脸色寡白，嘴唇发青，但他还是挤出了一个笑，“长风破浪会有时！动手吧，我可以忍！”

潮爷赞许地点了点头：“可以啊小子，有点儿关公刮骨的气质！”

为了尽快解决战斗，潮爷下了狠手。杜长风疼得浑身发抖，死死地咬住了嘴唇，双手狠狠地揪住了被单，却始终没哼一声。终于，顽石般的硬痂被潮爷捅开了一个口子。

伤口破开后，潮爷让杜长风侧卧在床沿。苏若水拿来了点燃的艾灸条，持续的熏烤杜长风背上的创处。

大约熏了半个小时，创口里爬出了一条长约十厘米，铅笔粗细的灰白小蛇。这种蛇和普通的蛇长得不太一样，头尾不分，通体透明，血管和内脏清晰可见，就像一条大蚯蚓。

蛇才露了个头，立刻被潮爷用钳子夹住了。林青蓝打开了烧烤喷枪，三下五除二就把那条蛇烤成了蛇干。顿时，房间里黑烟熏天，恶臭扑鼻。

可这远远没完，陆续又有三四条蛇从杜长风背部的创口里钻了出来。等到蛇清干净了，潮爷又把准备好的炭灰包在了杜长风的伤口处。

“今天就到这里吧。”潮爷对杜长风说，“等你恢复得差不多了，我给你抓蛇蛊。”

杜长风一副大无畏的样子，“还休息什么？早死早超生！”

潮爷好心地提醒他：“你想好啦？这可是九级疼痛，跟女人生孩子差不多！”

杜长风是头倔驴，一旦他决定要做什么事，任何人也无法劝阻。“动手吧！”杜长风坚定地说。

潮爷拗不过杜长风，只得拿来了硝石和雄黄，用白酒兑了，灌他喝下去。一瓶酒下肚后，杜长风醉倒了，却没见蛇蛊出来。潮爷只能灌了杜长风第二瓶酒，还是没有结果。潮爷又打开了第三瓶酒……就这样，杜长风整整喝下了五瓶药酒，才把蛇蛊吐了出来。

乖乖，这家伙竟然有四十厘米长，脑袋尖得像个锥子，身上还长着带倒刺的鳞甲，真不知道杜长风是怎么活下来的。蛇蛊一见光，身体瞬间像壁虎舍尾般断成了两截。它的头部趁着混乱，企图逃走。林青蓝早就等着它了，手一伸，捏住了蛇蛊的脑袋。蛇蛊张大了嘴，想要咬林青蓝。林青蓝的手上涂满了雄黄硝石药酒，蛇蛊下不去嘴，反被林青蓝掐住了脑袋。

蛇蛊被林青蓝掐得浑身抽搐，身子使劲儿往上甩，缠住了林青蓝的手臂，它身上的刺鳞一下子扎进了林青蓝的肉里。林青蓝疼得脸都绿了，但她就是不放手，五指像铁锁一样抠着蛇蛊的脑袋，丝毫不松动。蛇蛊用尽了全力挣扎，也没能逃出林青蓝的铁爪。终于，蛇蛊断气了。林青蓝操作烧烤喷枪，把它烤成了焦炭。

解决完蛇蛊，已是傍晚了。杜长风精疲力竭，倒在床上昏睡了过去。苏若水和林青蓝留在房间打扫战场。潮爷把吴秦叫到了酒店的空中花园。

两人在花园里找了个僻静的位置坐定后，吴秦迫不及待地问："蛇蛊……"

潮爷不等吴秦把话说完，就直接回答了，"蛇蛊是以前的黑海盗害人的玩意儿啦。大概就是把一种有毒的玻璃蛇和其它一些有剧毒的昆虫放在一起，让它们自相残杀，最后活下来的蛇叫作蛇蛊。饲主会训练蛇蛊，让它收到某种信号后，在自己的指示下，落毒害人。"

"就像印度人一吹笛子，眼镜蛇就会跟着音乐跳舞？"

潮爷纠正吴秦，"眼镜蛇没有耳朵，也不会跳舞啦。它们是被笛子的运动迷惑，做出准备攻击的样子罢啦。"

吴秦被鄙视了，知趣地闭上了嘴。

只听潮爷继续说："蛇蛊咬人的时候会喷出一种特殊的毒液，这种毒液不会要人性命，但是会麻痹人的内侧颞叶神经细胞，从而影响人的记忆。海盗在我们的船上下了蛇蛊！我和青蓝发现你的时候你已经中了蛇毒，要不是青蓝眼疾手快，搞定了伤你的邪物，你现在已经和姓杜的小子躺在一起了。"

吴秦就说，他怎么完全不记得自己是怎么从海上鬼市回新加坡的了！原来是中了蛇毒。多亏了潮爷和林青蓝，要不老吴家就断香火了。

“说起姓杜的小子，还挺让我惊讶的。”潮爷说，“我没想到他在那样的情况下，还能做出这么聪明的事。”

“他把玄宗祈雨镜藏起来了？”吴秦以他对杜长风的了解，大胆地猜测。

潮爷笑着点了点头，“他把镜子连带船舱里所有虫货都沉入了水里，还用我晒在甲板上的那些长沙窑的碗，填补了架子上的空位。这样一来，海盗就不会起疑了。船能下锚的地方，海水都不深。等到海盗走了，我们下水捞一捞，就能把东西再找回来了。”

吴秦知道杜长风是个鬼灵精，但没想到他已经精成了鬼，难怪自己被他骗了这么久。问清楚了蛇蛊的事后，吴秦又询问了潮爷鬼市的情况。

“我们的损失大概在 50 万美元上下。不过，保险公司会负责赔偿的。钱能解决的问题，都不是问题。巡海夜叉那边就麻烦了，他们 1999 年就开始经营海上鬼市啦，还是第一次被海盗打劫。鬼市的坐标都是保密的，开市前半小时才会告诉摆渡人。这中间肯定有问题，海警已经介入调查啦。结果出来前，鬼市暂时不会再开张啦。”潮爷说到这里，话锋一转，“说了那么多别人的事，你呢？回中国以后你打算干什么？”

吴秦被潮爷猛地一问，有些迷惘，“我还没想过。”

“既然这样，跟着我干如何？”潮爷向吴秦抛出了橄榄枝，“猎海参军的情况我之前已经介绍过的啦。我们的主要业务就是寻找沉船宝藏。全球大概有 300 万艘沉船，价值兆亿的宝贝埋在海底。有的是干不完的活儿，捞不完的金。而且我们是合法的。再说了，子承父业，这也是你爸的心愿。”

吴秦理解潮爷的心情。潮爷和姜华一样，希望自己沿着长辈走过的路，继续走下去。这样，他们就能在路上随时提点自己、帮助自己了。但是因着别人的期望来决定自己的未来，真的好吗？说实话，吴秦还没有想好未来应该走哪一条路。

“我再想想吧。”吴秦诚实道，“我的上一份劳动合同还没有结束。老板还欠我一个月的工资没发呢！”

潮爷笑着拍了拍吴秦的肩膀，“不急，慢慢想。”说罢，他起身离开了。

吴秦独自留了下来，吹着晚风，想着心事。此时，傍晚已浓。下沉的夕阳带着最后的余晖，在天际舞出了一片绚烂的云霞。白日若死，黑夜降生。虽然吴秦一直睁着眼睛，却总感觉自己像个瞎子。也许是时候该擦亮眼睛，重新看看这个世界了。

第七章　抉择

接下来的日子，大家养伤的养伤，干活的干活，忙得冒烟。只有吴秦是个大闲人，整天不是窝在酒店打游戏，就是一个人在街上晃，顺带思考人生。

这样过了十天，杜长风康复了。他的皮肤又恢复了正常的颜色，眼珠也不往外凸了，但他的眼球依然是黄色的。潮爷说这是蛇毒未清的缘故，过三五个月就消了。杜长风没有办法，只能买了副墨镜戴上，算是遮丑了。

这天晚上，吴秦正在酒店的无边游泳池思考到底要不要加入猎海参军，杜长风来了。两人并肩坐在泳池边，眺望着夜色。

夜下的狮城就像一座发光的外星城市，造型各异的建筑物高低林立，每一个亮着灯的窗口都好像连接着一个未知的宇宙，闪烁的霓虹灯放肆的把光影投向了天空。五颜六色的彩灯造就了夜的绚烂，却也掩盖了星月的清辉。斑斓的灯光，迷了人眼，乱了人心，也让黑夜变得不那么纯粹了。

新加坡是个特别美丽的城市，但是吴秦对它没有感情。相反，他很想念北京，想念那段混迹在潘家园的日子。那时候，他和杜长风常常半夜没事干，就上街撸串儿，两人总是一边喝啤酒一边吐槽。北京的雾霾一天比一天严重，可是他们的心里没有霾。

往事总是让人怀念。如果还能选择，吴秦倒愿意像当初一样做个什么也不知道的傻瓜，落得一份撸串儿喝酒的清闲。可惜，时光难倒回，空间易破碎。吴秦已经回不去了，杜长风也是。

“潮爷让我跟着他干。”吴秦率先打破了沉默。白羊座的人，向来藏不住心事。

杜长风对这个结果并不意外，“哦！挺好的。”

“你呢？今后有什么打算？回台湾？”

杜长风自嘲地一笑，“回去干什么？那里除了狗娘养的，已经没人了。”

吴秦和杜长风还称兄道弟的时候，杜长风曾经讲过他的身世。杜长风的母亲殷兰是台湾的一个三线女星。在一场社交酒会上，殷兰认识了杜长风的父亲杜凡旭。两人干柴烈火，很快就有了杜长风。这个时候，问题来了。

杜凡旭是望族子弟，采过的野花何其多？殷兰不过是其中一朵。杜凡旭闻过花香也就罢了，并没打算把这朵野花摘下来，栽进深宅大院里。殷兰可不是这么想的，她一直把嫁入豪门当成了摆脱现有的阶级，飞上枝头变凤凰的途径。而杜凡旭是她在这条康庄大道上搭上的豪华跑车，为了保住自己在车上的位置，殷兰不惜携子一战。

于是，打从在娘胎起，杜长风就被卷入了父母的战争。要不要把他生下来，是战争；他出生后，殷兰携子逼宫，索要名分，杜凡旭撇清关系，替自己洗白，也是战争；杜凡旭结婚前，殷兰以向媒体公布杜长风的存在为要挟，向杜家索要巨额的赡养费，杜凡旭避无可避，用钱摆平了一切，还是战争；到了最后，殷兰得了乳腺癌离开了人世，杜长风为了讨要母亲的丧葬费，在杜家祖宅外守候了两天三夜，最后被自己的亲爷爷打了出去，依然是战争。只是，最后这场战役，杜长风再也不是被动的一方。他单枪匹马，主动宣战，最后铩羽而归。

“你可能只在电视上见过这么狗血的剧情。丫的，哥竟然是男主角！”吴秦至今还记得杜长风在串儿店讲起这些事时的情景。杜长风当时已经喝得完全不知道自己是谁了，拍着桌子冲这个世界嘶喊：“‘长风破浪会有时’！总有一天，我要让所有人都知道，老杜家，除了我杜长风，其他人都是狗娘养的！”

吴秦曾经被这个情景深深的触动过，可现在他不知道自己该不该再相信这样的故事了。

杜长风见吴秦不说话，从怀里掏出了1500新币放在了吴秦面前。“欠你的工资，数数。换汇的手续费，我就不管了。”

吴秦盯着眼前花花绿绿的钞票，并没有伸手，“我们散了？”

“散了！”杜长风决绝地说，“一拍两散，各奔东西！以后你想去哪儿就去哪儿！不用跟着我了！你丫被炒鱿鱼了！”

吴秦没想到杜长风竟然如此绝情。明明他才是受害者！他被杜长风骗了，利用了，现在又像条流浪狗一样，被杜长风一脚踹开了！他就那么好打发吗？吴秦被杜长风伤了自尊，气急败坏地说：“行，散就散吧！”

杜长风答了句“好”就扬长而去了。他走得那样坚定，不留余地，也不念旧情。

吴秦怔怔地望着杜长风留下来的钱，心就像被无端地抠出了一个洞，空得生荒。忽然，起风了，一张钞票被风卷起，飞向了天空。吴秦的眼泪差点儿也跟着它飞了出来，他赶紧仰高了头，泪水这才堪堪地淌回了心底，味道是那样苦。

“美国有一个情绪专家花了30年的时间，得出了一个结论——人们对于越亲近的人，越容易表现出攻击性。心理学上把这种现象称为‘日常性攻击’。”

一个清越的女音打断了吴秦的悲伤，吴秦回神一看，原来是苏若水。

“我可以坐下吗？”苏若水也不等吴秦回答，兀自在他身边的躺椅上坐了下来，“亲密关系中，发动攻击的一方往往在用这种行为隐晦的表达自己想要修正这段关系的愿望。同时，这也是一种极端的情感表达方式。当一个人无法使用关心、爱等正向的方式来表达情感时，攻击往往是最后的方式。”

苏若水见吴秦听得一头雾水，又补充了一句：“有过童年创伤的人更容易对亲近的人发动攻击。男性比女性更容易直接地表现出攻击性的言语和行为，比如打架、爆粗口、虐待，还有说话尖酸刻薄，故意伤害对方的情感。”

吴秦听到这里，终于反应过来了，“你不会是在说杜长风吧？”

苏若水没有正面回答吴秦的问题，而是说：“潮爷让我调查过杜长风。他简直满口谎言。杜老爷子从来没认过他这个孙子，拍卖大王也不承认自己有个叫杜长风的儿子。他也没有念过台大。因为升学考试前，他的母亲去世了。‘天才掌眼’

的名头也是他自封的，网站和报纸上的报道都是他找枪手写的。他还拿着你的东西，冒充了猎海参军。也是他运气好，从来没有被打过眼——”

“不是运气！是实力！”吴秦不自觉地反驳。

苏若水没有接茬儿，她笑盈盈地看着吴秦，脸上露出了玩味的神情：“你本来打算多少钱把‘猎海令’卖了？”

“三四千？”吴秦还沉浸在自己的思绪中，脱口而出。

苏若水意味深长地笑了，“杜长风真不精明。要是我早就掏钱包了，一锤定音，永绝后患！”

苏若水的话仿佛漆黑夜里的一缕星火，照亮了吴秦思维的盲区。是啊，当初杜长风如果甩出三千块钱来，把猎海令买走，后面就没他吴秦什么事了啊！就算杜长风最后还是因为冒充猎海参军被潮爷发现了，可是没有了他，杜长风更容易为自己开脱啊！难道杜长风并不像他想象的那么恶毒？

苏若水察觉到吴秦有些开窍了，趁热打铁地说：“有件事我忘记说了。昨天下午杜长风和韩哥聊天儿的时候，听说潮爷要你加入猎海参军。他对韩哥说了好几遍，要他劝劝你，抓住这个机会，咸鱼翻身！”

本来吴秦因为杜长风的事挺恼火的，苏若水的劝解给了他莫大的安慰。吴秦感激地看向了她。

苏若水今天穿了一件水蓝色的泳衣，披着一件白色的雪纺罩衫。她湿漉漉的长发随性的披散在肩头，没有化妆，却美艳扑面。夜风吹起了苏若水的衫子，也撩起了她的发。她坐在吴秦的身边，静静地凝视着他的脸，眼睛因为染上了霓虹，闪烁着透亮的光。突然，吴秦的心里蹿过了一个疑问。苏若水为什么那么关心他呢？难道她对自己有好感？

在男女问题上，吴秦向来很有自信。因为他有一副不错的皮囊。吴秦身高一米八三，身材虽不算完美，但是修长匀称。他的脸对女人来说，也颇有吸引力。一字眉，双眼皮，大眼睛，挺鼻梁，颌骨微方，下巴饱满，脸型有轮有廓，五官干净又清俊。他总是那么积极热情，见人就打招呼，脸上也常常挂着愉悦的微笑。喜欢吴秦的女人都说，他笑起来的时候很俊朗。眼睛乌黑，目光闪亮，微微泛红的面颊像蓬勃升起的朝阳，整齐雪白的牙齿则是皎洁的峨眉月。总之，在这个颜值即生产力的时代，吴秦因为自己的长相，占了不少便宜。

初中的时候，就有女生为吴秦写作业，占座位了；上专科的时候，吴秦隔三岔五就会收到女生的情书。他也是在那个时候，谈了第一任女朋友。去北京前，他又谈了第二次恋爱。

吴秦虽算不上撩妹大师，但在感情问题上也不是个雏儿了。当苏若水眸光似水的看向自己时，吴秦的心里产生了微妙的变化。他有意地把身体倾向了苏若水，“为什么要对我说这些？”

苏若水把身体往后挪了挪，将吴秦刻意缩短的距离又拉远了。“我对你没兴趣，潮爷让我开导你，我只是完成他的嘱咐罢了。”

吴秦被道破了心事，尴尬到了极点，“你想多了吧？”

苏若水沉默了片刻，忽然毫无预警地靠近了吴秦。两人的距离瞬间被拉近到了一拳以内，吴秦敏锐的感觉到苏若水隆起的曲线，贴近了他的身体，柔软得像两团棉花。

“你的瞳孔扩张了。”苏若水在吴秦的耳边吐气如兰，她温热的呼吸喷在吴秦的肌肤上，像是一阵撩人的风，“瞳孔扩张与人的兴奋状态是吻合的。包括性兴奋。”

吴秦的内心是崩溃的，他心想：“大姐，你穿着性感泳衣，靠我那么近，还一个劲儿地对着我的耳根子吹气。我要是没产生您老人家说的兴奋，该有病了吧？”当然，吴秦不可能把真实感受说出来，只能咬死了抵赖：“你真的想多了。”

苏若水笑着摇了摇头，“刻意重复自己说过的话，手臂环胸，摆出防御性的姿势，这些可都是撒谎的表现呀。”撂下这句话，苏若水化作了天边的一朵云，夜里的一束光，潇洒地走了。

吴秦看着苏若水翩然远去的背影，悻悻地叹了一口气。苏若水的确是个尤物，可惜太聪明了。男人都喜欢把漂亮的女人剥光，却不喜欢被聪明的女人看穿。他也不能免俗。

苏若水走后不久，游泳池也关门了。吴秦跟着散去的人流，回到了酒店。路过杜长风的房间时，吴秦在门口停留了很久。

人这一生中真是要面对很多门啊！开与不开，全在选择。选这选那，都要勇气。他能做的，大概只有在选择前慎重，选择后珍重了吧？

想通了这一点，吴秦终于鼓足勇气，敲开了杜长风的房门。

“你丫来得正好。”杜长风正在收拾行李，房间里一团乱。他从到处都是东西的桌子上翻出一份解除劳动合同的协议递给了吴秦，“看一下，没什么问题就签字吧。”

吴秦一把接过了协议，却一个字也没看。“可以啊，杜老板，过河拆桥啊！”

杜长风一副理直气壮的样子：“活儿干不下去了，我关门裁员，没毛病啊！”

吴秦压住了怒火，“你真的不想干了？”

“想啊！但我能怎么办？我得罪了行业老大，职业信誉彻底扫地了，以后谁还会信我？”

吴秦无语反驳。古玩这个行当，失了信誉，就真的玩完了。

杜长风发泄似的把手里的衣服扔进了行李箱。“你丫管好自己吧！有台阶就上，有大树就抱！不要白白浪费了大好的机会！我是没这个命，要是有，早就撸起袖子往前冲了！”杜长风不自觉地停下了手中的动作，脸上闪过了一丝悲伤的神色。但他很快把那个表情藏进了伪装出来的绝情里。“你丫快把字签了！我明天一早的飞机。速战速决！”

要是从前，以吴秦吃软不吃硬的个性，肯定会大笔一挥，在合同上签字了。但是苏若水点拨过他之后，他对杜长风的看法改变了。

杜长风的确利用了他，但他并不是个毫无人性的骗子。实际上，极少有人的性格会像电影、电视剧里演得那么极端，非黑即白。只要在太阳下行走的人，身后总是不可避免地拉着一道黑色的暗影。杜长风如此，他吴秦不也一样？他也是个勇敢又胆怯，果断又纠结，无私又自私的人——他是个真实的人。杜长风也是。

在成都的时候，姜华常常在他耳边叨念，与人相处，要学会睁一只眼闭一只眼。睁眼是聪明，闭眼是智慧。睁眼容易，吃的亏多了，眼睛自然就变雪亮了。难的是选择性失明。吴秦早就听过这些道理了，但他今天才把它们听进去了。

“我不签。”吴秦把协议塞还给了杜长风，“你这老板也当得太黑了吧？好歹我也是来出差的！你不报差旅费也就算了。回程的路费总不能让我自己贴吧？”

“工资不是结给你了吗？”

“你结的是以前欠我的工资！这个月的钱呢？白干啦？”

杜长风简直恨铁不成钢，“你丫放着一个啥都能给你的大老板不投靠，来揪着我要一个月的工资？脑子里有屎吗？”

吴秦简直要被杜长风气得背过气去。他已经把头低到了最大限度，再往下，脖子都要折断了。难道杜长风看不出来他是在求和吗？还是他不想领情？一时间，吴秦的脑子里划过了网上黑处女座的各种段子。嗯，他们活该！

房间里的气温一时降到了冰点。吴秦和杜长风再也没了交流，各怀心事，各自郁闷。幸好，尴尬的气氛没有持续多久，就被不请自来的潮爷打破了。

“都在呢？正好啦。”潮爷在房间的会客椅上坐了下来，开门见山说，“我有个新业务想找些人手，怎么样杜老板，有兴趣吗？”

杜长风大感意外，“您找我做业务？”

“不止如此啦，我还想邀请你和小吴加入猎海参军啦！”

杜长风简直不敢相信自己的耳朵，吴秦也不知道潮爷葫芦里卖的什么药。

潮爷笑呵呵地看着两人，没来由地道：“‘飞龙在渊，潮宗于海’这八个字不是口号，而是四个人的名字啦。蔡龙飞、林在渊、李潮宗、吴靖海。我们兄弟四人是 1981 年拜的海，当时我只有 28 岁。”潮爷转向了吴秦，“你爸和你现在一样大，也是个 20 出头的小子！我们兄弟四人在海上风来浪去，同舟共济，出生入死了十几年。只要是在海上营生的，谁没听过我们的名号？”

潮爷说起当年的光辉岁月，面泛红光，一脸自豪。然而他的喜悦没有持续多久，就像落潮的海水一般退去了。他的语气也变得低沉了起来，似乎想起了什么不好的事。

“1995 年的春天，龙飞哥在一次打捞中，发生意外，葬身在了水下。没过多久，在渊哥、靖海和小宜在日本近海打捞一艘二战时的日军沉舰时，遇上了飓风。我在岸上接到了在渊哥的最后一条消息。他说：‘我们正在与时速 100 千米的狂风和12米高的巨浪搏斗！’然后，他们的打捞船就消失得无影无踪啦。我花了六年的时间在海上发疯似的寻找他们，可是直到今天，他们仍然是活不见人死不见尸。”

“如今的猎海参军只是一个空名而已啦，再也凑不齐‘飞龙在渊，潮宗于海’啦！猎海参军在海上纵横了四百多年。这门行当，看来是要完在我这一辈啦。”

吴秦和杜长风还是第一次听潮爷说掏心窝子的话，也是第一次在他的脸上看见哀伤的神色。

许久，潮爷的心情平复了，才接着说：“我在海上捞了几十年的宝，赚了不少钱。我今年已经58岁了，黄土埋到了胸口！我膝下无儿无女，我那些钱财古董，还能带到黄泉去？我在马来西亚找了个地方，建了一个训练基地。我打算培养一批新人来接猎海令。怎么样杜老板，有兴趣吗？”

杜长风被潮爷说动心了，可他还是缺乏自信，毕竟他在潮爷那里是个有“前科”的人。“我有资格吗？”

潮爷不答反问：“你是王虔的学道吧？”

杜长风一怔，“你怎么知道？”

王虔是藏古界赫赫有名的鉴定大师。杜长风鉴别古镜的本事就是从王大师那儿学来的。不过碍于杜凡旭的原因，王虔没有正式收杜长风为徒，也没有把所有本事教给杜长风。而且按照学道的规矩，杜长风不能对外人说王虔是他的师父。他也从来没有对任何人提过他和王虔的渊源。

潮爷笑道：“我调查过你，你的一切我都知道得清清楚楚。赶巧啦，王虔是我的学道。我以前从来没有收过正式的弟子，以后，说不定可以收一个啦。”

潮爷果然调查过杜长风。他说出来的每一句话，都正中了杜长风的下怀。杜长风是个古董痴，从小就立志要成为世界顶级的古玩鉴定大师；同时，杜长风的这个志向又与他的原生家庭有关。不被待见的私生子总是期望在生父面前证明自己。《冰与火之歌》里的小恶魔提利昂·兰尼斯特，就是这种人设。

杜长风果然被潮爷打动了。“我去！”

潮爷满意地点了点头。他又转向了吴秦，“你呢？”

吴秦正打算开口，杜长风抢先一步道："我都去了，他当然也没问题了！"

吴秦瞪了杜长风一眼，"你凭什么替我做决定？"

"这是工作安排！你丫是我的员工！我们可是签了劳动合同的！"

"请问刚才是谁给我的解除劳动合同协议？"

杜长风铁了心要耍无赖。"你丫不是还没签吗？不签拉倒！"说罢，不等吴秦反应，杜长风抓过协议，撕了个粉碎。

吴秦的火气一下子就上来了，他正准备发作，耳边忽然飘过了苏若水的那句话："当一个人无法使用关心、爱等正向的方式来表达情感时，攻击往往是最后的方式。"思及此，吴秦暗暗在心里骂了杜长风一句："人面兽心！伪君子！"

杜长风以为吴秦不情愿跟随潮爷，摆出了一副老板的样子，教训起吴秦来。虽然杜长风说得头头是道，但这一次，吴秦有自己的考虑。

其实，吴秦生性就挺喜欢冒险的。他这次在新加坡的经历，虽然惊险又波折，还差点儿丢了小命，但他全程都很兴奋。也许因为吴秦是猎海参军的后人吧，骨子里流淌着冒险家的血液。他热爱危险，渴望刺激。可是——

"你们看过《功夫熊猫》吗？"吴秦发自肺腑地说，"我就像那只从小被鹅抚养长大的肥熊猫。我也做过学会盖世武功，成为神龙大侠的美梦。但是山下的面馆里有只鹅，有些事我不能擅自决定。并不是我不愿意，也不是我决定不了，而是因为，熊猫是鹅养大的。对我来说，世界上最重要的是家人！"

为了征求"鹅"的意见，吴秦定了第二天晚上回成都的机票。起飞前，吴秦给姜华发了一条信息，告诉他自己要回来了。这还是吴秦离开成都后，第一次回家。他的心情很复杂。

半夜十二点，吴秦的航班降落在了双流机场。他忐忑地打开了手机，姜华没有回信息。吴秦有些失落，自己叫了一辆车回家。

吴秦到家的时候已经是夜里一点多了，可是他家的串串店还没有关门。熟悉的麻辣味从店里一阵阵地飘了出来，勾引着吴秦的乡情和馋虫。姜华系着围裙，坐在进门靠左的第一张桌子边等他。桌上摆着鲜毛肚、牛黄喉、九尺鹅肠，还有一盘现炸酥肉，都是吴秦爱吃的。

只是短短半年不见，姜华已经老了。吴秦有千言万语想对他说，话到嘴边，却只剩了一句：“老舅。”

姜华看着吴秦，眼眶泛红了，“小兔崽子，你咋不提前说你要回来哩？上飞机了才给我发信息！”

吴秦不知道该怎么解释，放下行李，坐到了桌边。姜华打开了火，锅里的汤沸腾了起来。锅是九宫格，味儿还是一样的麻辣鲜香。吴秦知道自己回家了。

姜华为两人各自倒了一杯酒，爷儿俩碰了个杯。

“你小子咋个舍得回来咯？”

“回来看您啊！”

姜华露出了一副不相信吴秦的表情。

吴秦知道瞒不住他，只能老实交代了，“这是其中的一个原因，还有一个原因……”吴秦把他怎么认识了杜长风，怎么入了古玩行当，怎么在新加坡遇上了潮爷，以及潮爷邀请他加入猎海参军的事一股脑儿告诉了姜华。不过，他略去了其中会让姜华担忧的部分，比如杜长风曾经骗了他，又比如他遇到了海盗。

姜华听完吴秦的叙述，长长地叹了一口气：“我一直希望你平平安安地过一生，不要学你的父母，到头来还是……唉，命啊！”

既然姜华主动提到了吴靖海和秦小宜。吴秦索性把话说开了：“我在新加坡的时候听人说起了我的父母。他们说我爸是个孤儿，我妈的亲人在 1976 年的唐山大地震中过世了，还有——我没有表舅！”

姜华脸上的表情瞬间凝固了，里面包含着震惊、释然、压抑、轻松……还有很多吴秦读不懂的东西。吴秦的心情也很复杂。早在新加坡的时候他就一直在琢磨姜华的身份问题了，现在，他即将面对真相。

姜华“咕咕咕”地把一杯酒灌下了肚。那以后，他长长地出了一口气，一字一句对吴秦说：“我确实不是你的表舅。你表舅在唐山大地震中，去了。”

吴秦没有说话，他给自己倒了一杯酒，一口气喝了个干净。

只听姜华说：“1976 年，我还在部队当兵。我参加了唐山大地震的救援工作，救了你妈。因为这层关系，地震结束后，我和你妈还保持着联系。我当时在河北当兵，她在云南读大学。我们经常写信，她叫我哥，我也把她当成了妹子。但我多了一份私心，我希望有一天，能娶她当媳妇。没想到后来，她嫁给了你爸。1995 年的时候，你妈突然带着你找到了我。她说你爸在海上遇到了麻烦，她得去一趟，要我帮忙照看你一段时间。我答应了。谁知道……"

说到这里，姜华又给自己倒了一杯酒。吴秦也跟着满上了杯。爷儿俩各怀心事，饮下了杯中的酒。

然后，姜华接着说："我当时正准备结婚。我的未婚妻，也就是你后来的舅妈，知道我和你妈的关系，坚决不同意我收养你，跟我闹了一通。但我没听她的。你表舅妈因为这件事一直对我有怨。我们的感情也是从那时起，出现了问题。本来，我们还是很恩爱的……"

姜华说到这里已是哽咽难言，吴秦的眼眶也红了。一直以来，吴秦都不理解姜华，不理解他为什么会那么懦弱，那么安于现状，更不理解他为什么会希望自己跟他一样。

吴秦常常想，如果他是姜华，媳妇儿敢给自己戴绿帽子，他绝对不会有丝毫的留恋。婊子前脚滚，他后脚就找个比她年轻漂亮的女人去；如果他是姜华，他不会干涉下一代的自由，相反，他会鼓励下一代出去闯荡，不拼个出个名堂来，不要回家；如果他是姜华，也许就没有他吴秦的今天了。

倏然间，吴秦觉得自己太自私了。他从来没问过姜华"为什么要这么做？"就想当然的指责他"为什么要这么做！"。他和姜华一起生活了十几年，却不曾真正地了解过姜华。他接受了姜华给他的一切，责怪姜华给不到他的一切，却从来没有问过，姜华凭什么给他这一切？！

今天吴秦第一次问自己："姜华凭什么要给你这一切？"答案竟让他无地自容。

姜华把一片烫好的毛肚夹到了吴秦的盘子里，"你不在的这段日子里，我想了很多。我觉得我以前对待你的方式可能错了。想想我年轻的时候，如果不是跟着部队走南闯北，去了那么多地方，也会不甘心吧？古话说得好，好男儿志在四方。去吧！去干你想干的事吧！我再也不会干涉你了！"

吴秦再也无法抑制内心的情感，流下泪来，"我怎么现在才回家啊？"

姜华也是眼眶淹水，“回来就好！回来就好！”

那晚，吴秦和姜华敞开肚皮，喝了个底儿朝天。第二天，姜华又像往常一样开门做生意了，吴秦为他打下手，一切仿佛又回到了从前。但吴秦知道，他和姜华之间的某些东西变了，另一些东西却永远不会改变了。

一个月后，吴秦的工作签证办好了，潮爷的训练基地也开学了。临行前一晚，姜华给吴秦看了一份购房合同。“我在盐道街给你买了套学区房。97平方米，两室一厅，今年6月就交房了。你哪天要是想回来了，就把房子装一装吧。”

吴秦一把搂住了姜华，动情地说：“我会回来的，成都永远是我的家。”还有一句话吴秦没有当着姜华的面说出来，但他在心里说了。“姜华永远是吴秦的老汉儿。”

和姜华告别后，吴秦飞到了马来西亚的斗湖。

第八章　特训

斗湖位于沙巴州的东南部，面向苏拉威西海，后靠内陆山脉，毗邻着世界三大潜水胜地之一的西巴丹，是马来西亚重要的旅游集散地。斗湖机场规模不大，但是十分拥挤，到处可见不同肤色、不同国籍的人穿梭往来。

吴秦拖着行李，站在喧闹的机场大厅里，杜长风从他身后走了过来，一把揽住了他的肩，“你丫真不愧是开串儿店的，一身辣椒味儿！”

吴秦甩开了杜长风的咸猪手，“你呢？手艺学得怎么样了？”

潮爷答应在正式训练开始前收杜长风做学道，教他些本领。

杜长风得意扬扬地说：“哥天赋异禀，又肯下功夫，当然是深得真传啦！”说着，他笑嘻嘻地接过了吴秦手中的行李。两人出了机场，拦了一辆出租车，直奔码头而去。

路上，杜长风把他从潮爷那儿学到的新技能全都盘点了一遍。从识别海捞瓷器的品相，到鉴定古代海图的真伪，再到定位沉船。末了他由衷地感叹：“我对笑面佛可是大写的服啊！找沉船，鉴水获，他要是称第二，没人敢称第一！”

“笑面佛”是杜长风给潮爷取的外号。吴秦听了杜长风的话不免有些羡慕。“你就好了，有一身鉴宝识物的本事，又有名师在旁边指点。我都不知道自己能干什么！”

杜长风拍了拍吴秦的肩膀，“国中的时候，我的历史老师曾经讲过一句话。他说：‘成功就是把你天生会干的事干到吐血！’这不是马上要开始训练了吗？到时候你看看你擅长干什么，然后朝死里干。慢慢的你就有用了！”

说话间，车子在码头停了下来。一艘白色的客船，划开海浪，驶到了两人面前。林青蓝一脸不悦地立于甲板上，“你们迟到了！”

杜长风连忙赔不是：“对不起，教官大人，飞机晚点了！”

吴秦和杜长风迅速上了船，舱内已经坐了十个人。大家聊着天，谈着笑，一派轻松自在。

吴秦和杜长风走进船舱后，舱内突然安静了下来。一个染着黄毛，浑身奢侈品的傲慢男青年，不屑地睨了两人一眼，“蜗牛来了。”他的话惹来了众人的嘘声。

杜长风赶紧递了一支烟过去，“我叫杜长风！”黄毛不屑地冷哼了一声，摆出了一副高高在上的样子。杜长风讨了个没趣，尴尬地坐到了远离黄毛的地方。

这时，林青蓝走到了船舱中央。众人的目光一下子集中到了她身上。林青蓝向大家简单地介绍了训练基地的情况。基地位于马来西亚和印尼之间的公海上，是马来西亚政府为了开采海下石油搭建的一个四面临海的钻井平台。一年前，潮爷把它买了下来，弄成了猎海参军的新人训练营。

共有12名学员参加这次的特训。特训的内容包括了“实用游泳和潜水”、“深海打捞”和“救生及防务”。每一门课程都有考试。考试成绩分为A、B、C、D四个档次，对应的学分是3分、2分、1分和0分。

特训是淘汰制的。前两门课结束后，积分垫底的6名学员，将会走人。期末再淘汰3个人，最后留下来的3个人，才能成为正式的猎海参军。

众学员听完林青蓝的介绍，还有不少疑惑，缠着她问这问那。杜长风也是其中一员。不过杜长风追着林青蓝不是为了发问，而是为了和教官大人搞好关系。杜长风这种长着八窍玲珑心的家伙，在人际关系方面总是比吴秦想得周到，做得充分。

吴秦从小到大就是个以考试及格为最高目标的学渣。相比学习成绩，他更关心的是怎么在学校吃好喝好，安安逸逸地混个过关，还有——吴秦的目光落在了船舱的角落。

苏若水安静地坐在那里，膝盖上放着一本《变态心理学》，认真阅读着。很长时间，苏若水都保持着那个姿势。她的呼吸像拍岸的海浪，平稳的一起一伏。早晨的阳光穿过敞开的舷窗洒进来，把她手中的书染成了浅金色。她翻动书页的时候，手指不经意间在涂着阳光的纸上，投下了一排浅灰色的影子，像海鸥的翅膀。在阳光的照射下，苏若水的脸透明得几乎炫目，仿佛一件釉色极佳的瓷器。

漂亮的女人不管做什么事，都像幅画，吴秦被那幅画迷住了。他走了过去，没话找话地和苏若水搭讪："真巧啊。"

苏若水头也不抬，冷淡道："不巧，大家都是来参训的。"

吴秦碰了个软钉子，有些尴尬。但他还是机智地接上了话，"你说的是。上了平台，大家就是同学了。多多关照，若水同学。"吴秦故意略去了苏若水的姓氏，以显亲昵，还热情地伸出了手。

苏若水却完全不买账。她敷衍地和吴秦握了一下手，"多关照，吴同学。"说完，她又埋下了头。

吴秦被彻底地无视了。他只能悻悻地回到了自己的座位上，郁闷地闭上了眼睛。可是吴秦没有睡着，他满脑子都被苏若水趾高气扬的脸占据了。

"我对你没兴趣！"吴秦想起了苏若水在新加坡时说过的那句拒人于千里之外的话。

真的吗？吴秦愤愤地把苏若水从头到脚审视了一遍。最后，他的目光落在了苏若水 34D 的胸上。

古人怎么说的？宁当田伯光，不做柳下惠。牡丹花下死，做鬼也风流。既然他已经决定下海立业了，索性把成家的事也顺带搞定了吧。吴秦定下了人生中的一桩大事，顿感心情轻松。他再也不扭捏了，目光直接而大胆地飘向了苏若水。

小船迎着朝阳，乘着海浪，载着这群菜鸟新丁，向训练基地疾驰而去。

三个小时后，船停了下来。林青蓝把所有人叫到了甲板上。只见前方十来公里的海面上，矗立着一座巨大的钻井平台。平台的主体有1500平方米，包括了码头、浮动船坞、大型训练场、综合生活区以及停机坪等。平台是钢铁打造的，整体造型非常霸气。牢固的支架稳稳的扎进了海里，高耸的塔楼撞击着蓝天。远远望去，平台就像海面上的一座钢铁岛屿，又像一只从深海中钻出来的钢铁怪兽。

吴秦不知道其他同学有没有见过海上钻井平台，反正他是没见过。他兴奋坏了，巴不得马上长出一双翅膀，飞到平台去。这时，两艘快艇拖着白色的浪尾，从平台的方向驶向了众人。船停稳后，林青蓝跳上了其中一艘快艇，冷冷地宣布："你们去坐另一艘船。"

众人一看，小船的荷载人数是 8 人，所有学员加起来一共有 12 人。

"大姐你开玩笑吧？"那个不可一世的黄毛跳了出来，不满地申诉道。

林青蓝冷嗤了一声，"我像个幽默的人吗？李——你叫什么名字？"

"李慕源。"

林青蓝睨了李慕源一眼，冷峻而严厉地说："把你入学前接到的短信念一遍！"

李慕源乖乖儿地掏出了手机，念道："请所有人于 5 月 1 日上午八点准时在斗湖码头集合，我们将——"

林青蓝打断了李慕源，"短信上说的是'所有人'。吴秦和杜长风到达码头的时间是八点零十三分。既然有人犯错了，就该有惩罚。"

李慕源可不服气了，"你凭什么把那两只蜗牛的错归在我们头上？"

林青蓝冷冷一笑，双眼直勾勾地盯着李慕源。虽然李慕源摆出了一副天不怕地不怕的样子，目光毫不躲避地迎向了林青蓝。但他充其量也就是一只凶恶的豺狼，气场全开的林青蓝可是狮子王。

"假设你是船长，你的船现在要下海了。厨子没来，整艘船的人都没饭吃了。船医没来，病人没人管。大台没来，没人扫地、洗甲板……船上无废人，就算是两只蜗牛也一样！"

李慕源无话可说了。他不敢和林青蓝顶嘴，只能把满腔的怨气发泄到了吴秦和杜长风身上。"我们没完！"

李慕源的话，引起了所有"受害者"的共鸣。尤其是他的三个跟班——膘肥体壮的孔二丘，魁梧得像头熊的马奎，还有矮小精瘦的阮德。

吴秦和杜长风知道自己闯了祸，低着头不敢说话，心情沮丧到了极点。

林青蓝把大家的反应看在眼里，不带感情地说："资源有限，我们不会浪费时间和金钱在无用的人身上，也不会对混不下去的人抱有任何同情。适者生存，不适者走人！这是我们的训练宗旨，也是猎海参军的生存法则！听清楚了吗，新人？"

林青蓝说完，扫视了众人一圈。大家被她的话语和气场镇住了，齐声称"是"。林青蓝的脸上露出了满意的笑容。她一个敏捷的起落，跳上了快艇，斩浪离去了。

吴秦和杜长风望着林青蓝绝尘而去的背影，异口同声地说了一句："灭绝师太！"

后来，吴秦和杜长风才知道，灭绝师太林青蓝是"飞龙在渊，潮宗于海"中的老二——林在渊的遗女。林在渊失踪后，潮爷收养了林青蓝，把她培养成了打捞界赫赫有名的霸王花。

灭绝师太丢下了一艘会引发战争的快艇就潇洒离去了。大家一开始还站立不动，佯装矜持。等到船夫喊："上船！！"战斗即刻就打响了。

为了抢占船上仅有的八个位置，所有人都疯魔了。大家仿佛被放出闸门的洪水，一股脑儿地冲向了快艇。

有人被推倒，摔在了甲板上，然后他们迅速地爬了起来，把其他人推开，奔向了快艇；有人被挤进了海里，他们仍然不依不饶，奋力游向了快艇；还有人为了抢位，直接打了起来。整个现场拳脚乱飞，仿佛正在进行一场散打比赛。

趁着混乱，杜长风把吴秦拉到了船的右舷。快艇停在船的左舷，所有人都集中了过去，右舷空无一人。

杜长风把身上的贵重物品全都摸了出来，塞进了防水背包。"你丫别愣着啊！快把手机、钱包什么的拿出来！我们要在这里下水，游到快艇的另一侧去！"真是一语惊醒梦中人啊！吴秦在心里默默地给杜长风点了 128 个赞。但他转念一想又觉得不妥，"我游过去没问题，可是你——"

"你以为我待在新加坡这段时间只拜了笑面佛一个师傅？我已经跟着韩斐哥，把游泳学会了！"

吴秦又给杜长风加了 128 个赞。他迅速地做好了入水前的准备工作，然后和杜长风一起扎进了水里。

竞争对手们忙着内讧，耽误了大好的登船机会。吴秦和杜长风游到快艇的时候，艇上刚好还剩了两个位置。

吴秦哗啦一下从水里钻了出来，爬上了艇。艇上的人吓了一跳，用看外星人的眼神看着吴秦。但规矩就是这样，先上船者得位置，至于上船的方法，没有人会计较的。

吴秦在船上站稳了脚跟，正想把杜长风拉上来。突然，一个大浪打过来，船身左右晃动了几下。杜长风虽然学会了游泳，但是水性没那么好，堪堪地被浪冲开了。

李慕源一把抓住了杜长风，杜长风以为李慕源要救自己，正打算向他道谢。谁知李慕源竟然用力地把杜长风往船外推了出去，杜长风瞬间就远离了快艇。与此同时，苏若水艰难地推开一众拉住她的人，登上了艇。

船夫一看人齐了，立刻发动了引擎。吴秦看了看在水中扑腾呼喊的杜长风，又看了看历经艰难战斗后，终于抢到了位置的苏若水，一时之间难以取舍，郁闷得想揍人。吴秦发泄怒火的对象，自然是李慕源。

吴秦一把揪住了李慕源的领子，李慕源的三个爪牙立刻围了过来。吴秦脾气上来了，不管不顾地举起了拳头。

吴秦正准备揍李慕源，船夫呵住了他："要打下船去打！"

吴秦碍于自身的处境，只能心不甘情不愿地放下了拳头。快艇很快就走远了，那些没能登艇的人只能游泳去平台了。

李慕源和他的三个爪牙指着在海面挣扎划水的杜长风狠命地嘲笑。他们嚣张的言行，把吴秦所有的怒火都点燃了。吴秦恶狠狠地瞪着李慕源，咬牙切齿地向他宣战："你说得对！我们没完！"

傍晚，杜长风终于游到了平台。彼时，吴秦已经在集体宿舍打了一场恶战。

在李慕源的努力下，吴秦和杜长风被赶到了距离洗手间最近的床位上。集体宿舍的设施本来就寒碜，洗手间更是惨不忍睹。下水管道的声音像响雷一样；特殊场所的特殊气味从来不会消散。海风一吹，那“曼妙”的味道就会盈满鼻腔，感觉特别“酸爽”。

吴秦为了争口气和四个恶棍打了一架。结果他以一当四，被揍了个鼻青脸肿不说，还把林教头惊动了。林青蓝问起众人打架的原因，李慕源和他的爪牙一口咬定是吴秦为了和他们争床位，主动挑起了战争。林青蓝询问其他人的时候，所有人都选择了沉默不语。

林青蓝把众人狠狠地训斥了一顿，“我会在水上防务课上亲自教导你们怎么打架！在那之前，如果再让我发现有任何人在任何时间、任何地点打架，我不管打架的原因是什么，当事人立刻给我走人！现在你们全部趴下，打架的每人做300个俯卧撑！围观的150个！”

所以，杜长风进入宿舍看见的景象是所有人都像尸体一样瘫在床上，累得一动不动。杜长风的状况也和他们差不多，他整个人都累虚脱了，皮肤被晒得像烧红的炭，嘴唇也干得裂开了。他像条死鱼一样，一头栽倒在了床上，“我前二十几年没游的泳，今天都补上了！”

吴秦在他旁边的床位上虚弱地说：“我二十几年没做的俯卧撑，今天也补上了！”

杜长风见吴秦的脸被打肿了，嘴角也破了，询问吴秦发生了什么事。吴秦把一切都告诉了杜长风。末了，吴秦说：“那个叫李慕源的小子是船运大王的儿子！一进宿舍，他就故意把这个身份说了出来，还送给了除你、我之外的所有人每人一艘船模型。这不是摆明了要拉帮结伙，孤立我们吗？”

杜长风看着大家床头的船模型，冷嗤了一声：“长风破浪会有时！我们走着瞧！”

吴秦和杜长风又聊了几句，就被瞌睡虫搞定了。那晚，两人睡得像死猪一样沉。直到听见了林青蓝无情的喊声：“所有人，3分钟之内到外面的操场集合！”

大家的美梦刚刚做到一半，没有人愿意从舒适的被褥里爬出来。一个有起床气的学员嘟囔道：“搞什么鬼！天还没亮呢？”

林青蓝根本不理会众人的抱怨，厉声道：“现在还有2分52秒，迟到的人今天就不用参训了。不参训就不会消耗能量，自然也不必吃饭了！”

这句话简直就像铃声加强了十倍的闹钟，瞬间把所有人的瞌睡都惊醒了。大家手忙脚乱地套上了衣服，赶到了平台的露天操场。

这里足足有一块足球场那么大，宽敞又开阔。彼时，天还没有亮。曙光刚刚在海天交接的地方撕开了一条缝，天与海合成了一只睡眼惺忪的巨眼，困倦地打量着操场上这群苦命的同学。一个男生走得匆忙来不及穿裤子，只能光着屁股了。另一个女生迟到了，林青蓝果真没有让她参训。

学员就位后，林青蓝像赶鸭子一样，把众人撵下了水。“实用游泳是你们在这里上的第一课。你们将在这门课里学习潜泳、立泳、水上救生、水中拖带、长游和武装泅渡等实用性的泳姿。我们不是搞比赛，不需要你们拼速度，我也不在乎你们的水中姿态，这门课注重的是实用性。课程结束后，你们必须学会用最省力、最适用的方式在不同类型的水域里游泳，像鱼一样。”

林青蓝虽然放话说她注重课程的实用性，可谁不是拼了老命地往前游？因为每一次训练的成绩都要被录入成绩册。每一天学员都能在食堂中央的电子显示屏上看见自己的成绩。排名靠前的人，不但可以先到食堂吃饭，而且无论走到哪里，都能昂首挺胸，招摇过市；排名垫底的人就惨了，每天都只能吃大家剩下来的残羹冷炙，也不能体面地做人。

吴秦天生水性就好，又有过在职业游泳队训练的经历，一直处在排行榜第二、第三的位置。只有马奎和李慕源能和他争高下。

和吴秦相比，杜长风简直就像生活在悲惨世界里。他是整个队伍的最后一名，别说拿分，就是和倒数第二名的女生比赛100米游泳，也能被领先一个身位。李慕源和他的同党给杜长风起了个外号叫“尾巴”，每次大家都完成任务了，“尾巴”还在水里泡着。

林教头一开始还对杜长风耳提面命，卡着计时表，逼他加训。可惜杜长风的天赋点实在是太低了，林教头努力到不能再努力，也没办法把杜长风这摊烂泥糊上墙。终于，她放弃了。但是杜长风并没有放弃自己，这天晚上，众人休息之后，杜长风把吴秦提溜出来，陪他训练。

让吴秦没想到的是，苏若水竟然也在这里，独自一个人练习反蛙泳。苏若水的游泳成绩位列倒数第三，要拿到积分的确有些困难。吴秦静静地望着水中的苏若水，月光轻柔地铺展在水面上，宛如一层皎白的纱。苏若水缓缓地划水而过，就像一条在纱上学舞的美人鱼。她映着月光的脸不时地仰起又落下，长发在脑后随意地绾成了一个髻。她大概已经游了一会儿，有点儿累了，动作有些僵硬、笨拙。这反而让平时无懈可击的她，多了一种别样的可爱。

就在吴秦专心欣赏美人夜泳的时候，杜长风已经跳进了海里。他一边在水中扑腾，一边询问吴秦动作要领。

吴秦的目光片刻也没有离开苏若水。很快，吴秦就找出了苏若水的技术破绽。“你的手臂和腿部动作都很到位，但是配合出了问题。移臂时收腿，划水时蹬腿、夹腿。划水结束后再把手臂和腿伸直。”

苏若水听见吴秦的声音，抬起了头。吴秦知道苏若水看见了自己，笑着冲她挥了挥手。苏若水没有搭理吴秦，但是她按照吴秦的教导调整了自己的泳姿，越游越顺畅了。

正在练习立泳的杜长风情况可就不妙了，“你丫教的动作怎么和灭绝师太教的完全不一样呢？我——咕——咕——”就这样，杜长风沉入了水底……

虽然吴秦第一次为人师表，就出了教学事故。但杜长风没有别的教练可找，只能跟着吴秦混了。每天晚上，众人休息之后，吴秦都会为杜长风开小灶。没过几天，苏若水也找上门来了，要加入两人的特训。

美人有求，吴秦哪有不鞍前马后的道理？可吴秦心里虽然欢喜，却故意不想答应个干脆，这招叫欲擒故纵。“我毕竟不是专业教练，不保证能教好你……”

苏若水打断了吴秦，言简意赅地说：“我会穿比基尼来上课的。”

“成交！”吴秦还没有开口，杜长风就替他答应了。

之后的一个月，吴秦过上了神仙般的日子。白天，吴秦在游泳课上不断刷新纪录，接受众人的膜拜；晚上，吴秦一边带领好兄弟天天向上，一边借教学之机和苏若水培养感情。

经过吴秦艰苦卓绝的努力，他和苏若水的关系有了巨大的改善。以前吴秦总是没话找话，厚着脸皮去骚扰苏若水，还常常要吃她的闭门羹。现在，苏若水会主动找吴秦说话了。偶尔两人也会坐在一起吃吃饭，聊聊学习以外的事。

吴秦借着闲聊的机会，变着法儿地打探苏若水的情况，想多了解她一些。苏若水不愧是神秘的天蝎座，对自己的事守口如瓶。每次吴秦问到关键的问题，比如“你爸爸是做什么的”，“你家有没有兄弟姐妹”……她总是淡淡一笑，然后就没有然后了。

吴秦唯一知道的情况是苏若水在加州大学伯克利分校获得了临床心理学的硕士学位后，又转入了该校的圣巴巴拉分校，拿下了海洋生物学的硕士学位。怪不得苏若水总是一副孤高自傲的样子，原来她是个学霸啊。这个发现大大地刺激了吴秦。小乖乖固然易推倒，聪明妞更能激起男人的征服欲。

当然，人生不可能事事顺心。再惬意的日子也会遇上不惬意的人和事，李慕源和他的爪牙就是吴秦的“不惬意”。这群渣渣一直在锲而不舍地找吴秦和杜长风的麻烦，不过吴秦和杜长风也不是吃素的。李慕源一伙怎么欺负他们，他们就依样回敬过去。新仇旧恨叠加在一起，让两队人马成了誓不相容的水与火。

转眼间，吴秦和杜长风已经在平台待了两个月，实用游泳课也结束了。经过吴秦的调教，杜长风终于摆脱了“尾巴”的名号，上升到了排行榜的第九名，只要在考试中正常发挥，拿到一分问题不大；苏若水的排名也上升到了第六，争取两分非常有希望。而吴秦更是坐稳了全员第一的宝座，三分一旦到手，晋级不在话下。

考试当天，吴秦和杜长风信心满满的来到了现场。李慕源和他的狐朋狗友见到两人，立刻不知疲倦地说起风凉话来。要是平时，嘴不饶人的杜长风肯定会和他们舌战一番。但是今天，杜长风处在高度紧张的状态中，没空理会他们。而且对方把话说得越难听，越能激起杜长风的斗志。很快，杜长风的斗气就满格了。

不一会儿，苏若水也来了。吴秦走到她身边，小声道：“你要是考了好成绩怎么报答吴老师？”

“我以为我每天穿比基尼来训练，已经是在报答他了。”

吴秦坏坏一笑，“你不看电视剧吗？电视剧里，少年侠客救了美貌小娘子，小娘子都是以身相许的。不过，吴老师没那么贪心。这样吧，要是你拿到两分，就给吴老师抱一下；如果是三分，你得让他亲一口！怎么样？”

“我可以把你的要求理解为白日做梦吗？”

吴秦“哈哈哈”地笑了起来，要攻下苏若水这种聪明绝顶，又冷静理智的女人，普通的招数根本行不通。所以吴秦只能祭出脸皮了，“加油！祝你考到五分！”

苏若水白了吴秦一眼，转身走进了队伍。

众人列队完毕后，林青蓝出场了。她今天破天荒地穿上了泳衣，林青蓝体形健美，肌肉线条流畅，全身上下没有一块赘肉。即使她只穿了一件男性化的连体运动泳衣，也相当惊艳。

杜长风把林青蓝从头到脚打量了一遍，悄声对吴秦说：“没看出来，灭绝还是个 C 罩杯！”

不知道林青蓝是不是听见了杜长风的话，她用凌厉的目光恶狠狠地扫过了杜长风。杜长风立刻噤声了，其他人也跟着安静了下来。

林青蓝走到操场正中央的沙袋山面前，说：“你们的考试题目是把这些沙袋运到海上的浮岛去。”林青蓝指了指东南海域，距离平台大约 800 米的一个用橡皮艇搭起来的浮岛，“所有人将会被分成两队。沙袋有轻有重，从 20 公斤到 80 公斤不等。队员每成功运送十公斤沙袋到浮岛，全队记一分，丢失十公斤沙袋，全队扣两分。一个小时内，计分最高的队伍获胜！”

林青蓝的话让气氛瞬间紧张了起来。大家都在小声的议论，期待自己和强悍的队友分到一组。

“安静！”林青蓝喝道，“我还没有说完！看见那艘船了吗？”

林青蓝说的是停在西北海域外大约 1500 米处的一艘救生艇。装扮成了遇难者的韩斐在船上向大家挥了挥手。

林青蓝指着韩斐说：“救出遇难者的队伍，可以记 10 分！在考试中胜出的队伍，该队全体成员，将会获得 3 个学分！另一队，全员将被记 0 分！”

林青蓝的话再次掀起了轩然大波。大家都迫不及待地物色起队友来。像吴秦这样的冠军选手，自然是众人追逐的对象。

一个平时几乎没跟吴秦说过话的哥们儿，向他抛出了橄榄枝：“咱们一组吧？”

目前排在成绩榜最末位的女生，也找上了吴秦，“吴秦哥哥，你带带我，好吗？不然人家就完了。”女生拉着吴秦的手臂轻轻地摇晃着，吴秦厌恶地甩开了她。

就在众人拼命讨好吴秦的时候，林青蓝把吴秦和马奎叫了出来。他们是成绩排行榜上的状元和榜眼，理所当然地被林考官指定成了两队的队长。

“现在你们可以选择了。”林青蓝对其余的人说，“每队人数不限，自由组合。”

吴秦以为自己听错了，“你刚才说‘每队人数不限’？”

“对！”林青蓝笃定道，“我不管你们是六对六还是一对十一，我只看结果，也只会给胜利的队伍学分！”

“这也太不公平了吧！”吴秦抱怨道。

“公平？”林青蓝冷嗤道，“你是个孤儿。”林青蓝指了指杜长风，“他是个私生子。”她又看了看李慕源，“他是个富二代，这又公平了？公平就是个响屁，只听过，没见过。既然大家打从出娘胎起就生活在一个不公平的世界，不如趁早适应游戏规则。没准儿还能凭本事，做点有价值的事！”

林青蓝的话非常残酷，却是铁铮铮的事实。很快，吴秦和杜长风就以亲身经历验证了这句话。

马奎、李慕源、孔二丘和阮德是一伙的，他们四个都是中上的实力。这几个家伙一抱团儿，所有人都跟了过去。吴秦的死党只剩下了杜长风和苏若水。

苏若水走向了吴秦，“你有什么计划？”

“人数悬殊那么大，我能有什么计划？”吴秦犹豫了一下，道，“你可以不跟我。我没有把握保你过关，但我不会认输的！”

吴秦这句话说得既诚心又违心。因为他既害怕苏若水会因为选择自己而丢掉三分，又希望她和杜长风一样，站在自己这边。理智与情感在吴秦的脑中交战，他感觉烦躁极了。

苏若水在吴秦身边停留了两秒，然后她径直走向了吴秦的敌队。对方阵营发出了雷鸣般的欢呼，他们似乎已经在提前庆祝胜利了。最终的结果也是如此，吴秦和杜长风败得一塌糊涂。吴秦还为了潜下水打捞一包掉落的沙袋，被海胆扎伤了。

考试结束后，苏若水拿来了医药箱为吴秦治伤。吴秦的脚底插满了海胆刺，只要微微一动，就会疼得锥心刺骨。

苏若水抓住吴秦的脚，用一把铁锤，在吴秦的脚心上狠狠地敲打。吴秦简直要疼昏过去了，但是为了在苏若水面前逞英雄，他咬紧了牙，哼也没哼一声。

一根根碎裂的海胆刺，跟随流淌的血液从吴秦的皮肉里排了出来。刺除净之后，苏若水从医药箱里，取出了一瓶绿色的药膏涂在了吴秦的伤处，又用纱布把吴秦的伤口小心翼翼地包扎了起来。

吴秦为苏若水的温柔感到动容，也为她自私的选择感到失落，更为自己的失败感到愤怒不平。

"恭喜你了，得了三分。"吴秦负气地说。

"你也有机会的。"苏若水剪断了纱布，"你的三公里水上救援，最好成绩是多少？"

"57分49秒。"

"我们队总共搬了900公斤货，得了9分。"说罢，苏若水收拾好医药箱走了。

吴秦颓然地躺倒在操场上，耳边飘过了考试前，林青蓝说过的那句话："救出遇难者的队伍，可以记10分！"

傍晚的天空，红得像怒火。海风像要发泄一般，用力地嘶嚎着。吴秦被它闹得心烦意乱，发狂地大喊："该死！该死！该死！"他的咆哮，惊飞了头顶的灰翅海鸥。

杜长风拿了几瓶啤酒，在吴秦身边坐了下来。两人一边喝酒，一边看夕阳慢慢地沉入了海平面以下。然后，月亮出来了。冷寂的月光，铺满了漆黑的海。

突然，吴秦产生了一种错觉，好像时光倒回了几个月前。他和杜长风坐在潘家园的小吃店，喝着北冰洋，吃着炖吊子。那时的日子多惬意？

"妈妈的，真不该来这儿！"吴秦咒骂着，把喝空的酒瓶扔进了大海。酒瓶划出一个悲伤的弧线，咕咚一声落进了水里。

"我倒不后悔。"杜长风看着落水的酒瓶，意味深长地说，"有人的地方，就有江湖，平台上这几个人足以组成一个微型的社会了。我们在社会上经历的人情冷暖，世态炎凉，在这里也没跑儿。而且平台上环境封闭，大家又是针锋相对的竞争对手。人性中的优和劣都会加倍地表现出来。”

杜长风顿了顿，喝了一口酒，“还记得灭绝在摆渡船上说过的话吗？‘适者生存，不适者走人。’也许我们误会了。平台不是训练新丁的地方，而是选拔合格者的场所。只有经过了丛林法则的考验，脱颖而出的最强者，才能加入猎海参军！”

杜长风一语惊醒了梦中人。猎海参军的现役成员，潮爷、韩斐、林青蓝哪个不是人中龙凤，强人大拿？吴秦和杜长风如果想和他们一起战斗，不拿出点实力来怎么行呢？

想通了这些，吴秦又振作了起来，“雄起！”他举起酒瓶和杜长风碰了一下。

“长风破浪会有时！”杜长风回应道，然后一口气把瓶中的酒喝了个干净。

那晚，吴秦和杜长风喝得酩酊大醉。等两人醒过来的时候，太阳已经升上了海面。灿烂的阳光像新生的希望一样，照耀着新的吴秦，新的杜长风，还有两人眼中的新世界。

第九章 猎海法则

实用游泳课结束后，吴秦和杜长风被逼到了生死的边缘。除非他们在接下来的打捞课中全取三分，否则，他们就要卷铺盖走人了。

打捞课开课的第一天，吴秦早早的就来到了教室。任课老师比他来得还早。自从来到平台，吴秦还是第一次见到潮爷。两个多月没见，潮爷又长胖了。他本来是个大胖子，现在简直是个巨型胖子了。

潮爷坐在晨光中，翻阅着手上的资料。吴秦的眼角余光看见了资料封面上的《学员成绩册》五个大字。

“你是最后一名？”潮爷问。

吴秦嬉皮笑脸地说：“是啊！要不您念在和我爹的交情上，在后面的课上给我开个后门？”

潮爷“嘿嘿”一笑，“我的后门，可是有去无回的！”

吴秦听出潮爷话中有话，赶紧收起了笑脸，“我只是开个玩笑而已！放心吧，我一定会凭自己的本事留下来的！”

说话间，众位同学有说有笑地走进了教室。大家坐定后，潮爷走上了讲台，介绍起沉船打捞的历史来。

“要讲深海打捞的起源，不得不提到中国历史上两个赫赫有名的君王啦。一个是夏朝的开国君王大禹，另一个是统一了六国的秦始皇。”

据说，大禹时代中国被分成了九个州。大禹收了九州的铜，铸了九个鼎，每个鼎上刻着各州的名山大川、珍奇异物。大禹把九鼎摆进了王室的宗庙，成为了华夏民族的镇国之宝，代代相传。后来，天下出了个烽火戏诸侯的周幽王。为了博他那个面瘫的王妃一笑，昏君竟然把国宝沉入了徐州彭城的泗水。秦始皇巡游路过泗水，听闻传说中的宝贝沉在这里，就派人下水捞宝。

《史记·秦始皇本纪》记载了秦始皇泗水捞鼎的盛况：“始皇还，过彭城，斋戒祷祠，欲出周鼎泗水。使千人没水求之，弗得。”秦始皇在泗水捞出的石头在河两岸堆成了长长的石梁。徐州三洪之一的秦梁洪便是由此得名的。

吴秦很迷盗墓小说《鬼吹灯》。书上说摸金校尉的祖师是曹操。要这么类比，职业捞宝人的鼻祖就是秦始皇了。吴秦把他的观点说了出来。

潮爷笑着点了点头，“可以这么说啦。根据联合国教科文组织估算，全球共有 300 万艘沉船，数兆亿美元的财富长眠于海底。其中，南中国海、地中海、加勒比海沉船数量最多，被誉为世界三大沉船坟墓。除此之外，海上丝绸之路沿线，也是重要的沉船地啦。”

神秘的沉船就像蒙面的美人，勾得人好奇心大起，想要揭开她的面纱，一睹芳容。大家的兴趣完全被激发了，竖起了耳朵，听潮爷继续往下说。“巨额的沉船宝藏吸引了无数探险者深入海下，亡命捞宝。二战前，沉船打捞的主力是海盗，欧洲的海军有时也会掺一脚啦。但大部分的宝藏猎人还是把目光放在了陆地上，尤其是古代帝王将相的墓葬啦。以埃及为例，世界上三分之一的出土文物都来自埃及。中国就更不必说啦，二战还没结束，就已经是十墓九空啦。盗墓贼不但发明了洛阳铲、短柄锄这类专业的‘生产工具’，甚至发展出了‘南派北派’的盗墓体系，盛况空前。再看大海这座蓝色的墓地，它虽然埋葬了不亚于陆地的财富，却一直无人问津。直到一个叫迈克·哈彻的英国人横空出世。”

潮爷的话把大家带回到了 1940 年。那一年，生着一头黄发，赤红脸，长相五大三粗的迈克·哈彻出生在了英国。哈彻从小在孤儿院长大，阅读了大量寻宝发财的书，毕生的愿望就是找到一大笔宝藏，从而改变自己的命运。

1970年，30岁的哈彻跑到了澳大利亚，成立了一家商业海洋打捞公司，打捞二战期间被击沉的商船和军舰，并靠着倒卖沉船残骸，勉强度日。

1984年，哈彻在档案馆里，邂逅了“哥德马尔森号”。1722年冬季，这艘满载着瓷器和黄金的明代商船，从中国南京驶往了荷兰的阿姆斯特丹。船在航行了16天后，触礁沉没了。哈彻在南海海域探测到了这艘沉船，并从船上打捞起了23.9万件青花瓷器和总重达45公斤的125块金锭，还有两门刻有东印度公司缩写的青铜铸炮。

哈彻将出水的宝物悄悄拉到公海藏匿了一年后，以“无人认领的沉船允许拍卖”的国际公约为挡箭牌，将沉船交给了荷兰的嘉士德拍卖行。1986年4月，嘉士德在阿姆斯特丹举办了“哥德马尔森号”沉船文物专场拍卖会。此举为哈彻换回了两千多万美元的回报，使他成为了“最富有的捞宝家”。那以后哈彻再接再厉，连续打捞起了数十艘沉船，他的名声越来越响。他成了“最出色的海洋探险家”“当代最成功的寻宝人”，也成了“文物海盗”“大灾难”。

1999年，哈彻重金聘请的考古人员，在荷兰人詹姆斯·哈斯伯格所写的《东印度航行指南》上发现了一个惊人的秘密：1822年1月14日，一艘满载着两千多名乘客和一百多万件瓷器的清代船只“泰星号”，行驶到中沙群岛时不幸触礁沉没了。这艘沉船是所有捞宝人梦寐以求的东方“泰坦尼克号”。

哈彻根据有限的文献抽丝剥茧，大致确定了“泰星号”沉没的位置。1999年3月底，哈彻带着船队，悄无声息地潜入了南中国海打捞“泰兴号”。

开始的一个月，搜寻工作进行得并不顺利。5月12日，转折终于出现了，潜水员在三十多米深的海底发现了一座瓷器山。随后，他们从水下陆续打捞起了一百多万件瓷器。

英国著名的海难研究专家尼戈尔研究过这些瓷器后，兴奋地告诉哈彻：“它们全都是中国康熙年间四大窑生产的瓷器！件件都是精品！我们发财了！”

与兴奋得几乎要飞起来的尼戈尔不同，哈彻表现得异常冷静，甚至有些冷酷，“看来你得叫人找几把铁锤过来了！我们得把这些迷人的小妖精都砸碎！物以稀为贵。我与其把一百万件让人眼花缭乱的精品大批量地投入市场，还不如永远让这些东西一件难求！”

“我至今依然记得那六十多万件瓷器粉碎的声音。”潮爷回忆起当年的情景，惋惜道，“哈彻砸碎了‘泰兴号’近七成的宝贝。然后他将保留下来的 36.5 万件珍品瓷器偷偷运到了德国，委托给了一家顶尖的艺术品拍卖公司拍卖。持续九天的拍卖会，为哈彻带来了三千万美元的回报。我买了其中的几件东西，却买不下所有。我也不可能再见到所有了，它们碎了，成了‘骨灰’，葬身在了海底。”

潮爷说到这里，表情变得肃穆起来。吴秦和杜长风还是第一次在他脸上见到这样的表情，仿佛他已不是两人昔日所熟悉的笑面佛，而是变成了一脸肃杀的恶罗汉。

“我知道你们绝大部分人和哈彻一样，是为了发财才到平台来的。如果不是有足够大的诱惑，鬼才愿意被关在这个监狱一样的地方，受这份活罪？我能理解财富的吸引力，它也没有放过我。所以我不会过问你们的动机，也不想知道你们的目的。不过，在你们入行前，有些规矩我必须说在前头！”

潮爷的语气变得更严厉了，仿佛法官在宣布审判结果，“‘有鬼不捞船，无命不下海。同舟不相残，不呛他人行。摸青不折楫，吃鱼不吃私。孤珍不作客，大器不出门。’打从有了猎海参军，就有了这八条规矩。这是猎海参军的行事准则。”接下来，潮爷详细地为大家解释了这八句话的含义。

古代的猎海人，每次出行前都会祭拜天、海、船三神。然后，在三神的祭坛前焚香占卜。如果占卜结果为“鱼”，便预示着这次航行会顺风顺水；反之，如果卦象为“鬼”，则不宜下海，是谓：“有鬼不捞船”。

“无命不下海”是指水手在船上的一切行动必须听从船长的指令。没有船长的命令，谁也不得下水捞船。“同舟不相残”很好理解，就是一条船上的人不得互相残害。“不呛他人行”就比较复杂了。

打捞这个行当以二战为界，划分成了两个派别。二战前就在海上捞宝的叫作前派。他们的技艺传承了上百年，有自己的一套规矩，行事恪守传统，讲究原则。猎海参军和巡海夜叉就是前派的翘楚。

后派是二战之后才加入打捞队伍的新兴力量。他们借助现代船舶和打捞设备在海上作业，不讲技艺的传承，也不像前派一样有那么多规矩。海洋考古机构、商业打捞公司、沉船猎人、文物海盗，都属于后派的范畴。

海下打捞按照操作流程来说，大致可以分为寻舟、定位、捞宝、鉴定和出货五个环节。其中，最有技术含量的两个环节是寻舟和定位。

后派没有出现前，打捞拼的是捞宝人的水性和水下应变能力。用现代人的话来说，以前的水下打捞是劳动密集型产业，谁的员工人数多，技艺精悍，谁就能在业内称霸。如今，随着科学技术的进步，海下打捞逐渐向技术密集型转变了。

“以前的捞宝人只能凭借一具肉身，与大海赤膊相拼。他们能接触到的，不过是海下几十米的宝藏。现下，人类制造的无人探测器已经能潜入 1.1 万米的深海进行勘探啦。时代变啦，打捞业的状况也变啦。现代打捞拼的已经不是人力了，而是资金实力和仪器设备。如果我们不能跟上脚步，就会像巡海夜叉一样没落啦。”

吴秦之前听韩斐提起过巡海夜叉的名号，知道他们控制了海上鬼市。他来了兴致，希望潮爷多讲一些巡海夜叉的事。可是潮爷似乎没有深入这个话题的意思了，他又回到了正题上。

“除了不断的升级船舶和打捞设备，我们还和一些科技公司合作，研发了海底探测器。如果你们有幸加入我们，也许可以亲眼见到探测器下水！”

潮爷的话把所有人的兴趣都吊了起来。大家满怀憧憬地议论了起来。

潮爷等到众人的兴奋劲儿过去了，才接着说：“寻舟和捞宝一样，也需要现代科技手段来作为辅助啦。但如何从尘封的档案中发现沉船的线索，如何从古代的海图上划定沉船的范围，如何根据民间传说或是乡野史料锁定沉船的坐标……却是人工活儿。而且不是简单的体力活儿，是智力活儿、能力活儿、知识活儿。这个过程就像警察抓捕凶手，是层层推理，步步求证，抽丝剥茧，探索发现的过程。”

有时候，几支打捞队会同时相中一艘沉船。这时，大家就会坐下来谈判，要么联合打捞，按比例分账；要么各凭本事，看谁艺高人胆大。

“在所有的海上势力中，打捞公司和考古队的水下作业能力是最强的，因为他们资金充裕，设备先进；但若论起寻舟，没有人能比得过我们猎海参军！”潮爷说到此处，脸上露出了自负的神色，“我们440年前就开始在水下捞宝了。这段漫长的岁月里，一代又一代的猎海人，搜集了大量的海图、航海日志、民间传说和渔人家谱……可以这么说啦，海上的事除了鱼，就数猎海参军知道的最多啦。现在不是流行大数据吗？猎海参军440年前就开始积累沉船大数据啦！除此之外，猎海参军的先辈还总结了一套完善的理论，能根据船舶的型号、洋流的走向、海底地形的状况和船舶沉没时的气象条件等因素，定位出沉船的海域。所以说我们‘不呛他人行’。因为没有这个必要啦！海下的沉船和宝藏何其多？我们又何必同别人争一条船呢？”

潮爷的这段讲述，宛如燎原的星火，点燃了众学员胸中的热血，所有人的脸上都不由自主地流露出了自豪之色。潮爷顿了顿，等到众人的情绪平复后，才接着解释了“摸青不折楫，吃鱼不吃私。孤珍不作客，大器不出门”的含义。这二十个字是猎海参军的道德规范。

猎海参军在水下捞宝，绝不毁坏船舶，做事不做绝摸不清折楫；猎海参军在水下捞到了任何宝贝都要统一交给船长，再由船长论功分配，叫作“吃鱼”。倘若有人被宝贝迷惑了双眼，胆敢藏私的话。那么他将受到最严厉的惩罚。

最后，猎海参军虽然不是慈善机构，但也有自己的底线。如果他们在水下找到了具有重大历史意义的孤品宝贝，会设法把宝物送回产地国，尽量不让宝贝客居他乡；同样的，如果他们在某国的领海打捞到了该国的宝贝，也不会把那宝物弄出国门去，让它离乡背井，流浪在外。

课程的最后，潮爷的脸上又回复了初时的严肃：“人无规矩不立，船无锚而不定。先人留下来的规矩，任何时候都不能丢啦！我把不好听的话说在前头，倘若有人敢违背这八条猎海法则，只要违背一次，就要终身葬令，永不复用！”

“葬令”是猎海参军的特殊仪式。先代的猎海人如果想要金盆洗手，或者违背了猎海法则，就要独自把船开到葬令湾去，告罪过海、潮、船三神和祖师爷后，把猎海令葬到海底去。那以后，猎海人再也不能以猎海参军自居。他的生死富贵，恩怨情仇也与猎海参军再无干系了。

与“葬令”相对的是“拜海”。拜海相当于猎海参军的入行仪式。不过拜海仪式具体是什么样子的，潮爷没有细说，他只说等到大家成了猎海人，自然就会知道了。

潮爷既能义正词严的放狠话，把人威吓住，又能用煽情的言语，给人打鸡血。一众学员在潮爷的慷慨陈词过后，全都对猎海参军产生了无限的向往。

作为一个“捞二代”，吴秦听完潮爷的话之后，心底由衷地生出了一股自豪之情。他暗暗发誓一定要加入猎海参军，光耀祖业；杜长风也在潮爷训话过后，更加坚定了自己的决心。他一定要成为猎海参军，在杜家人面前证明自己！

“我们什么时候能上打捞船呢？”吴秦心怀向往地问潮爷。

“明天啦！”潮爷笑道，“你们不但会上船，还要学会怎么使用船上的打捞工具啦！”

第十章 猎海号

第二天清早，打捞课的任课教官韩斐把大家叫到了操场上。众人一到地就看见海上停了一艘千吨级的打捞船——猎海号。

猎海号是猎海参军的主要作业船，长 90 米，宽 16 米，重达 4000 吨，周身被漆成了低调的蓝与黑。猎海号的甲板上连接着巨大的起重机，能够将重型打捞设备垂放到海下 5000 米的地方；主绞车一柱擎天，可以一次性从海底拉起 30 吨的货物。除此之外，船上还搭载了数百万美元的声呐设备、无人驾驶潜艇和深海挖掘设备。

李慕源不停地在一旁炫耀，说猎海号是他家的造船厂制造的，还说猎海号是整个东南亚海域设备最先进，吨位最大的私人打捞船。

以往李慕源炫富摆阔，吴秦和杜长风都会无视他。但是今天，杜长风像神经错乱一样，当着众人的面把李慕源捧上了天。

吴秦不悦地把他拉到了一边，责备道："你吃错药了？"

杜长风看着侃侃而谈的李慕源，狡黠一笑，"有一种现象叫'高大罂粟花综合症'。说的是那些光环四射，高人一等的人，容易惹来其他人自发性的、集体性的批评。就像花园里长得最高的那朵罂粟花，总是让人想把它剪掉。"

果然，李慕源越是说得起劲儿，身边的人脸色越难看。李慕源是个目空一切的人。他完全没有注意到其他同学脸上不屑的表情，也没看到杜长风偷偷扬起的嘴角。

吴秦把一切看在眼里，笑眯眯地揽住了杜长风，“你小子真是精得像只鬼啊！”

说话间，韩斐带领大家登上了猎海号，并介绍了船上的三种重型水下切割工具。甲板拆卸器的样子像一个大了十倍的娃娃机的抓钩；抓取器是一个超大号的机械爪子；还有长得像巨型破坏钳的剪切器。

“如果我们把沉船比喻为一个密封的罐头，水下切割工具就是开罐器，它们的作用是打开沉船。但要找到宝藏，还要依赖于 ROV——深海无人遥控潜水作业器。ROV 不仅是打捞人员的眼睛，也为所有打捞工具提供了动力。”

韩斐说着，走到了一个近三米高的正方形装置面前，掀开了上面盖着的帆布，一台蓝白相间的ROV赫然出现了在了众人眼前。它的模样就像一个巨型的工具箱，里面集成了各式各样的深海打捞工具。

“这是我们专为猎海号研发的 4500 米级的 ROV——禹强。禹强是世界上顶级的 ROV，有 100 匹马力的引擎和两组液压系统，同时还装备有水下摄像照相系统、声呐、多功能机械手和不同功能的水下作业底盘。”

大家一边听韩斐讲述，一边好奇地打量着眼前的大家伙。脸上莫不露出了好奇、兴奋、激动的神情。

韩斐等大家都看够了才接着讲：“禺强的研发和制造成本高达 3500 万美金。它的维护成本每年也要几十万美金。深海打捞是一项烧钱的豪赌。每一次打捞的成败，都系在 ROV 的实际工作成效上了。因此，ROV 的驾驶员是打捞队中的顶级稀缺人才。在几千米深的海下，控制机械进行复杂的海底作业，不但需要过硬的技术和丰富的经验，还需要过人的勇气、决断力和抗压能力。海下的情况极其复杂，谁都不知道意外和宝藏哪个会先出现。”

韩斐顿了顿，把话题引向了之后的课程安排，“从今天起，你们将会在猎海号上开始为期 15 天的打捞训练。所有人将被分成六组，两人一组，自由搭档。还有什么疑问吗？”

大家交头接耳了几句，没有提出新的问题。韩斐点点头，把众人领到了位于船下层的指挥舱。

这里很像一个监控室，墙壁上挂着七八台显示器，中间有一张十人的会议桌。打捞工作进行的过程中，ROV 拍摄到的所有影像都会出现在显示器上。届时，船长和各路专家会聚在这里，一边观看显示器上的图像，一边通过对讲系统与 ROV 驾驶舱通讯，协调驾驶员的操作，为他出谋划策。简单的参观之后，韩斐又把大家带到了 ROV 驾驶舱，众人将在这里完成人生的第一次 ROV 驾驶实践。

驾驶舱很狭小，也很封闭。操作台就像一台大型的游戏机，前方是一块 40 寸的液晶显示屏，下面是按键繁琐的工作台。ROV 驾驶员的工作就是坐在椅子上，使用微力触发操作器，在几千米的深海里玩一场惊险刺激的电子游戏。只不过这场游戏不是虚拟的，而是现实的。

吴秦一看到这样的架势，立刻就按捺不住了。他第一个跳上了驾驶椅，实验了一把。结果他以 34 分 32 秒的成绩，完成了规定的 300 米水下模拟探索任务。

韩斐看见这个成绩后，很吃惊，“模拟探索任务的历史最好成绩是 29 分 11 秒。这个成绩是我第 7 次驾驶 ROV 时创造的！你不错啊，小子！”

徒弟在师傅面前炫技是一件很酷的事。吴秦得意地把头上扬到了四十五度，用一副傲视众生的口吻说：“不要叫我天才！”

韩斐拍了拍吴秦的肩膀：“希望考试结束，你还能这么说。”

吴秦拍着胸脯向他保证：“放心吧，我会一路开挂的！”

吴秦果然兑现了他在韩斐面前许下的豪言壮语。打从第一天坐进驾驶舱，就成了 ROV 操作界的外挂。但是吴秦并没有因此而骄傲自满。实用游泳课的教训吴秦记得清清楚楚，他再也不想因为自己的傲慢被翻盘了。吴秦变了，变得有自知之明，变得踏实，也变得勤奋了。每一天，吴秦都是第一个进入驾驶室练习的人，也是最后一个离开的。他把每一次练习都当成了实战，用心钻研，认真实践。

过人的天赋加上辛勤的付出，让吴秦尝到了好果子。训练的第三天，他就打破了韩斐创造的 300 米水下模拟探索的纪录。训练结束的时候，吴秦的成绩更是达到了惊人的 18 分 47 秒。

在吴秦变身成打捞外挂的同时，杜长风化身成了一名杰出的外交家——陪李德胜钓鱼，和金在沅下围棋，同丹尼尔讨论拜占庭历史……在杜长风的努力下，现在除了李慕源一伙儿还是他和吴秦的死敌之外，其他人已经不像当初那么讨厌两人了。尤其是丹尼尔，他早就见不惯张狂的李慕源了。在杜长风的煽风点火下，他对李慕源的恨意又加了一百倍。敌人的敌人，就是我军的盟友。不出一周，丹尼尔就和杜长风称兄道弟了。

十五天的特训转眼就结束了。这天，天气晴好，风平浪缓，是个出海的好天气。学员们被叫到了猎海号的甲板上，韩斐和林青蓝都在这里。

韩斐一脸严肃地对学员们说："今天我们将离开平台去完成一项深海探索任务。这是你们入了平台之后的第一次出海实践，也是你们的打捞课考试。"

大家听韩斐这么说，全都紧张了起来。所有人都竖起了耳朵，听韩斐宣布考试规则："我们要勘探的是 1944 年的莱特湾海战中，被美军潜艇击沉的日军重巡洋舰摩耶号。你们将会按照平时的训练分组，两人一组，一人担任 ROV 驾驶员，一人留在指挥室监控打捞进程。探明船骸的情况后，每个队伍有一个小时的时间，设计打捞方案。我和林教官将根据你们的方案评出成绩。"

莱特湾海战是美日两国海军在二战期间的一次重量级交锋，堪称史上规模最大的海战，也是最后一次航母之间的对战。

战斗从 1944 年 10 月 20 日一直持续到了 10 月 26 日。短短六天的时间里，交战双方投入的船舰总吨位超过了两百万吨。共有 21 艘航空母舰、21 艘战列舰、170 艘驱逐舰与近 2000 架军机参与了战斗。

战争的结果是，日军遭到了滑铁卢式的惨败，13 艘巡洋舰以上的重型军舰被击沉，全军的航母力量也被彻底地摧毁了。日军意识到胜利无望，便发动了自杀式的攻击。从此，赫赫有名的"神风特攻队"登上了历史舞台。

以上内容，是驶往沉船海域时，韩斐讲给大家听的。众人花了一整天的时间，搭乘猎海号来到了目的地。

考试于船舶到位后的第二天清晨正式开始了。李慕源和马奎第一队亮相，他们花了 1 小时 20 分，完成了探索任务。苏若水和孔二丘紧随其后，他们的成绩是 1 小时 52 分。吴秦和杜长风是最后一队出场的。

考试正式开始前，杜长风拍着吴秦的肩膀说："你丫放开了手脚干！不管结果如何，我都认！"

"你放心，这三分我们拿定了！"语毕，吴秦信心十足地走进了ROV驾驶舱，杜长风也走向了指挥舱。

吴秦在驾驶位上坐稳后，深吸了一口气，握住了操作器。显示屏"唰"地亮了起来。屏幕上的画面渐渐由天空变成了海平面，进而变成了蓝色的海水。

等待ROV下潜到船骸所在位置的过程中，吴秦的脑海里浮现出了考试前韩斐让大家看过的侧扫声呐扫描图。图像中的船骸落在海床上，形成了一个明显的撞击坑，就像战争留下来的巨大伤口。虽然经过了数十年的岁月洗礼，伤口结痂了，伤疤却永远的留了下来，提醒着人们战争的罪恶。

大约过了半个小时，ROV潜入了水下240米的深海。摩耶号就阵亡在这里。吴秦将ROV引导到宛如城堡般的军舰正上方，开始侦查。这种感觉很奇妙，就像海底有一个犯罪现场，船"死"的时候没有目击证人，案发后也没人能够提供线索。吴秦是唯一的海底警探，他即将独自侦破一宗尘封了几十年的悬案。

吴秦这次使用的主力探索工具是一台价值35万美元的小型ROV，它差不多有两箱啤酒那么大，可以在货仓里航行，进入大型ROV无法去到的地方。由于它的外壳只有黄与黑两种颜色，和《变形金刚》里的大黄蜂一样，于是吴秦给它取名小黄蜂。

为ROV命名，是驾驶员的特权。禺强就是他的驾驶员韩斐用《山海经》里的海神禺强的名字命名的。搭载小黄蜂的中型ROV是三天前才下水的，还没有名字。韩斐说了，这次考试中成绩最好的驾驶员，将得到它的命名权。

吴秦在摩耶号的上方释放了小黄蜂。小黄蜂立即变成了一只勤劳的工蜂，围绕着船骸转圈，探索。船骸大部分地方都保存得很完整，除了船侧的致命裂痕。小黄蜂在那里拍摄到了四个大洞，似乎是鱼雷闯的祸。

杜长风在指挥舱看见了小黄蜂拍摄到的画面，兴奋地在耳麦里对吴秦说："我查到的资料显示，摩耶号是被美军短吻鳄级潜艇的4枚鱼雷击中沉没的。看来记载是对的！"

吴秦对杜长风说："看好了吗？我要让小黄蜂进船舱了。"

"你进去吧。"杜长风在对讲机那头说。

吴秦得令，操作小黄蜂从船右下方的缺口进入了船舱。幽蓝色的海水在显示器上静静地流淌着。随着小黄蜂的探照灯扫过海床，覆满了泥沙和沉积物的船骸在吴秦眼前一点点地展开了。吴秦正准备让小黄蜂深入船体内部一探究竟，小黄蜂的探照灯突然变暗了。紧接着，属于它的那块显示屏上出现了满屏的雪花，然后是气泡翻腾的海水，最后显示屏竟然完全黑了。

"该死！光纤链路断了！"杜长风的咒骂声从对讲机里传了过来。

与此同时，吴秦从显示屏上看见小黄蜂随着海流飘走了。它的光纤线还挂在身后，像一条可怜的断尾，任凭海流摆布。被鱼雷破坏的钢板，就像尖利的兵刃，大概是它们把光纤切断了。

所有人都很沮丧，挫败的气息弥漫在猎海号的每一个角落。指挥舱里许久没有人说话，气氛凝重得可以把船压沉了。

吴秦眼巴巴地看着小黄蜂在海水中渐行渐远，消失不见，心情跌到了谷底。他再也没办法完成考试，也没有希望拿到积分了。更糟糕的是，35 万美元就这样在他眼前漂走了。虽然这是个倒霉的意外，但吴秦不知道该怎么面对杜长风，怎么面对韩斐和林青蓝。

许久，韩斐的声音从对讲机里传了过来："收队吧，勘探任务结束了。"

吴秦沮丧地拿起了操纵杆。他已经失去了小黄蜂，为了减少损失，他必须让搭载小黄蜂的无名中型 ROV 安全地回到海面上，不能再出任何岔子了。

吴秦深吸了一口气，调整好自己的心情，开始操作 ROV 完成半小时的浮升。就在这时他突然在监视屏上看见了一个晃动的黄点。吴秦把 ROV 的摄像头拉近了，没想到竟然看到了在海水中迷茫游动的小黄蜂！

指挥舱里的同伴也看见了这一幕，发出了惊喜的欢呼，杜长风更是兴奋得冲着对讲机大喊："丫的！这简直是个奇迹！"

吴秦激动得在心里感谢了一万次上帝。但他没有被胜利的喜悦冲昏头脑，而是握住了操纵杆，并迅速在脑海中勾勒出了救援方案，"我要让无名 ROV 行驶到小黄蜂上方，再用机械臂把它抓住，放进采样笼里。”

这个救援方案听起来天马行空，但是得到了韩斐的支持。“你需要帮助吗？”

吴秦思索了一秒，“你来我这里！我需要你的当面指导！”

韩斐没有答话。一分钟后，他出现在了吴秦的身边。此时吴秦正打算松开绳子，让无名 ROV 游到小黄蜂的身边去。

“你来操作？”吴秦对韩斐说，“你的经验比我丰富。”

“不！你是我们中间最好的 ROV 驾驶员！”

吴秦没想到韩斐这么信任自己，信心大增，立即驾驶着无名 ROV 从后方追上了小黄蜂。

韩斐在吴秦身边提议：“小黄蜂的后面有一个把手，那是机械臂最容易抓住它的部位。”

有人在背后看着你的一举一动会增加压力。人在巨大的压力下，会激发出无限的潜能。吴秦面临的就是这样的情况，他在韩斐期盼的注视下小心翼翼地释放了机械臂。

机械臂在水中轻轻地晃动着，看起来它也要飘走似的。吴秦知道这个时候不能着急，也不能慌乱。于是他放慢了速度，让机械臂保持头部向前的姿势，尽量往前冲，直到它伸到了小黄蜂的后部，把手所在的位置。

众人刚才还在对讲机的那头为吴秦打气，此刻，他们全都噤声了，韩斐也不说话了。时间仿佛凝固在了决胜的一刻。成败就看吴秦的表现了！

吴秦屏住了呼吸，放手一搏。机械臂在他的操作下缓缓地抓住了小黄蜂后部的把手，然后它把小黄蜂拖了回来，关进了采样笼，又把笼子迅速地合上了。

整个过程不过一分钟的时间，吴秦却感觉经历了几个世纪。等到小黄蜂安全获救，他才松了一口气，讷讷地说：“小黄蜂回巢了。”

下一秒，指挥舱那边传来了雷鸣般的欢呼声。吴秦赶紧把对讲系统关闭了，才不至于变成聋子。

半个小时后，无名 ROV 带着小黄蜂回到了船上。韩斐宣布了吴秦队的耗时。尽管出了一个意外的插曲，吴秦和杜长风还是所有人中间耗时最短的。

勘探的耗时，决定了汇报方案的顺序。用时长的队伍先汇报，用时短的队伍后汇报。先汇报的队伍没有充分的时间准备，也不能从别人的方案中吸取精华，比较吃亏。后汇报的队伍正好相反。

吴秦和杜长风是所有人中耗时最短的，排在最后一位汇报方案。可这有什么用呢？两人并没有完成勘探任务，怎么设计方案呢？

吴秦满心担忧，杜长风却一脸淡定，“放心吧！我保证把三分拿到手！”

吴秦虽然不知道杜长风葫芦里卖的什么药，但他看杜长风一副胜券在握的样子，便安下心来，听众人汇报他们的打捞方案。

李慕源和马奎排在吴秦和杜长风前面。李慕源绘声绘色地陈述了他们的方案，末了，他总结道：“如果出动猎海号，按照我们设计的方案作业，一定会顺利完成打捞任务的！”

韩斐点了点头，转向了吴秦和杜长风：“到你们了。”

杜长风胸有成竹地站了起来，朗声道：“我们不会设计任何打捞方案！”

杜长风语出惊人，所有人都吃惊地看向他。杜长风把众人的反应看在眼里，一字一句说：“深海打捞是有成本的。这个问题我向你咨询过。”杜长风说的“你”是韩斐，后者用点头证明了杜长风所言不假。

杜长风自信满满地往下说：“猎海参军花在船舶和设备维护上的成本，每一年大概在 2500 万到 3000 万美金之间。为了把这笔钱赚回来，并且有盈利，我们必须学会选择和放弃。打捞摩耶号最少需要 10 天。打捞工作还必须由猎海号这样的大型船来完成。摩耶号是一艘被炸沉的二战军舰。对考古学家和二战专家而言，它自有它的价值。可是对我们猎海参军来说，它就是 1 万吨重的破铜烂铁。我不知道 1 万吨废铁能卖多少钱，但我知道这些收入绝对不能覆盖运营成本。与其干这种出力不讨好的活儿，我宁愿把猎海号租出去。猎海号的租金一天是 10 万美金，10 天就是 100 万美金了。”

杜长风的陈述虽然出人意料，但是有理有据。胜负瞬间就分了出来。

韩斐满意地问吴秦和杜长风，“你们决定给刚下水的 ROV 起什么名字？”

两人异口同声道：“路飞！”

打捞课结束后，平台的训练也过半了。按照规定，将有一半的人被淘汰出局。目前，积分榜上李慕源和马奎以 5 分高居榜首。孔二丘和苏若水同积 4 分并列第二；剩下的人都是 3 分，必须通过匿名投票的方式争夺最后两个晋级名额。投票的规则很简单，六支队伍每队一票，但不能投给自己。

李慕源得知投票定胜负的消息后，笑得嘴都合不拢。他天真地认为以吴秦和杜长风的人缘儿，一旦进入投票环节，必死无疑。谁知，吴秦和杜长风最后以三票的压倒性优势取得了胜利。李慕源知道结果后，差点儿惊得栽进海里去。

杜长风心里却很清楚，哪些队伍投了他和吴秦的票——有和他天天下围棋的金来沉队，也有每周和他去夜钓的李德胜队，还有早就与他和吴秦同仇敌忾的丹尼尔队。

投票结束后，没能晋级的人，就这样被淘汰了。韩斐送他们离开平台的时候，他们都哭得很惨，尤其是阮德。

阮德是一个越南渔民的儿子，家里非常贫困，有七个弟弟妹妹，全家人就指着他干活儿养家了。阮德把加入猎海参军，看成了他这辈子咸鱼翻身的机会。所以他对李慕源唯命是从，像条宠物狗一样；但同时，他也暗自努力着，希望摆脱看人脸色过活的日子。吴秦曾经不止一次看见阮德在大家入睡后，悄悄地躲在厕所里，整夜整夜地背书。

可恨之人必有可怜之处。可惜，这是个弱肉强食的世界。如果不想一辈子当条可怜虫，只能努力让自己成为什么厄运都打不倒的绝对强者。这是吴秦在平台学到的又一门课程。

第十一章 终极对决

送走昔日的战友，最后一门课——“海上防务与逃生”开始了。所有队员被分成了两队接受训练。课程结束的时候，两支队伍将进行一场对决。胜队的全体成员将会成为猎海参军，负队淘汰。正是一荣俱荣，一损俱损，你死我活，成王败寇。

“接下来的时间，大家必须学会在一条船上生存。选择什么样的人同舟共济，怎么样同心协力的把船开到目的地，是考试以外的额外考验。”林青蓝宣布了新规后，如是说。

大家都没有说话，默默地站到了自己的队友身边。吴秦本以为李慕源、马奎和孔二丘必定会抱团儿，没想到李慕源竟然舍弃了孔二丘，向苏若水伸出了橄榄枝。

“我们三个是实力最强的，如果我们强强联合，一定能拿下他们！”

孔二丘听见这话，脸上一阵红一阵白的，显然是心里不爽。但他性格内向，平时话就不多，在李慕源团队里是最没有存在感的角色。他并没有站出来为自己说话，只是紧抿着嘴，兀自郁闷。

苏若水没有立刻答复李慕源。她走到吴秦面前问：“你有什么计划？”

吴秦直视着苏若水的眼睛，坚定地说：“我没有计划。但我承诺，不论发生了什么事，绝对不会抛下同伴。”

“大家既然上了一条船，势必同舟共济。”杜长风补充道。

苏若水微微一笑，站到了两人中间。这一次，她再也没有移开脚步。

分组既定，课程立马开始。首先上的是格斗课。吴秦和杜长风早就在等这个教训李慕源的机会了；李慕源也想给两人好看。然而，在大家开打前，必须先解决林青蓝这个武林高手。

林青蓝究竟有多彪悍？以她上的第一堂格斗课为例。

林青蓝选了杜长风做自己的第一个教学对象。她先让了杜长风一只手，杜长风一拳就被打趴下了；她索性双手都不用了，只用脚攻击。结果，杜长风一脚就被踢飞了。最后，她只能手脚都不用了，只是闪避杜长风的攻击，杜长风还是一招就败。学员中，只有以前参加过海军的马奎能勉强和林青蓝过上两招。其他人的下场都和杜长风一样，还未出招就被搞定了。

首日的训练结束后，吴秦队的三名成员，遍体鳞伤的躺在场馆的地板上吐槽。

“这辈子除了我妈，我还是第一次被女人打得那么惨！”杜长风诉苦。

“我是第一次被女人打。”吴秦说：“这女人怎么那么能打？跟练了九阴真经似的！”

“她从小就开始学习各国的实用格斗术。后来她糅合了截拳道、泰拳和以色列马伽术，自创了一套打法，的确很厉害。”苏若水说。

“你怎么知道？”

“我们一年前就认识了。”林青蓝并没有因为苏若水是女人就对她手下留情。苏若水的右脸挨了一拳，颧骨高高的肿了起来，美丽的容颜，暂时遭到了破坏。

吴秦看见苏若水受伤的脸颊，气不打一处来，“既然是认识的，那她还对你下狠手？”

苏若水倒很大度，“上课就是上课。她正常教学没有错。”

话虽这么说，可吴秦心里还是不爽。于是在以后的日子里，吴秦本着拼命三郎的精神，课上主动要求林教头调教，课下努力打沙袋。

要想学会打架，先得学会被打。在被林青蓝狠狠地揍了百八十顿之后，吴秦的格斗能力有了大幅度的提高。虽然他还是打不过林青蓝，但已经可以和李慕源战个你死我活了。

和吴秦相比，杜长风就惨了。杜长风天生就是个运动白痴，他无论怎么努力也摆脱不了人肉沙包的凄惨命运，和他同样生活在人间炼狱的还有孔二丘和苏若水。

格斗课进行了一周后，射击课也开始了。没摸枪之前，吴秦以为自己一定会是个神枪手。结果，真到了射击场上，他才发现，神枪手并不是那么容易就能养成的。吴秦最大的问题出在悬臂据枪的环节。

林青蓝对吴秦重申了无数遍动作要领，“据枪稳固的关键不在于臂力的大小，而是取决于用力是否平衡，臂力大只是个有利因素。你要保持平衡，必须练好站、握、挺、伸、转五项基本功。”以上这番话，吴秦简直可以倒背了。但是一实操，他就要出问题。

与吴秦的笨拙不同，杜长风的射击成绩好到了惊人的地步。除了之前就用过枪的马奎，简直无人能敌。李慕源位居六人中的第三名，苏若水紧随其后，孔二丘和吴秦垫底。

日子在紧张的训练中一天天的过去了。训练过半的时候，本门课程的压轴——救生与逃生开始了。开课的当天，韩斐为大家介绍了课程的助教。

“怎么是她？”李慕源惊道。

“怎么不能是她？”韩斐为他的搭档正名，“苏若水老师是加州大学的医学硕士，又是国际急救员。你觉得她不够资格吗？”

李慕源不爽地说：“又当老师，又是考生，可别偏心啊！”

“放心吧，她只教课，不评分。”撂下这句话后，韩斐转身离开了。然后，开始上课了。

“我们今天要学习的是怎样正确的抢救溺水人员。溺水是海上最常见的意外。溺水者通常都会出现窒息的症状。下面我将为大家做个示范，如何正确地抢救出现了窒息症状的溺水者。”苏若水停了下来，看向了她的学生，“我需要一名志愿者。”

吴秦和李慕源同时从队伍中站了出来。苏若水朝吴秦招了招手。吴秦甩给李慕源一个“你被秒杀了”的眼神后，嘚瑟地走到了苏若水面前。

苏若水让吴秦平躺在垫子上，“将溺水者抬出水面后，应该立即清除其口鼻内的水和污物。然后将溺水者的舌头拉出口外。再解开他的领扣和衣扣，让其保持呼吸通畅。”苏若水一边讲解，一边动作。她细软的手指，轻柔地解开了吴秦领口的扣子。一颗、两颗、三颗……

吴秦忽然有些心猿意马，脑海中浮想联翩起来。他想象着自己此刻不是躺在垫子上，而是睡在一张超大号的软床上。苏若水正在一颗颗地解开他的衣扣。一颗、两颗、三颗……

正当吴秦沉醉于幻想，不能自拔的时候，苏若水突然半跪了下来。她把吴秦的腹部放在了自己腿上，让后者背朝上、头下垂躺着。同时，用手猛地平压吴秦的背部。吴秦猝不及防，差点儿把早餐吐出来。

苏若水一边折腾吴秦，一边讲解：“用这个姿势，能快速的让溺水者把吸入的海水吐出来。还有一个倒水的办法，是抱起溺水者的双腿，将其腹部放在急救人员肩上，快步奔跑，使积水倒出。”

吴秦以为苏若水又会身体力行，心里大叫了一声不妙。幸好苏若水只是说说而已。

“如果溺水者的呼吸停止了，应该立即进行人工呼吸。一般以口对口吹气为佳。”

“老师会给大家示范人工呼吸的正确方式吧？”吴秦期待地问。

苏若水含笑看着吴秦。她的双眼清澈而明亮，仿佛盛着脉脉春水。“当然。”

吴秦简直乐开了花。不过，这毕竟是在众目睽睽之下，吴秦就算有什么见不得光的小心思，也不能表现得太明显。于是他乖乖地闭上了眼睛，等待着苏若水的吻。

“做人工呼吸时，救援人员应该让自己处在溺水者的一侧。托起他的下颌，捏住他的鼻孔，深吸一口气后，往他嘴里缓缓吹气。”苏若水一手捏住了吴秦的下巴，一手捏住了他的鼻子，缓缓俯下了身。3 厘米，2 厘米，1 厘米……苏若水的嘴唇离吴秦越来越近。她温热的呼吸轻柔的刷过了吴秦的唇瓣，就像一阵撩人的风。

只听苏若水在吴秦的唇舌上方，柔声道：“动作要领就是这样了。刚才的第二名志愿者，你来示范一下。”

这简直是晴天霹雳！吴秦惊愕地睁开了眼睛。看见了苏若水微微勾起的唇角。那是一个戏谑的笑容。不知道是不是吴秦想多了，他竟然觉得苏若水是故意的！

苏若水朝李慕源招了招手，“来吧。”

李慕源脸都绿了，表情难看得仿佛吞了一只苍蝇。“你让别人来当志愿者，可以吗？我弃权！”

吴秦也跟着帮腔，“我一个志愿者就够了。”

苏若水沉下了脸，“这是上课，不是买菜。没有讨价还价这个环节。”语毕，她再也不说话了，安静地等着吴秦和李慕源为大家作示范。

如此僵持了一阵，吴秦和李慕源只能屈从了。

摆好姿势后，吴秦咬牙切齿地说：“你要真敢亲，我跟你没完！”

李慕源冷哼了一声，“我早就跟你没完了！”

说完，李慕源深吸了一口气，厌恶地压下了脸……

吴秦的脑袋瞬间就一片空白了，整个人仿佛坠入了不见天日的暗黑深渊。他唯一记得的是，苏若水在他和李慕源的头顶，用既像魔鬼，又像天使的声音说：“救援人员要反复并且有节律地重复这个动作，每分钟吹气16到20次……”

那堂救生课过后，吴秦和李慕源只要一见到对方，就要立即跑到一边，扶着墙吐个够。这种情况一直持续到了训练结束。考试的前一晚，杜长风把吴秦和苏若水拉了出来，商议第二天的应考对策。

“明天的考试，我们的总体实力不如对手，一味蛮干肯定是不行的。”

“你有什么打算？”吴秦问。

杜长风不答反问：“你们都知道田忌赛马的故事吧？”

战国时期，齐国大将田忌经常与众公子赛马。孙膑发现田忌的马根据脚力的不同可以分为上、中、下三等，于是对田忌说：“倘若您用下等马对付公子们的上等马，用您的上等马对付他们的中等马，再用您的中等马对付他们的下等马。必然能大获全胜。”田忌按照孙膑教的方法，与众公子赛了三场马，最终两胜一负，赢取了千金的赌注。

杜长风讲完故事后，说：“明天的格斗考试，我们也来一个田忌赛马。若水对阵最强大的马奎，一上场不用过招，直接认输，以保存实力；我对孔二丘。我只比孔二丘差一点儿，在不影响后续考试的情况下，可以练练。至于你嘛——”杜长风把手放在了吴秦的肩膀上，阴险地说，“胜不胜不重要，重要的是揍李慕源一顿！狠狠揍！往死里揍！”

不用杜长风说，吴秦也会在明天的格斗考试中给李慕源好看，把新仇旧恨全报了。

“就算我打赢了李慕源，你们如果落败了，格斗环节照样会输啊！”

杜长风朝吴秦翻了个白眼，“你丫能不能用一次脖子以上的部分？田忌赛马！我讲得很清楚了！”

吴秦还是没有领会杜长风的战术要领，苏若水挽救了他。“输掉格斗，就像田忌用下等马对付公子们的上等马。李慕源如果被你打了一顿，以他的性格，一定会急于在接下来的比赛中第一个出场，并向你约战。李慕源的枪法比你好。所以你要避让。”

杜长风接过苏若水的话茬儿说：“我们在射击这个项目的总体实力略逊色于他们。不过他们队伍里有个 BUG。”

杜长风说的是孔二丘。这小子和吴秦一样，枪法不好。

“射击前，如果有人能对孔二丘说些什么，或者做些什么，让他比平时还要紧张，那就好办了。”说罢，杜长风看向了苏若水。

苏若水心领神会，比了一个 OK 的手势。“大胜过后，突然大败，会对人的心理造成极大的打击。人容易因为慌张和急躁犯错误。”

“到那时，我们取胜的机会就来了！”

吴秦看着杜长风和苏若水满面笑容，说着阴谋诡计的样子，心想，幸好这两位是他的战友，不是敌人，否则，他连怎么死的都不知道。

“你们不会把最后一轮逃生演习的大绝招也设计好了吧？”吴秦问。

杜长风和苏若水齐齐地点头。吴秦赶紧凑了过去，聆听两位军师的安排。

第二天的考试，一如杜长风和苏若水设计的那样，稳步进行着。

在第一场格斗考试中，苏若水认输，杜长风惜败，剩下一个吴秦，站上了擂台。李慕源也上了战场，一对老冤家像两只蓄势待发的野兽，虎视眈眈的盯着对方。

杜长风在场外冲吴秦比了一个“打扁他”的手势；苏若水面带微笑的坐在杜长风身边观战。马奎抱着手站在场边，双脚有一下，没一下地轻跺地面，看起来有些焦躁。孔二丘在场边大声的为李慕源加油，后者却对他爱搭不理。

林青蓝站到了两人中间：“准备好了吗？”

吴秦和李慕源异口同声的称是。林青蓝一声哨响，战斗一触即发。李慕源率先抬起右脚，一个飞踢，攻向了吴秦的腰侧。吴秦和李慕源对练十次，他有四五次都会以这招开场。吴秦对此早有防备，滑步绕到了李慕源身后，躲过了这一击，同时迅速恢复了平衡，转身面向了李慕源。

李慕源和吴秦一样是攻击型的选手，信奉最好的防守就是进攻。以往两人格斗，都是比谁的进攻更凶狠，不打个鼻青脸肿，不罢休。可是今天，吴秦是带着杜长风和苏若水教给他的任务上场的——第一，他不能受伤，也不能过度消耗体力，以免影响下面的考试；第二，他得痛揍李慕源一顿，让他知道小锅是铁打的。

吴秦既想要鱼，又想要熊掌，就不能蛮干。他得像杜长风说的，学会用脖子以上的部分对敌。于是，吴秦破天荒的转攻为守了。他不和李慕源对攻，反而在擂台上跑来跑去，躲避对方的攻击。

李慕源屡次出手都落了个空，急得像一头发怒的大马熊，恶狠狠地扑向了吴秦。吴秦一个矮身，躲过了这一次攻击。然后他开始出言挑衅。李慕源被吴秦惹得越来越怒，巴不得把吴秦大卸八块。吴秦左躲右闪，但坚决不还手，顺便带着李慕源在擂台上往返跑。

格斗考试没有时间限制，只有一方认输或者把对手彻底打趴下，考试才会结束。吴秦和李慕源一守一攻，在擂台上僵持了足足半个小时。李慕源的脚步渐渐慢了下来，他的攻击招式也乱了。这正是吴秦等待的时机。耐力不佳和脾气急躁是李慕源的两大缺点。当这两个缺点同时暴露出来的时候，就是吴秦狠揍李慕源的时候。

吴秦趁着李慕源一脚踢空，下盘不稳的当口，一把抓住他的脚，死死地向前一拽。李慕源一下子失去了平衡，背部着地，摔了个仰面朝天。李慕源吃痛，大骂了一声，想要爬起来。吴秦可不会给他翻身的机会。他像只猛虎一样冲了过去，骑在李慕源身上，手肘用力，狠狠地在李慕源下巴上猛击了一下。李慕源立刻就挂彩了，趴在地上"嗷嗷"直叫。

马奎急得在场边喊："起来啊！还击啊！"

杜长风也在一旁为吴秦打气："揍扁他！别给他翻盘的机会！"

李慕源奋力地拍打着吴秦的胳膊，想推开吴秦。吴秦握紧了拳头，狠狠地朝李慕源的面门再下一拳。李慕源扭头躲过了。但他躲得过初一，躲不过十五。吴秦一拳接一拳地打来，直把李慕源打得像条死鱼一样，瘫在地上，彻底失去了还手的能力。

李慕源惨败之后，果然像苏若水预测的那样，第一个跳上了靶场，向吴秦下战书。吴秦彻底无视了他。李慕源被吴秦气了个够呛，发挥失常，十发子弹，总共 100 环，他只打了 79 环，远低于他平素 85 环的训练成绩。苏若水打了 76 环，算是正常发挥。

马奎第二个上场对阵杜长风。杜长风以 92 比 90，漂亮地扳平了比分。现在所有的压力都到了吴秦和孔二丘身上。

李慕源被吴秦队打了个措手不及，很是着急上火。他拼命的给孔二丘加油打气，要他赢得胜利。然而，李慕源对孔二丘说得越多，孔二丘越紧张。无须苏若水出场，孔二丘就在李慕源的鼓励下，变得连枪都拿不稳了。

在巨大的压力下，孔二丘一上来就脱靶了。李慕源见状，破口大骂起来。孔二丘听见自己队友的叫骂声，紧张得又射偏了两枪。虽然第三枪之后，孔二丘逐渐发挥出了正常水平。甚至在倒数第二枪的时候，打出了十环的好成绩。可惜他前面落下的环数实在太多了。最终，孔二丘交出了一张 65 环的成绩单。

反观吴秦的队友，他们只是默默地坐在一旁观战，没有给吴秦施加任何压力。吴秦轻松上阵，打出了 72 环的好成绩。

李慕源完全没料到自己的队伍会被大逆转，心态完全失衡了，不停的对马奎和孔二丘发脾气。马奎不是个好惹的主，被李慕源说急了，骂骂咧咧的走了。孔二丘虽然没有和李慕源顶嘴，但是握紧了拳头，咬紧了牙。显然他的忍耐已经到了极限。

“不在沉默中爆发，就在沉默中灭亡。后面有好戏看了。”吴秦说完风凉话，满面春风的凑到了苏若水跟前，张开了双臂，“此处应该有个胜利的抱抱！”

苏若水看穿了吴秦的鬼把戏，灵活地躲开了。吴秦没占到便宜，却也不遗憾。饭要一口一口吃，汤要一勺一勺喝。反正以后都是一条船上的人，他有的是时间把苏若水追到手。

两轮过后，吴秦队和李慕源队，战成了一比一平。最后的逃生考试将采用模拟演习的方式来进行。所有人都被拉到了一艘货船上。船被开到了大海中央。考试开始后，船长会发出“船舶沉没”的警告。率先从“沉船”上逃到指定的小岛，并发出求救信号的队伍将取胜。

随着韩斐一声哨响，众人脚下的船突然着起火来，考试正式开始了。大家赶紧弯下了腰，用湿毛巾捂住口鼻，快速的向处于上风位置的后甲板撤离。等全员都逃到了后甲板，“火势”已经很大了，滚滚浓烟，滔天而起，弥漫了整艘船。弃船的警报轰鸣了起来。众人迅速穿好了救生衣，来到了船舷边，准备跳水逃生。

按照课堂上教的，大家应该从位置较低的上风舷跳水，同时避开水面上的漂浮物，以免误伤自己。可是海上的风浪实在是太大了，船身左摇右晃，像得了帕金森病。先入水的李慕源队被船身制造出来的漩涡卷了进去，孔二丘差点儿溺水了。

吴秦队的队员看见这样的情况，果断地跑到了船尾，从那里下了水。入水后，三人迅速地调整了自己在水中的姿势——双脚并拢，屈到胸前，两肘紧贴在身旁，尽量让肩部以上的部位露出水面。然后，他们像过冬的仓鼠一样，紧紧地拥在一起，开始了漫长的海上漂流。

茫茫无边的海水撞击着远天。远看的时候，大海就像一块通透美丽的琉璃，只有当你身在其中，才能真正地体会到什么叫蓝色地狱。

苏若水在海水中泡了不到半小时，四肢就麻了，整个人无力得像要融化在海里。

吴秦赶紧拥住了苏若水，用自己的体温为她取暖。“没想到我们第一次拥抱是在这么不浪漫的地方。”

苏若水可没心情和吴秦贫嘴，头顶的太阳晒得她口干舌燥，她有些中暑了。

又过了一个小时，众人终于见到了传说中的小岛。他们拼尽了吃奶的力，游了过去。李慕源队和他们的速度差不多。为了争取到率先登岛的机会，大家在水里，你推我搡地争斗起来。

吴秦的体力和泳技是全队最好的，他使尽了浑身的解数，左挡李慕源，右击马奎，好不容易为队友争取到了喘息的机会，让他们上了岛。马奎和孔二丘见状，也不甘落后，奋力登上了岛。

吴秦和李慕源见状，再顾不得纠缠，用上了吃奶的力气向小岛游去。吴秦的泳技比李慕源更胜一筹，很快就和他拉开了一段距离。李慕源不甘示弱地狂追猛赶。吴秦自然不会给他翻盘的机会，闷头狂游，率先靠近了小岛。

上岸前，吴秦得意地回头看了一眼，没想到，李慕源并不在水面上。吴秦正纳闷，突然听见了孔二丘的惊呼：“李慕源好像出事了！”

李慕源大概是为了赶上吴秦，拼得太凶，耗光了体力，又或者发生了什么事，他好像突然失去了游泳的能力，被汹涌的海浪裹住了。猛地，一个大浪打来，李慕源扑腾了两下，头顶没入了海平线，再也没有浮出水面。

所有人都被这突如其来的变故惊呆了。吴秦的视线划过了六神无主的孔二丘、面露惊讶的马奎，一脸凝重的杜长风和眉头紧蹙的苏若水，落在了他们的身后——那里有一个火堆，还有一些生树叶和苔藓。那是杜长风和苏若水准备的，只要吴秦上岸，他们就能点燃火堆，然后利用生树叶和苔藓制造出燃烟，释放求救信号。那样一来，他们的队伍就赢了。全员都能拿到三分，携手晋级。

胜利离吴秦就是那么近。只要他往前走几步，就能走到它面前。可是，吴秦却选择了相反的路。他退回了海里，一个猛子扎进了水下。

小岛旁的这片水域，离世界著名的潜水胜地西巴丹不到十海里。这里的海水清澈透明，就像一块水润的玉。数不清的鱼儿像五彩斑斓的星星在水中游来游去。人身在水里，就像飞在银河里。

不过，吴秦完全没有闲心欣赏美景。他憋了一口气，在水中四处搜寻李慕源的身影。终于，他在一座海底礁石旁找到了李慕源。李慕源的右脚踝被石缝里长出来的海草缠住了，他正奋力地蹬腿，想要脱逃，可是毫无用处。

李慕源没想到吴秦会来，惊异地瞪大了眼睛。其实吴秦自己也挺惊讶的，为什么他想也没想就放弃了唾手可得的胜利，来救李慕源这种讨厌的家伙。可是他已经在这里了。

吴秦往水下潜了一两米，从海底拾起了一块锋利的石头，游到了李慕源所在的地方，用捡来的石头不断地摩擦缠住李慕源右脚踝的水草。那些水草就像钢丝一样坚韧。吴秦费了九牛二虎之力，才把它们割断了。

解脱后，吴秦和李慕源连忙向海面游了去。就在这时，成千上万的白鱼迎面向两人冲了过来。它们的数量多得像天上的星星，把海水染得黑压压不见天日。

等到鱼群过去的时候，吴秦和李慕源已经完全辨不清东南西北了。李慕源焦急地在海中到处乱窜，突然，一个黑色的暗影擦着他的后背游到了眼前。定睛一看，竟然是一条一米来长的灰礁鲨鱼。

鲨鱼本来并不会主动攻击人类，但是李慕源刚才在水中挣扎的时候，小腿肚被礁石划破了一道血口子。虽然他流的血并不多，但足够吊起鲨鱼的胃口了。

灰礁鲨身子一跃，血口大张，冲向了李慕源，李慕源赶紧游向了海面。可是他才上浮了一两米，又一条差不多大的白顶鲨鱼，从他的侧面游了过来。两条鲨鱼把李慕源夹在了中间。李慕源腹背受敌，眼看就要被鲨鱼撕碎了。

幸好吴秦反应灵敏，在鲨鱼张口咬人之前，按住了李慕源的头狠狠地往水下一压，李慕源立刻沉到了吴秦的身下。同时，一灰一白两条鲨鱼，张开大嘴，咬向了李慕源原来在的位置。

吴秦把李慕源推开后，刚好处在那个位置上。眼见两条鲨鱼攻过来，吴秦头往下一缩，勉强把身子横了过来。两条鲨鱼贴着吴秦的背脊飞快地掠了过去，头对头地撞在了一起。

体型巨大的鲨鱼在水中全速游动时产生的冲力，堪比越野车在陆地上开足了马力冲刺。这样的情况下发生的碰撞，后果不堪设想。两条鲨鱼大概是被撞昏了，摆动着尾巴，分别游向了两边。

吴秦侥幸逃过了一劫，他不敢再在水中停留，双腿猛蹬，往水面游去。等他浮出水面的时候，李慕源已经上岸了。马奎和孔二丘把筋疲力尽的李慕源拖到了他们所在的地方，杜长风和苏若水也跑向了吴秦。

“没事吧？”

吴秦讷讷地看着他们，胸中像打翻了五味瓶，说不出是什么滋味。“对不起。”

“你丫脑子坏了吧？说什么对不起？”

吴秦一语不发，心情复杂地望着杜长风的身后——马奎已经点燃了求救的烟火。滚滚的浓烟，冲天而起，熏红了吴秦的眼睛。

他们输了！

回到平台后，吴秦和杜长风抱了一箱啤酒坐在操场上喝了起来。此时，傍晚已浓，下沉的夕阳带着最后的余晖，在天际舞出了一片壮烈的云霞。

三个月前，在同样的地点，两人也像这样开怀畅饮过。那时，他们刚刚拿下了深海打捞课的积分，春风得意，胜利在望。昨天的庆功酒还没酿成喜悦，今天的庆功人已经开始借酒消愁了。

“是我的错。”吴秦内疚到了极点，灌再多的酒也排解不了，“如果我不管他，或者先上岸，完成考试，再去救他，结果就会不一样了。你也不会因为我，当不成猎海参军了。”

杜长风缓缓地吞下了一口酒，“如果时光倒流，让你丫再选一次，你会怎么办？”

“我当然会——”吴秦当然会想也不想地跳进水里去救李慕源。就算知道事后他会像现在这样骂自己一千遍，一万遍，他依然会做出和当时一样的选择。这个发现让吴秦很沮丧，却也让他明白了一件事。江山易改，本性难移。他吴秦就是这样的人。

杜长风见吴秦久久不语，拍了拍他的肩膀，“你丫还真让我挺意外的。如果我是你，肯定只会做对自己有利的事。”

杜长风虽然已经在尽力安慰吴秦了，可吴秦还是很沮丧，“我们真的再也没法当猎海参军了吗？这半年多的辛苦——”

“没白费！我学会了游泳、打枪。你丫就快追到女神了。”杜长风站了起来，“你们聊，我回去收行李了，明天一早我们就要走了。”语毕，杜长风转身离开了。

吴秦这才发现苏若水不知道什么时候，走到了他身后。

“恭喜你。”苏若水说着，在吴秦身边坐了下来。

吴秦自嘲地一笑，“喜从何来？”

苏若水转向了吴秦。夕阳晕染着她被晒得有些发红的脸蛋儿，她脸上的微笑就像绽开的桃花那么好看。

“刚到平台的时候，你是零分，现在你有三分了。一分给你教我游泳，一分给你在打捞考试中救小黄蜂；最后一分——”苏若水笑盈盈地说，“给你今天挂掉了考试。”

吴秦恍然大悟，原来苏若水说的是自己在她心里的打分。“你心里是不是有无数张评分表，给你认识的每个人都打了分？”

苏若水微笑不语，望向了远处的夕阳和大海。温润的阳光流淌过她的脸，她染着光的五官像是黄玉雕琢成的，吴秦把这个画面深深地刻进了脑海。

“你的表满分是多少？”

“十分。”

“我什么时候才能及格呢？”吴秦悲哀地想，如果当不成猎海参军，他和苏若水只怕会变成天与海，云与泥，再也不会有交集了吧？

苏若水浅浅一笑，“我注册了一个推特号。”

“告诉我吧？”

“我考虑一下。”

吴秦回房的时候，杜长风已经把行李打包好了。潮爷坐在沙发上和杜长风聊着天。吴秦以为潮爷是来安慰他们的，正有些感动。没想到潮爷说：“有件事很残忍，但我不得不这么做啦。”潮爷用温和但不容拒绝的声音道：“你已经不是猎海参军的人啦，猎海令不能放在你那里啦。”

吴秦简直不敢相信自己的耳朵，“这是我爸的遗物！”

“我知道啦。可规矩就是规矩！”

潮爷把话说得很绝了，吴秦只能认命了。他颤抖地把猎海令从胸口摸了出来，奉到了潮爷面前。那令牌在吴秦的心口放了很久，还带着他的热血和梦想，温度热到烫手。潮爷抓住了猎海令的一端，想把它收走。可是吴秦舍不得放手。

最初的时候，这块猎海令只是吴秦的父母留给他的一个虚无缥缈的念想。它在吴秦的生命里轻到没有一克的重量。吴秦随时可以为了讨生活，把它换成钱。后来吴秦知道了自己的身世，这块猎海令变得厚重了一些，它成了儿子对父亲的追思。再后来，吴秦来到了平台，慢慢的，他了解了猎海参军，也了解了自己。

以前，吴秦过得浑浑噩噩的，不知道该把青春挥洒在哪里。现在他知道了，应该把它挥洒在大海上；他也刚刚发掘了自己的潜力。原来除了卖串串、倒腾古玩之外，他吴秦还能成为一名优秀的打捞专家。这是他喜欢的，也是他擅长的。最重要的是，他才刚刚开始长大，刚刚开始领悟人生。十八岁并不是吴秦的成人礼。在平台的这段日子，他才真正褪去了男孩儿的茧。

最初，吴秦是受了潮爷和杜长风的鼓动，半推半就地加入了猎海参军。现在，他却是真的想要成为一名猎海参军了。一切才刚刚开始！吴秦死死地抓住了猎海令，仿佛抓住了他的憧憬，他的未来，他的一切。

杜长风还是第一次看见吴秦表现得如此执拗，眼眶禁不住红了，“给他吧。”

吴秦声音哽咽地问潮爷：“我们真的没有机会了？”

潮爷不答反问：“如果再给你一次机会，在救李慕源与通过考试之间做个选择，你会怎么选？”

这个问题杜长风问过吴秦，他早已有了答案。终于，吴秦松开了手。

潮爷把猎海令小心翼翼地收进了怀里，“靖海也会和你做一样的选择啦。”

说罢，潮爷离开了房间。他走后，吴秦再也无法抑制内心的情绪，抱着杜长风号啕大哭起来。他的哭声撕裂了岑寂的夜。

第二天天还没亮，吴秦和杜长风就卷铺盖走人了。韩斐和林青蓝没有来送他们，苏若水也没有来。吴秦既有些失落，又有些莫名的轻松。吴秦虽然想见苏若水，却又感觉自己无颜见她。她不来，吴秦正好免了纠结。

两人到了码头一看，李慕源、马奎和孔二丘也在那里。晋级的学员今天也将离开平台，去执行他们的第一个打捞任务。没想到他们也是这个时候走。

吴秦和杜长风正有些尴尬，孔二丘开口了："他们是来送我的。"

吴秦一惊，"你什么意思？"

孔二丘把背包的肩带正了正，"我不是干这行的料！所以把名额让给苏若水了！"

事情的转折虽然来得有些突然，但吴秦由衷的为苏若水感到高兴。以苏若水的实力，该当被猎海参军收入麾下。只是女神晋级了，自己却被淘汰了，两相对比之下，吴秦的心情更落寞了。

"离开平台后，你们打算干什么？"李慕源不知道吃错了什么药，突然问道。

杜长风以为李慕源想趁机奚落他们，语气不佳地说："关你什么事？"

孔二丘出来打圆场，"慕源是想问你们愿不愿意去他爸那儿工作？"

这句台词真让人始料不及，吴秦和杜长风你看看我，我看看你，又一起看了看李慕源，不知道该接什么话。

李慕源不自在地清了清嗓子，或许是因为风的原因，他的声音有一些颤抖："老孔已经决定去帮我爸了。我老爸开的薪水可不比潮爷低。"

孔二丘点了点头，"大家都是朋友——"

"我们不是朋友！"李慕源和吴秦异口同声地打断了孔二丘。

后者尴尬地耸了耸肩，再不敢开口了。

"你们自己考虑吧！"李慕源语气傲慢，但不无诚恳地说，"要来就告诉我！"

说话间，摆渡船披着晨曦，靠近了码头。

孔二丘率先跳上了船，然后轮到吴秦和杜长风。离别在即，吴秦和杜长风久久地凝望着战斗了大半年的平台，舍不得走。初升的太阳，照耀着眼前的钢铁校园。曾经的欢笑仿佛还回荡在操场上，汗水还凝结在跑道上。

倏的，吴秦的眼眶湿润了，“这真是我上过的最好的学校。”

“是啊。”杜长风把往昔的欢笑和泪水埋进了记忆里，“可惜，我们没能毕业。”

第十二章 **那智号**

离开平台后，吴秦和杜长风回到了国内。但是他们没去北京，而是到了成都。姜华见到两人很惊讶，却也发自内心的高兴，“看来我可以装修房子啦！”

接下来的时间，姜华开始忙活起了装修房子的事。吴秦和杜长风也在成都定居了，并且干回了老本行。生活又回到了原来的轨迹，杜长风和吴秦却回不去了。他们常常会想起在平台的日子，可是大家都刻意回避了去谈那些往事，直到有一天吴秦无意间在杜长风的电子邮箱里，看见了他发给潮爷的一连串邮件。

2011 年 11 月 3 日。“我们昨天回到成都了……虽然我和吴秦没能加入猎海参军，但以后有什么活儿，您尽管招呼我们。我们啥都愿意干。预祝感恩节快乐。”

2011 年 12 月 25 日。“圣诞快乐……这段日子，我和吴秦想了很多。我们人虽然在成都，却感觉自己仍然在大海上，在平台上。这是我们上过的最好的学校……”

2012 年 1 月 1 日。“元旦快乐……希望新的一年，我们能重回海上……”

2012 年 1 月 21 日。“春节快乐，阖家团圆。杜长风和吴秦给您拜年了！……过完年，猎海参军如果缺人，别忘了我们……”

2012 年 2 月 23 日。“龙头节，敬龙神。春回大地，万象更新。期待新的一年，能与您有新的合作……”

杜长风的邮件写到龙头节就再也没有后续了。而潮爷从来没有回复过他。

吴秦问杜长风为什么要写这些邮件，杜长风说他给潮爷当学道的时候，潮爷曾经讲过一件往事。早些年，潮爷为了拜一位鉴宝大师为师，厚着脸皮给这位大师写了两年零七个月的信。潮爷总共写了 107 封信，大师从未回过信。然而潮爷并没有放弃。当他写到第 108 封信时，大师终于回信了，大师把自己家的地址给了潮爷。从此，潮爷成了这位大师的关门弟子。

杜长风说："精诚所至，金石为开。笑面佛当年用这招打动了他的师傅，我想试试这招能不能打动他。"

"那你后来为什么又不写了呢？"

杜长风一脸无奈，"因为 3 月份只有植树节和妇女节，我实在想不出文案来。"

吴秦沉思了几秒后，打开网页搜索了一番，"3 月 17 日是国际航海日；3 月 22 日是世界水日。这些都是可以做文章的节日啊！"

"是吗？"杜长风眼睛一亮，"我看看。"

那以后，吴秦加入了杜长风。只要一找到合适的节日，两人就会给潮爷发邮件。这期间，汶川发生了震惊世界的大地震。成都受到了严重的影响。

吴秦和杜长风经历过这场劫难后，对人生有了新的看法。生死有命，富贵在天。人这一辈子，如果不能做自己想做的事，成为让自己认可的人，活着和死了有什么区别？

于是，他们更加坚定了要加入猎海参军的信念，拼了命地给潮爷写信。潮爷始终没有回信，但两人没有放弃。

一晃眼，大半年过去了，吴秦的新房已经可以入住了。这天晚上，姜华正在殷勤地为吴秦和新房的女设计师牵红线。吴秦听得不耐烦，打开了电视。就在这时，一条国际要闻吸引了他的注意。

新闻说一艘打捞船在靠近菲律宾巴丹附近的海域执行打捞任务时，遭到了阿萨组织的武装抢劫。虽然在船员的殊死抵抗下，海盗未能成功劫船，但船员伤亡惨重，两死十九伤。

吴秦和杜长风看见这条新闻，惊得倒抽了一口凉气。因为阿萨组织劫持的船正是猎海号！

新闻播完后，杜长风立刻给潮爷发了一封邮件，吴秦也拨打了韩斐的电话。可是潮爷并没有回邮件，韩斐的电话也打不通。吴秦又上了推特，联系了苏若水，同样没有得到回音。这下子吴秦和杜长风更着急了。一整夜，两人都无心睡眠，泡在网上，把所有相关的新闻都翻了一遍。

网上的消息，简直触目惊心。在这次海盗袭击事件中，牺牲的两名船员，有一名正是马奎。李慕源受了重伤，昏迷不醒，目前已经被送往了医院。韩斐也中了一枪。

两人看见这些消息，哪里还坐得住？当即就定了飞新加坡的机票。姜华知道他们要走，有些不高兴，“房子都装修好了！”

吴秦也不知道该怎么向姜华解释。杜长风机智道：“那么大的房子，一个人住多空？要是能多个女主人就不一样了……”

杜长风把吴秦和苏若水的故事添油加醋地告诉了姜华。杜长风有一条三寸不烂之舌，讲故事绘声绘色的。姜华听完他的话，态度瞬间就变了。

“你也到了成家立业的年纪咯！如果真有看得中的姑娘，就放开胆子去追噻！好姑娘你不抓住，就跑咯！”说着，姜华转身进了客厅，翻箱倒柜找起东西来，“我有个朋友在眉山有座茶山。我亲手采了包竹叶青，特别巴适！你带上给——那姑娘叫啥名字？”

杜长风看着姜华忙前忙后的身影，酸溜溜地说了一句：“你丫命真好！”

不知道是不是吴秦的眼睛花了，他竟然在杜长风的脸上看见了嫉妒。

一周后，吴秦和杜长风来到了新加坡。两人找到苏若水，说明了来意。后者答应带他们去见潮爷。

路上，杜长风问起了海盗劫持猎海号的事。苏若水说：“你们不是猎海参军的人，有些事我不方便透露。你们还是自己问潮爷吧。”

杜长风知道苏若水的难处，不再为难她了。三人没有再说话，静静地坐在车里。

在成都的时候，吴秦常常会想起苏若水。他也试着通过苏若水留下来的推特号联系过她，但苏若水一直没有回复。吴秦还以为苏若水把他忘了，一度很失落。

后来他知道苏若水跟随韩斐上了猎海号，才稍微宽慰了一些。

吴秦把姜华准备好的竹叶青拿了出来，“这是我表舅的心意。”

苏若水有些意外，但还是大方地接受了，“替我谢谢叔叔。”

杜长风在一旁帮腔：“你真要好好谢谢叔叔。这是他老人家亲自上茶山摘的，送给未来的儿媳妇！”

苏若水没有搭腔。

杜长风悄声对吴秦说：“你丫得加把劲儿啊！”

吴秦拍着胸脯向杜长风保证：“放心吧，只要我们能够重回猎海参军，我一定把这事儿办了！”

说话间，苏若水把车开进了裕廊的组屋区。放眼望去，一排排外观统一的高层住宅错落有致地矗立在蓝天白云下，楼与楼之间有蜿蜒的回廊相连。社区附近汽车站、巴刹等生活配套场所一应俱全，还有风景宜人的公园，居住环境非常不错。

苏若水把吴秦和杜长风送到潮爷居住的单元楼外，驱车离开了。吴、杜二人叩响了潮爷的家门。那是一间90平方米的两房一厅，装修得和普通老百姓家没什么区别，只除了满屋子的瓷瓶瓷罐。

半年没见，潮爷又胖了一圈。他随手从茶几上的糖罐里抓了一把牛轧糖给吴秦和杜长风，“尝尝！全新加坡最好的牛轧糖。”

潮爷是个吃货，尤其喜欢吃甜食。他家的瓶瓶罐罐里，几乎都装着甜食，从糖果到巧克力，再到各类热带果脯，应有尽有。怪不得潮爷是个大胖子。

杜长风对潮爷的牛轧糖不感兴趣。他的双眼直勾勾地盯着潮爷放糖的罐子，“汝窑？”

潮爷颔首一笑，算是默认了。

杜长风兴高采烈地和潮爷谈论了一番汝窑瓷器，这才问起了猎海号被劫持的事。潮爷“呵呵”一笑，含糊道：“这是我们猎海参军内部的事。不方便透露啦。”

吴秦和杜长风满腔热血的从成都赶到了新加坡，竟然吃了个闭门羹，有些沮丧。

潮爷看穿了两人的心思，笑着转移了话题：“你们两个小子竟然用我当年对付我师傅的招儿来对付我？”

“学生聪明，是老师教得好。”杜长风说。

“你这见人说人话，见鬼说鬼话的本事，可不是我教的啦。哈哈。”

吴秦和杜长风也跟着笑了起来。潮爷笑眯眯地打量着两个远道而来的年轻人，“你们俩真的什么活儿都愿意跟我干？”

吴秦和杜长风点头如捣蒜。

潮爷狡黠一笑，“那正好，我店里的伙计的老婆生孩子，请假回家啦。你们来帮我捞几天面？”

潮爷在社区的巴刹开了一个食档，专卖福建炒虾面。潮爷做的面看起来朴实无华，味道却堪称人间极品。细米粉吸足了汤头精华，汁水清爽可口，回味无穷。别说在裕廊区，就是找遍整个新加坡也很难吃到这么美味的福建炒虾面。

每一天，潮爷的生意都很好。不管是不是吃饭时间，他的食档前总排着长长的队。除了附近的居民和慕名而来的食客，潮爷的顾客大多是出租车司机。

潮爷有一个老主顾叫权爷，快六十岁了还在开出租车。权爷是潮爷最忠实的顾客。每天一到晚饭时间，潮爷就会专门为他做一碗面，亲自给他送过去。潮爷开了三年的店，权爷吃了三年的面，没有一天落下的。

吴秦不理解为什么有人三年如一日的吃福建炒虾面不会腻，他只知道他和杜长风捞了一个月的面，快要吐血了。

有一天，吴秦实在忍不下去了，向杜长风吐槽：“他这是把我们当免费劳动力了！”

杜长风耸了耸肩：“耐心点，再等等，机会总会来的。”

“究竟要等到什么时候？”

答案是当天晚上。那晚关店之后，韩斐来了。猎海号被劫的时候，韩斐的左臂中了一枪，今天他刚刚出院。潮爷为韩斐下了一碗面。开饭前，韩斐对他们讲起了猎海号被打劫前，他在菲律宾打捞日军战舰那智号的经历。

45天前。菲律宾巴丹岛附近的海域。北纬14度31.5分，东经120度44.5分。“那智号”沉没点。

这天，天气晴朗，风平浪静，阳光充足，是一个下海打捞的好日子。韩斐站在猎海号铺满了阳光的甲板上，指挥船员们把禺强从月池送入了海中。这是禺强进行系统升级后第一次下水。未测试的机器总是会出现这样那样的麻烦。韩斐有些不放心，所以亲自坐镇在甲板上。

韩斐要打捞的那智号是1923年《华盛顿海军限制条约》生效后，日本制造的一艘妙高型的万吨级重巡洋舰，参加了包括菲律宾攻略战、泗水海战和中途岛之战等一系列著名的海战，战功赫赫。1944年11月5日，“那智号”在马尼拉湾附近海域遭到了美军机群的轰炸，包括舰长在内的807名船员随舰阵亡了。

时隔68年后，韩斐来到了当年的战场，要从这艘在深海中沉睡了半个多世纪的日军战舰里打捞起他想要的东西。

趁着打捞工具在海中行进的当口，韩斐把船员们带到了指挥室，商议勘探计划。

“我们必须把船骸拆解到一定程度，才能发现可以进入的区域。”韩斐指着“那智号”的复原结构图说，“拆解的过程很精密。首先我们要找到右舷锅炉舱的甲板。资料显示，舰船的这个部位当年被美军的鱼雷击中了。这里的钢板应该是最脆弱的。拆掉钢板，再拿掉下面的钢梁，就能把禺强放进去了。”

韩斐说到这里转向了禺强的正、副驾驶员——林青蓝和法国人莱昂，“在这么深的水下，禺强一定会备受摧残。你们虽然要尽力保护它，但更重要的是把它用到极致！”

说话间，甲板拆卸器已经沉到了海底，禺强也就位了。两位ROV驾驶员走进了打捞室。莱昂是韩斐为了这次打捞外聘的ROV驾驶员，他曾经在英国一家著名的深海打捞公司服务过一个船期。

林青蓝和莱昂是第一次搭档，配合还不默契，两人花了近一个小时才成功地操作拆卸器抓住了目标甲板的边缘。禺强配备的甲板拆卸器最大的负重是18吨，拉力的数值将会显示在驾驶员面前的液晶屏上。目前，屏幕上的数字是15吨。随着驾驶员拉起绞车，液晶屏上的数字不断地跳动着。15吨、16吨、17吨——屏幕上的数字跳到了18吨！刺耳的警报声猛烈地响了起来。

“这块甲板真是怪物。”林青蓝通过对讲系统，向韩斐汇报，“我们已经到极限了！”

韩斐沉思了两秒，果断道：“拉到19吨，然后等一下。”

“你确定？18吨已经是拆卸器的极限了。如果负载更多，我担心哪里会被扯断。”

韩斐当然知道林青蓝面对的是怎样的风险。如果线路被扯断，最坏的情况，数百万美元的打捞设备会像那智号一样，跌进海底，成为一具尸体。他不但什么宝贝也捞不起来，还会赔了夫人又折兵。可韩斐是个果敢的人，他一旦下定了决心要做一件事，便会不惜代价，坚持到底。

“再负载一点。”韩斐坚定道，“出了事我担着。”

林青蓝得令，小心翼翼地操作绞车，把甲板又往上拉了一些。19吨、20吨……警报不停的怪叫着，惹得人莫名紧张。

突然，热插装置的管线像皮筋儿一样从禺强的身上脱落了下来。21吨的负重让拆卸器不堪负荷，断了开来，像升空的火箭一样往水上冲了去。

“任务失败了。我们只能把拆卸器收回到甲板修理。”韩斐回忆说，“经过了24小时的紧急修复，拆卸器才终于恢复了工作能力。这期间我反复观看了当时的打捞录像，我决定要换一种方式来拆卸甲板。”

林青蓝和莱昂原本是垂直拉起甲板的。甲板对拆卸器有很大的反作用力，效果不理想。这一次，韩斐决定让他们从侧面抓住甲板，打开沙丁鱼罐头一样，把甲板卷起来，而不是试着把它整个拉起来。

韩斐的新方法奏效了，甲板顺利的被打开了。林青蓝将禺强接上了真空动力疏浚器，开始清理船体。这是一个缓慢而无趣的过程。所有人都聚在屏幕前，看疏浚器像一只巨大的清道夫，一点点把船舱里的淤泥和残骸清干净了。

“后面的事进行得很顺利，我们把船体搜了个遍。第三天，禺强的机械臂在船体残骸中翻找出了我们想要的东西，装进收集篮，带回了甲板。大家很高兴。庆祝了一番后，各自回舱休息了。我们打算第二天一早就返航。没想到半夜，海盗突然杀了出来！把东西抢走了！”

海盗劫船的过程，吴秦和杜长风已经从铺天盖地的新闻里知道得很详细了。他们想了解的是报道背后的隐秘。

“你们的打捞行动应该是严格保密的吧？”杜长风问，“海盗是怎么知道的？”

吴秦的问题是：“你们打捞起来的那个‘东西’是什么？宝藏吗？”

韩斐先回答了杜长风的问题：“我也想知道海盗是怎么知道我们的行踪的！可惜到现在为止，一点线索也没有！”他又转向了吴秦，“不是宝藏，但是和宝藏有关。”

吴秦和杜长风一下子来了兴致。前者睁大了眼睛，表现出了强烈的好奇。后者向前倾了倾身子，做出了洗耳恭听的样子。

韩斐倒也没卖关子，直言道：“是一个保险箱，里面的文件和山下奉文有关。”

杜长风听到这里，按捺不住内心的激动，从椅子上跳了起来：“你说的是那个策划了新加坡大屠杀，血洗了菲律宾，又抢劫了支那银行的山下奉文？”

韩斐点点头，娓娓讲起了山下奉文的一些轶事。

山下奉文是二战时期著名的战犯。美国作家斯特林·西格雷夫在《黄金武士》中形容他身材高大、壮实，脖子粗短，脑袋大，留着平头，面无表情，看上去有些迟钝。实际上此人足智多谋，残忍贪婪，而且一心效忠天皇。即使在硝烟弥漫的异国战场上，他也不忘将战刀悬于腰间，向着天皇寝宫的方向虔心跪拜。

山下奉文十几岁就从军了，可是直到 1941 年，他 56 岁时，才在新加坡战场上一战成名，得了“马来之虎”的称号。而他也的确是一只吃人的老虎。

1935 年，山下奉文被调任为朝鲜军第二十师团第四十旅团长，驻扎在朝鲜。朝鲜银行的老板金泽河为了在马来之虎的爪牙下保全性命，将一个绿白相间的翡翠连体盖瓶献给了他。

金泽河绘声绘色地讲述了这件宝贝的来历：“大约在五千年前，缅甸出产了一件名叫‘小太阳’的稀世珍玩。因为太珍贵，这颗小太阳，使得世界血流成河。后来，它好像不忍心看到人类为了争夺它而毁灭。于是在三千多年前，突然消失了。”

山下奉文听懂了金泽河的故事，也收下了他进贡的“小太阳”。金泽河却低估了“马来之虎”的贪婪。胆小的羊羔割肉喂虎，不但不会让老虎吃饱喝足，反而会吊起它更大的胃口。[①]

没过几天，山下奉文就带着士兵洗劫了金泽河的银行，掳走了最少10吨的金条。然后，他又抄了金泽河的家。

马来之虎从金泽河家抢走了大量的南海夜明珠、翠玉扣带、翡翠观音、翡翠手镯……还有一尊金佛像。佛像是泰国风格的，有71厘米高，900多公斤重。更让山下奉文感到惊喜的是，当他扭开金佛的头部，竟然发现佛像的肚子里装满了鸽子蛋大小的钻石！

山下奉文把所有的宝物聚在一起，沾沾自喜地欣赏了一夜。从那以后，他每到一个地方必然会派遣自己的士兵去搜刮民脂民膏。

“山下奉文不是二战中唯一的一只吃人不吐骨头的日本‘老虎’。岛田繁太郎、儿玉誉士夫……都是被钉在了历史耻辱柱上的人！他们的军靴踩过了数以万计的尸体，魔爪掏走了数百亿的财富，仅黄金一项，最少就有6000吨。另有钻石、翡翠、玉器等奇珍异宝、古董首饰不计其数。如果以今天的比价换算，这笔战利品的价值超过了千亿美元。历史学家把这笔财富称为‘山下奉文藏金’。”[②]

韩斐正说得起劲儿，潮爷端着一碗热腾腾的炒虾面走了过来，“你们在说什么？”

吴秦难掩兴奋，脱口而出：“猎海参军正在寻找山下奉文藏金是不是？”

潮爷笑而不语，把手中的面放到了韩斐面前，“别跟小年轻讲故事啦，快吃吧！”

韩斐领会到潮爷的意思，连忙闭上嘴，低头吃起面来。吴秦和杜长风也明白了，他们如果不攻破潮爷这座碉堡，重新回到猎海参军的阵营中，不可能再知道更多的信息，也不可能随船出海了。这既让两人沮丧，也激发出了两人的斗志。

早在来新加坡的路上，吴秦和杜长风就定下了作战目标和战术——把面子拿

---

① “小太阳”的故事出自：《指向死亡的宝藏》，〔美〕威廉·罗宾斯著，陕西师范大学出版社1999年10月版第7-8页。

②《指向死亡的宝藏》，〔美〕威廉·罗宾斯著，陕西师范大学出版社1999年10月版第3页。

下来，装进裤包里。用尽一切能用的办法说服潮爷，让他们重回猎海参军。潮爷不点头，他们就死缠滥打。于是，两人交换了一个眼神后，开始了本轮的攻坚战。

“您一个船期，开给 ROV 驾驶员多少薪水？”吴秦率先向潮爷发难，“我的技术也不错。但我的薪水可以打折！您要不考虑考虑我？”

杜长风立刻跟上，“我也一样。您就把我当个好用的实习生，管吃管住就行。我和吴秦再怎么说也是平台练出来的兵。虽然最后没能毕业，但关键时刻还是能顶上的。”

潮爷没有说话，只是笑眯眯地看着他们。两人一看降薪逼宫的方法行不通，立马开始打温情牌。

这次，杜长风先出马，“我和吴秦在平台学习了大半年，我还做过您的学道。虽然我们身上有不少的缺点，但人品是有保证的。”

吴秦赶紧接上，“我们都是您一手培养起来的。我们靠不靠谱，您心里没数吗？”

潮爷摆了摆手：“我只任命船长，至于船长要雇用谁，那是他的事啦！”

吴秦和杜长风期盼地看向了韩斐。后者正打算答话，潮爷抢先道：“阿斐这次不下海啦！”

“什么？”发出惊呼的是韩斐。

潮爷拍了拍韩斐的肩膀：“你受了那么重的伤，短期内不宜再下海啦。再说啦，佳伊那孩子，要知道我让你带伤出海，还不恨死我？”潮爷说到这里，忽然想起了什么，“说起来我已经很久没见到佳伊啦，她的夏令营还没结束？”

“她——她妈妈把她接到吉隆坡去了。”

潮爷先是微微一怔，随即露出了欣慰的笑容，“佳伊终于肯和她妈妈说话了！”

韩斐含糊地嗯了一声，又把话题转了回来，“青蓝虽然很优秀，但她经验不足，还不足以掌控全局。”

“我同意你的观点。所以这次的船长另有人选啦。”

韩斐脸上的表情倏然间变得复杂起来，“你不会在说他吧？”

潮爷笑而不答，转向了吴秦和杜长风，“你们要真想在船上找个工作，只能去问船长啦？”

“好啊！船长是谁？”

“他住在哪儿？我们马上就去问！”

潮爷笑着说出了两个名字。一个是地名，一个是人名。“雅浦岛，龙弋。”

第十三章 钓海渔夫

雅浦岛位于太平洋西北部，夹在关岛与帛琉之间，西距帕劳 454 公里，东北距关岛 858 公里。这里是少有的未被现代文明侵蚀的地方，自然也不是交通发达的地方。

办好签证后，吴秦和杜长风先从新加坡来到了香港，又从香港飞到了帕劳。在帕劳停留了一天后，他们才终于搭上飞往雅浦的航班。飞机降落在雅浦首府科洛尼亚的时候，已经是第三天的中午了。

吴秦和杜长风下了机，被一辆摆渡车接到了一架 Be-200 水陆两栖飞机面前。

一个英伦打扮的年轻男子坐在机舱的后排，低头阅读着一本金融杂志。他大约三十出头，穿了一件灰色的修身长西装，搭配一条同色系的九分西裤，脚上穿着一双有型的黑色高筒靴，脸上架着一副玳瑁色的宽边眼镜。男子的打扮看似随性，实际上每个细节都很考究，既抓住了英伦风优雅、内敛的精髓，又显得个性十足。

吴秦和杜长风向来对穿衣打扮之类的事不在意，再加上旅途劳累，身上的衣服乱得不成样子。两人都有些自惭形秽，赶紧整了整乱蓬蓬的衣衫和头发。

“您好，龙先生。在下杜长风。这位是我的搭档吴秦。”杜长风礼数周到的和绅士打招呼。

绅士轻轻合上了手中的杂志，抬起头微笑地看着眼前的两个年轻人。杜长风和吴秦这才看清了绅士的面容，他长着一副混血的面孔，眼眉深陷，鼻梁高挺，下巴上还有一个美人沟。

“很荣幸认识你们。不过，你们认错人了。鄙人马啸。”

“马啸？”吴秦低呼了一声，掏出手机，调出了一张照片。这张照片是潮爷发过来的，照片里的人正是马啸。但是照片里的马啸身形魁梧，皮肤黝黑，头发凌乱，胡子满脸，衣着随意，与眼前的男人根本不是同一个人！

马啸看见吴秦手机里的照片，笑道：“潮叔大概弄错了。那是我的双胞胎哥哥，马海。”

“双胞胎？你们一点也不像啊！”

马啸但笑不语，把吴秦和杜长风请进了机舱。众人坐定后，驾驶员发动了引擎。飞机在螺旋桨突突突的轰鸣声中冲上了云霄。

飞行的过程中，马啸尽地主之谊，为吴秦和杜长风介绍了点缀在碧海蓝天之间的众多岛屿。“我们现在飞离的是雅浦群岛四座大岛中最著名的石币岛，世界上最大的货币就产自这里。”

1903 年，当时的雅浦还处在德国人的统治下。一位名叫威廉 · 亨利 · 福内斯的美国人类学家来到了这里。他发现岛上的土著人做买卖时，使用的货币是一种巨大而厚重的石轮。当地人称这种石币为“费”。

费是用一种特殊的石灰石凿制而成的。雅浦本地不出产这种石头。根据当地人的传说，最早的一批费大约是五百到六百年前，由一支外来的船队从东边的小岛带来的。之后，一些敢于冒险的土著，驾船来到了外来船队所说的小岛，将石材用独木舟运回家乡，加工成了费。

费的直径从 90 厘米到 11 米不等，最大的费重量超过了 5 吨。每一个费的中间都有一个孔，便于人们插入杆子，将其搬动。费越大，质地越好，雕刻工艺越精良，价值越高。除此之外，运送费的艰难程度，或者这个费是由某位有名的水手所运送的……诸如此类的背后故事，都可以增加费的价值。

当一项大宗交易结束后，受重量所限，用来进行交换的费有时无法被搬离原地。人们便会在费上做一个标记。只要大家认可费的所有权发生了变动，便承认了财富的转移。

福内斯被岛上奇异的货币体制深深地吸引了。他在岛上住了几个月，写了一本叫作《石币之岛》的奇书。从那以后，人们便把雅浦岛称为了石币岛。

杜长风被马啸的故事吸引了，问："雅浦的土著现在还使用费吗？"马啸摇头，"二战的时候，驻扎在雅浦的日本人打碎了不少石币铺路。二战结束后，随着旅游业的发展和经济全球化的到来，除了极个别与世隔绝的岛屿外，使用石币的传统已经逐渐消失了。当地人现在更习惯使用美元。"

"马先生对岛上的情况可真熟悉啊！"吴秦由衷地说。

马啸笑道："雅浦是太平洋的电信中心之一。海底有联系北美洲和亚洲的电缆。我的家族在架设这些电缆的过程中帮了点小忙。当地政府赠给了 28 座小岛给我们，作为回报。"

吴秦听得直啧嘴："看来我们以后得叫你马岛主了！"

机长文森特听见这番话，和吴秦较起劲来。文森特长了一副当地土著的面孔，年龄看起来和马啸差不多，身材健硕，皮肤黝黑，说话的时候，声音大得像打雷。"何止雅浦。小马哥在菲律宾、印尼、斯里兰卡、所罗门群岛……整个太平洋上，一共拥有 179 座岛呢！"

吴秦赶紧改口："我错了。应该叫你马岛王！"

马啸笑了："猎海参军和我们马家是世交。既然你们是猎海参军的人，大家就是朋友。你们叫我阿啸就好。"

马啸毕竟年长，又是个有身份地位的人，吴秦和杜长风怎么可能真的叫他"阿啸"？两人寻思了一会儿，决定跟随文森特，叫马啸"小马哥"。改了称呼之后，大家变得亲近了起来。众人又闲聊了一会儿，飞机开始下降了。

吴秦透过窗口往下望去，只见蓝色的大海上，并排列着七座迷人的小岛。从空中俯瞰，它们就像一串遗落在海上的珍珠项链。吴秦一行人的目的地，正是这些偏远岛屿中最大的一座——阿古图潟湖岛。①

那是一座面积不超过 30 平方公里的狭长岛屿。岛上到处被红树林和沼泽包围着。岛的北侧有一个巨大的潟湖，形状像是一把半展开的扇子。岛的南面地平坡缓，海阔水深，形成了一个小型的天然良港。

文森特把飞机停在了紧挨着潟湖岛的无名小岛上。然后，众人上了一艘专程来接他们的摆渡船。

划船的男孩儿叫摩根，是个十七八岁的土著少年，头发卷曲，身材精瘦，裸着上身，下身穿着一条灰色的棉布裤子。

摩根把众人渡到了潟湖岛上。一群身穿草裙，头戴叶冠的当地少女，手拿着椰子壳做成的水瓢，站在沙滩上迎接众人。少女们一见到吴秦和杜长风就热情地迎了上来，一人抓一把沙从两人的头顶撒了下去。两个年轻人猝不及防，眼里和嘴里都进了不少沙子。这还没完，少女们又用手中的椰壳瓢舀满了海水，从他们的头顶浇了下去。瞬间，吴秦和杜长风就从两个沙人，变成了两个泥人儿。

文森特笑哈哈的说：“你们运气好，赶上一年一度的‘接鱼神’了。这是阿古图最隆重的节日了，就跟你们中国人的春节一样。刚才的一切是欢迎客人的仪式！”

文森特话音刚落，少女们就举起了手中的水瓢，一边有节奏地击打着，制造出犹如战鼓一般的声音，一边用当地的土语唱着歌把来客推进了岛上的渔村。

渔村的入口矗立着一副巨大而完整的鲸鱼骨架。鱼头正对着大海，鱼尾伸向了神秘的阿古图部落。从鱼头到鱼尾，将近有三十米。人走在“鱼腹”中，仿佛走在一条由巨大立柱搭建而成的长廊里，感觉既奇怪又奇妙。

阿古图部落就坐落在鱼尾指向的地方，那是一个与世隔绝的土著部落，部落里只有 189 位居民。他们是雅浦岛上最原始的土著人，也是至今仍然在使用费的人。

部落的居民全都住在木头和芭蕉叶搭成的吊脚楼里。每户居民的屋前都放着

① 潟湖（xì hú）：被沙嘴、沙坝或珊瑚分割而与外海相分离的局部海水水域。

一个个的费。屋子正门的门头上还悬挂着一整副的鲨鱼牙齿。费有大有小，有多有少，鲨鱼牙齿的规格也不尽相同。

文森特说，费和鲨鱼牙是户主人财力和地位的象征。费越多的人家，家里越有钱；鲨鱼牙越大的人家，在部落里的威望越高。

众人走到紧邻潟湖的地方。这里矗立着一栋古朴而坚固的石屋，就像一座石头城堡。石屋沿湖而建，有将近十米高，占地面积至少八百平方米。

石屋的门前有一条宽 1 米，长 20 米的小径。小径的两侧各自立着十个巨大的费。这些费最小的直径有 3 米，最大的直径超过了 5 米，就像两列卫兵，霸气地守护着主人的宅邸。

“这一定是潟湖岛首富的豪宅吧？”吴秦走过那些石币的时候忍不住道。

马啸淡淡地回了他一句：“欢迎来到寒舍。”

杜长风和吴秦对视了一眼，由衷地感叹：“丫的，土豪就是土豪！到了哪里都有海景别墅住！”

“你看见人家门上的鲨鱼牙了吗？比汽车轮胎还大！”

说话间，马啸推开了家门。

与吴秦和杜长风想象的不同，马啸家非常简朴。将近一百平方米的客厅里除了沙发、桌椅和一个置物柜外，再没有其它家具了。岛上没通电，自然也用不上家电。

不过，客厅里虽然家具稀少，却十分拥挤。因为除了家具之外，客厅里剩余的空间都被各式各样的鱼骨架占据了。这些鱼骨架有大有小，有长有短，千奇百怪，见所未见。其中，最引人注目的，是悬挂在客厅天花板上的那副蝠鲼的骨架。骨架有将近十米长，就像一只超大号的风筝的龙骨，“翱翔”在空中。如果吴秦和杜长风不知道这里是马啸的家，肯定以为自己走进了一座海洋生物化石博物馆！

马啸介绍道：“你们看到的这些鱼骨，还有墙上那些照片，都是马海的战利品。”

马啸说话的时候，吴秦和杜长风刚好走过了一面挂满了相框的墙壁。墙上的照片主角都是长着大胡子的马海；配角全是奇形怪状的海洋生物：有将近 18 米长的皇带鱼，重达 355 公斤的蓝枪鱼，还有体长超过 10 米，重约半吨的巨型乌贼……

吴秦好奇地问："你哥哥究竟是做什么的？怎么会捉了那么多的大鱼？"

马啸打量着两个懵懂的年轻人，"潮爷没跟你们提过？"

吴秦摇了摇头："潮爷说见到马家的人，我们自然就会知道了。"吴秦说着，再次把目光投向了墙上的照片。他越看那些照片越觉得马海和马啸长得不像。"你们真的是双胞胎？"

马啸淡淡一笑："是啊。双胞胎有两种，同卵和异卵。我和马啸是异卵双胞胎，生下来就不怎么像，后来又走了不同的路，所以更不像了。"

马啸说话向来彬彬有礼，可是他却三番五次的对自己的亲哥哥点名道姓。杜长风察觉到这两兄弟之间有些不寻常，知趣地转移了话题："你们怎么会把家安在了这个连电都不通的荒凉小岛上？"

"我的先祖是明代大航海家郑和船队中的一员。郑和仙逝后，大明皇帝停止了下西洋。先祖因为下西洋有功，被封了官职。他本可以就这样安安逸逸地过一辈子。可是先祖在海上航行了多年，已经习惯了水上生活。于是，他辞去了官职，招募了一批水手，带着家人驾船远航，成为了一名自由海商。先祖在航海的过程中无意间来到了与世隔绝的潟湖岛，他发现这座小岛上的居民个个都是捕鱼专家。他把船员们从临近的岛屿上采掘来的石灰石打磨成了圆形的石轮，送给了岛民。作为回报，岛民把他们的捕鱼绝技传授给了先祖和他的船员。"马啸说到这里，转向了吴秦。"你问我马海是干什么的。笼统地说，他和猎海参军一样，都是海里的捞宝人。不过猎海参军捞的是'死宝'，他找的是'活宝'。"

"活宝？"

"俗称海怪。"

吴秦"哈哈哈"地笑了起来："你真有幽默感。"

马啸也笑了。但他的笑只是出于礼貌，并非认可了吴秦的话。"海洋就像地球的子宫，世界上所有的生命都起源于此。人们现在知道的海洋生物，只占到很少的一部分。大部分的海洋生物，还不为人知。这些东西有很高的学术和收藏价值。每年，世界上知名的科研机构都会出重金在民间搜罗珍稀的海洋生物，特别是活物。也有的收藏家对这些东西很着迷，愿意为此付出大价钱。既然有市场，有钱赚，就有生意可做。马家就是做这门生意的。业内把我们叫作钓海渔夫。但我们更愿意自称为迦楼罗。因为钓海渔夫是个统称，日本的赤渔社和缅甸的金水鬼，也是钓海渔夫的分支。”

“他们也抓海怪？”杜长风问。

马啸微微一笑，“猎海参军不是有条规矩叫‘同舟不相残，不呛他人行’吗？钓海渔夫也有类似的条款。迦楼罗捕猎海怪，赤渔社挖掘珊瑚，金水鬼下海采珠，彼此之间，从不越界。”

吴秦以为司职海底捞船的猎海参军和掌握海上鬼市的巡海夜叉已经是海上最奇葩的组织了，没想到现在又来了个寻找海底“活宝”的钓海渔夫。大海真是个蓝色的谜。不仅它本身是谜，靠近它、依赖它的人也都是谜一样的存在。

吴秦和杜长风的好奇心完全被激发了出来。他们正准备多向马啸打探一些关于钓海渔夫的情况，客厅的门突然被人从外面粗暴的推开了。摩根和一个比他大了三四岁的青年，抬着一个渔网出现在了门口。

两人把渔网往地上一放，“扑通”一声跪了下来。与摩根同行的青年嘴里咿咿呀呀地说着我们听不懂的土语，一把鼻涕一把泪地哀号起来；摩根也是紧咬了嘴唇，眼泪在眼眶里打转。

吴秦走到两人面前一瞧，差点儿没恶心得吐出来。只见渔网里包裹着一个满脸是血的中年男人。男人的双眼瞪得大大的看着天，手臂无力地耷拉着，看来是死了。

哭诉的青年是摩根的哥哥图瓦。死的人是他们的父亲巴图。“他被鱼撞死了！”

吴秦简直不敢相信自己的耳朵，“不是吧！鱼也能撞死人？”

马啸还来不及向他的客人解释，又有几个人抬着渔网来了。不到五分钟，马家的门口就摆了四张渔网，放了四具青壮年男性的尸体。阿古图部落总共只有189人。这么一个人烟稀少的村子，在一天之内，同时死了4个人，而且全是部落里的壮丁。无怪村子里的老幼妇孺闻讯之后，全都哭天抢地地赶往了马家的石屋。很快，马家的大门就被岛民们堵得水泄不通了。

即使是从容淡定的马啸，面对这样的突发情况，也有些焦头烂额。“马海去哪里了？”马啸小声问文森特。

“他驾船去乱流湾了。还有些岛民被困在了那里。”

马啸脸色一沉，音量不自觉的大了一些，“他一个人怎么应付得了？”

“放心吧，龙弋也去了！”

听到龙弋的名字，马啸脸上的表情明显地放松了下来。他走到了惊慌失措的岛民中间，用当地的土语说了一番话。吴秦和杜长风虽然没听懂马啸说了什么，但是当马啸提到“龙弋”二字时，岛民们的情绪明显地缓和了下来。歇斯底里的女人不再叫喊了，泪眼婆娑的老人不再流泪了，甚至连哇哇大哭的孩子都减小了哭声。

龙弋到底是个什么样的人？为什么他的名字像“镇静剂”一样，可以安抚人的情绪？

早在来雅浦之前，吴秦和杜长风就问过潮爷龙弋的情况，可是潮爷什么也没说。吴秦为此狠狠地埋怨了潮爷一番，“你电话也不给，照片也不发，我们到了地方，找鬼去啊？”

潮爷给吴秦的回答是：“我不知道他愿不愿见你们啦。如果愿意，他会出现的啦。如果不愿意，你们无论用什么办法，也不可能见到他啦。”

当时杜长风就觉得潮爷言外有意，话里有话。现在他对龙弋更好奇了。杜长风把马啸拉了过来，问他龙弋是个什么样的人。

马啸说：“他是我遇到的最了解海洋的人。天文地理，海中生物，洋底沉船，没有他不知道的。简直堪称海洋活百科。但他又很谦逊，彬彬有礼，从来不会仗着自己的学识，让人难堪。”

马啸说话的时候，杜长风在心里为龙弋画了一幅像。他觉得龙弋应该是一位和潮爷差不多年纪的长辈，否则不可能用知识和涵养征服见多识广的马啸。

就在杜长风和马啸对话的时候，吴秦也问了文森特同样的问题，“龙弋是个什么样的人？”

文森特一脸崇拜地说：“他是我见过的水性最好的人。我们曾经一起下海叉过鱼，他憋一口气可以在水下待七八分钟。就算是我们这种常年在海下摸鱼的人，也没办法做到。这还不算最厉害的，最厉害的是他在水下简直是一张活地图。海底的地形如何，哪里有洋流潮汐，他全都一清二楚。哦，对了，他还非常仗义。不管出了什么事，他都坚决不会丢下同伴！”

文森特的话让吴秦把龙弋想象成了一个“马海同款”的五大三粗的强壮汉子。他把自己的想法告诉了杜长风，杜长风却一口咬定龙弋是个老者。

为了得到准确的答案，吴秦和杜长风把马啸和文森特同时拉了过来，问了第三遍：“龙弋是个什么样的人？”

马啸不答反问：“要不你问问其他人？”

于是文森特出马，替吴秦和杜长风问岛民们：“龙弋是个什么样的人？”

岛民们的口径倒很统一，龙弋不是人，是神。一个人要了不起到什么程度才能成为他人眼中神一样的存在呢？

佝偻干瘪的老人说：“他是个善良的人。他对我像儿子对待母亲一样。”

摩根和图瓦说：“他是个无私的人。我们有任何不懂的东西，他都会教我们。”

头戴叶冠的孩子们说：“他是被鱼神送到岛上来的！是我们的救世主！我们都很崇拜他！”

一番询问过后，吴秦和杜长风还是没有搞清楚龙弋到底是何方神圣，但龙弋的光辉形象，已经在他们心中树立起来了。

“丫的，真想快点见见他本尊！”

说曹操，曹操到。也不知是谁在人群里叫了一声“龙弋”，所有人都不约而同地看向了马家门口那条被费守护着的小径。

小径的尽头站着一群死里逃生的男人。每个人的身上都湿透了，脸上挂着筋疲力尽的表情，不少人还受伤了，但是他们都活下来了。

这群人中，为首的三个人，一个是白发垂髫的精瘦老者，一个是皮肤黝黑的健壮大汉，还有一个是浑身染血的少年。

杜长风奔向了老者，吴秦跑向了大汉。两人异口同声地叫了一声：“龙弋。”

老者和大汉都没有应答，倒是那少年抬起眼，视线扫过了杜长风和吴秦。最终，少年的目光停留在了吴秦的脸上。吴秦也看向了少年。

少年大概十七八岁，身高在一米八左右，浓眉大眼，高鼻菱唇，五官仿佛刀雕的一般。少年赤裸着上身，下半身穿了一条黑色的长裤。因为常年在海上生活，他的皮肤被晒成了太妃糖的颜色。少年的体型偏瘦，但是满身肌肉结实得像猎豹一样。少年盯着吴秦看了许久。他的瞳孔是浅茶色的，像鹰的眼睛。

突然间，吴秦反应过来了。“你是——”吴秦话还没有说完，岛民们就兴奋的围了上来，把少年高高地托了起来。

“龙弋！龙弋！龙弋！龙弋——”

岛民们把龙弋拥到了马家门口，才把他放了下来。方才与龙弋同行的精瘦老者和彪形大汉也过来了。

马啸走到大汉身边，窃窃道：“你什么时候把胡子刮了？”

吴秦和杜长风这才反应过来，原来这体型健壮的汉子是传说中的马海。没了胡子的马海，五官和马啸还真是挺像的。只是马海常年出海，皮肤被晒得黝黑，身体也更壮实。兄弟俩就像黑巧克力和白巧克力，模样相似，肤色迥异，性格也差了十万八千里。

马海“嘿嘿”地笑了一声，正准备答话，精瘦老者抢先开口了。老者说的是当地的土语，文森特充当了两位外来客人的翻译。

老者叫劳伦斯，是文森特的父亲，也是阿古图部落的族长。明天就是部落一年一度的“接鱼神”了。今天早上，劳伦斯像往常一样带着部落里的男人去乱流湾猎捕大鱼，以供族人们在节日里享用。

乱流湾是距离村子大约 20 海里的一片水域。无数的礁石林立于此，成了鱼类栖息和觅食的好去处；月潮和季候风洋流在这里交汇，带来了数量庞大的浮游生物和磷虾，也吸引了大批的深海巨鱼到此捕猎。

劳伦斯和岛民们驾着十二条独木舟来到了乱流湾。部落里所有的男性都来了。成年男人在这里精力协作，获取食物；准成年男人则需要在这一天完成他们的成人礼——用手钓的方式，独自捕获一条 200 公斤以上的大鱼。一切像往常一样顺利地进行着。男人们齐力撒网，男孩儿们独自钓鱼，直到阿古图发怒。

“阿古图？”

文森特指了指悬挂在马家客厅里的蝠鲼骨架，“那就是阿古图！”

“六百多年前，具体时间我记不清了。阿古图部落的人还不住在这里，他们住在更东边的加罗林群岛上，那里是科罗瓦伊猎头族的领地。猎头族常常会袭击附近的岛屿，然后把战俘抓去吃掉。为了保证部落的安全，岛民们每年都得把 50 岁以上的老人进贡给猎头族。这种残忍的献祭持续了几年，猎头族不满意了，他们要求部落每年再向他们献上 3 个小孩儿。当时的族长拒绝了这个要求，这个举动点燃了猎头族的怒火。”

文森特说起这段悲伤的历史，目光变得深邃起来，“族长带着岛民们与猎头族大战了一天一夜，整个部落的男人都战死了。最后的时刻，伤重的族长带着部落里的女人，女人们怀抱着战死的父亲、兄弟和儿子，跳进了大海。他们死也不想成为猎头族的口粮。”

“然后，他们被阿古图救了？”杜长风大概猜到了故事的后续。

文森特点点头，“阿古图把我的祖先带到了现在的这座岛。这里再也没有猎头族了。从此以后，我们把阿古图当作了守护神来崇拜。”

海族救人的故事在大海上屡见不鲜。2004 年 10 月 30 日，新西兰救生员罗布・豪斯带着 15 岁的女儿和女儿的两名好友在海里游泳。他们不知道，一条 3 米长的大白鲨正朝他们游过来。幸得一群海豚把四人紧紧围住，形成一个“保护圈”。鲨鱼被保护圈挡住，无法接近游泳的人类，只能遗憾地离开了。此后的 40 分钟，海豚仍然围在豪斯和三个女孩儿身边，不停地敲击着尾鳍，直到他们安全上岸。

讽刺的是，这件事发生还不到一个月，其中两只救人的海豚就遭到了盗猎者的毒手。2004 年 11 月 24 日，人们在新西兰北岛东岸旺阿雷港口一条河的上游，发现了其中两位“义士”的尸体。它们漂亮的尾鳍被残忍地锯掉了，眼睛凄厉地睁着，嘴巴大大地张着，仿佛在质问忘恩负义的人类，“你们的欲望怎样才能满足？你们的贪婪什么时候才会终结？”

故事总是惊人的相似，同样的悲剧，又在今天的阿古图部落演出了。

“是你同意那帮家伙把船开进乱流湾的？”马海一脸怒容地冲弟弟吼道。他说话语速很快，声音洪亮，用词全是大白话，与弟弟慢条斯理，雕词琢句的语言风格大相径庭。“他们船上有一种装置，会让阿古图发怒，自杀式的跃出海面，撞向它们能撞上的所有东西，礁石、船舶，还有……”

马海燃火的双目看向了躺在地上的四具尸体。马啸也看向了同样的目标，他嘴唇紧抿，脸色黑沉，完全失去了一贯的优雅。

初生的蝠鲼体重就有近两百公斤，成年蝠鲼的体重更是惊人，少则六七百公斤，多的超过了一吨。它们以七八十公里的时速跃出水面，就像一辆小轿车，以同样的速度行驶。人如果被撞上了，那还能活？

马啸知道自己闯了祸，悲恸地说：“我也是为了统一钓海渔夫！让大家都过上好日子才招揽他们的！”

“什么叫好日子？抱着金山银山，却连在意的东西都守护不了，这就是你想要的好日子？”

马啸没有说话，脸色红一阵，绿一阵的。僵持了一阵，马啸终于绷不住了：“对不起，失陪了。”语毕，他转身进了屋子，再也没有出来。

马海也知道自己的反应有些过激了。但他已经来不及向弟弟道歉了。他只能故意对着吴秦和杜长风大声地说了句“对不起”，希望弟弟能够听见。马啸有没有听见这句对不起，吴秦和杜长风不知道，他们只知道自己的耳朵差点儿要被马海的大嗓门儿震聋了。

“岛上的人说话都那么大声吗？”吴秦咕哝。

“不是岛上的人，是海上的人。说话不大声，怎么能盖过海浪的声音呢？”马海笑哈哈地伸出了手，“还没有正式认识，我是马海。”

吴秦还来不及和马海握手，对方已经一把钩住了他的脖子，“走吧！进屋说，战了一天，饿了。”

那天的晚餐是在马家摆满了费的前院里吃的。整个村子的人都来了。女人们在空地上摆上了一条长长的芭蕉叶。她们把煮好的米饭按照人头分好，放在芭蕉叶上。烤好的鱼放在芭蕉叶中间。米饭是部落里的人用捕来的鱼从外面换来的，数量有限，所以定量供应；鱼是他们的劳动所得，只要上了桌，就可以任意享用。

吃饭的时候，男人坐在芭蕉叶的左侧，女人坐在右侧。族长劳伦斯喊了一声“开饭”，大家立刻用手抓着饭，大口吃了起来。他们的脸上挂着愉快的笑容，仿佛之前发生的一切已烟消云散了。

岛上没有电，也没有冰箱。捕到的鱼要马上吃掉，否则会腐烂。因此，岛民们每次出海捕鱼，只要够吃就行。如果捕的鱼太多，他们会把不需要的放生。糟践食物和滥杀生命是岛上最严重的罪行。

今晚的鱼是男人们白天刚从海里捕上来的。女人们用一条条的棕榈叶子把鱼包好，放在火上烤了整整一个下午。不加任何作料的烹饪方式，最大限度地保留了食材鲜嫩清甜的本味。

吴秦已经吃掉了七八个煮海蚌，又相中了一条烤鱼。可惜包裹烤鱼的芭蕉叶实在太烫了，他试了几次也没把叶子打开，幸好文森特的妹妹米亚及时出手相助。米亚三下五除二剥开了芭蕉叶，把鱼举到了吴秦面前。吴秦接过烤鱼的时候，碰到了米亚的手。姑娘对着他“咯咯”一笑，吴秦也回了对方一个笑。

杜长风打趣吴秦，“你丫能不能注意点影响？不要到哪儿都对着靓妹淌哈喇子！”

吴秦狼吞虎咽地咀嚼着鱼肉，“你想多了吧，我是对着她面前的烤鱼流口水。”说着，吴秦又冲米亚微笑了一下。妹子笑嘻嘻地再打开了一条烤鱼，放到了吴秦面前。吴秦毫不客气，风卷残云般的把那条烤鱼倒进了肚子里。

马海一边吃饭，一边和岛民们愉快地谈着天。看得出来，他和岛民们的关系非常好。与哥哥相比，马啸简直就像坐错了饭桌。整餐饭，除了文森特，他没有和任何人说过话。并不是岛民要排挤他，也没人提及白天的不愉快。是马啸自己心思沉闷，食不知味。

和马啸同样沉默寡言的还有龙弋。龙弋深受岛民的爱戴，这从他面前堆积如山的米饭就能看出来。阿古图部落民风质朴，人们对一个人表达崇敬和喜爱的方式，就是把好吃的给他。

人人都想和龙弋说话，可是龙弋却鲜少说话。岛民们给他吃的，他也冷冷的，不答谢，不微笑，仿佛一尊没有感情的石雕。

吴秦和杜长风有求于龙弋。他们特意坐到了龙弋身边，极尽所能的跟他套近乎。可是龙弋全程冷着脸，连句“你好”都没有说过。一来二去之后，两人都有点儿不高兴了。

“小屁孩儿！架子这么大呢？真把自己当阿古图之神了！”

“丫到底是多大的神啊？能比笑面佛大？”

马海听见吴秦和杜长风的牢骚，笑呵呵地为他们斟了两杯椰子酒。三人碰杯之后，马海别有深意地说：“阿古图的外表非常古怪，很难让人把它们和正统的鱼类联想到一起。第一次见到它们的水手，常常会被它们的样子吓破了胆。实际上，阿古图的性子非常温和。只要相处久了，你们慢慢就能体会到了。多点耐心吧。”

说罢，马海把杯中的酒“咕咚咕咚”地喝下了肚。吴秦和杜长风也仰头干杯了。甘甜的酒带着奇异的椰香味滑进了肠肚。两位客人很快就醉得不省人事了。等他们清醒的时候，白天已经被黑夜偷走了。

吴秦半醉半醒地睁开了眼睛，映入他眼帘的夜空仿佛一块黑曜石打磨成的棋盘，上面缀满了钻石般闪闪发光的星斗。吴秦不由得忆起了在平台时和苏若水并肩看星空的日子。他已经很久没见过这么璀璨，这么迷人的星空了。

吴秦想着，翻了个身，结果却“嘭”的一声，撞到了坚硬的船板上。杜长风被吴秦的痛叫声惊醒了。他猛地坐了起来，发现自己竟然坐在一条独木舟上。独木舟孤单地飘荡在大海的中央。放眼望去，四周全是没有边际的海水，地狱一般。

龙弋立在船头，银色的月光仿佛一件斗篷披在他的肩头。他身背满月，面朝大海，像一匹孤傲的狼，冷冷地打量着吴秦和杜长风，模样神秘而冷峻。

“什么情况？”吴秦一脸懵懂地问。

“你们不是想上我的船吗？我答应了。”这还是吴秦第一次听见龙弋讲话。他的声音疏离而清冷，和他的气质相得益彰。

吴秦反应了一秒，“话是这么说——可是这个时间点，你要带我们去哪儿啊？”

龙弋简洁明了地吐出了两个字：“拜海。”

第十四章　拜海

在平台的时候，潮爷曾经详细地讲过猎海人金盆洗手的仪式葬令，但是与之相对的入行仪式“拜海”，潮爷提及的并不多。现在龙弋为吴秦和杜长风补上了这一课。

拜海有两种途径：一种是师父带徒弟。徒弟学成后，师父亲自为他打造一面猎海令，于徒弟首次下海时，亲手传授给他。吴秦和杜长风在平台的时候就算是拜师学艺了，可惜他们没有出师。如果他们坚持要加入猎海参军，只有走龙弋说的第二种途径。

“第二条路是，从海底请一面先人埋葬的猎海令回来。”

吴秦扫了一眼漆黑如墨的大海，“大哥，你说笑吧？半夜三更的，什么装备也没有——”

龙弋冷着脸，打断了他：“去还是不去？”

杜长风赶紧接过了话，“去！怎么不去？劳烦哥们儿给我们带个路呗。”

杜长风想抓住机会和龙弋套个近乎，对方却摆出了一副拒人于千里之外的样子，“葬令湾是猎海参军的圣地。外人想去那里，只能自便。”

龙弋说到“外人”二字的时候，语气格外的疏冷。吴秦简直气得冒烟。“瓜娃子！毛没长全，毛病倒不少！”

杜长风也被龙弋傲慢的态度激怒了，但他还是克制地提醒吴秦，“别忘了我们的目的。”

吴秦闷哼了一声，再也不理龙弋了。“现在怎么办？”

杜长风望着无边无际，仿佛地狱的海水说：“办法都是人想出来的！想想呗。”

于是，吴秦和杜长风在船尾坐了下来，有一茬没一茬地商量着对策。龙弋独自坐在了船头，眺望着远方。

夜越来越沉，风越来越冷。黎明前夕，海上的气温降到了最低点。衣衫单薄的吴秦和杜长风冷得鼻涕横流，情绪也越来越焦躁。

“葬令湾、葬令湾……我好像在哪里听过这个名字——”蓦地，杜长风好像想到了什么，猛地一下站了起来，小船因此激烈地摇晃了起来。

龙弋不由得看向了杜长风，在那之前，他已经保持着望夫石的造型，不发一语地坐了近半个小时。

“你还记得潮爷在海上鬼市的时候拿在手里的那本《猎海志》吗？”杜长风激动地对吴秦说，“我给潮爷做学道的时候，曾经偷看过那本书。书上提到过这个地方，我记不清具体的位置了，但我记得书上说，那里海流湍急，礁石林立，到处都是水草。阿古图人捕鱼的乱流湾不就是这样的吗？”

“不会那么巧吧？”

杜长风白了吴秦一眼。“我早就提醒过你了，脑子不用会生锈！”杜长风把吴秦拽了过来，小声道，“你低头看看脚下！如果地方远，小神龙会弄条独木舟来？”

小神龙是吴秦和杜长风为龙弋取的外号。

吴秦挠了挠头。“话是这么说，但是小神龙——”吴秦瞄了龙弋一眼，“你能保证他把咱哥儿俩弄到这条船上，不是为了整我们？”

“不至于吧。小神龙为人虽然傲慢了一些，但还不到丧尽天良的地步吧？毕竟我们也是潮爷保荐的人，打狗还得看主人——”杜长风突然反应过来自己比喻不当，赶忙改口，“呸！呸！那个啥，不看僧面看佛面。他要是真不待见我们，直接拒绝我们就好了，为什么还要告诉我们拜海请令的事？”

吴秦仔细地想了想，觉得杜长风说的有几分道理。“就算你说对了。我们连自己在哪里都不知道，怎么找葬令湾？”

“长风破浪会有时！这个嘛，就得靠我们自己了。”杜长风说罢，抬头望向了天空。

北极星像一颗巨大而璀璨的钻石，镶嵌在暗蓝的天锦上。北极星又叫紫微星，是古代水手们判断航向的重要天文坐标。除了星象，风向、洋流、潮汐、地标等自然事物，也是水手们确定船位和引航的利器。

早在平台的时候，吴秦和杜长风就学过这些航海知识，现在他们得把理论付诸实践了。吴秦和杜长风思定即动，利用所学，自食其力地寻找起葬令湾来。

龙弋把他们的所作所为看在眼里，他什么话也没说，也没有指导两人，安静地坐在船头，面无表情地盯着海面，不知道在想些什么。

天蒙蒙亮的时候，吴秦和杜长风把船划到了一片水流湍急的海域。海上礁石林立，宛如一座石头森林。奔流的海水有节奏地拍打着礁石，激起了漫天的水花，仿佛碎掉的玉屑。

杜长风把手伸进海水中一摸。他手心处的海水是冷的，手背处的海水是暖的。这是冷暖洋流交汇的标志。“我们找对地方了！”

吴秦抬头看了看北极星的位置，又低头看了看周围的环境。整个晚上刮的都是东南风。根据风向和洋流来看，他们应该接近葬令湾了。其实葬令湾离潟湖岛并不远，顺风顺水的情况下只有一个多小时的船程。可惜杜长风和吴秦并不识路，白白在海上转悠了一个晚上。

地方虽然到了，前途依然不容乐观。一个人在百十平方米的家中藏了一枚钱币，他人尚且难寻，更别说几百年前的人，在百十公里的海底藏了一个同样大小的东西。

吴秦和杜长风寄希望于龙弋能指点他们一二，可他们再次失望了。两人只得自食其力了。

“你再回忆回忆，《猎海志》里还有什么东西，是和藏令湾相关的？”

“我看看啊！”杜长风拿出了手机，翻看了起来，“我偷偷照了一些书上的插图。但愿里面有我们要的东西。”

很幸运，杜长风找到了一幅简笔勾勒的海图。图上描绘的海域正是传说中的“葬令湾”。除了海浪和礁石，画中的海洋里还有无数怪异而巨大的三角形。

“这是什么？船？”

杜长风摇了摇头。“比例不太对——”突然，杜长风好像想到了什么，“水里游的除了船，还有什么？”

“鱼啊！”吴秦张口就来。

“什么鱼？”

吴秦和杜长风对视了一眼，异口同声说出了三个字：“阿古图！”

蝠鲼巨大而扁平的片状躯体，看上去就像一只大风筝。无数条蝠鲼挥动着胸鳍在海中遨游。这样的画面抽象成水手笔下的简笔画，就变成了一个个巨大的三角形。所以说，绘画是需要想象力的。解读画作需要更丰富的想象力。

“葬令湾所在的地方应该是阿古图的聚集地。如果我们能找到一条阿古图——”

杜长风话音未落，他们的耳边突然传来了“啪”的一声巨响，就像一颗炸弹在附近的水域爆炸了。与此同时，他们头顶的天空突然黑了。无数的水珠从天空中落了下来，好像天上突然飘来了一团积雨云，带来了一阵猝不及防的雨。

三人抬头往天上看去，只见一条翼展超过六米的蝠鲼，扇动着三角形的胸鳍从小船的上方掠了过去。吴秦和杜长风还是第一次见到这样的景象，不由得看呆了。等他们回过神儿来，那条蝠鲼已经跳过小船，落进了海里。

“快！跟上它！”杜长风抓起了船桨，奋力地划动着。吴秦也跟着他一起发力。

可是人划桨的速度怎么敌得过蝠鲼游泳的速度？更别说这片海域还布满了碍事的礁石。吴秦和杜长风已经用上了吃奶的劲儿，还是把那条蝠鲼跟丢了。不仅如此，他们还被湍急的洋流带到了一片海藻满布的水域。吴秦手中的船桨被海藻缠住，一时半会儿解不开了。

吴秦正想潜下水去，释放船桨。忽然听见小船的底部，传来了一阵“啪啪啪”的怪响。仿佛有某种可怕的东西在水下撞击船底。

“什么声音？”杜长风惊道。

吴秦一脸疑惑地俯下身，朝水面望去。只见海下仿佛升旗一样，出现了无数三角形的暗影。那是成群的蝠鲼，从深海迅速地浮上了水面。蓦地，它们仿佛顽皮的孩子，拍打着翅膀一样的双鳍，同时跳出了海面，跃向了空中。

“砰砰”的拍水声此起彼伏，震耳欲聋，吴秦和杜长风感觉自己像是被困在了一台巨型的爆米花机里。顿时，海上掀起了一阵惊涛巨浪，凶险无比；与之相对的天空中，无数的蝠鲼仿佛阿拉伯神话里的飞毯在海天之间水平滑行着，露出了闪闪发光的白色肚皮。画面奇幻而瑰丽。

吴秦觉得自己仿佛穿越到了宫崎骏的《风之谷》里。飞翔在空中的蝠鲼，就像少女娜乌西卡驾驶的滑翔翼，在月光倾泻的天空中快乐地翻着筋斗。

杜长风的脑海中也出现了一个类似的画面。他幻想着自己来到了山东潍坊。今天是一年一度的风筝节。一条条飞天的蝠鲼，就像一只只巨型的风筝，在月下，快乐地招摇着。

就在吴秦和杜长风陷入幻想的时候，被水草缠住的小船忽然莫名其妙的在海上快跑起来。原来是刚才在水下撞击船底的那条蝠鲼，把头鳍挂在了小船的锚链上，拖着小船在海上飞快地滑行。蝠鲼是海族里的游泳高手，小船在它的拖拽下，仿佛安上了赛车的马达，速度瞬间就飙升了。

吴秦和杜长风坐在飞一般的小船里，就像坐在海上的过山车里。除了惊声尖叫，他们什么声音也发不出来了。龙弋倒是不惊不奇，不动如山，仿佛什么事也没发生。吴秦简直怀疑他是块没有感觉的石头。

蝠鲼把小船拖到了一片浅海湾。一列小山似的礁石形成了一个半月形的圆弧，隔绝了这片幽静的海湾，仿佛一个温柔的男人，深情地拥抱着它的大海恋人。

此时，太阳已经初升了。温暖的晨曦从海天之间流淌出来，倾倒在海面上。整个海湾，都被染成了黄金的颜色。无数的蝠鲼倾巢而出，在大自然为它们摆好的金色餐桌上欢快地追逐着浮游生物。

五只悠然的蝠鲼，围着吴秦他们的小船，排成了一个圆环，它们时而聚拢，时而分开，就像一朵开在海上的紫荆花，时而含苞，时而绽放。

后来，吴秦和杜长风才从苏若水那里了解到，蝠鲼这种花样游泳般的行为实际上是一种社交性的进食。蝠鲼喜欢小规模的群居在固定海域。它们对于长途迁徙和与其它海族“联谊”并不感冒，是名副其实的死宅控。但在自己的社群里，它们却具有高度的社交性，会定时排成环形的阵列，一起滤食。每只蝠鲼都会轮流游到最前面享用美餐，没有谁会争抢，也没有谁会不满，一切公平公开，井然有序。

当时，吴秦和杜长风还不知道这么多。身临其境的他们，只觉得自己的小船像是一只误入了花蕊的蜜蜂。他们只能停在花心处，吮吸着大海的芬芳。

朝阳越升越高，阳光也越来越灼热。当太阳完全跳出海平面，蝠鲼的进食也结束了。它们开始成群地游向了浅海区。体型稍大的雌性蝠鲼游在前面，体型较小的雄性蝠鲼像亲卫队员一样，跟在“意中人”身后，保护着它。吴秦和杜长风赶紧驾船跟了上去。

大约经过了二十几分钟的追逐后，雌性蝠鲼逐渐放慢了速度。一条与它离得最近的雄性蝠鲼游到了“美人”的身下，用胸鳍轻柔地爱抚着它的身体。太阳似乎猜到了这对爱侣正在调情，红着脸，躲进了云层后面。

吴秦和杜长风还是第一次撞见这样的私会，既震惊又奇妙。他们不由得屏住了呼吸，瞪大了眼睛，观看着水上的欢愉。

一对爱侣完成了短暂的交配后，雄性蝠鲼扬长而去了。雌性蝠鲼又接受了一个爱慕者的求欢后，愉快地沉入了浅海沙地，在那里小憩。

太阳这个识时务的家伙，终于从云层后面走了出来。在它的光芒照耀下，海水变得清澈起来。吴秦此时在雌性蝠鲼聚集地的东南方向，大约 30 米的地方，发现了一处金灿灿的所在。那里的海水好像熔化成了液体的黄金，光芒夺目。

“那里会不会就是老前辈们葬令的地方？”吴秦问杜长风。后者耸了耸肩，看向了龙弋。龙弋还是老样子，不给反应，不答话。

吴秦恨恨地哼了一声，“是谁说他和善有礼，无私仗义的？瞎了吧！”

“双目失明的人太多了！管不过来哟！”杜长风抓起了船桨，“走吧，过去看看。”

吴秦和杜长风把船划到了那片金光闪烁的海域，放下了锚。两人一齐探头往海面下看去，只见海底有一团船形的金光隐隐闪动。那光芒仿佛近在眼前，又好像深不可测。小船飘荡在金光灿烂的水面上，仿佛行驶在一杯香槟酒里，如梦似醉。

“下面该不会有一条沉船吧？”杜长风问。

“下去看看就知道了。”吴秦说着，把一副潜水眼镜丢给了杜长风，他自己戴上了另一副。这两副眼镜是整艘船上仅有的潜水装备了。

两人正欲下水，龙弋突然没来由地说了一句：“葬令如葬命，请令似请命。葬令湾还有一个名字叫作‘鬼门关’。在这里下水，多半是九死一生。你们想好了。”

吴秦冷嗤了一声，“你不觉得现在说这话晚了吗？”说罢，他不假思索地跳进了海中。

杜长风觉得龙弋话中有话，疑惑地看了他一眼。没想到他竟然在龙弋的眼睛里寻到了一抹担忧。不过，杜长风来不及品味那个眼神了。

“快点儿！”吴秦在水中催促他。

杜长风整了整潜水眼镜，又深吸了一口气，扎进了海里。

葬令湾的水不深，水下二十五米已经到底了。吴秦和杜长风刚才在海面上看，水中的金光已经很亮了，下到海中，那片金光更加绚烂，仿佛水下藏着一座大金窟。四周的海水都被照得一片敞亮。

金光所在的地方是一片绵延了数十里的海底沙地。通常情况下，洋流交汇的海域都有很丰富的生物资源，可这片沙地恰恰相反。这里除了细砂、贝壳残片和岩石碎砾之外，几乎没有任何生物，仿佛一片海底的沙漠，无边无际，死气沉沉。

“沙漠”边缘的海域，竖立着无数的木桩。一眼看上去，就像一片伐木场，又像一片乱葬岗。

吴秦游近了其中一根木桩，发现木桩的顶端拴着一条缆绳。他恍然明白过来，这些木桩竟然是一根根的船桅杆！桅杆的表面是木头做的，里面包裹着黄金。水下的金光正是来源于此。

几乎所有的海洋里都生活着一种叫作沉船虫的食木性软体动物，它们就像海里的白蚁，会把沉入海中的木头啃噬干净。潮爷在平台的时候曾经提到过这种饥饿的海洋生物。他还播放了人们探索泰坦尼克号遗骸时录制的现场视频。视频中，泰坦尼克号的甲板和主楼梯都被沉船虫吃光了。甲板上到处是沉船虫的尸体，就像丧尸屠城之后的场景。

吴秦至今也没忘记那些可怕的影像，所以他很纳闷儿，眼前的这些木桅杆怎么能保存得如此完好？是谁挖空了它们？又是谁在里面填满了黄金？

可惜现在不是解密的时候。吴秦和杜长风是下水来找猎海令的，谁也没有忘记这个目标。水底桅杆的出现，让两人深信，先代猎海人葬令的地方就是这里。

吴秦顺着一根桅杆下潜到了距离海底大概一米的地方。突然，他在桅杆的根部，发现了一些奇怪的刻痕。吴秦清开了桅杆上的淤泥，上面的划痕渐渐露了出来。那是一列用刀刻下的繁体文字："孙阿七葬于崇祯三年七月二十一日。"

杜长风也在桅杆的背面发现了同样的刻字："陈水伢葬于乾隆五年八月四日。"

就像活人为死人立碑一样，海底的这些桅杆已然成了先代猎海人葬令的墓碑。这个发现让吴秦和杜长风很兴奋。他们赶紧沉到了海床上，在淤泥里挖掘起来。

时间在一次又一次地刨土和清淤中一分一秒地流逝着。转眼间，两人已经在水下待了四分钟，可是却一无所获。

杜长风到了憋气的极限，冲吴秦打了个上浮的手势。吴秦的"憋功"可比杜长风好多了。最厉害的一次，他一口气潜到水下 40 米，待了足足 6 分 19 秒。

吴秦示意杜长风他还要再待一分钟。杜长风可待不了那么久。他只能抛下吴秦，回到了船上。

龙弋看见两手空空的杜长风，冷漠地问了一句："失败了？"

杜长风被龙弋无情的态度惹火了。"急什么？我兄弟还在水下呢！他一定能把猎海令带回来的！"

话虽这么说，可是杜长风心里一点儿底也没有。他焦急地在船上坐了下来，一会儿看看手表，一会儿看看水下，期盼吴秦快点回来。

龙弋不发一语地盯着北方的海面，依稀可见海天相接的地方有一艘白色的船缓慢地行驶在平静无波的海面上。远远望去，那景象就像一幅素色的油画。

时间在杜长风的手表盘上一秒又一秒地爬行着。已经六分钟了，吴秦还是不见人影。杜长风急坏了，他正准备下海去找吴秦，海面上突然泛起了一圈波澜。“呼啦！”吴秦高举着一枚“猎海令”，如救世主一般浮出了水面。

杜长风激动地把筋疲力尽的吴秦拉上了船，“我就知道你小子能行！”说着他得意扬扬地把吴秦摸上来的猎海令亮到了龙弋面前，“不好意思，让你失望了。”

龙弋平静地接过令牌，看了一眼，“两个人，一枚令？”

“咱哥儿俩既然能捞上一枚令来，再捞一枚有什么难的，是吧？”杜长风转身拍了吴秦的肩膀一下。他用的力气并不大，可是吴秦竟然被他拍得双腿一软，倒在了船上，眼泪如瀑布一般“哗哗”地从眼角淌了出来，身体也像发羊痫风一样剧烈地抽搐起来，嘴巴一开一合，颤抖地呢喃道：“鬼——鬼——”

杜长风赶紧扶住了吴秦，“什么鬼？你丫别吓我！”

吴秦已经陷入了半昏迷的状态，脑海里如播放电影一般，快速地闪现出了杜长风离开后，他在水下那段噩梦般的经历。

时间回到了2分11秒前，杜长风离开后，吴秦知道自己时间不多了。他索性沉到了海床上，用双脚圈住了海底的桅杆，把身体固定住了。这样，他的双手就能完全解放出来，挖掘泥沙。功夫不负有心人，吴秦在海底努力了大约半分钟，就发现了自己要找的东西。那枚猎海令一半已经露出了海床，另一半还掩埋在泥沙中。

吴秦以为他需要费很大的力气才能把猎海令拽出来。没想到令牌埋藏处的泥沙很松动，吴秦用力一拽，直接把令牌下面的东西连带着拖了出来。

那是一具发白胀大的巨型男尸。这片海水里没有啃食尸体的海洋生物，因此尸体的皮肉还很完好，但它的模样已经和人类完全联系不上了。它不知在水下沉睡了多久，身体比正常人膨胀了数倍，仿佛一个快要被吹爆的气球。它肿大得有如馒头的右手，死死地抓着吴秦想要的令牌，一双外凸的眼睛恶狠狠地盯着吴秦，好像要索他的命。

更糟糕的是，巨尸一移位，它沉睡的地方就空了。那里原本是一个隐匿的洞穴。膨大的尸体刚好堵住了洞口。现在，屏障没了，海底泥沙纷纷往洞里倾泻了下去。一时间，海底出现了一股强大的流沙潮。泥沙搅起了更多的海底巨尸，也搅起了一股沥青一样诡异而黏稠的黑色海流。

黢黑的海流包裹着无数巨大瘆人的尸体，仿佛鬼怪电影里勾魂摄魄的妖气一般弥漫在了海水里。吴秦在流沙和黑潮的裹狭下迷失了方向。眼中所见，全是匆匆掠过的巨尸，还有它们变形的脸孔，凸出的眼球，隆起的胸腹……

吴秦攥死了手中的猎海令，用尽了吃奶的力气往水面游。海底的黑水仿佛有生命一般追着他。吴秦往海面上逃一寸，黑水就追一寸，逃一米，它就追一米。也不知道是幻觉还是真的，当黑水涌到吴秦身后时，水中忽然出现了千百个模糊不清的人影，如同破镜里的虚像，地狱里的妖魔，张牙舞爪地扑向了吴秦。“我不会是打开了水底的鬼门关吧？”吴秦想，“这些恶鬼要把我拖到地狱去吗？可是我不甘心！我好不容易才找到了猎海令，怎么能放弃？不！我不能放弃！杜长风那小子是因为我才没当上猎海参军的，我得把欠他的这笔账还上！还有若水。如果不能加入猎海参军，我也许就再也见不到她了。”

想到这些，吴秦咬紧了牙关。因为缺氧，吴秦觉得头昏眼花，四肢无力。他基本已经失去了控制身体的能力，但还没有失去意志力。他把残存的力量全都集中在了划水的双手和蹬水的双腿上，一米一米地挣扎着向水面靠近。终于，在强大的精神力量和上涌的洋流的帮助下，吴秦浮出了水面。

杜长风不知道吴秦在水下经历了什么。他以为吴秦是突然倒下的，有些发蒙。“你丫咋回事儿啊？醒醒！醒醒！”

龙弋俯下身子，半跪在吴秦面前，检查了他的瞳孔舌苔和脉搏后，对杜长风说：“他中毒了。但还能活！如果你想救他必须全力配合我！”

虽然杜长风很想知道吴秦为什么会突然中毒，但现在不是看病问诊的时间。“你说！要我怎么配合？”

“解开他的衣扣，检查他的口腔，确保他呼吸通畅。如果他的心跳和呼吸，任何一项停止了，你要立即为他做心肺复苏和人工呼吸。”

杜长风拍了拍胸脯，“包在我身上了！”

龙弋不再说话了，他把目光放向了北方。刚才还在海天交接处，渺小宛如海鸟的那艘白船，已经航行到了离他们不到1海里的地方。从龙弋所在的位置可以清楚地看见，那是一艘长约 60 米的科学考察船。

杜长风按照龙弋说的为吴秦做了急救。“你丫真的能救他？”

“我不知道。鬼门关面前的生死，只能走着瞧了！”语毕，龙弋解开了船锚，借着洋流的助推，把小船划向了科考船。

第十五章　黄雀

乱流湾分为内外两层。外层的海域直径约有七八十海里，是洋流交汇，鱼类繁衍之地，到处一片生机盎然。内层海域就不同了。那里常年风暴不断，洋流混乱，海面上常年有巨大的漩涡，能把一切船只吞噬殆尽，海底不时还会蹿出奇怪的火焰来，仿若幽灵鬼火一般。几乎没有人敢进入那片海域。即使有，也是有去无回。

龙弋一行人要穿过的一海里，正是乱流湾外层与内层海域交界的地方。这里虽然不如内层海域那么凶险，却到处有激烈碰撞的洋流会倾覆船只，密集矗立的礁石会撞毁小船，还有厚厚的海藻会缠住船桨。

杜长风开始的时候还提心吊胆的，害怕他们会在这里翻船折舟。但龙弋宛如一尊铁佛坐镇在船头，哪里有暗流，哪里有礁石，他全都清清楚楚，仿佛脑子里有一张海图。他操作舟楫的技术也让杜长风折服，无论顺水逆水，急转掉头，小船都在他的掌控之中，泰若悠鱼。

杜长风看着阳光下劈波斩浪，御水如神的龙弋，不由得想起了阿古图岛民对他的种种赞美。如果说杜长风之前还怀疑龙弋是浪得虚名，此刻却被他折服了。吴秦已经陷入了昏迷，躺在甲板上像一条将死的鱼。

龙弋借助洋流和海风之力，迅速把小船划到了距离科考船不到三百米的地方。远远可见科考船的起吊机，正将一个宛如巨型悠悠球的黄色装置放进海里去。

杜长风正准备向科考船求援，小船下方的海浪忽然异常地波动了起来。紧接着，海下迅速地升起了无数三角形的白影，那是一群翼展在一米到两米之间的蝠鲼。在人类眼中，它们是一群庞然大物，可是在蝠鲼的世界里，它们不过是刚出生的婴幼儿罢了。这些孩子不知道遭遇了什么可怕的灾难，全都死在了海上。海水里全是它们袒露在死神面前的白色肚腹，放眼望去，就像葬礼的现场，升起了无数白色的丧旗。

杜长风简直不敢相信自己的眼睛，"怎么会？"

"这已经不是第一次，昨天我和文森特他们出海的时候，也遇到了同样的情况。"龙弋说着，望向了怒浪荡涤的海面。隐隐可见，一片黑色的暗影，宛如一支潜艇部队，升向了水面。龙弋双目微眯，大叫了一声"趴下"，同时一跃而起，把杜长风扑倒在船上。

下一秒，小船的上方就被一片巨大的阴影笼罩了。无数只成年的蝠鲼，仿若一个个穿着黑色斗篷的恶魔，不要命地冲出了海平线。

杜长风并不是第一次看见这样的情形，今天早些时候，蝠鲼为了向异性展示身姿集体跃出海面的场景还停留在他的记忆里。那时的蝠鲼好像千万只风筝，同时飞了起来，画面美轮美奂；而当这些大鱼因为幼子的死，报复性地冲出海面。那情形只能用惨烈来形容了。

"砰砰砰砰——"

怒疯了的蝠鲼，宛如一队战斗机群，以血肉之躯，自杀式地撞向了仇人的钢铁舰船。它们强大的身体，把科考船上的水手撞得头破血流，落进了大海。可它们也以同样的力量撞上了坚硬的船身，粉身碎骨地坠入了深海；它们有力的"双翅"拍碎了水手们的骨头，可它们也被举枪扫射的水手们，打得千疮百孔，血肉模糊；它们沉重的身体压死了一些举枪的水手，可它们也因为过于奋力地跳跃，跌落到了科考船的甲板上，再也无法回到栖息的大海了。一时间，海上水花雷动，宛如暴雨骤降。无数的海水化作了悲愤欲绝的眼泪，从飞翔的蝠鲼身上落下来，冰冷，刺骨。

吴秦被海水浇醒了。他恍惚地睁开眼睛，看见一条愤怒的蝠鲼急速地跃出了海面，撞向了科考船。很不幸，它被一个举枪的水手射中了头部。于是，它像折翼的天使，悲哀地坠向了大海。

“这是——”吴秦浑噩地呢喃着，他以为自己是在做噩梦。

杜长风不知道该怎么解释才好。好在这一次，龙弋没有当个闷油瓶。

“阿古图是卵胎生的，一次只生一个孩子。它们只是想为夭折的孩子讨个公道而已。”

龙弋望向了恶浪作祟的海面。无数的蝠鲼猛烈地在海中旋转着，制造出了无数螺旋状的漩涡。龙弋他们的小船被猛烈的浪裹挟着，仿佛一片飘零的叶子，东摇西荡，随时可能倾覆。眼看船就要被卷进一个水涡之中，龙弋紧紧抓住了船桨，奋力地一撑，船头这才堪堪地一偏，侥幸逃过了这次劫难。

龙弋正准备松一口气，忽然看见一个黄色的庞然大物，从水中浮了上来。小船周近的海水被那东西搅得一阵起伏涌动。船上的三人禁不住颠簸，被甩进了汹涌的海水中。

杜长风和龙弋的意识是清醒的，还能自救，吴秦的情况就糟糕了。他正处在半昏半醒的状态中，落水之后，立刻被吸进了一个大漩涡的中心。眼看吴秦就要被转动的海水抽进海底去，龙弋奋力地排开强浪汹波，游了过来，牢牢地抓住了吴秦。杜长风也靠了过来。三人紧紧地挨着彼此，在惊涛骇浪中勉力的求生。

四周的海水森森壁立，像一个巨大的玻璃罩子笼罩着他们。水面下的漩涡更是有如万丈深渊，一旦落入其中，定是有去无回。

吴秦的脑袋浑浑噩噩的，双脚凭借本能在水中乱蹬。忽然，他踩中了一个硬邦邦的，像地面一样的东西。杜长风和龙弋也踩到了那个东西，三人不约而同地低头看向了水下。海水不知道什么原因竟然变成了一片黄澄澄的地面，而且那“地面”还在上升。很快，“地面”就高出了海面——原来是科考船放下水的“悠悠球”。现在，船员正打算把它收回来。吴秦和他的同伴们赶紧攀住“悠悠球”，升上了科考船。

科考船上插着两面旗帜，一面是日本国旗；另一面乍看之下像日本国旗，也是白色的旗帜中央有一个红色的圆。不过细看之下会发现，旗帜中间的红色圆圈是一条首尾相接，盘成了圆形的美人鱼。美人鱼的头和眼睛都非常大，尾巴和鳍却小得不成比例，模样丑陋又抽象。

杜长风喃喃道："这旗有点儿眼熟啊。"

龙弋说："是赤渔社的鱼姬幡。"

杜长风心想，赤渔社不是钓海渔夫的分支吗？太好了，遇上自己人了。

"悠悠球"很快被起吊机收回了甲板，水手们被趴在"球体"上的三个不速之客吓了一跳。一个水手抓过一把鱼枪，指住了龙弋的头，询问他们的来历。

龙弋用日语把他们的遭遇说明了一遍。为首的水手把三人带到了指挥室，交给了科考船的船长，同时也是赤渔社的老大山本风一郎。

山本的年纪和潮爷差不多大，他长得矮小、精瘦，个头儿不到一米七，体重也不到六十公斤。山本留着一头及肩的银发，戴着一副徐志摩式的眼镜，鼻子和嘴唇之间留着鲁迅式的一字胡。山本和潮爷一样很爱笑，但他脸上沟壑纵横，笑起来的时候总给人一种皮笑肉不笑的阴鸷感。

山本既是科考船的船长又是船医。他检查过吴秦的身体后，用一口流利的中文说："是急性硫化氢中毒。你们在这附近潜过水？"

杜长风点点头，把他们在水下的经历简要地叙述了一遍。但他留了个心眼。他没有交代他们下水的真实目的，只是说他们三人到水下摸鱼，不小心误入了那片宛如沙漠的海域。

山本解释道："那片海域封存有一层无氧的死水。我们的科研人员专门对那层死水做过调查。7500 年前，乱流湾并不是海洋，而是一片广阔的岛屿。海底沙漠所在的区域也不是大海，而是一个淡水内陆湖。最后一次冰河期的尾声，海平面上升导致海水流入了淡水湖，让湖的面积陡然扩大了一半。较重的海水逐渐下沉，封存在了海底。这层海水失去了通常由海流供给的氧气，发酵出了硫化氢。这种化学物质能毒死一切海洋生物，包括沉船虫。简直就是天然的沉船保护罩。"

杜长风想起了海底那些不腐的黄金船桅杆，点了点头。他很想听山本再多说些有用的知识，但现在不是走近科学的时候。"我朋友的情况严重吗？"杜长风问山本。

“放心吧，他只是轻微的中毒，我有把握治好他。”

说罢，山本把吴秦移到了医疗舱，为他实施了高压氧治疗，又给他服用了解毒的药剂。一番折腾后，吴秦终于脱离了危险。但他还处在昏迷状态，要休息一阵子才会苏醒。

“我真不知道该怎么感谢您！”杜长风由衷地说。

山本“嘿嘿”一笑，“客气了。能帮上猎海参军的忙，是我的荣幸。”

杜长风一愣。山本怎么会知道他们是猎海参军的人？他正纳闷儿，忽然看见山本笑眯眯地盯着自己腰间的猎海令。原来是这玩意儿暴露了他们的身份。

山本摘下了橡胶手套，“诸位好好休息。我还有些事情要处理。”说罢，山本离开了医疗舱。

半小时后，吴秦清醒了。

“感觉怎么样？”杜长风问他。

“还行，就是脑袋里有些挥之不去的画面。我也说不清是幻觉还是记忆。”吴秦把他在“葬令湾”的可怕遭遇讲了出来。

龙弋听完吴秦的叙述后说：“当年，猎海参军的祖师爷吴平为了躲避明军的追捕，把他毕生掳掠的财富，换成了黄金，铸在了船桅杆里，他瞒天过海地带着财宝逃到了南洋。后来祖师爷带人到勿里洞岛寻宝，误入了葬令湾。宝船沉在了那里，祖师爷和船上大部分的水手都死在了海里。逃出来的人，打着祖师爷的名号，成立了猎海参军。‘葬令湾’既是猎海参军兴起的地方，也是猎海人终结营生的地方。”

早在海上鬼市的时候潮爷就介绍过吴平的身世和猎海参军的由来，如今龙弋又对这段前尘往事做了补充。杜长风和吴秦听得连连点头。

龙弋对吴秦说：“你看见的巨尸，可能是当年和祖师爷一起遇难的水手，也可能是为了葬令或者请令死在水下的先代猎海人。葬令湾一带的海域封存有一层有毒的无氧死水，这层死水能杀死一切生物和细菌。那些尸体正是因着这层死水，保存了下来，没有腐烂，也没有成为其它生物的食物”

不腐巨尸的问题弄清楚了，追人黑水的问题还悬在吴秦心头。龙弋解释说那很可能是吴秦中毒后产生的幻觉，吴秦虽然对龙弋的说法不甚满意，但也找不出更好的解释了。

吴秦和龙弋的对话告一段落后，山本给吴秦灌的解毒剂开始起作用了。杜长风搀扶着吴秦去洗手间排尿，半路上，杜长风把龙弋的光荣事迹一五一十地告诉了吴秦。

末了，杜长风由衷地感叹："我之前还嘲笑那些阿古图人双目失明了。没想到我自己才是个瞎子。"

除了潮爷，吴秦还没见杜长风服过谁，可是吴秦实在讨厌龙弋拒人于千里之外的性格，他正准备泼杜长风一盆冷水，杜长风突然捂住了他的嘴巴，把他拽到了厕所旁边的走廊，躲了起来。

吴秦正纳闷儿，忽然看见一个包着头巾的男人走进了厕所——那人竟然是在海上鬼市险些要了他性命的海盗头子！吴秦从电视新闻里知道了他的名字，他叫乔治。

乔治从厕所出来之后，一路走到了山本的舱房，敲开了房门。吴秦和杜长风蹑手蹑脚地跟了过去，躲在舱外偷听。船舱的人说的是英语，杜长风充当了吴秦的翻译。

"实验怎么样了？"率先说话的那个人，声音尖锐而陌生，应该是乔治。"你刚才不是亲眼看见效果了吗？"这一次说话的是山本。

乔治还是不放心，"我们要对付的东西可比那些蠢鱼厉害多了！"

山本倒很有自信，"放心，我们的装置是世界一流的！"

乔治冷哼了一声，转移了话题："你和马家兄弟的合同谈得怎么样了？"

"马老二已经同意向我开放潟湖岛附近的水域了，只是马老大还没点头。再等等。"乔治满腔不屑，"Boss 的耐心可没那么好。你要是再搞不定，我就带人登岛了！"

山本嗤笑了一声，语带嘲讽地说："'月有云遮，花有风吹'。这才短短一年的时间，将军已经把你们在鬼市损兵折船，空手而归的事忘了吗？"

乔治冷嗤了一声，"鬼市的债，我已经用猎海号还了！"

山本又笑了。他的笑声尖锐刺耳，仿佛粉笔刮过黑板发出的那种噪声。“劫持猎海号的功劳怎么记在将军头上了？那分明是Boss养在猎海参军的黄雀立下的功啊！”

山本的话让躲在舱外的吴秦和杜长风猛然一惊。猎海参军的队伍里竟然出现了内鬼！是谁？两人完全被舱里的对话吸引了。他们正准备多偷听一些信息，舱门突然被打开了。山本手握着对讲机，一边往舱外走，一边用日语说着什么，看样子很着急。

吴秦和杜长风来不及躲避，和山本撞了个正着。

“你们怎么会在这里？”

吴秦连忙指了指厕所，“我的，来撒尿，撒尿的！”

杜长风也指了指厕所，“我的，来陪他撒尿，撒尿的！”

山本的目光在吴秦和杜长风的身上来回地逡巡着，似乎在盘算着什么。吴、杜二人内心紧张，却不能表现出来，只能装出一副人畜无害的样子，笑呵呵地看着山本。

这时候，一个焦急的日语男音从山本手中的对讲机里传了出来。吴秦和杜长风听不懂对讲机那头的人说了什么，但他们从那焦急的声音和山本不悦的脸色上判断出来，应该是发生了什么棘手的事。

山本沉着脸，听对讲机那头的同伙焦急地嚷嚷着。整个过程中，他那双狡黠的眼睛一直在骨碌碌地转，好像在盘算着什么。等到同伴说完话，山本的脸色已经缓和了下来。他关掉了对讲机，笑眯眯地转向了吴秦和杜长风：“马海带着阿古图部落的人把我们的船围住了，说我们杀了阿古图，触犯了他们的信仰。刚才的事，两位猎海参军的朋友都是见证人！我们是为了救你们才开枪射杀那些蝠鲼的！你们可要帮我做个证啊！”

吴秦在心底冷笑了一声。他和杜长风刚刚躲在山本的舱房外听得一清二楚，蝠鲼的自杀式撞击十有八九是山本放进水中的那个悠悠球一样的装置引起的。他可不想为山本洗白。“钓海渔夫的内政，猎海参军不方便干涉吧？”

山本没想到吴秦竟然如此不识时务，他索性也不客气了。“钓海渔夫一分为三，互不来往，已经有六十六年了。要不是潮爷在中间说和，赤渔社也不会和迦楼罗走得那么近。潮爷既然有心推动钓海渔夫合流，他的意思应该也是整个猎海参军的意思吧！”

吴秦对山本用潮爷来施压的做法很不满。他正打算反驳，杜长风抢先开口了：“带路吧，山本先生。”

吴秦虽然不明白杜长风葫芦里卖的什么药。但杜长风是个精得像鬼一样的人。吴秦了解杜长风，所以没有再多说话。

山本把吴、杜二人带到了人鱼丸的前甲板。龙弋也在那里。三人默契地站到了一起，关注着事态的发展。

人鱼丸四周的水域已经被岛民们的船层层地围住了。所有的船后面，都拖着一条蝠鲼的尸体。部落里的人，不论男女老少全都来了。男人的船在前面，船上的人无不手持着弓箭或者鱼叉。这些工具原本是他们用来捕鱼的，现在却成了他们复仇的武器。女人的船在后面，她们没有携带武器，却携带了满脸的泪水和愤怒。看样子，岛民们已经做好了要和山本拼命的准备。

马家兄弟和文森特站在头船上。山本看见马啸不由得松了一口气。马啸一直致力于统一钓海鱼夫，为了促成这件事，他甚至答应山本要开放潟湖岛附近的海域，让赤渔社进行科学考察。

山本把头船上的四人请上了人鱼丸。众人看见跟在山本身后的龙弋等人，皆是一惊。三人也不解释各怀心事地站在一边。

马海把一条浑身是枪眼的蝠鲼的尸体往甲板上一放，气冲冲地对山本说：“我今天是替这些岛民来讨血债的！第一，带着你的人和船滚出阿古图人的地盘去！从今以后，赤渔社的人永远不准再踏进这里半步！第二，你本人必须跟我回到岛上，按照部落的规矩，向阿古图谢罪！”

阿古图部落将蝠鲼视为了鱼神，冒犯了蝠鲼就是亵渎了部落世世代代的信仰。犯事者将被绑在一艘竹筏上，送入岛上的潟湖，不吃不喝的在筏上待三天，以此来向鱼神谢罪。这项刑罚异常残酷，山本当然不愿意受罚。

他恭敬地对马海和阿古图人鞠了一个九十度的躬，一脸真诚地说：“我对发生的事感到很抱歉。但这一切都是情非得已啊！当时，猎海参军的三位小哥驾驶着一艘独木舟，向人鱼丸发出了求救信号。这位先生——”山本指了指吴秦，“这位先生身中剧毒，必须立刻治疗，否则就有生命危险。可是你们的鱼神不知道受到了什么刺激，突然跃出了水面，发疯似地撞向了人鱼丸。我们也是为了救人和自卫才开枪的！”山本说罢，转向了杜长风和吴秦，用眼神示意他们按照约定为自己作证。

吴秦没有吱声，他知道山本在撒谎，可是他也说不清那个悠悠球一样的装置到底为什么会让阿古图发怒。

吴秦正郁闷，龙弋开口了：“人耳只能听见 20 到 2 万赫兹的声音。动物却不一定。大象、水母和鲸能听见小于 20 赫兹的次声；海豚、蝙蝠和飞蛾能听见大于 2 万赫兹的超声。人类听不到的声音，对某些动物来说，却是致命的噪声！你身后那个黄色的装置是声波干扰器吧？”

山本没想到一个小小的少年，竟然识得 Boss 最新研制出来的声波干扰器。他更没想到的是一口答应要替他洗脱罪名的杜长风会跟在龙弋身后补刀。

“当然，阿古图人没法证明那是个什么装置。就算它真的是声波干扰设备，他们也不能断定鱼神的大量死亡与那个装置有关。除非你们当场把那个装置放进海里去。可是这样一来，就要再次伤害他们的鱼神了。阿古图人绝不会允许你们这么做的。既然他们拿不出证据来，就只能哑巴吃黄连，有苦说不出了，对吗？”

山本没想到杜长风会临阵倒戈，怒道：“你刚才怎么对我说的？”

杜长风一脸无辜，“我说带路，没说其它。”

山本竟无言以对，他只能把希望寄托在了有意要招揽自己的马啸身上。山本把马啸拉到了一边，低声道：“你不是希望迦楼罗和赤渔社重新合流吗？如果我和这些岛民闹翻了，我们的合作就终止了。”

马啸淡淡一笑，把目光方向了苍茫的大海，“有人跟我说，真正的好日子不是抱着金山银山，而是守护好在意的东西。我想统一钓海渔夫，是为了守护老祖宗的传统。我们的传统源于中国的老庄。‘天地者，万物之父母也。’一个人生养于父母，却要残害父母。这样的人不是迦楼罗的兄弟。也不是大海的儿子！”

马啸把话说得如此决绝，山本知道他们的关系彻底破裂了。但他还是不说实话，咬死了抵赖。文森特听得不耐烦了，一把扯住了山本的衣领，要把他带回潟湖岛去接受惩罚。山本踉跄着往后逃去，狠狠地撞在了他身后的声波干扰器上。干扰器发出了“咣”——的一阵轰鸣，好像在嘲笑他。

“走！跟我走！”文森特粗鲁地拽着山本的衣服，要把他拖下船去。山本的手下见状，全数围了上来。

双方正僵持不下，马海和文森特的身上突然出现了两个狙击枪的瞄准红点。众人这才发现他们已经被一排荷枪实弹的海盗包围了。乔治站在海盗队伍的最前面，阴笑着对众人比了一个手枪爆头的招牌手势。

与此同时，一个端着一个 RPG-2 火箭筒的海盗，出现在了居高的位置上，将炮筒对准了岛民们的渔船。

杀戮是解决争端最粗暴却也是最有效的方式，胜负瞬间就分出来了。

马海带着众人铩羽而归前，恶狠狠地对山本说：“带着你的人和船滚出我的地盘去！以后，你要是敢再踏进这里一步，我发誓会不惜一切代价把你和你的人拉回部落去，向阿古图谢罪！”

第十六章　接鱼神

今天是阿古图部落一年一度的“接鱼神”。吴秦还以为人鱼丸上发生的事会影响节日的气氛，没想到岛民们脚才沾地，立刻就忘掉了之前的不快，喜笑颜开地张罗起晚上的祭祀大典来。

女人们把船打扫一新，用鲜花、贝壳、树叶和鱼骨装饰起来，又将渔具和网具拖上船，整齐的摆放好。男人们把装饰得漂漂亮亮的渔船开到了南面的海湾，船头面向大海，一字排开，形成了一条船街。

杜长风看见岛民们这副没心肺没的样子，忍不住感叹：“容易快乐的人真让人羡慕。不像我们，想要的太多，得不到的也太多，就不容易高兴了。”

吴秦知道杜长风在忧虑什么，他们虽然从鬼门关捡回了性命，却也只请上来了一块令。两个人，一块令，注定有一个人要抱憾离开。令牌是吴秦请上岸的，留下来的人理应是他。可吴秦心里很清楚，如果没有杜长风，他根本不可能知道葬令湾在哪儿，也不可能独自把船开到那里。再说了，吴秦可不是那种撇下兄弟独自奔前程的主儿。“实在不行，就把令牌让给杜老板？”吴秦想，“等我身体好了，再下海去请一面令上来。”

吴秦在人鱼丸解毒的时候，杜长风早就打过和他一样的如意算盘。但是龙弋说“请令似请命”。如果一次不成功，就是天命。不可能再请第二次了。

吴秦和杜长风各怀心事，想和对方说些什么，又不知道该说什么，只能默默地回避了这个话题。幸好这一天是接鱼神，有太多的事要忙了。人一忙活起来就没空东想西想了。

杜长风被拉到了潟湖边，帮助马海和文森特准备晚上供奉给鱼神的“三仙”——天上飞的海鸟，水里游的海鱼，还有林子里爬的大蛇。海鸟要逮羽毛美丽，翅膀舒展的；海鱼要选个头儿最大，身体最肥的；蛇要抓体型最粗、体长最长的。总之，把最好的都拿出来就对了。

杜长风有些纳闷儿，“据我所知，阿古图吃的是小鱼和浮游生物。你们捉这些东西，它们能喜欢吗？”

文森特耸了耸肩，“这些规矩都是几百年前来过这里的中国人流传下来的。他们的祭海仪式和我们的仪式结合在一起，变成了现在的接鱼神。我也搞不懂这些玩意儿是用来干什么的。”

马海听完文森特的话，大笑起来，“‘赶鱼郎，装彩船，请三仙，点海灯’是中国流传了几百年的祭海仪式。我们这些钓海渔夫，人虽然搬到了异乡，却还没忘记孝敬老祖宗的神。当然啦，入乡随俗。我们既然把潟湖岛当成了家，这里的神我们也是要祭的。”

马海说着看向了杜长风身后的潟湖，湖边有一片用石头和树枝围起来的浅水区。那片水域里到处都游动着一种白色的小鱼，数量比天上的星星还要多。“那些才是为鱼神准备的！整个村的男人，提前十天，就在忙了。”

杜长风历来就对奇异的风俗和文化很感兴趣，喃喃道：“‘装彩船’和‘请三仙’我见识了，‘点海灯’也不难理解。‘赶鱼郎’是什么意思？”

“如果在中国，鱼郎指的是大鱼，一般是鲸鱼。在这里嘛，嘿嘿——”马海卖了一个关子，“天黑你就知道了。”

杜长风也不追问，帮着马海用树叶和鲜花装扮三仙。“怎么不见小马哥？”

“他在家吧。”马海说，“待会儿祭神的时候，要念一篇文疏。往年的文疏都是他写的，今年他也逃不脱！哈哈！”

马海提起弟弟的时候，语气虽然很亲昵，但杜长风还是敏锐地捕捉到了他言语间透露出来的不自在。“我知道我是多管闲事，你不说也没关系，但你和小马哥——你们——你懂的。”

马海放下了手中的活计，望向了平静的潟湖。他的嘴角虽然还挂着笑容，脸上却没了笑意。

“小时候，阿啸也和我一样，对海怪啊、大鱼啊，非常痴迷，成天在水里来来去去的。钓海渔夫嘛，哪有不下海，不钓鱼的？我们是最默契的搭档，也是最强劲的对手。十年前，我和你一样，还是个毛头小伙子。我带着阿啸去了日本，想要挑战高知县的人鱼冢。那是一片藏在深山洞穴里的地下海。我们把车开到了洞口，拴了条保险绳在车上，准备进洞探海。我以前是个烟鬼，下海前习惯先来一根烟，我就到一旁抽烟去了。阿啸先下的水。那天是我开的车，我忘了把车的手刹拉起来。阿啸下水后，越野车往后滑了出去，堵住了洞口。等我发现的时候，已经来不及了。”

马海说起往事，脸上露出了深深的愧疚。他停顿了好一会儿，等到情绪平复了，才接着说：“我用尽了所有的办法，终于把车移开了。阿啸捡回了一条命，但他也因此患上了严重的潜水病，再也不能潜水了。我们曾经说过要一起钓世界上最大的鱼，抓最珍奇的海怪。这些年我拼了命的出海，想要以一己之力完成我们共同的心愿。我以为我可以用这种方式弥补阿啸。可是除了满墙的照片，我什么也没有给他带回来。”

马海是个藏不住情绪的人，说到这里，他哽咽了。“我对阿啸说，真正的好日子不是抱着金山银山，而是守护好在意的东西。可是我却没做到，上帝不会再给我机会了。”终于，马海忍不住落泪了。他赶紧抹去了脸上的眼泪，“这该死的风！哎！刚才龙弋叫我去找他一趟。你们弄，我去找他。”说罢，马海像逃兵一样，慌忙地离开了。

文森特看着马海落寞的背影，长长地叹了一口气：“我向上帝发誓，这辈子绝对不做让自己后悔的事！”

杜长风被文森特的话感染了，不由自主地摸了摸腰间的猎海令。“我也不会做这种事！”

杜长风在潟湖边帮助马海和文森特“请三仙”的时候，吴秦被文森特的姐姐米亚拉到了女人们那里，帮着她们扎草船。

今天是阿古图部落最隆重的节日。部落里的所有人都穿上了只有在节日才会穿的传统服饰。男人们袒胸露乳，仅用一条白布裹着下身，模样酷似日本相扑；女人们赤裸着上身，脖子上挂着一条精心编制的花环，下半身穿着红黄绿蓝相间的过膝草裙。

吴秦还从来没有见过如此“香艳”的场面，眼睛既想往女人们的胸脯看，又不好意思往那里看。只能左顾右盼的，不知该把目光放在哪里。他也不似女人们心灵手巧，摆弄了半天，一条草船也没扎好。

米亚见吴秦笨手笨脚的，笑眯眯地接过了他手上的活。吴秦没事干了，眼睛又不敢到处乱看，他正尴尬得无地自容，龙弋来了。“我有事找你！”

生平头一次，吴秦觉得龙弋很可爱。他欢天喜地地奔到了龙弋身边，跟着他来到了海边。

此时，已是夕阳西下。海面上浮光跃金，宛如涂了一层金色的颜料。柔软的海风卷起了舞蹈的浪花，掠食的海鸟吟唱着愉快的歌谣，一切美得那么纯粹、干净，就像一幅流动的油画。

吴秦望着眼前绝美的画面，喃喃道：“我第一次看见海是在——对，8 岁的时候，表舅带我去广西北海找他的老战友。我在海里整整泡了一天，根本舍不得走。我记得特别清楚，那天上岸后，我说我长大了要学开船，当海员，表舅莫名其妙地把我骂了一顿。后来我才知道，表舅不准我下海，是因为我爸妈的缘故。命运啊，还真会折腾人。当你想干一件事情的时候，总是干不了。你放弃了呢，又能干了。你好不容易打起精神来，又不行了……”

龙弋没有插话，耐着性子听吴秦倾吐心声。他不是个好的谈话对象，却是个出色的听众。等到吴秦宣泄完，他才开口：“现在离祭奠开始还有四个小时。还够往返一次乱流湾。”

吴秦正要开口问龙弋，他的话是什么意思，忽然看见马海开着一艘快艇奔向了自己。倏然间，吴秦明白了一切。“怪不得岛上的人都说你小小年纪，就很仗义！

他们太有眼光了！”

龙弋冷哼了一声，“已经双目失明了，还能谈眼光？”

吴秦知道龙弋听见了杜长风那些讽刺的话，吐着舌头钩住了龙弋的脖子，“大人不记小人——哎不对，小人不记大人——也不对！总之，你这个兄弟，哥认了！”

说话间，马海把船开到了两人面前。

龙弋把缆绳交到了吴秦手上：“如果你不能按时回来——”

吴秦打断了龙弋，自信满满地说：“知道哥的外号是什么吗？鬼市船神！”说罢，吴秦跳上快艇，抽动了引擎。

马海望着渐行渐远的快艇，疑惑道：“猎海参军能请两次令？”

龙弋淡淡地回了他一句：“猎海参军的事，迦楼罗也想管一管？”

马海讨了个没趣，尴尬地撇了撇嘴。两人一路无话，并肩走回了村子。

日升月落，星月交辉。等到黑夜彻底赶走了白天，接鱼神大典也开始了。

女人们在潟湖边用巨石搭起来的祭台上按照天、地、海的顺序摆上了三仙，然后，又在三仙的周围摆上了一圈瓜果，鲜花、米饭和椰子酒。男人们拆掉了围住浅滩的石头，将白色的小鱼放进了潟湖。大海给了这些岛民生存的机会，他们也不吝于向海洋供奉一切。这是宛如父母与子女一样的羁绊，靠海为生的人就是海的儿女。

杜长风没有在祭祀的人群中看见吴秦，自言自语道：“这小子死去哪儿了？”

说曹操，曹操到。他话音刚落，吴秦就像条滑腻的泥鳅从他身后钻了出来。

“你丫死哪儿去了？大半天不见人！”

吴秦神秘兮兮地笑了笑，“办了件大事！”

杜长风见吴秦一副神秘兮兮的样子起了疑心，他正想多问两句，岛民们已经把贡品准备好了。马海驾着一叶扁舟驶向了潟湖的中央。他一边划船，一边唱起了一首苍劲有力的渔家号子。据说，这是几百年前，跟随郑和下西洋的水手们，出海时唱的船歌。

“莫道故乡远嘞，高高挂云帆咯。别了天妃宫，行涉春与冬。溯流瀚海中，不怕失西东！呦吼——呦吼——莫道故乡远啊，高高挂云帆咯。”

岛民们也跟着唱了起来。他们也许不理解歌词的含义，吐字和发音也很奇怪，但是所有人都在用心的合着旋律。马海高昂的歌声和岛民们低沉的和声交织在一起，像风，像浪，像雨，像雷，像所有本来就存在于自然界的声音。

女人们一边唱歌，一边把她们扎好的草船送入了潟湖。草船队带着岛民们对大海和自己的美好祝福，游进了海浪。

“莫道故乡远嘞，嘿嘿起舟楫咯。扬帆济沧海，遍历覆与载。风雷同舟渡，不惧鱼龙怒！呦吼——呦吼——莫道故乡远啊，嘿嘿起舟楫咯。”

男人们在号角般的歌声中举起了燃火的弓箭。村长一声令下，男人们同时拉弓放箭。齐发的火箭，化成了一场流星雨，落进了湖水。所有的草船都被点燃了，广袤的潟湖瞬间变成了浩渺的天空，燃火的草船就是闪亮的星辰。于是，一条银河掉落到了人间。

“莫道故乡远嘞，快快开宝船咯。千里风萧萧，万里浪滔滔。人死魂不留，归海得自由！呦吼——呦吼——莫道故乡远啊，快快开宝船咯。”

雄壮的歌声，响彻了天地。梦幻的场景，混沌了时空。

蓦地，一条翼展近十五米的巨大蝠鲼，跃出了水面。它的身体灰得发白，胸鳍比任何同类都要大，宛如一片垂天之云，又像一轮坠海的月。大鱼转动着轻盈的身躯，越过了燃烧的草船，好像明月在星海中升起又落下。岛民们见到那大鱼，全都振臂高呼起来。

文森特兴奋地拉住了杜长风：“鱼郎！鱼郎！就是它把阿古图人带到了潟湖岛。我们已经三年没见到它了，我还以为它已经——神迹！真的是神迹！感谢上帝！”

杜长风是个无神论者，但也不得不为眼前的奇迹惊叹。大海真的是神，你越靠近它，越能感觉到它的神奇之处，越了解它，越会对它生出敬畏之情。

大鱼在潟湖里，快乐地翻飞、翱翔，激起了无数珍珠般的水花，宛如一场雨。岛民们全都争先恐后地跳进了水里，沐浴着这场幸福的雨，纵情的戏水、歌舞。

许久，大鱼才结束了狂欢，回到了栖息的水底。它离去后，兴奋的人群安静了下来，等待着马啸走上祭台，念诵“祭文”。这项庄严的仪式来源于中国古代的祭海节，旨在表达渔民们对大海的崇敬和感恩之情。

为了今天的仪式，马啸特意穿上了岛民们的传统服饰，头上戴了高高的叶冠，颈间还挂着一串用鱼骨和贝壳串制成的项链。马啸小心翼翼地站上了祭台，拿出了一沓文书。众人都以为这是他为了今晚的仪式写的祭文。可是马啸并没有照着文书念一个字，他深深地吸了一口气，用当地的语言朗声说了一句话。语毕，马啸把文书丢进了潟湖。岛民们再次欢呼雷动起来。

吴秦问文森特马啸说了什么。文森特兴奋地冲着他的耳朵喊："他说他不开发潟湖岛了！感谢上帝！他把赤渔社的合同丢掉了！"

文森特话音未落，他和吴秦就被拉进了歌舞的人群里。风声、浪声、欢呼声、歌唱声交织在一起，为新一轮的狂欢奏响了背景音乐。

狂欢持续了很久很久。久到月亮升到了正当空，涨潮的海水，漫过了祭台，把村民们诚意的献祭，留在了大海。

接鱼神仪式结束后，岛民们喜笑颜开的来到了南面的海港。白天停在港湾的彩船，成了夜晚饮宴的长街。

吴秦上中学的时候，姜华曾经带着他去云南的元阳吃过哈尼族的长龙宴。长龙宴是哈尼族祭护寨神、拜龙求雨的祈福宴席。宴席当天，所有的哈尼人都会准备一两桌丰盛的酒菜，抬到指定的街心摆起来，形成一条纵贯长街的宏伟宴席。

阿古图人的长船宴和哈尼人的长龙宴有几分相似。宴席设在船上，吃席的人像吃自助餐一样，在船街上边走边吃，边吃边聊。你在我家船上吃一条鱼，我到他家船上吃几个海蛤。没有人会计较谁家的饭菜做得多，谁家的饭菜做得少。也没有人会抱怨谁多吃了谁一条鱼，少吃了谁一碗饭。家家户户都把自己最好的东西端了出来，毫不吝啬的供大家一起享用。

马啸扔了海岛的开发合同，成了岛民们心目中的大英雄。所有人都跑了过来，要同他饮酒。马啸不胜酒力，几杯椰子酒下肚，就不行了。他赶紧躲到了海边，杜长风也在那里。

"你怎么在这儿？"

"喝多了出来吹吹风。你呢？"

“我也是。”马啸在杜长风身边坐了下来，两人一起眺望着远处的海。

月亮完全升上了海平线。银色的月光洒在水面上，把波澜不惊的海变成了一面银镜。镜面上倒映着皓月星辰，礁影鳞波，也倒映着缠绵思绪，纷乱人心。

眼前的景致，让杜长风想起了张九龄的《望月怀古》。“海上生明月，天涯共此时。”

“想家啦？”马啸问。

杜长风摇摇头：“我没有家。”借着酒劲，杜长风把自己的家庭情况大致的对马啸讲了一遍。末了，他说：“我有个同父异母的哥哥。但他从来没把我当过弟弟。我们见过几面，但他从来不屑于和我说话。在他眼里我只是个狗娘养的！”

马啸没有说话，兄弟不和也是他心底的隐痛。杜长风的话勾起了他的百转心绪。

杜长风不是个爱管闲事的人，要是平时他不会多嘴乱说话。但是马海在潟湖边留下的眼泪深深地触动了他。而且他今晚喝了酒，说话不再像清醒时那样瞻前顾后了。于是，他把马海白天说过的话一字不落地告诉了马啸。

马啸听完杜长风的话，浑身的力量仿佛被抽走了一般，张开双臂，无力地倒在了沙滩上。

“每一次，马海和他捕到的东西照相，都会故意把右边的位置空出来。以前我还能下海的时候，拍照的时候，喜欢站在右边。我知道马海是什么意思，但我就是嫉妒他。他能下海，我却不能了。他的那些照片，每一张，对我来说，都是一根刺。其实这些年，我过得很好。可我从来不承认。因为我也想在他心里放根刺！好像只有这样才公平。呵呵，他想安抚我，我却只想报复他。你说人是不是挺有意思的？”

杜长风也躺到了沙滩上：“我利用过一个人，那小子不但心甘情愿地被我利用了，还把我当成了最好的哥们儿。”可能是醉得太厉害了，杜长风讲着讲着，突然换成了台湾普通话。“一开始嚯，我的确是在利用他！可是后来，连我自己都忘记了要利用他什么！人跟人嚯，不管是怎么扯上关系的，同事，搭档，朋友……时间久了，总会有感情的。有了感情，你就什么坏主意都打不了。这儿——”

杜长风捶了捶心口，“这儿不答应啊！”

“我做了什么？”马啸像是在问杜长风，又像是在问自己。

“呵呵，这么算起来，我杜长风也不是没兄弟的人！”杜长风似在对马啸说，又似在对自己说。

两个男人就这样看着天空，枕着海浪，醉倒了。

就在杜长风和马啸醉得不省人事的时候，吴秦可是倒了大霉了。文森特的妹妹米亚看上了吴秦，非要把她亲手做的鱼骨项链送给他。在潟湖岛一个男人如果戴上了一个女人亲手为他做的鱼骨项链，就是认定了这个女人是他的妻子。

吴秦简直头大了。他和米亚语言不通，拒绝了半天，对方都不明白他的意思。他只能找文森特帮忙了。文森特是米亚的哥哥，他不但没有替吴秦解释，反而做起了妹妹的媒人。吴秦又去找马海和马啸来救场，可这两兄弟不知道跑哪儿去了。最后，吴秦只得去抱龙弋的大腿了。

“大哥、前辈、祖宗，你帮我跟她说说吗？我和她是不可能的。”

龙弋看了看吴秦，又看了看米亚，认真道：“她很善良，是个不错的女孩儿。”

“小兄弟，你没有谈过恋爱，你不懂。她——我——”吴秦把龙弋拉到了身边，小声地在他耳边说，“哥哥心里有人了！你也认识的。”

“谁？”

“苏若水姐姐啊。”

龙弋想也没想就说：“我不同意！”

吴秦白了他一眼，“你又不是我老子！我谈恋爱还要你同意？”

龙弋的语气很不悦，“你要上我的船，就要守我的规矩。我的船上不允许有男女私情。”

“我不谈男女朋友，我就放在心里喜欢，行了吗？总之，你替我跟米亚说明白。我和她就是天和地，永远不可能结合。如果结合在一起，就是世界末日。”

文森特听见吴秦的话，坐不住了：“我妹妹有什么不好的？她是部落里最漂亮的女孩儿，全部落的男人都等着娶她呢！”

吴秦知道自己话说过了，连忙赔了个笑脸，“我没说米亚不好！是我有喜欢的人了。她就算一根头发丝儿也赶不上米亚，但我喜欢上她了。我栽了，你懂吗？”

吴秦既然坦诚了自己的心意，文森特也不好意思再替妹妹牵红线了。他把吴秦的话转述给了米亚。米亚听完之后，大方地对吴秦说：“她也可以嫁给你！”

吴秦差点儿要吐血身亡了。看来只有杜长风能救他了，可这小子去哪儿了？吴秦以寻找杜长风为由，艰难地从米亚兄妹俩那里脱身了。他寻了很久，终于在海边找到了醉得不省人事的杜长风和马啸。

吴秦拍了拍杜长风的脸，“醒醒，杜老板！走啦！”

杜长风听说吴秦要走，一把取下腰间的猎海令，甩给了他，“拿去！你小子好好干，别给哥丢脸！”

吴秦把令牌塞了回去：“不劳老板费心，我自己有。”说罢，他把请回来的猎海令亮到了杜长风眼前。

杜长风的酒瞬间就醒了：“哪来的？”

“当然我自己下水请来的！”

“你什么时候——”杜长风想起了接鱼神大典开始前，吴秦曾经消失了好一阵子，恍然大悟。“请令只能请一次，失败了就是失败了。你丫千万不要告诉小神龙这令是你才请的！赶紧想套说辞，搪塞过去！怎么说呢？”

“没必要吧？是龙弋让我去的！”

杜长风怀疑自己肯定是酒还没醒。他又问了一遍，“真的是龙弋让你去的？”

“当然了！我骗你干什么？”吴秦把龙弋为自己备船请令的事说了一遍。

杜长风越听越觉得龙弋的行为有古怪，他好像故意在为吴秦开后门。“哎，二代就是二代！和我们这些不能拼爹的野人不一样啊！”

“你小子阴阳怪气的，什么意思啊？”

“我什么意思不重要的，重要的是你请了两次令的这个秘密，除了我，不要再告诉任何人了！”

“为什么啊？”

“答案很复杂。以你的情商——还是不要知道为妙。知道了，你也理解不了。总之，你丫要是想好好地待在猎海参军，就不要再向任何人提这件事了，包括苏若水。让秘密永远地烂在肚子里才是聪明人的做法。”

杜长风越是说得含糊，吴秦越是好奇。他正缠着杜长风问东问西的，龙弋走了过来，“我们出发吧！”

“现在？”

“去哪儿啊？”

龙弋把目光放向了一望无边的大海，朗声道：“打捞山下奉文藏金！”

说话间，远处传来了一阵突突突的轰响。那响声初时还远，还弱，像是风扇噗噗转动，然后越来越近，越来越洪亮，仿若惊雷阵阵鸣响。原来是马海驾驶着弟弟的飞机来了！

马海把飞机停在了近海的沙滩上，打开了舱门。三个猎海人鱼贯登上了飞机。随后，马海推动了操作杆。趁着飞机在漫漫长空翱翔的时候，龙弋讲起了山下奉文藏金的传奇故事。

“要说山下奉文藏金，就不得不提菲律宾前总统费迪南德·马科斯。”

第十七章 山下奉文藏金

1947 年的深秋，菲律宾像往年一样，处在雨季当中。费迪南德·马科斯走进了他的律师事务所。这位日后叱咤菲律宾政坛的独裁总统，当时还只是一名籍籍无名的诉讼律师，不知道前途在哪里。

这天，马科斯刚开门，两个菲律宾人就慌慌张张地跑进了他的律所。

“我们受雇于一个日本人，从北部的碧瑶山区挖出了很多金条。日本人见到金子起了歹心，他拒绝支付我们事先讲好的工钱！还想杀死我们！”

“你要为我们做主啊大律师！再也不能让日本人像战争时期那样欺负人了！”

马科斯耐心地听完了两位委托人的诉说，却没有受理他们的案子。不仅如此，他还做出了一个怪异的举动——自掏腰包把他的委托人打发走了。然后，他找到了那名被告的日本人，通过高超的谈判技巧，从他那里得到了一部分金条。

很快，马科斯发现日本人挖出来的金条竟然是传说中的山下奉文藏金！他连忙去寻找那名日本人，那人却人间蒸发了，线索就此中断了。马科斯只得暂时忘却了那笔宝藏，专心投入到了波澜壮阔的政治生涯中。

1965 年，马科斯当选了菲律宾总统。为了坐稳总统之位，他需要花费大量的钱财来赢得朋友，击败敌人。钱不可能从天上掉下来，但它们可能埋在地下。

1966年的春天，马科斯组建了莱伯队，开始在菲律宾境内大张旗鼓地寻找山下奉文藏金。“莱伯队”的领队是一名美国的冶金学家，叫作罗伯特·柯蒂斯。

柯蒂斯是一个典型的工科男，性格精细，逻辑缜密，爱好钻研。他很快就找到了1947年深秋在碧瑶山区挖掘黄金的那个日本人。

此时，那人已经是一名处于半疯癫状态的老人了。没有人知道他是谁，也没有人知道这十几年间他经历了什么。柯蒂斯陪在老人身边的那几年，他大部分的时间神智都不太清醒。每一天，老人都像一个幽灵一样，在海滨忧郁地踱着步子。一边走，他一边念着一串长长的名字：岛田川秀、松下明子、吉住涉……从日升到日暮，从第一个名字，到最后一个名字。柯蒂斯原以为老人念的是亲人的名字，直到他查明了老人的真实身份。

“1945年2月美军发动了对菲律宾的总攻。山下奉文率大军撤出马尼拉的时候，命部将岩渊守城。岩渊不辱使命，率领1.6万人在马尼拉坚守了一个月，并屠杀了十几万马尼拉民众。战斗的最后，岩渊使用重型迫击炮，把城里所有的建筑物都轰塌了。他和部下全都阵亡了。岩渊死后，天皇把他从海军少将提拔为了中将，还嘉奖给了他一枚一级金鸢勋章。不过，日本方面虽然宣称岩渊在财政部的大楼里殉国了，可是并没有人在现场找到他的尸体！”

活不见人，死不见尸是电影、电视剧里的惯用桥段。找不到尸体的“死者”不但死不了，还常常会出来兴风作浪。吴秦想起这些，随口道：“该不会岩渊根本没有死，那个老人就是岩渊吧？”

“不错。”

吴秦没想到自己的一句玩笑话竟然歪打正着地戳中了事实，着实一惊，“岩渊是怎么从混战中逃出来的？”

“要想解开这个谜团就必须揭开岩渊海军少校之外的另一重身份。”

1943年，装有新式鱼雷的美国潜艇截断了日军在南太平洋的海上通道，日军在亚洲虏获的战利品再也无法通过水路运回本土了。山下奉文接到金百合的指示，要他把搜刮到的黄金和战利品藏到日军当时的海上中转站菲律宾去。负责为金百合运宝和藏宝的是一支名为“幽灵”的秘密行动小队。岩渊的另一重身份，便是这支秘密小队的总指挥。①

幽灵一共在菲律宾设了172处皇家藏宝点。其中138处在地面和近海的海礁，另有34处隐在海下的珊瑚之中。

菲律宾境内有七千多个岛屿，并且大部分的岛屿珊瑚丛集。珊瑚礁经年被海水浸泡和冲刷，相当坚固，是绝佳的藏宝地。

负责进行水下藏宝的是岩渊手下的得力干将岛田川秀。岛田带着一支由掘进队、爆破队、搬运队和潜水队组成的水下幽灵小组，深入到了菲律宾的海下。

幽灵们找到适合的珊瑚后，会先用特殊的爆破方法，把珊瑚炸开，把封藏好的宝物放进去，然后用大型气压装置，将珊瑚洞里的水全部排干，再用从日本国内专程运来的快干水泥把洞口堵上。最后，是藏宝行动最重要、也是最残酷的部分——让所有参与任务的幽灵成为真正的幽灵！

龙弋讲述这段过往的时候，已经省略了很多的细节。饶是这样，吴、杜二人还是从故事里品出了透骨的寒意。

只听龙弋说："1944年11月5日，日军重巡洋舰那智号载着一千多名日本水兵和物资离开了日军设在甲米地的海军基地。舰船刚刚驶出港口不久，就遇上了美军的攻击机群。逃亡的过程中，它又遇上了两艘美国军舰。那智号被美军发射的鱼雷击中，沉没了，包括舰长在内的807名舰员无一生还。1945年1月20日，那智号被日本海军除名了。"

龙弋说到这里，转头看向了机舱外黑沉沉的海。夜下的大海就像一个紧锁的匣子，其中藏了多少秘密，没有人知道。"如果不是我们重新搜索了那智号，恐怕也会像世人一样，相信它是被美军摧毁的。至于那些丑陋的真相，则会和它的残骸一样，永远地沉在海面下，不见天日。"

原来，当年送那智号出港的军官正是岩渊。随舰阵亡的大多数人也不是真正的水兵，而是幽灵的成员。

---

① "金百合"是二战时期专门管理日本将军从战场上搜刮来的民脂民膏的秘密机构。由日本的皇子们掌控。据说，"金百合"这个颇具浪漫主义色彩的名字来自日本某位天皇所写的一首诗。

就在那智号出港的前一刻，岩渊还在甲板上对幽灵们慷慨陈词。他说：“你们是帝国的骄傲！天皇陛下特地派遣了军舰护送你们回国和家人团聚。天皇将永远感激你们的功勋！你们是帝国最杰出的子民！”

幽灵们相信了岩渊的话，高高兴兴地上了船。没想到，船刚刚出港，就遇上了美军机群的狂轰滥炸。随后，美军第 38 特混舰队第三特混大队的两艘军舰加入了战斗。它们向倒霉的那智号发射了五枚鱼雷。

一枚击中了那智号的左舷，将它炸成三段；另一枚炸裂了它的舰尾，成功的引爆了位于此处的弹药库；另外两枚鱼雷，击中了那智号的中部，让舰体断成了两截儿；最后一枚鱼雷，直捣舰首，把那智号送入了大海。

幸存的 220 名幽灵跳进了大海，挣扎着游向了不远处的港口。就在这时，日军驱逐舰曙号出现在了他们逃亡的路线上。士兵们以为曙号是来拯救自己的，拼尽全力游了过去。

岩渊站在曙号的指挥舱里，一语不发地看着海上的情景，眉间的皮肉褶成了一个“川”字。似乎有什么难题困住了这名长官。就在刚才，手下来报告，那智号逃兵已经进入了曙号的射程范围。手下问岩渊是否要对他们发动攻击。

岩渊跟在山下奉文身边多年，过惯了杀人如麻的日子。但这一次，他竟然产生了一丝不该有的妇人之仁。这不是一名合格的帝国军人该有的品质，他应该更果断一些，岩渊定了定神，收起了毫无用处的悲悯，“行动吧！”

手下得到长官的指示，招呼士兵们架起了一排排的机枪。那智号的幸存者还在全力地游向曙号。他们做梦也想不到，迎接他们的不是友军的庇护，而是无情的子弹。

1944 年 11 月 5 日 14 时 50 分，那智号沉入了深海。岩渊对着逝去的舰体，久久地鞠了一躬。不知道为什么，他的心里充满了强烈的不安感。他总觉得有一天，自己也会像那些逝去的“幽灵”一样，成为帝国宝藏的殉葬品。果然，岩渊的预感是准的。

1945 年 2 月，美军挺进了马尼拉。山下奉文为了把金百合的财宝抢运到碧瑶山中，下令岩渊死守空城，拖延时间。运输宝物的队伍离开马尼拉前，山下奉文扶着岩渊的肩，眼含热泪地说："你是最后的幽灵了！帝国需要你！天皇需要你！"

山下奉文的话，多像岩渊把幽灵们送上那智号时说的话啊！岩渊知道，从这一刻起，他在领导的眼睛里已经是一个死人了。就算他能从美国人的枪口下活下来，山下奉文也不会放过他，天皇更不会。好在岩渊是幽灵的总指挥，他知道财政部的大楼下有一条为了藏宝而挖掘的地道，可以通到地面。于是他把那里当作了此生的最后一个战场……

岩渊逃进了碧瑶的山中，在人迹罕至的地方搭了一个窝棚，隐居了起来。他在那里待了将近两年的时间。每一天，他都陷在深深的恐惧中，不能自拔。他想家了，想回到日本去。

1947 年的秋天，岩渊离开了隐居的窝棚，住进了马尼拉城的贫民窟。为了生存，他雇用了两个菲律宾人从碧瑶的大山中挖掘出了一大批金条。这些黄金支撑他度过了十几年的光阴。

这期间，无数的寻宝者涌进了菲律宾，寻找山下奉文藏金。仅有少部分的佼佼者闯过了幽灵设下的机关，把宝藏请出了地面；大部分的寻宝者把生命埋进了黄土，成了贪婪的陪葬品。

1969 年的冬天，岩渊死在了马尼拉的贫民窟里。一年后，柯蒂斯拿着从岩渊那里得来的 172 张藏宝图，在碧瑶的大山中，找到了金百合的第一处"皇家藏宝点"——特雷莎 2 号藏宝点。

柯蒂斯从藏宝点挖出了大量的金条，也挖出了无数被坑杀的幽灵的尸体。深深的恐惧笼罩着他，他害怕有朝一日自己也会和那些幽灵一样，成为孤魂野鬼。

为了保命，柯蒂斯谎称母亲病危，向马科斯申请回家一周。他故意把自己从美国带来的设备留了下来，伪装出了他肯定会回来的假象。

马科斯同意了柯蒂斯的请求，但他很快反应过来自己上当了。恼羞成怒的总统派出了杀手去追杀柯蒂斯，可是暗杀行动被一个关键人物阻止了。

那个人把柯蒂斯带到了美国西南边陲的小城图森，并帮助他伪造了新的身份。从此，柯蒂斯在小镇上安顿了下来。

“约翰·辛洛布是美国军界和情报界的传奇人物。”龙弋道出了关键人物的名字，“他曾经在新加坡解放前，打开樟宜监狱的大门，放走了里面的犯人。还曾经被派到中国帮助国民党训练别动队。蒋介石政府垮台之后，辛洛布担任了中情局的头目。朝鲜战争中，他又担任了中情局驻韩国的副主任。”

龙弋讲述这段过往的时候，杜长风在想辛洛布这样的政客怎么会无缘无故的帮助一个与他毫无交集的冶金学家呢？除非，柯蒂斯对他来说有利用价值。果然，龙弋后面的叙述，证实了杜长风的猜测。

辛洛布对山下奉文藏金的关注正是始于那智号的沉没。当时，辛洛布还是美军的一名情报人员。正是他截获的情报，帮助美国海军干掉了那智号。兴奋之余，辛洛布也有些疑惑。日本的情报人员怎么突然集体脑袋进水了，泄露了这么重大的情报呢？

不过，辛洛布可不会把他的疑惑说出来。相反，他故意隐瞒了对手的失误，夸大自己的功劳。借着好运气和个人努力，辛洛布在美国情报机构里连连高升，成了传奇人物。这使他有机会接触到了更多、更隐秘的情报。也让他解开了那智号沉没的秘密，并由此知道了山下奉文藏金的存在。

辛洛布也动起了寻宝的念头，但是他没办法像掌握着国家资源的马科斯一样大张旗鼓的寻宝，他能做的只有隐忍谋划，静待时机。

1986 年，马科斯垮台了，辛洛布苦等的机会终于来了。他用手中掌握的政治筹码，从新的政府那里换来了在非律宾全境开发旅游业的许可。第二年，辛洛布请出了柯蒂斯，重组了莱伯队。

“猎海参军就是那时开始和莱伯队合作的。柯蒂斯负责挖掘陆地上的宝贝，我们负责寻找 34 处水下藏宝点。辛洛布答应把找到的中国珍宝，全数交给我们。但是真的找到宝藏时，他却食言了。1988 年的夏天。辛洛布赶走了柯蒂斯，我们也退出了。那以后，辛洛布放弃了困难的水下寻宝，把精力全都投入到了陆地寻宝上。”

龙弋语出惊人，吴秦和杜长风皆是一怔，机舱内陷入了短暂的沉默。直到杜长风打破了僵局：“既然你们当年已经放弃寻找这笔宝藏了，现在为什么又对它感兴趣了？”

“一是潮爷想要重振猎海参军，需要大笔的资金；二是出现了新的线索。一直以来，我们都没有查明 34 处水下藏宝点的具体位置，只是凭借史料大致地做了一些推测。不过这次，潮爷从那智号上打捞起了一个保险箱。里面的文件，解决了我们的难题。原来这 34 处水下藏宝点并不是分散的，而是集中在一个地方——”

龙弋正准备道出那个关键的地名，马海突然插了进来：“坐稳了！我们要下降了！”

吴秦看了看窗外连绵起伏，宛如屏风的海岛，问：“这里是？”

“特鲁克环礁！”

此处史料出自：《指向死亡的宝藏》，〔美〕威廉·罗宾斯著，陕西师范大学出版社 1999 年 10 月版。

第十八章　自杀岛

特鲁克环礁位于西太平洋，是二战时期日本海军在本土之外最重要的舰船锚地，有“日本的珍珠港”“日本的直布罗陀”之称。1944 年 2 月 16 日，美军空袭了这里。日军遭受重创，被迫放弃了这个基地。这一役也成为太平洋战争重要的转折点。1947 年，特鲁克环礁成为了美国的托管地。现在，它是密克罗尼西亚联邦的领土。

飞机在环礁西侧的希奇岛停稳后，杜长风找了个机会，对马海说：“有些事，是我多管闲事了。但是你和小马哥——”

“我们中间有根刺嘛！我都听见了，一根刺而已，总会拔掉的。”马海笑着拍了拍杜长风的肩膀，转身对众人说，“打捞许可证我已经搞定了。只要不违反当地的法律，你们的寻宝行动就是合法的！我和潮爷会在希奇安好营寨，等你们凯旋！好运！”

和马海告别后，龙弋把大家带到了码头。为了掩人耳目，潮爷租下了一艘 72 米长的爱尔兰籍货船——踏浪号。踏浪号制造于上个世纪 60 年代，船身赤红，甲板宽敞，货仓也足够大，十分符合这次的打捞要求。

韩斐、苏若水和林青蓝领着所有的水手，在踏浪号前列成了一队，迎接船长登船。林青蓝是第一次见龙弋，一脸不屑。

“潮叔是怎么想的？找个小朋友来带队？”林青蓝的话，道出了众人的心声。

踏浪号上共有 35 名水手，都是潮爷精挑细选的老水鬼。他们虽然不属于猎海参军，却跟着猎海参军干了不少活儿。水手们听说龙弋取代韩斐，做了船长，还以为他是个狠角色。没想到他竟然是个乳臭未干的少年。

韩斐也对潮爷的决定不甚满意，但他还是努力地维持着局面。韩斐的左手在海盗袭击猎海号时受了伤，潮爷本来是不许他上船的。可是他发誓会全力配合龙弋管理好船员，潮爷也担心龙弋初来乍到，不能服众，这才松了口。

韩斐低声地警告林青蓝：“船上的规矩都忘了吗？”

林青蓝不满地别过了头，再也不说什么了。众人在龙弋的带领下，鱼贯走上了舷梯。

杜长风问起了宝藏的情况。韩斐说：“宝藏的总额大约有 12 亿美金。藏宝点集中在一个叫作佩德罗的小岛周围 30 到 60 米之间的珊瑚水域。为了不引人注意，我打算采用人工打捞的方式，秘密作业。”

吴秦听说这次没有机械打捞的环节，有些遗憾。他已经很久没碰 ROV 了，心里痒痒的。杜长风也不喜欢人工打捞。因为他的水性实在不好，就像吴秦的枪法一样。

韩斐看穿了杜长风的心思，安慰道：“正式的打捞作业和你们的培训不同，我会把专业的人放到专业岗位上去的。”韩斐说完了工作安排，这才发现龙弋被自己晾到了一边。他赶紧补充了一句：“你觉得呢？”

龙弋一脸高深莫测，“有意见我会说的。”

说话间，众人登上了甲板。水手们已经在甲板上摆好了祭祀的案台，台上放了香烛、贡品、酒肉还有一串鞭炮。吴秦和杜长风在平台的时候就听说过，猎海参军出海前要遵循古制，祭祀大海。祭海活动共有四个环节，分别是：行文书、拜三神、醃游魂和问吉凶。

吴秦和杜长风此番是第一次下海，他们早就迫不及待地想见识一下传说中的祭海仪式了。

良辰吉时很快就到了。众船员在龙弋的带领下，站到了祭台前。韩斐点燃了炮仗。同时，舵手拉响了船笛。

龙弋第一个走到祭台前，点燃了写好的“太平文疏”。文书烧化后，他朝着东方拜了三拜，边拜，边念：“一拜天神，风调雨顺；二拜海神，多得多获；三拜船神，来去平安。”

水手们排成长龙，跟在龙弋身后，焚书行礼。每个人的表情都很肃穆，动作也很娴熟。待众人祭拜完毕，龙弋将准备好的酒肉抛入了大海，以告慰海中的亡灵，祈祷它们在水手们打捞的时候行个方便。

龙弋酬谢完游魂后，韩斐和林青蓝一人拿着一只挂有鱼饵的风筝走到了船舷边。林青蓝的风筝是红色的，上面用金色的颜料，写了一个“鱼”字；韩斐的风筝白底黑字，写的是一个“鬼”字。两人同时放飞了风筝，风筝高高地升上了海面，风筝下面吊着的鱼饵，低低地没入了水下。

吴秦和杜长风知道现在已经进行到祭海的最后一个环节“问吉凶”了。但他们从来没见过这么奇特的占卜方式，两人好奇地跑到了船舷边，伸长了脖子往海天之间看。

只见那只写有“鬼”字的白风筝突然往下一沉，似乎是有鱼咬住了风筝上的饵。没过两秒，那只红色的风筝也引来了觅食者，鱼儿用力的在水下咬饵，两只风筝在它们的拖拽下，在空中荡过来，荡过去的，仿佛钟摆一样。

所有人的注意力都被吸引了过去，瞪大了眼睛，屏住了呼吸，翘首期盼着。

蓦地，那只白色的风筝承受不住鱼儿咬饵的拉力，风筝线“呼啦”一下被扯断了。白风筝在空中划了几个圈后，被风带向了远方。那只红风筝则是安然无恙。

众水手看到这个结果，全都欢呼了起来。

猎海参军的规矩里有一条叫“有鬼不捞船”，指的是猎海人起航前，要在天、海、船三神的祭坛前焚香占卜。如果占卜结果为“鱼”，便预示着这次航行会顺风顺水；结果为“鬼”，则不宜下海。

占卜的结果让所有人的精神为之一振。随着龙弋一声令下，舵手拉响了船笛。“踏浪号”踏着月光铺陈的银色海浪开始了长航。

起锚后，众人回到了各自的工作岗位上。林青蓝带着吴秦、杜长风和几名手下留在了甲板上，收拾祭祀场地。他们撤去了祭台，搬来了一口棺材。那棺材长有九尺九，宽有三尺三，周身漆得锃亮，宛如一艘小船。水手们把棺材摆到了原本放置祭台的地方，固定了起来。

杜长风问林青蓝为什么要在船上摆口棺材。林青蓝说："这不是棺材，是'太平坊'。猎海人在海上干活儿，随时有可能被巨浪吞噬。为了祈求太平无事，我们会在船上放一副入过土地的棺材，叫'太平坊'，寓意'入土为安'。"

说话间，两名水手走到了吴秦和杜长风的身边，三下五除二地剥了两人的衣裤，把他们按进了棺材里。

吴秦和杜长风起先还一头雾水地任人宰割，等他们反应过来后，立刻玩了命地挣扎，死活不肯就范。

林青蓝呵住了他们，"你们今天是第一次上船，得葬了衣冠，在'太平坊'里睡一晚，沾足了平安之气，才能在海里出入平安。这是规矩！"

林青蓝说话的时候，水手们已经麻溜的把吴秦和杜长风的衣裳，放上了两艘白纸扎成的船，推进了海里。纸船乘着月亮的清辉，慢慢沉入了水下。

"天一个，海一个，东一个，西一个，南一个，北一个，生一个，死一个，人一个，鬼一个。个个都上路，人人后世安。活者莫悲伤，逝者速速去。保我浪里安，富贵酒肉多。"

吴秦和杜长风赤条条地杵在棺材里，听林青蓝和水手们用肃穆而幽远的声音，为他们念悼词，感觉真是哭笑不得。

"等着吧，一会儿就该盖棺材板儿，钉棺材钉了！"

吴秦只是开个玩笑，没想到水手们真的拿了一块厚重的棺材板儿，"砰"的一声盖到了太平坊上。

杜长风急得猛推棺材盖，"丫真盖啊！哥们儿不会闷死在里面吧！"

"盖板上有孔，闷不死你的！"是林青蓝的声音。

"两个大男人睡在一口棺材里！不闷死也要挤死啊！"

"那是你们的事！"

杜长风和吴秦长叹了一口气，恶狠狠地说"灭绝师太！"

收拾妥当后，水手们悉数回到了工作岗位上，只有吴秦和杜长风留了下来。两人挤在棺材里，又闷又热。简直比死了还难受。

“大清都亡了上百年了，封建残余怎么还在害人呢？我真是纳了闷儿了，这都21世纪了，怎么还有人相信睡一夜棺材就能保平安这种扯淡的事呢？”杜长风抱怨了许久，吴秦一句话也没说。杜长风不耐烦地推了吴秦一把，“你丫给我个反应啊！死啦？”

回答他的是吴秦的肚子。“咕噜咕噜——咕噜咕噜——”

杜长风听见这声音，顿感饥饿难耐，胃里的酸水都要流出来了。“咱哥儿俩虽然睡在棺材里，可还没死呢。他们会给我们送晚饭的吧？”

杜长风的如意算盘落空了。别说晚饭，他和吴秦连一口水也没有等来。半夜，两人实在饿得受不了了，悄悄溜出了太平坊，到厨舱偷东西吃。

他们正狼吞虎咽地吃得高兴，船员们闲聊的声音，伴随着海浪声传进了他们的耳朵。原来是几个值班的水手在厨舱外喝酒打牌。

“你们听说过科罗瓦伊猎头族吗？”说话的是船上的大台关飞。关飞是马来人，比吴秦小两岁，以前在豪华游轮上干过三个船期的酒吧服务员。他最喜欢干的事就是说八卦、讲故事。只听关飞神秘兮兮地说：“我们这次要去的佩德罗岛，就是猎头族居住的地方！”

佩德罗是西班牙语的音译，意思为石头。1526年，第一批登上佩德罗岛的西班牙航海家，在这个无人居住的小岛上，发现了十二座用天然玄武岩柱建造而成的石屋。

这些石屋已经在岛上屹立了上千年，却没有损坏，建筑技术了得，石屋内的家具、工具和器皿的制造工艺也令人惊讶。石屋的建筑风格更是独树一帜，既不是岛西岸的东南亚风，也不是岛东岸的南美风。岛上的居民早已不知去向，石屋也变成了空屋。西班牙人猜不出是谁在岛上建造了这些石屋，又为什么离开了这里。他们只能用自己上岛之后见到最多的东西命名了这座小岛，那就是‘佩德罗’。

西班牙人把佩德罗岛绘入海图后，就离开了。这座神秘莫测的石头岛又回复了往日的宁静，直到被称为地球上最后一个食人族的猎头族来到了这里。

猎头族原本生活在西太平洋的加罗林群岛上。他们的长相非常奇特，皮肤黝黑、头发卷曲、眉骨隆起、鼻翼宽阔、嘴唇厚实，打扮得也很怪异——男人个个手持黑桂木制成的弓箭，全身赤裸，只在生殖器上戴一个三四十厘米长的，长得像羚羊角一样的“宝贝套”；女人袒胸露乳，在腰间穿一条用白藤和西谷椰子树的树叶做成的裙子。

猎头族习惯把房屋搭建在西谷椰子树的顶上，然后以十几人为单位，过着以树为中心的原始生活。猎头族的部落里没有老人。一个原因是他们的平均寿命非常短，只有 30 到 35 岁而已；另一个原因则与他们的食人习俗息息相关。

猎头族不承认疾病的存在，他们认为所有死于疾病的人，都是被巫师偷偷吃掉了内脏，然后把灰填进去害死的。猎头族临死前，会指认一名同族是巫师。族人们会把这个人绑起来，用弓箭射穿他的心脏，砍下他的头颅，再将他的身体肢解成碎块。巫师的脑袋会被死者亲属保存下来，当作家族的战利品；他的肉会被包在香蕉叶中煮熟，供族人享用。除了小孩儿，所有的族人都可以吃巫师的肉。食人聚会结束后，猎头族会聚集在自己的树屋下，彻夜用棍棒敲打树屋的支柱，以警告其他的巫师不要出来。

1899 年，德国人接管了加罗林群岛。几名传教士来到了猎头族居住的部落，试图说服他们皈依基督教。可惜他们失败了，猎头族把他们当成了邪恶的“巫师”吃掉了。

此举点燃了德国人的怒火。他们派出了一支军队，闯进了猎头族居住的部落，逮捕了几个为首的行凶者，把他们枪决了。余下的猎头族逃到了佩德罗。他们在这里过了足足半个世纪，与世隔绝的生活。这期间世界格局风云变幻，两次世界大战先后打响，地球的命运也如战争中的人一样，飘零可悲。

1944 年，日军军舰朝日丸被澳大利亚军舰老水手号击沉在了佩德罗岛附近的海域。船上的 29 名士兵，死里逃生后躲进了佩德罗岛。澳大利亚的士兵追着日本逃兵来到了岛上。

“你猜澳大利亚人发现了什么？”

“什么？”

“他们发现那些日本兵全都不见了！”

一个瘦高的水手“哈哈哈”地笑了起来。“日本兵不会被食人族抓起来，煮成肉汤了吧？”

关飞冷嗤了一声，“要是这么简单就被你猜出来，我还有什么好讲的？当然不是这个！”

关飞在故事最精彩的地方，忽然来了个反转。众水手的胃口一下子被他吊了起来。

“那是什么？”

“哎哟，你快说啊！急死我了！”

关飞见众人来了兴致，反而不说话了，只是笑嘻嘻地看着他们。大家知道他在暗示什么，骂骂咧咧地从身上摸出了私藏的香烟丢在了桌子上。

关飞看着堆积如山的烟盒，露出了一个满意的微笑。他这才接着往下说：“不仅日本兵，传说中的猎头族也不见了踪影。澳大利亚士兵以为日本人躲起来了，在岛上逗留了一天，想把他们找出来。可是他们什么也没发现。就在这时，更诡异的事情发生了——”

“什么事？”

“发生了什么？”

关飞朝好奇的听众们招了招手。众人赶紧凑近了他。只听关飞用神秘的声音说：“澳大利亚士兵在返航的过程中一个接一个的跳海自杀了！老水手号也失去了踪影。澳大利亚海军搜寻了整整两年也没有发现任何线索。军方只能认定老水手号遇到风暴，葬身海底了。谁知道 2001 年，老水手号竟然奇迹般地回来了！发现者在船上找到了舰长乔伊的《航海日志》。乔伊在日志里写下了这样一句话：‘佩德罗是一个被诅咒了的岛屿，所有到过这里的人都会向撒旦奉上自己的生命’！从此佩德罗岛多了一个名字，叫自杀岛！”

关飞的故事引起了大家的热议。原来，不止关飞，船上的许多水手都听过自杀岛的传闻。关于人们为什么会在岛上自杀，也有各种不同版本的传说。最为离奇的一种说法是，猎头族逃到岛上后，逐渐因为生老病死和食人的习惯灭绝了。最后一个猎头族无法指认巫师，便认定巫师害了他以后，逃跑了。他死后，灵魂久久地留在了岛上。他把每一个上岛的人都当成了巫师，一个个的吃掉了。

吴秦听得津津有味，完全忘了自己是在偷听。水手们讲到这一段时，他情不自禁地喊了一声："胡说八道！"等他反应过来的时候，水手们已经把他和杜长风围住了。

"你们今晚不是要睡在太平坊吗？跑这儿来干什么？"

"造孽啊！新人不睡太平坊是要触怒海神，给我们带来灾难的！"

海上讨生活的人什么都不怕，就是怕死。为了抵抗对死亡的恐惧，他们想出了许多自我安慰的仪式。新人夜宿太平坊就是这样的仪式。吴秦和杜长风坏了船上的规矩，犯了众怒。水手们气急败坏地把他们扭到了龙弋面前，要新上任的船长给个说法。

龙弋正在指挥室和韩斐商议第二天的打捞计划。他听完水手们愤怒的控诉后，淡淡地说："我第一天到踏浪号当船长，不想破坏老规矩。以前遇到这种事，你们是怎么办的？"

船上从来没有出过类似的事。水手们说不出办法来，只好集体看向了韩斐。

韩斐思索了几秒说："停止他们在船上的一切职务！等靠了岸，送他们下船！"

吴秦和杜长风一听急了。他们冒着生命危险从葬令湾请回了猎海令，还没开始施展身手，就要下船了。两人悔不当初地看向了龙弋，希望他网开一面。

龙弋永远摆着一张让人猜不透心思的扑克脸："我同意。"

吴秦和杜长风听见这话，差点儿绝望得跳海。他们正想向龙弋求情，后者突然不咸不淡地对幸灾乐祸的一众水手说："你们也回去收拾收拾吧，靠岸了跟他们一起离船。"

众人一愣。

"为什么啊？"

"我们犯了什么事儿？"

龙弋的语气丝毫不软，"如果我没有记错，值班的船员是不许饮酒的，更不许聚众赌博。要我把守则翻出来给大家念念吗？”

船上的确有这条规矩，但海上的长夜漫漫难挨，水手们不遵守规矩也是常事。以往韩斐当船长的时候，只要水手们做得不过分，他对这些违规行为，总是睁一只眼闭一只眼。龙弋新官上任就要整顿纪律，他的做法立刻引起了水手们的不满。

瘦高个儿愤愤不平地跳了出来，为众人出头，“我们是第一次犯事儿！凭什么罚那么重？”

水手们是不是初犯，龙弋不知道，但他等的就是这句话。“你们都希望从轻处理犯错的人？”

“是啊！”

“当然！”

龙弋思索了片刻。“好，那我就给大家一个机会！”龙弋的语气严厉了起来，“刚才犯事的所有人，从今天起一律取消夜勤轮休，直到船期结束。如果再让我发现有人在值班的时候喝酒、赌博，就不要怪我不客气了！猎海号被劫的事大家都清楚！所有人都要提高警惕！”

水手们受了罚，心里虽然憋着一口气，可也没话说。他们骂骂咧咧的准备散去，龙弋叫住了他们。

“有罚就要有赏。刚才你们举报不当行为有功，每人奖励一百美金！但今天的事到此为止了。我不希望有人再提起来。如果让我发现有人把今天的事说出去了，那人今天得了多少奖金，我就要扣他十倍的罚金！”

水手们拼上了身家性命，下海捞宝，为的不就是赚钱？龙弋的策略立马奏效了。

“我们这就回去好好值班！”

“放心，船长！我们都听你的！”

水手们兴高采烈地走了，吴秦和杜长风也被解救了。两人打算对龙弋说些感激的话，后者却径自走向了韩斐。

龙弋当众驳了韩斐的决议。韩斐的面子有些挂不住，他虽然嘴上不说，心里却对龙弋很不满。

龙弋看穿了韩斐的心思，索性把话挑明了：“我是故意这么做的！你是老资历，我是空降兵。你年长，我年少。如果我既要顾及你的面子，又要树立权威，就要花时间，用心思。可我没有时间了。”

龙弋把猎海参军出了内鬼的事告诉了韩斐。末了，他说：“我也是刚刚从吴秦和杜长风那里得到的消息。潮爷还不清楚情况。敌在暗，我在明，我们中间又潜伏着一只黄雀。如果水手这边再出乱子，事态就更不可控了！”

韩斐是个明事理的人，他知道现在不是计较个人得失的时候，一切当以大局为重。“你放心！我跟了潮爷十年，知道该怎么做！青蓝是潮爷带大的，若水他们三个是平台出来的！我们都是你可以信任的人！”

龙弋点点头，转向了吴秦和杜长风，“还不回去？”

两人知道自己闯了祸，赶紧小跑着回到了太平坊。

“你之前说瞎了眼，看错了龙弋。这小子真的只有十八岁吗？”跨进太平坊的时候，吴秦问杜长风。

杜长风耸了耸肩。“我哪知道？我又没查过他的户口！”杜长风找了个舒服的姿势，躺了下来，“灭绝说这棺材下过地，不会是装过死人吧？”

杜长风这么一说，吴秦也有点儿毛，“赶紧睡吧！挨到明天就解放了！”说罢，吴秦合上了棺材板儿。

一夜无话。

第二天清晨，踏浪号来到了此行的目的地——自杀岛。彼时，朝阳初升。苏醒的日光柔和地洒落下来，把大海染成了一池金汤，自杀岛宛如一个肃穆的士兵站立在海中央。岛上全是绿油油的树木，样子看起来非但不恐怖，还有一些美丽。

这次出海，龙弋担任船长，韩斐是大副。其他人被分成了三队：打捞队由龙弋亲自负责，成员都是从世界各地招募来的潜水好手，林青蓝和吴秦也被编到了这个队；考古队由苏若水负责，杜长风协助。他们的任务是留在船上，撰写打捞日志，并把捞到的水获清理干净、分类登记入册，存放妥当；剩下的人在韩斐的带领下负责船只的航行及海上防务。

早餐过后，龙弋和林青蓝把打捞队带到了后甲板。两位领队给每位潜水员都发了一套笨重的潜水服，这些潜水服的样子看起来就像《玩具总动员》里的巴斯光年穿的宇航服一样，它们的名字也正是叫作“巴斯光年”。

巴斯光年是当今世上最昂贵也是功能最强大的深海潜水服，单套的造价超过了十五万美金。它不但能支持水下对讲，还能持续不断地为潜水员提供60个小时的氧气，让他们在350米深的海下完成作业任务。除此之外，巴斯光年的左右两臂还装有不同尺寸的夹子和爪子。潜水员可以利用这些工具在水中抓住物体，切断线缆。它后背的动力背囊能让潜水员像钢铁侠一样在水中自由翱翔。潮爷为了这次打捞下足了血本。他给打捞队的10名成员每人都配上了一套巴斯光年。

穿好装备后，潜水员们在龙弋和林青蓝的带领下鱼贯跳入了水中。只见幽蓝色的海水中静默地立着一排绵延了四十来米长的珊瑚群。

藏宝点集中在珊瑚群的东南面，附近有一块巨大的珊瑚，形状像一对麋鹿角，很好辨认。潜水员们很快就找到了藏宝洞，却发现洞已经被炸开了，洞内的黄金全都不见了！所有人都吃了一惊。龙弋也没料到会是这样的结果。

捞宝未果，众人只得悻悻地往回撤离。就在这时，吴秦在他身后的藏宝洞里看见了一个人影！他的第一反应是有人躲在那儿。于是，他不动声色地绕到了洞的另一侧，想要看个究竟。就在吴秦即将接近山体的时候，他突然想起一件事儿来，这里可是水下56米，哪个不要命的能不穿装备在水下呆那么久，除非他是——

“吴秦，你干吗呢？快回来！”林青蓝的声音蓦地在头盔里响了起来。

众人听见这声叫喊，全都转向了吴秦。一时间，所有的潜水灯都射向了吴秦。强光把吴秦周围的海域照得变成了白昼。借着灯光，吴秦才看清躲在山中洞穴里的并不是人，而是一副白森森的人骨！不仅如此，白骨后方的珊瑚体上，所有的洞穴里，全都塞满了被鱼儿啃得残缺不全的骷髅！

就在这时，距吴秦最近的那具骷髅眼眶里忽然透出了两团瘆人的蓝色荧光。紧接着，整座珊瑚礁，七七八八的洞穴里，所有的骷髅，眼睛里都亮起了寒光。漆黑的海底瞬间亮起了成片的蓝光，仿佛幽冥地狱一般。

所有人都被吓了一跳，只有龙弋依旧淡然自若。他靠近其中一副人骨，用手一捅，一道蓝影“嗖”地从骷髅头的眼眶里钻了出来，骷髅眼中的蓝光瞬间就熄灭了。定睛一看，那道蓝影竟然是一只半个手掌大小的瓜水母。原来众人看见的灵异景象都是这些家伙在捣鬼！

大家松了一口气，正打算游近那些骷髅头看个究竟，龙弋忽然大喊了一声：“快走！”

他话音未落，众人眼前的山洞中就溢出了一团黑红色的，像墨汁一样的东西。仔细一看，竟然是一团黑红色的毛发！转眼间珊瑚丛附近的海域就被那诡异的黑红色头发铺满了，附近的瓜水母全都被裹进了头发里。它们的身体藏在乱发中，一闪一闪的，就像陨落的彗星，发出了熄灭前最后的光芒。

潜水员们都被眼前的景象吓坏了，没命地往海面逃。就在这时，大家的耳麦里传来了林青蓝惊恐的求救声：“我被缠住了！请求支援！”

众人听见林青蓝的呼救，瞬间就乱套了。有人不管不顾的继续逃自己的命，有人愣在了原地不知所措，只有吴秦毫不迟疑的朝林青蓝游了过去。

龙弋见状，沉稳地向众人下令：“大家不要惊慌！先到第一个减压点集合！我和吴秦去支援青蓝！”然后，龙弋调整了频率，连接上了踏浪号的指挥室。

“青蓝在水下遇到了一点麻烦！我和吴秦去支援她！其他人现在开始浮升，到第一个减压点集合。如果减压完毕我们还没有回来，你们立即驾船离开，不要等我们！”

坐镇在指挥室的韩斐，闻言一惊：“出什么事了？”

龙弋正准备回答，韩斐那边突然传来了“嘭”的一声巨响，好像有人打开了指挥室的门。紧接着，杜长风慌张的声音远远地出现在了耳机里。“不好啦，斐哥！出事了！”

韩斐诅咒了一句“该死！”，放下了通讯耳麦。然后，指挥室那边就没有声音了。

龙弋的感觉很不妙，但他知道远水救不了近火。他果断地关闭了耳麦，游向了吴秦和林青蓝。

林青蓝的整个身躯都被诡异的长发缠住了。她奋力地挣扎着，想要重获自由。

可是那些长发不放过她，它们像灵敏的泥鳅一般，迅速地往山洞里一缩，然后又钻出来。就是这一收一放的功夫，林青蓝已经被裹成了不能动弹的木乃伊。长发趁机拖着她往山洞深处去了。

吴秦赶紧用巴斯光年左手的钩子挂住了缠在林青蓝身上的一簇长发，同时双脚踩在山石上，狠狠地往后蹬。本来已经要被长发拉进洞中的林青蓝，一下子被吴秦拽到了洞口。吴秦调出了右手的多功能爪子，想要割断那些长发。没想到那些长发硬得像钢丝一样，吴秦捣鼓了半天也没能把它们弄断。他有点儿心急了，蛮横地撕扯那些长发。结果越急越见鬼。倏地，吴秦踩在山体上的右脚打了个滑。他失了重心，一个踉跄往长发所在的山洞跌了下去，左手瞬间被喷涌而出的长发卷住了。

眼看着吴秦就要步林青蓝的后尘，龙弋及时赶到，把吴秦身上的安全绳绑在了自己腰上。然后他冒死潜进了洞中，把自己身上的安全绳绑在了林青蓝的腰上。三人连成一串后，龙弋和吴秦同时打开了身后的动力背囊，把马力开到了最大。两人像两条飞鱼一样，以相同的速度往海面冲去。林青蓝一下子就被拖出了洞。

三人一口气上升了三十来米，缠住林青蓝的长发，才松开了。吴秦转身一看，他们身后的海水里，全是蠕动的黑红色发丝，绵延不绝。水下到处都浸着一团团骇人的黑红色，就像地狱里的冥河。

脱离危险后，龙弋带着吴秦和林青蓝来到了距离海面二十米的第一个减压点。水下减压是深海潜水的必要环节，众人必须在这个深度熬过无事可干的半小时，然后上升到五米的地方，停留十五分钟，做第二次的减压。

潜水员们已经在减压点惶恐的待了近十分钟。他们看见死里逃生的龙弋等人，全都欢呼起来。第一次减压很快结束了，大家上升到了第二个减压点，像睡着的鱼一样在悬停在水里，等待着。

就在减压即将结束的时候，突然有一名船员从踏浪号上跳了下来。他没有穿戴任何潜水装备，入水后却把自己当成了一条鱼，不要命地往深水里钻。变故来得太突然，所有人都没反应过来，眼睁睁看着那名船员沉入了海底，不见了。

紧接着，又有两名没穿潜水服的船员从船上跳了下来。然后，杜长风也跟着跳了下来。杜长风看见水下的同伴，仿佛看见了救星。他朝大家打了一个救人的手势。龙弋第一个反应过来，扑向了其中一名跳水的船员。吴秦扑向了另一个人。

可那两人根本不领情，在水中拼命的挣扎，张口大呼。他们一张嘴，海水立刻灌进了他们的肺部。踏浪号上的船员都是训练有素的水手，怎么会犯这种低级错误呢？简直是中邪了！

第一名跳水船员的尸体还横在不远处的海水里，吴秦想起他死亡时的情形，心里瘆得慌。他赶紧游近了眼前的跳海者，紧紧地抓住了对方，往海面游去。

等吴秦浮出水面的时候，龙弋也把另一名落水者救了起来。他们还来不及歇口气，踏浪号上又传来了一声惊呼。关飞仿佛犯了精神病似的，怪叫着冲到了船舷边，作势要往海里跳。幸好韩斐及时奔了过来，束住了他的手脚，又用绳索把他绑了起来，才避免了一场悲剧的发生。

“怎么回事？”龙弋一把摘掉了呼吸面罩，铁青着脸问杜长风。

杜长风一脸菜色，“我也说不清楚。他们突然就变成了这样，一个接一个地往海里跳，就像被诅咒——”杜长风一说出“诅咒”二字，所有人都安静了。杜长风知道自己说错话了，连忙打了个圆场：“先上去再说！”

吴秦和龙弋背着各自救起来的落水者爬上了甲板。苏若水赶过来抢救伤员，可惜她晚了一步，两名跳水者都溺亡了。

捞宝失败本来就够让人丧志的了，没想到又发生了如此诡异难测的事情，所有人都很害怕，又很费解。起航前的占卜，结果明明是“鱼”，为什么一出师就见“鬼”了呢？恐惧仿佛一个黑色的罩子，盖住了踏浪号。

第十九章　老水手号

这天晚饭，韩斐的三个手下聚在一起说起了自杀岛的事。韩斐听见他们的谈话，狠狠地把他们训斥了一顿，还扣了他们五天的工资。

吴秦有些纳闷儿，小声地问杜长风："斐哥这是怎么了？"

杜长风正要回答，苏若水插了进来："好奇心是人类行为最强烈的动机之一。无解的传言就像一把野火，会点燃人的好奇心，烧掉人的基本判断力。如果不及时制止，等到流言传开，形成特定的心理氛围，就会腐蚀掉官方的声音。所以在谣言刚开始的时候，最好有一个权威的声音及时出来发话。这样才能有效的抑制谣言的生长，为查明真相，赢取必要时间。"苏若水这番话虽然是说给吴秦听的，但她说话的时候，双眼一直别有深意地看着龙弋。

龙弋知道苏若水在提醒自己。他思索了片刻，放下手中的餐盘，站到了众人面前。"今天的确发生了一些让大家不安的事，我会尽快找出事情发生的原因。明天晚餐时间，我会重新站到这里，给大家一个解释。为了保证大家的安全，今晚我将下达一条禁足令。除了巡逻员，所有人今天晚上必须待在自己的舱房里，不得以任何理由离开。否则就视为无故违反船长的命令！听清楚了吗？"

龙弋救了林青蓝一命。林青蓝对他的态度大大地改观了。她第一个站了出来支持龙弋，"听清楚了！"

韩斐也表态了，“我全力支持船长的决定！”

船员们心里虽然还是很忐忑，但是有了船长和大副的保证，他们暂时安下了心。安抚好船员后，龙弋、韩斐、林青蓝和苏若水走近了关飞的舱房。吴秦和杜长风悄悄地跟了过去，躲在门外偷听他们说话。

关飞好像灵异小说里被恶灵附体的人一样，完全失去了心智，一心只想寻死。即使是苏若水这样的心理学高手，也无法让他平静下来，更别说问出他发病的原因了。苏若水只得提议从其他人口中打探消息。龙弋同意了。

离开舱房前，韩斐对龙弋说：“我晚上派两个人来看着他吧！”

林青蓝狡黠一笑，“就找吴秦和杜长风吧，反正他们已经来了。”

吴秦和杜长风没有按照船长的指示，乖乖待在舱房里，这个惩罚他们认了。于是，龙弋一行人离开后，吴秦和杜长风苦哈哈地留了下来，看守关飞。

这一夜漫长得像一个世纪。吴秦和杜长风每两小时轮一次班，任劳任怨地干着枯燥的守夜工作。就这样，挨到了半夜两点，杜长风与吴秦换了第二次班。吴秦的瞌睡早就泛滥成灾了。一沾到枕头，立刻就进入了梦乡。

吴秦正睡得香甜，突然听见“嘭”的一声巨响，好像有什么东西重重地摔在了地上。紧接着，杜长风用杀猪般的声音大喊了一句：“长风破浪会有时！”

吴秦以为他在做梦，翻了个身准备继续睡。杜长风一把揪住吴秦的领子，把他蛮横地从床上拽了起来，“你丫快起来！人跑啦！”

吴秦的睡意瞬间就被惊飞了，他猛地睁开了眼睛，发现舱房里除了他和杜长风，已经没有其他人了。杜长风的右脸颊高高地肿着，嘴角挂了一道刺眼的血痕。

“你怎么……”

“怪我大意了，被那家伙从背后偷袭了！”

“他不是被绑起来了吗？怎么解开绳子的？”

“不知道！也不重要！”杜长风焦急地说，“人已经跑了！你丫快去追！我去报告船长！”

吴秦点点头，一个轱辘跳下了床，追着关飞来到了前甲板。此时，夜已经深了。海上黑得什么也看不见，像是在另一个世界。不过可以听见狂风的呼啸和浪涛的怒吼。看样子，一场大风雨就要来了。

吴秦在甲板上转了一圈，并没找到关飞。他正焦急，忽然看见一个人沿着后甲板的舷梯爬下了船。吴秦以为那是关飞，赶紧跑了过去。谁知他到了近前一看，那人居然是今天溺水而亡的一名船员——它，它，它是一具尸体！！

吴秦简直被吓傻了，手脚都不知道要放在哪儿了。就这一眨眼的工夫，那具尸体已经攀着船尾的楼梯爬到了海面附近。它的动作直上直下，而且非常僵硬，就像个牵线木偶。

吴秦起了疑心。定睛一看，原来尸体的腰和四肢上都绑着一条钓鱼线。尸体之所以看起来像是在爬船，是因为有人在背后拉扯钓线的缘故。

是谁？谁在背后控制尸体？吴秦的视线顺着钓线往下移动，看见了一双拉线的手。那双手的手掌硕大无比，手指修长，指根有像蹼一样的粘连。最诡异的是，它们竟然是从海水里伸出来的！

“水，水，水，水鬼？”吴秦被吓蒙了，脑袋一片空白。就在这时，牵着鱼线的手一点点地从水里伸了出来。先是两截儿修长的小臂完全地露了出来，然后是一双紧实的大臂，紧接着，手的主人探出了半个脑袋。

吴秦即将看见他的脸！偏偏在这个当口有人从身后捂住了他的嘴巴，勒住了他的腰，把他硬生生地往后拖了半步。就是这一刹那的交错，拉鱼线的家伙迅速地缩回了海里。

吴秦又恼又气，狠狠地挣扎，想要摆脱钳制他的人。就在这时，更加惊悚的场面发生了！船舷一侧的救生艇上，盖着的油布霍地一下被风吹开了。布下面竟然还有一个人！吴秦完全惊呆了，停止了一切的动作。他身后的那个人也因为这突如其来的变故愣住了。两人都屏住了呼吸，盯着救生艇上突然出现的第二个人。

他的动作像僵尸一样，让人无法判断他是死是活。和之前那具尸体一样，他也顺着船尾的舷梯，爬下了船。

当他爬到舷梯中部的时候，天空中倏然划过了一道闪电。那人的脸一下子被闪电照亮了——竟然是关飞！

很快，第一道闪电消失在了天际，四周又陷入了无边的黑暗。

“轰隆”——

又一阵惊魂的雷声，响彻在瘆人的黑暗里。然后，第二道闪电划过了天际。

关飞如同睡着了一样，步履缓慢，动作机械，扭曲的面庞映着惨白的电光，像是戴着一张鬼怪的面具。

闪电又消失了。第二声雷，震得人浑身酥软。紧接着的第三道闪电把四周照得像纸一样白。

吴秦的眼睛因为这刺眼的光，出现了短暂的失明。等他恢复视力一看，关飞竟然不见了！

轰隆——在第三声惊雷中，船头 1 点钟方向的海面上，忽然如鬼魅一般出现了一艘破败不堪的军舰！海上的风浪并不大，但军舰的船首却像要沉没了一般在浪里钻出钻进，船身也像要倾覆了一样左右摆荡着。

从外形上看，那应该是一艘二战时期英国卖给澳大利亚的老 W 级巡航舰。吴秦想起了消失在自杀岛的澳大利亚军舰老水手号，心中一凛，难道他们撞上幽灵船了？

吴秦正疑惑，制住他的人忽然在他身后猛地推了一把。吴秦猝不及防地倒在了甲板上，吃了一鼻子灰。

与此同时，那艘幽灵船以极快的速度打横平移了过来。很快，它就和踏浪号并排而行了。吴秦紧张地闭上了眼睛，回忆起了他看过的一个访谈节目，节目里的海军上尉讲述了他早年出海时遭遇的幽灵船事件。

当时，上尉刚刚从海军学校毕业，在一艘全球航线的船上实习。有一天晚上，轮到上尉值凌晨的夜班。当时他们的船正经过孟加拉湾附近的一片海域。之前，海上非常晴朗。可是船进入了那片海域后，四周突然起了一场大雾。

雾中隐约有两个朦胧的光点，离上尉他们的船越来越近。雷达是打开的，可是并没有监测到任何东西。当上尉看见那两个光点的时候，它们已经离得很近了。

看起来，迎面而来的应该是一艘船。可是上尉却能明显地感觉到那并不是真的船，而是一个散发着朦胧光芒的船型虚影。

突然，那艘发光的船正面迎了上来。幽灵船的船体以极快的速度穿过了上尉他们的船。恍惚间，上尉看见幽灵船的船身上刻着一串西班牙文，似乎是船的名字。还有一些变成了骷髅的人在船甲板上走来走去。

事后，上尉询问了当晚和他一起值班的水手长和越南舵工。他们也说自己看见了那艘幽灵船。更让人惊奇的是，这件事过去半个月之后。有一天，船长和众人聊天儿，无意中讲起几年前，他曾经在孟加拉湾附近的一片海域遇到过一艘西班牙的幽灵船。上尉和船长核对了船的名字，发现他们看见的竟然是同一艘船！

吴秦现在的遭遇和故事里上尉的情形何其相似？只不过他碰见的并不只是一个船型的虚影，而是一艘真实存在的船。

只听见"咔"的一阵撞击声，幽灵船的左舷和踏浪号的右舷靠在了一起。就在两船擦身的瞬间，吴秦在幽灵船的舰长室里看见了一个穿着舰长军服的人！它坐在舷窗边的书桌前，双眼凝视着桌面。它的身躯已经变成了骷髅，身上的军服也在岁月的流逝中褪去了颜色。看起来，它就是这艘幽灵船的舰长。

忽然，又是一次撞击。吴秦被震得倒在了甲板上。待他爬起来的时候，幽灵舰长已经不见了。吴秦以为自己眼花了，连忙闭了闭眼睛，又睁开，依然什么也没看见。

真是见鬼了！吴秦诅咒着，脚下的甲板又是一阵剧烈的晃动。第三次撞击比前两次更加迅猛。撞击结束后，吴秦再次看向了幽灵船。舰长室里的幽灵舰长竟然又出现了！这一次，他正趴在狭小的舷窗上，用一双空洞的眼瞳，死死地盯着吴秦！

蓦地，刚才那双制住吴秦的手又爬上了他的肩膀。吴秦惊恐地转身一看，竟然是龙弋。

"原来是你啊！吓死人了！"

龙弋没有理会吴秦的抱怨，提议道："我上对面的军舰看看！"

龙弋言罢，不等吴秦做出反应，纵身一跃，跳上了幽灵船。吴秦不放心龙弋单独行事，只能跟了上去。

两人刚在幽灵船的前甲板站定，第四次撞击发生了。在那之后，幽灵船以极快的速度，朝着与踏浪号相反的方向驶了去。在风浪的裹挟下，踏浪号离幽灵船越来越远，最后化成了一个黑点，消失不见了。

吴秦望着远去的踏浪号怒冲冲地冲龙弋喊：“看吧！这下完蛋了吧？”

龙弋对吴秦的抱怨充耳不闻，径自在幽灵船上探索起来。吴秦拿他没有办法，只得认栽了。

两人先来到了驾驶舱。这里大约有十五平方米，大门洞开，空无一人。驾驶仪早就不工作了。龙弋走到了船长的工作台，台子上有一些卷着的海图。龙弋逐一展开那些海图看了一遍，并没有什么特别的发现。

两人又来到了电机舱。吴秦小心翼翼地试着推了推闸刀，一刹那，舱内的灯全都亮了起来！未几，隔壁的轮机舱传来了一阵“隆隆”的机器声。

吴秦没想到停航了几十年的老古董竟然还能运转，正得意庆幸，电机舱的指示灯忽然一下子全灭了。舱内跟着起了一阵刺鼻的焦味，发电机烧掉了。

“不中用的老家伙！”吴秦捂着鼻子跑出了电机舱，龙弋紧随其后。

两人沿着楼梯下到了士兵们居住的统舱。这里积了不少水，没过了小腿。吴秦和龙弋在舱内发现了一些士兵的私人物品，其中不乏手表、现金等贵重物品。他们又来到了统舱隔壁的厨舱。这里也是潮乎乎的。锅、勺、碟、盘全浸在水里。食品储藏舱里放着很多腐烂了的食物：火腿、熏肉、鱼干、面粉、黄油……还有几十桶淡水。

食物充裕，淡水足够，贵重物品都留在船上。种种迹象表明，老水手号的船员不是蓄意离船的，而是突然走的。他们去了哪里呢？

吴秦和龙弋带着这个疑问来到了舰长室。吴秦想起刚才在踏浪号上，曾经在这间舱室看见了幽灵舰长，有些发怵。龙弋倒不害怕，大踏步地走进了船舱。

舱室的舷窗全是关着的，舱内比较干燥。里面的家具摆放得井井有条，紧靠舱窗的桌上放着一套餐具和半瓶爱尔兰威士忌。舱壁上还挂着一件衬衣，看起来，就好像舱房的主人刚刚才离开似的。

龙弋从桌子的抽屉里找到了一把转轮手枪，一袋金币和一扎信。

他迅速把信浏览了一遍。吴秦问他信上写了什么。龙弋说：“这些信是这艘军舰的舰长乔伊写给他住在堪培拉的妻子苏珊和女儿桑尼的家书。没什么参考——”

突然，龙弋顿住了。他好像发现了什么，把那些信件仔细地重读了一遍。末了，龙弋缓缓地放下了手中的信，语出惊人地说：“原来传言是真的！这艘船上的船员可能全都自杀了！”

吴秦简直不敢相信自己的耳朵，他正想问个仔细，忽然感到脖子后面吹起了一阵凉飕飕的风。紧接着，他的后背一沉，好像有什么东西爬上了他的背脊！吴秦扭头一看，竟然是两只仅剩下了骨头的人手。它们像两根枯柴一样，狠狠地擒着他的肩胛骨。下一秒，一个圆润、坚硬的骷髅头贴上了他的侧脸！

吴秦被吓得冷汗直冒，“怎么办？”

龙弋双眼一动不动地盯着吴秦，从怀里拿出了一个打火机，“慢慢转身！”

吴秦依言，挪动双脚，小心翼翼地在地上转圈。擒住吴秦的那双骷髅手并没有进一步的动作，只是无力地垂在吴秦的肩头，好像他衣服上的肩章。

当吴秦背向龙弋的时候，龙弋叫住了他：“一会儿我数一二三，你一定要用力往前跳开。”

吴秦点头。随即听见龙弋在他身后数到：“一——二——三！”

当龙弋念出最后一个数字，吴秦的背脊上倏然间蹿过了一股强电流。趴在吴秦肩上的骷髅手在电流的作用下，霍地一下松开了。吴秦早有准备，在龙弋发动电击攻势前拼尽了全力向前蹦去。由于用力过猛，吴秦整个人都飞了出去，趴在了舷窗边上，头部穿过窗框，伸到了窗外。

就在这时，一个戴着军帽的骷髅从天而降，迎面撞向了吴秦。吴秦惊呼了一声，本能地往后一缩。那骷髅似乎被吴秦的叫声吓坏了，缩了一下后，像壁虎一样，腹部贴着舱壁，以极快的速度爬到了高处，俯看着吴秦。

吴秦听过的幽灵船传说版本大同小异，讲的都是在海难发生的时候，船长不肯离开他们视为生命的船，时隔多年，亡魂依旧留在船上，驾驶着幽灵船在海上航行。不过故事始终是故事，不好说是真是假。直到今天，吴秦终于信了，幽灵船长是真实存在的！而且不只幽灵船长，幽灵水手也是真的！

此刻，它们的亡骨正像无数的蜘蛛一样，手脚着地，肚腹贴在舱壁上，从门窗外，一窝蜂地涌向了舰长室！放眼看去，狭窄的舰长室里全是白花花的骨架，就像一个坟场。

眼看骷髅就要包围舰长室了，龙弋把刚才用过的打火机丢给了吴秦，“你打开打火机上面的盖子，转动打火轮，火机就会产生高压电流把目标电昏；打开下面的盖子，里面藏着一枚麻醉针，药力可以麻痹一头亚洲象。但我觉得，麻醉针对这些东西没有用！”

吴秦在空中接过了打火机，“你呢？”

龙弋没有答话，双眼死死地盯住了舱顶。只见一个穿着舰长军服的大家伙，睁着一对空洞的眼睛，邪恶地观察着舱内的情形。本来吴秦还在纳闷儿，他和龙弋在驾驶舱待了这么久怎么没看见它呢，原来，人家一直在暗处盯着他们呢！想必刚才趴在吴秦背后的东西，就是它吧——老水手号的舰长乔伊！

龙弋沉沉地吐出了一口气，“擒贼先擒王！”说完，不等吴秦反应，他就冲进了骷髅堆里。瞬间，龙弋就被十来具骷髅包围了。

涌入舰长室的骷髅行动非常快，数量又多。龙弋赤手空拳，根本没办法和它们对抗。他只能解下腰间的皮带，当作长鞭，勉力抵挡。

吴秦这边的情形也好不到哪里去，就在龙弋化身孤胆英雄的时候，一具骷髅悄悄地从舷窗钻了进来。

吴秦的注意力全在龙弋身上，没有防备。骷髅一下子跳到了他身上，圈住了他的腰。骷髅的身子和吴秦想象得并不一样，一点儿也不坚硬，反而又滑腻又柔软。骨头上似乎还有吸盘一样的东西，死死地粘着吴秦的皮肉，让他动弹不得。

还好吴秦在平台受过专业的格斗训练，反应比从前灵敏多了。吴秦抓住骷髅的手肘关节处，反向一拗。只听见“咔嚓”一声，骷髅的双臂被吴秦折断了。然而，那具骷髅并没有退缩，举着断臂，刺向了吴秦。

吴秦赶紧腾出一只手来，拿出了龙弋给他的打火机，掀开了顶端的盖子，迅速地转动了打火轮。“滋嗞——”一股强电流从原本应该是棉芯的位置蹿了出来。

就在这时，那个被吴秦打退的骷髅贴着他身侧的舱壁逼了过来。干燥的骷髅本来是不导电的，但眼前这具骷髅浑身都有海水。它因此变成了一个爬行的导体。

吴秦看准时机，将闪着高压电的打火机，按在了骷髅的一只断手上。闪光的电流，像一条大蛇在骷髅身上爬行而过。骷髅被电得瞬间失去了平衡，“啪”的一声从舱壁上掉了下来，手脚朝天，挣扎了半天也爬不起来。它滑稽的样子惹得吴秦差点儿大笑起来。

但现在显然还不是放松的时候，又有两具骷髅贴着舱壁爬到了吴秦的两侧。吴秦用龙弋给的打火机利落的将其中一具骷髅电倒，然后又飞起一脚将另一具骷髅踢翻在地。只听“咯”的一声脆响，那具骷髅的头颅滚出去了老远。但它依然紧贴地面，不死心地向吴秦爬了过来。吴秦只得又赏了它一记电击，它才堪堪地横在地上，不再动了。

吴秦手握高科技武器尚且战得那么辛苦，龙弋手里只有一条皮带，情况就更危急了。

龙弋刚刚甩动皮带，把一具骷髅抽翻在地，又有一具骷髅从舱顶翻下来，扑向了他的胸口。龙弋毫不手软，手抠进骷髅的眼洞中，用力向旁一掰，骷髅头被他硬生生地扭了下来。龙弋眼睛也不眨一下，飞起一脚，把骷髅头狠狠地踢了出去。那颗骷髅头像被踢飞的足球一样，撞向了乔伊船长所在的位置，把趴在它身边的两具骷髅，打了下来，掉在了吴秦的脚边。吴秦没有多想，当即用打火机把它们收拾了。

这几下子，就像是在电脑游戏里打怪一样，真是大快人心。吴秦正准备趁热打铁，再收拾两具骷髅，他手中的打火机却没反应了。无论吴秦怎么转动打火轮，高压电都不会再出现了。

该死！没电了！咒骂间，吴秦身边已经聚集了三四具骷髅。吴秦空手和它们对抗了两分钟，便感到手脚发软，力不从心了。转头一看龙弋，他的情形比自己还糟。

刚才龙弋打掉乔伊舰长身边的两个小兵，惹怒了它。乔伊舰长悄悄地闪到了龙弋身后，双手离开了舱顶，身体慢慢地展开来，双脚倒挂在舱顶上，企图从背后偷袭龙弋。吴秦急得大叫了起来。可是已经来不及了。

乔伊舰长猛地用手肘勒住了龙弋的脖子。龙弋一直忙着对付地面上爬行的骷髅，没有防备。他一下子就失了重心，被乔伊舰长提了起来。

龙弋也不是吃素的，他大喝一身，腹肌用力，双脚竟然翻了过来，钩住了乔伊舰长的腰，想把它从舱顶扯下来。

就在这时，让人意想不到的事情发生了。只见乔伊舰长的身子一阵抽搐，口中竟然喷出了一股黑色的汁液。

不知道那是不是传说中的怨鬼之气。龙弋被黑色的汁液攻击后，突然腰间一松，双腿垂落下来，一动不动了。

吴秦急红了眼，立刻想跑过去救龙弋，但是他周围的骷髅已经围上来了。尽管吴秦打起精神一通拼杀，可蜂拥而来的骷髅总是杀不完，一拨才被打翻在地，又有一拨马上补位。这样下去，就算把吴秦累死，也到不了龙弋那里。

吴秦真想变成灵异小说里面的茅山道士，咬破手指画张血符，立刻就能扭转乾坤。但他偏偏是个什么都不会的凡夫俗子。吴秦强迫自己冷静下来，思考脱身的办法。可是脚下的船却像过山车一样，颠簸不停，让人无法思考。

透过舷窗往外看去，外面的海上，浪头大得就像一座又一座的山。幽灵船骑在风口浪尖上，就像在翻山越岭，无数的海水从外面灌进了船舱。地面上的水很快就没过了鞋底。

蓦地，一泼海水从舷窗灌进来，浇在了吴秦的身上。吴秦全身上下都湿透了。然而也就是这个时候，他想起了当初在平台上打捞课时，韩斐说过的一句话："海水是导电的！"

吴秦看了看手中的打火机，一个拼人品的计策划过了脑海。

吴秦打定主意后，再也不避让骷髅的攻击，只是一门心思地向前冲。很快，他就来到了船的中央。乔伊舰长抓着龙弋停在吴秦上方的舱顶上。七八具骷髅包围着他们。

站得近了，吴秦才发现，那些骷髅的胸腔内，原本是胃部的地方全都长着一张血腥的大嘴。嘴的四周有十条像是章鱼触手一样，带着吸盘的胡须。怪不得它们能够胸腹贴地，到处爬行，原来是因为那些胡须啊！此刻，骷髅胃部的怪嘴全都对着龙弋张开了。看起来，它们已经迫不及待地想把龙弋生吞活剥了。

情况危急，吴秦迅速从抽屉里摸出了那把转轮手枪，朝舱顶的骷髅砸了过去。

那些骷髅立刻被吴秦惹怒了，它们不再攻击龙弋，反而从舱顶爬了下来，准备攻击吴秦。

这时，船身又是一阵猛烈的晃动。更多的海水灌进了舱里。地上的水，已经与鞋面一样高了。这次晃动之后，久未动弹的龙弋稍稍恢复了一些知觉。但从他涣散的眼神来看，他已经彻底失去了战斗力。

吴秦用力一跃，抱住龙弋的双腿，用尽全身的力量把他从乔伊舰长手中夺了过来。然后吴秦扛着龙弋，跑到了书桌前，把他放在桌子上。随后，他自己也跳上了书桌。

此时，乔伊舰长已经带着它的骷髅军团把书桌团团围住了。吴秦和龙弋完全陷入了绝境，如果他的计划不成功，他和龙弋就彻底没戏了。所以，这是最后的一搏了。

吴秦深吸了一口气，拨开了打火机的盖子。地面上匍匐着十几具骷髅，它们胃部的怪嘴邪恶地一开一合，可怕的胡须伸向了吴秦。

吴秦的大拇指不停地转动打火轮。与此同时，地上的骷髅也在不停地往桌面上跳。很快，两具骷髅拽住了吴秦的小腿。吴秦已经顾不上和他们抗衡了。此刻，他所有的注意力都集中在了自己的右手拇指上！那只手一遍又一遍地重复着一个动作——转动打火轮！

蓦地，一条滑腻的胡须裹住了吴秦的手腕。吴秦狠狠地挣扎，但是胡须上的吸盘不放过他。终于，打火机被那条胡须夺走了。

不知道是心诚则灵，还是走狗屎运。就在这个时候，打火机中突然蹿出了一阵高压电流。抢走打火机的那具骷髅被电击中，从桌上掉了下去。它的身体一接触到被海水浸湿的地面，电流立刻扩散开来，形成了一张强力的电网，把所有骷髅都电得东倒西歪。

骷髅胃部的怪嘴受到刺激，一阵抽搐，相继从嘴中吐出了一滩滩黑色的液体。整个船舱就像被墨汁洗过一样，说不出的恶心。

一些黑色的汁液，飞溅起来，落到了吴秦的皮肤上，吴秦立刻感觉那块皮肤像涂上了强力的麻药一样失去了知觉。怪不得乔伊舰长对着龙弋吐了一口黑水，他就变成了死鱼。原来他是被麻痹了。

现在，黑水的效果过去了。龙弋的四肢又能动了。

他看见满舱倒地的骷髅，有些惊讶："这是你干的？"

吴秦难得当了一回救世主，必须嘚瑟一下。他故意站了起来，把头转到了四十五度角，以一种俯视众生的傲然口吻对龙弋说："举手之劳，不足挂齿！"

龙弋对吴秦的幽默完全无感，他好像什么也没看见似的，从桌子上跳了下来，走到了乔伊舰长被电烧焦的衣服面前，双手在它的胸膛里一掏，从里面抓出一条半个脸盆大小的白色章鱼来。

龙弋说，这种长相奇怪的章鱼学名叫作 Promachoteuthis Sulcus。海洋生物学家给它取了一个形象的昵称叫"人牙章鱼"。人牙章鱼生活在南大西洋 2000 米的深海里。自 2007 年被发现以来，人类只采集到了一只这种章鱼的样本。章鱼腹部看起来像是牙齿的东西，并不是真的牙齿，而是它们的嘴唇！它们锋利的喙状牙齿隐藏在嘴唇后面呢！

吴秦听得连连点头。怪不得那些骷髅能够三百六十度无死角地在船舱里爬行，胃部还长着一张怪嘴，原来是因为人牙章鱼寄居在它们的肚子里！

龙弋喃喃自语道："这附近并不是人牙章鱼的栖息地，它们怎么会成群的出现在这里呢？"

吴秦耸了耸肩，"从小到大，我的生物就没考及格过。你问我，我哪儿知道？"

龙弋知道吴秦不是个适合的谈话对象，便也不再说话了。两人休息了一会儿。龙弋拿走了书桌抽屉里的金币和信件，带着吴秦回到了甲板上。

彼时，天已经蒙蒙亮了。初升的太阳染艳了天空与海水。海天之间尽是一色的殷红，煞是好看。吴秦和龙弋刚走到前甲板，就听见了一阵吵闹的马达声。踏浪号踏着红色的海浪，出现在了两人的视线中。

两船接近后，杜长风和韩斐搭了一块木板过来。"丫把我急死了！我还以为你们要完蛋了！"

龙弋第一个跳上了踏浪号。他问起了关飞的情况。杜长风叹了一口气："没了！"

杜长风把龙弋拉到了踏浪号上，然后他又准备把吴秦也弄走。就在这时，一个大浪打来，脚下的幽灵船忽然一阵奇怪的晃动，又开始打横移动起来。两艘船倏然间就拉开了一段距离，搭在两船之间的木板掉进了海里。

韩斐赶紧抛了一根绳子过来。吴秦正把绳子往腰上系，一道黑色的暗影，仿佛一股黑色的海潮，裹着阴风，从他身后的浓雾中神不知鬼不觉地靠近了他。转眼间，暗影就杀到了吴秦的后方。吴秦有一种很不好的预感，好像有什么东西一直隐藏在浓雾之中，现在它要露脸了！

果然，吴秦刚刚感觉不妙，身后就传来了一阵沉重的脚步声，如同巨浪怒涛一般。

"踏踏——踏踏——踏踏——"

那东西离吴秦越来越近。吴秦背对着它，什么都看不见。但是从踏浪号上的三位小伙伴脸上惊恐的表情看来，那个"它"绝对不是什么好东西。

蓦地，一双湿漉漉，滑腻腻，指根有蹼的大掌从吴秦身后的浓雾中穿出来，一把擒住了他的肩。这双手吴秦见过啊！遇见老水手号的时候，它们用鱼线钓过死尸！

这是谁的手？吴秦深深地吸了一口气，鼓起勇气转身一看，只见他的身后赫然站着一个接近两米的怪物！它浑身上下的皮肤极度苍白、湿润，仿佛福尔马林里泡着的标本；浅银色的长发，垂到了脚踝，把它整个身体都盖住了；一只蓝色的狭长眼睛露在外面，目光凶恶，好像要把人生吞活剥一般。

怪物死死地拽住了吴秦，要把他拖进浓雾里。吴秦吓疯了，本能地挥拳朝怪物脸上招呼。怪物被攻了个出其不意，鼻孔里淌出了一团沥青一样的黑水。它霍地一下退到了一步开外，暂时不敢上前了。

吴秦抓住机会，拔腿冲向了踏浪号。不想他刚迈出一步，怪物就从浓雾中冲了出来。它的身躯仿佛一块千斤巨石，狠狠地撞向了吴秦。

吴秦猝不及防，被撞得眼冒金星，倒在了甲板上。他的手脚被怪物又硬又密的头发缠住了。不仅如此，他的喉咙也被怪物的头发缠了一圈。虽然吴秦还不至于死翘翘，却已经要窒息了。

正在十万火急的时候，只听见“嗖”的一声，一柄后端带着铁链的鱼梭从踏浪号上飞了过来。梭子插进了怪物的背脊，梭头深深地嵌进了它的肉里。就在同一个时间，韩斐果断地抄起一杆鱼竿，甩动鱼线，让鱼钩挂住了吴秦的裤带。吴秦的身体一下子就悬在了空中。

龙弋站在船舷边，双手死死地拉住了鱼梭末端的铁链，脸在雾中，若隐若现，“等会儿我数到三，就放电击它。韩大副会把握好时机，把你救出来！”

吴秦应了声是。龙弋开始数：“一！二——”

突然，一股紫色的电流从怪物身后的鱼梭里蹿了出来。强电化作了一张牢固的网，将怪物裹了个严实。怪物被电得身体不住地抽搐，所有的头发都直了起来。

吴秦也差点儿着了道。幸好韩斐反应快，在电流就要殃及吴秦的瞬间，拼尽了全力拉紧了钓线，“快跳过来！”韩斐冲吴秦大叫。

吴秦不敢怠慢，使出了吃奶的力气，借着韩斐最后一次拉扯鱼线的力量，飞身而起。怪物察觉到吴秦要逃跑，伸出了钢爪一样的长手，一把箍住了吴秦的脚踝。

吴秦感觉脚踝处像套了一副铅做的脚镣，又重又沉，完全无法动弹。可是他还在反抗。韩斐也在使劲拉鱼竿。他的半个身子都被吴秦拖出了船舷外，抓着鱼线的手臂上青筋暴起，但他的双脚却像石墩子一样，稳稳地扎在甲板上，毫不动摇。

激烈的对抗足足持续了半分钟之久。最终，怪物受不了龙弋的电击，抽搐了几下，倒在了地上。吴秦感到脚踝一松，身体霍地飞了起来。下一秒，他的身体划出了一道弧线，重重地落到了踏浪号的甲板上。

所有人都跑了过来，围成了一个圈，居高临下地看着吴秦。吴秦反手一摸，韩斐的鱼钩已经穿破他的裤子，插进了他的肉里。苏若水拿来了医药箱，替吴秦包扎伤口。

“不是说数到三吗？”吴秦冲龙弋发牢骚。

龙弋淡淡地瞥了吴秦一眼：“短路了。”

吴秦简直欲哭无泪，没想到龙弋这种万年安全阀也有不靠谱的时候！他在心里暗暗地吐槽了几句，注意力又回到了幽灵船上。

这时，海上的雾气已经散开了。幽灵船上的怪物终于露出了它的庐山真面目。

怪物的五官其实与人很像，但皮肤白得像纸，眼睛则蓝得像湖。它的手脚非常修长，手指和脚趾的末端，有蹼相连。

这怪物吴秦见过啊！记得小时候，吴秦曾经看过一本绘有各种海上精怪和未知生物的画册，这东西就在其中，名叫水猴子！

水猴子在中国叫作“水狮鬼”，日本叫“河童”，总之，各国各地对这种生物都有自己的叫法。

有水的地方，几乎都流传着水狮鬼的故事。据说，水狮鬼能通过水下的淤泥，穿梭于不同的水域。它们逮到落水的人就会将其拖入水底，用淤泥敷满他的七窍。等到受害者窒息死亡的时候，它们就会跑过来吸他的血。吴秦小时候就听姜华讲过一个关于水狮鬼的故事。

姜华小时候住在岷江边，有一年夏天，姜华和他的小伙伴小鱼儿和小虾米到江里游泳。小鱼儿先下水，他走到了浅水区，那里的江水还不到他的胸口。可是不知道为什么，他突然在水里剧烈地挣扎了起来。

岷江边长大的孩子个个的泳技都是一流。所以，姜华和小虾米还以为小鱼儿在开玩笑，没有下水救他，只是站在岸边指着他笑。

就在这时，水下忽然浮起了一个黑色的影子。小鱼儿仿佛被那个影子困住了一样，直往水里沉，挣扎了几下就再也没影儿了。

姜华和小虾米这才意识到事态的严重性，连忙跑回去，把这件事告诉了大人。小鱼儿的父母闻讯赶到，用尽了各种办法去找儿子，却什么也没找到。活不见人死不见尸。

一个世代生活在江边的老人知道情况后，让小鱼儿的父母杀了一条黑狗丢到江里。没过多久，小鱼儿的尸体就浮起来了。他的尸体上但凡有孔洞的地方，眼睛、鼻孔、耳朵、嘴巴，都被黑色的长发穿透了。整具尸体就像一个稻草人。

吴秦还记得讲完故事后，姜华说的话：“老人说这是水狮鬼拉人！黑狗血是专破煞气的，只有它的味道能把水狮鬼逼出来。”

就在吴秦胡思乱想的时候，老水手号在海浪的推波助澜下，漂向了远方。水狮鬼也清醒过来了，它一睁开眼睛，立刻龇牙咧嘴地冲众人发出“哈哈”的怪笑。

但是因为之前吃过亏，它只是咆哮，不敢再对任何人发动攻击了。

龙弋气定神闲地抬起右手，对着张牙舞爪水的狮鬼按了一下手表上的按钮。一枚大头钉一样的东西仿佛武侠电影里的夺命暗器，从龙弋的表中飞了出去，没入了水狮鬼的后颈。水狮鬼吃痛，一个猛子扎进了海里。

龙弋也不去追他，招呼围观的几个人："走！去驾驶舱！"

大家响应龙弋的号召，来到了驾驶舱。这时吴秦才知道，龙弋射向水狮鬼的不是暗器，而是微型跟踪器。有了这高科技的玩意儿，他们就能通过雷达找到水狮鬼的老巢了。

吴秦不解地问龙弋："我们不是来找山下奉文藏金的吗？绕道去水狮鬼的老巢干啥？"

龙弋没有答话，双眼紧紧地盯着雷达的显示器。一个红点如流星般在显示器上迅速地划动着。最终，它停在了自杀岛。

"看来我们得上岛走一趟了！"

第二十章　生死门

为了追踪水狮鬼的去向，龙弋带着吴秦、苏若水和林青蓝来到了自杀岛。杜长风和韩斐留守在踏浪号上。

因为听了太多关于自杀岛的传说，吴秦对这个诡异的小岛充满了好奇心。但当他真正深入这座小岛时，兴奋的心情渐渐变成了疑惑。

这是一个什么样的岛呢？它的面积大概有两千平方米，由一整块的火山岩构成，地势南高北低，南面有一座孤山，北面是海港，其余的地方都是茂密的树林和交错的河道。岛上耸立着十二座造型奇特的石屋，仿佛十二个孤独的水手，眺望着远方。

四人探索了其中的一间屋子。那里已经很久没有人居住了，可是屋子依然保存得很完好，屋内散落着少量房主当年用过的石制用具——几个磨制了一半的石头酒杯，一个架在火上的石锅。除此之外，石屋内空空如也。

传说中的猎头族并没有住进这些石屋。他们在遍布全岛的西谷椰子树的顶端，用藤条搭起了十来间面积大约有 20 平方米的树屋。这些树屋的屋架和地板固定在相邻的四棵西谷椰子树的树干上，屋顶是用折叠起来的西谷椰子树的树叶做的。屋子的墙壁、地板和隔板则是由树皮加固而成的。

四人沿着房子与地面之间的梯子，爬进了最大的一座树屋。房里安放着泥制的炉灶。地上有用厚厚的西谷椰子树叶铺成的床。屋子里挂满了装饰品：海鸥羽毛、用西谷椰子树的棘刺制作成的挂饰、鱼的骨架等等。

树屋里虽然没有人，但仍然保留着抹不去的生活痕迹，仿佛屋子里的猎头族消失的前一刻，还在洗衣、做饭、喂孩子。

"我读过一本叫作《鬼吹灯》的盗墓小说。书里讲过一个叫恶罗海城的地方，和这个岛很像！那座城市灯火通明，却一个人也没有。时间仿佛在那里凝固住了。主人公还在城里找到了一锅炖了上千年的牛肉呢！"

剧情总是惊人的相似。吴秦话音刚落，林青蓝就吸了一口气，说"我好像闻见了烤鱼的味道。"

听林青蓝这么一说，大家都像闻见了腊肠香味的猎狗一样，吸了吸鼻子。果然，空气中有一股诱人的烤鱼的香味。

"在隔壁屋！"龙弋说着，带头爬进了隔壁的树屋。屋子里的炉火上果然架着一条烤得外焦里嫩的蓝眼鱼。鱼肉还蒸腾着热气，喷香诱人。

"真是神了！书里的情节成真了！"吴秦一边感慨，一边将魔爪伸向了烤鱼，"这鱼能吃吗？"

"不能！"龙弋脱口而出。

"你怎么知道？"

龙弋不发一语地把鱼从炉火上拿了下来。然后他取出了随身的瑞士军刀，剖开了鱼腹。只见鱼腹中塞满了大量蓝紫色的鱼子。鱼子已经被火烤透了，勾引着众人的口水。

龙弋将烤鱼扔在了地上，擦了擦刀。"你们想知道我们船上的水手为什么会突然自杀吗？"

龙弋语出惊人，大家纷纷把目光投向了他，脸上无不露出了惊讶的神色。

龙弋把军刀收了起来，不疾不徐地说："这个秘密还得从我和吴秦发现的那艘幽灵船讲起。其实，我们并不是第一批发现它的人。早在2001年，它就出现过一次……"

2001年3月26日傍晚，探险家金世轩驾驶的帆船在距离自杀岛20海里的地方遇上了风暴。金世轩用水手绳把他的妻子和两个儿子串起来后，弃船逃生了。一家人在冰冷的海水中漂流了两个多小时，正绝望时，老水手号出现在了海平线上。

一家人上了船，却发现了这是一艘幽灵船。虽然大家都很害怕，但是比起在冰冷的海水中等死，他们还是决定待在幽灵船上等待救援。

折腾了一天，大家都饿了。然而，船上都是过期变质的食物，根本不能吃。不过金世轩是一位捕鱼好手，他从食品储藏舱捉了一些黑色的飞蛾当诱饵。没多久，就钓上来了好几条他从未见过的蓝眼鱼。

金世轩的妻子利用船上的炊具，把鱼烤了。一家人享受了一顿难得的美餐。吃饱喝足后，金世轩来到了舰长乔伊的舱房，阅读了他留下来的《航海日志》。

金世轩从日志里得知了澳大利亚海军在自杀岛上的恐怖遭遇。但他是个无神论者，根本不相信自杀岛真的有乔伊舰长描述得那么邪乎。他把《航海日志》扔到一边，回舱房睡觉了。

第二天清晨，金世轩醒来后，发现他们夜宿的舱门大开着，他的小儿子不见了。一家人找遍了船上的每一个角落，都没有发现小儿子的踪影。

金世轩的妻子莎莉伤心欲绝，整天滴水未进，以泪洗面。第二天，天亮前，莎莉迷迷糊糊的醒了，发现丈夫和大儿子也不见了。莎莉惊慌失措的冲出了船舱。她找遍了整艘船，也没有发现亲人的踪影。

最后莎莉来到了舰长室，看见了乔伊留下来的《航海日志》。亲人接二连三的神秘失踪，彻底摧垮了莎莉的精神。她相信了乔伊在《航海日志》上写下的每一句话。

"当莎莉被救起来的时候，她已经精神失常了，嘴里不断地重复着一句话：'佩德罗是一个被诅咒的岛屿，所有到过这里的人都会向撒旦手奉上自己的生命'！我们被诅咒了！我们被诅咒了！可惜莎莉只读了乔伊的《航海日志》，没有读他的家书。如果她能再仔细一些，也许就不会觉得自己被诅咒了。"

龙弋的故事勾起了所有人的好奇心。大家无不瞪大了眼睛，竖起了耳朵，听龙弋继续为他们揭秘。

只听龙弋说：“我仔细阅读过那些家书。其中有一封信大概是这么写的：‘士兵们从海里钓上来了很多我从来没有见过的蓝眼鱼，鱼肚子里多半有鱼卵。大家都说鱼卵的味道很鲜美，争着吃。你知道我不爱吃鱼卵，我想念你做的火腿芝士。’”

龙弋说到这里，众人的目光不约而同地望向了放在地上的蓝眼烤鱼，以及鱼腹中那些宛如葡萄粒一样的蓝紫色鱼卵。

“你们还记得踏浪号的船员集体自杀的那天，晚饭吃了什么吗？”苏若水问。

这么细节的事谁还记得？大家你看看我，我看看你，都没有答案。

苏若水也不卖关子：“我记得很清楚，其中有一道菜是清蒸鱼。我喜欢吃鱼卵，可我觉得那天的鱼卵不太正常，所以没有动筷。”

吴秦也想起了当天的情形：“可是我没有吃到鱼子啊！”

“可能厨房的人把鱼子挖出来，自己吃掉了。厨师开小灶是常有的事！”林青蓝说到这里，突然想起了什么，“你们等等！跳海自杀的那三名船员一个是厨子，一个是他的助手，还有一个是关飞。关飞每天都会去找厨子和他的助手打牌、喝酒。”

林青蓝说话的时候，苏若水把那条烤鱼仔细地研究了一番。最终她得出了一个结论：“这种蓝眼鱼的学名叫欧文小星鲽！我以前在圣巴巴拉读书的时候，看过一篇论文。一个海洋生物研究所曾经运用高速离心分析器，从欧文小星鲽的鱼卵中提取出了一种特殊的生化物质。它能够刺激人的神经系统，让人产生强烈的‘诱导性幻觉’。人食用鱼卵六到七小时后，会一步步走向美妙至极的幻觉世界。”

苏若水的补充揭露了自杀岛的真相。踏浪号和老水手号的船员，甚至是自杀岛上的食人族，恐怕都是吃了欧文小星鲽的鱼卵，产生了致命的幻觉，才跳海自杀了。

这么想来，乔伊舰长的描述也没有错。“佩德罗是一个被诅咒的岛屿，所有到过这里的人都会向撒旦奉上自己的生命。”只是谁也没有想到蛊惑人交出性命的撒旦竟然是欧文小星鲽的鱼卵。

“不过我有一个问题没想明白。”苏若水补充道，“欧文小星鲽是南大西洋特有的鱼类，数量极其稀少。它们怎么会成群的出现在这附近的海域呢？”

说起这件事，吴秦也觉得很奇怪，“我和船长在老水手号上遇到了一群人牙章鱼。这种章鱼也是生活在南大西洋的稀有物种。”吴秦说着用手肘拐了拐龙弋，示意他补充些什么。

龙弋没有接话。“现在不是操心这些的时候，我更担心的是谁在这里烤了这条鱼。”言罢，龙弋俯身从地上层层叠叠的西谷椰子树叶里捡起来一个弹壳，“看来我们有伙伴了！”

吴秦想起之前下水捞金，藏宝点被洗劫一空的事，突然产生了某种不妙的预感。他正想说些什么，屋外忽然传来了“哈哈”的一声诡笑。

“谁？”众人张口齐呼。

门外的家伙受到惊吓，撒腿就跑。大家抄起东西，紧追其后，来到了海岛最南端的一座大石屋。

石屋前面是悬崖，后面是一座孤山，内部结构与其余的石屋大致相似，只不过在石屋的最里面，多了一道石门。石门上有一个湿漉漉的手印。那手印比普通人的手掌大一圈，手指根部有蹼一样的粘连。

吴秦认出了那个手印，“是水狮鬼！莫非这里是它的老巢？”

其他人也和吴秦持有同样的观点，于是大家合力推开了厚重的石门。

石门后面是一段向下倾斜的秘道。林青蓝拿出了远射强光手电，往石门里照了照。光的终点，竟然照不见秘道的尽头，“这路究竟通向哪里啊？”

“进去看看就知道了。”龙弋带头走进了秘道，其他人也跟了上去。

因为不知道甬道里有没有机关，众人拉开了距离，走得缓慢又小心。随着他们一点点地深入甬道，黑暗渐渐吞噬了一切。大约走了150米，甬道到了尽头。龙弋停住了脚步，用手电往甬道一侧的墙壁上照了照。

当手电的光束扫过墙壁的左侧时，大家在墙壁上看见了一组石刻的画。石刻画没有用任何颜料着色，线条古朴而简洁，内容是难解的几何图案，还有DNA一样的螺旋图案。所有的图案串联在一起，组成了一张无限循环的三角状的网。

龙弋说：“这些画好像是居住在岛上石屋里的人刻下的。画上的图案似乎与天文或者数学有关。特别是那些几何图，很像早期人类的数学概念图。”

“可你怎么解释那张网呢？”苏若水问。

龙弋用手电自上而下地扫过那张网，口中喃喃道：“我好像在哪里见过这样的‘网’——”

就在龙弋和苏若水对话的同一时间，吴秦用手电扫过了面前的墙壁。忽然，他惊呼道：“你们快过来看！”

众人闻言而至，在吴秦面前的墙壁上看见了另一组石刻画。这些画不再是晦涩难懂的神秘图案，而是非常具体的壁画。壁画一共有十幅。

第一幅画画的是一个翱翔在太空中的不明飞行物。飞行物的形状，不像是常见的飞碟，倒像是一艘船。第二幅画描绘的是不明飞行物穿过一个到处都是闪电和旋风的洞穴的画面。第三幅画中，飞行物被一道闪电击中了，落进了海里，很多小人从飞行物的残骸中逃了出来。大部分的小人游向了海底，但有六个小人游向了陆地。第四幅画中，六个小人上了岸。岸上的人全都跪在地上，叩拜他们。第五幅画，刻的是小人与女子交媾。后面的几幅画都是生活场景——有的是在海上捕鱼的场景；有的是在石屋里饮食的场景；有的是采椰子、做手工的场景；还有的是欢歌曼舞的情景。在这组画中，上岸的小人们有了妻子、孩子。最后一幅画，最为奇异，画中的所有人都在投海，小人们站在岸上看着他们。

看完这组壁画，所有人都惊呆了。

吴秦喃喃道：“你们觉不觉得画中的小人很像我们在老水手号上遇到的水狮鬼？”

苏若水否定了他的提法。“水狮鬼这种生物是不是真实存在的，目前还没有定论。就算存在，也不是我们见到的那个生物。第一，水狮鬼是生活在池塘和江河里的，所以日本人才叫它们河童。第二，根据传说和资料的记载，水狮鬼的身高大约在 60 厘米至 1 米左右，体重只有 45 公斤左右，模样看起来像 3 岁至 10 岁的小孩儿或是猿猴。我们遇见的那个生物，身高超过了一米九，怎么会是水狮鬼呢？”

“那它是外星生物？”吴秦问道。

没有人能回答吴秦的问题。

众人沉默了片刻后，林青蓝提出了新的问题："画上那些投海的人，会不会也是误食了欧文小星鲽的鱼卵，跳海自杀了？"

"我看不然。"龙弋说着用手电扫过了甬道的顶部，没想到那上面也有石刻画。那是一幅巨大的画，画的主角是不明飞行物坠毁时，落进海里的幸存者。他们在海底尽情的畅游，嬉戏，就像生活在海中的鱼一样。

那些跳海的岛民，正在游向他们。

这下子，事情变得更加扑朔迷离了。

大家的好奇心被这幅古怪的画完全地勾引了出来。纷纷举起电筒照向了甬道顶端的壁画。就在手电光射向众人头顶的瞬间，有个影子"呼啦"一晃，闪进了黑暗的地方。吴秦急忙举起手电照了过去，只见先前被他误认成水狮鬼的那个不明生物正手脚并用地趴在天花板上，龇牙咧嘴地看着他们！它长长的头发仿佛无数的蜘蛛丝，垂在苏若水的身后。

苏若水正在用随身的相机拍摄甬道墙上的壁画，没有注意到自己的处境。吴秦大叫了一声："小心！"同时飞身扑向了苏若水。

不明生物被吴秦突如其来的举动吓了一跳，迅捷地攀着墙壁，爬向了远处的黑暗，瞬间就消失不见了。

此时，吴秦的身体已经横在空中了，苏若水没有闪躲，吴秦扑过去把她抱了个满怀，两人抱成一团，撞向了身后的墙壁。

只听见"轰隆"一声巨响，墙壁竟然被他们撞塌了！吴秦被撞得迷迷糊糊的，心里嘀咕他什么时候变得这么孔武有力了，简直就是《九品芝麻官》里穿墙的如花！

龙弋和林青蓝也很惊讶，不过他们不是因为吴秦变成了人肉拆墙机而惊讶，他们是因为看见了墙壁后面堆积成山的宝物而惊讶！没想到山下奉文的藏金竟然藏在这里！这真是苦苦求之而不得，得来全不费工夫。

吴秦把苏若水从地上拉了起来，关切地询问她有没有受伤。苏若水摇了摇头，看向了四周。他们撞开的是一个人工开凿的洞穴。洞穴并不大，只有二十来平方米。洞里堆满了无数的黄金珠宝，翡翠玛瑙，简直就像一个用财富堆积而成的垃圾场。

眼前的场景简直太不真实了。有很长一段时间，大家都一动不动地站着，好像他们正在观看一部寻宝电影。所有人都很兴奋，尤其是吴秦，迫不及待的想要冲进洞里去。龙弋一把拦住了他："等等！我先看看洞里有没有机关。"

龙弋说着，举着手电，照向了藏宝洞。众人这才发现洞中除了宝藏，还有十来具姿态各异的骷髅：有的坐着，像在休息；有的挂在树上，像在攀爬；有的头垂着，像在沉思；有的仰着头，像在打呵欠。

吴秦忍不住感叹："我们这一趟是闯进了白骨精的老窝吗？怎么到处是骷髅！水下有，船上有，到了这藏宝洞里，还是有！"

龙弋说："见到骷髅就说明我们找对地方了。"

"你什么意思？"

"金百合在所有的皇家藏宝点都设置了以骷髅为标志的防盗机关。骷髅既是山下奉文藏金的防盗利器，也是人们找到它的指路标识。"

龙弋举起手电扫过了洞穴的左侧，那里有一具奇怪的骷髅。骷髅的头颅大得异乎寻常，没有双腿，腹腔里还有一根奇怪的螺旋状的柱子。

龙弋站在一米开外，仔细地用探测器扫过了那个骷髅。当他把探测器的尖端放到骷髅腹部那根螺旋形的柱子上时，探测器立刻发出了"嘟嘟嘟"的警报声。

原来这竟是一具假骷髅！骷髅硕大的头颅里，装着一个威力极大，并且打开了保险栓的烈性炸弹。只要骷髅胸腔或腹腔的"骨头"一动，炸弹便会立即引爆。如果有人莽撞行事，肯定要着了道。

知道了假骷髅的真面目后，所有人都提高了警惕。大家侧着身子，小心地贴着离假骷髅最远的墙壁行走，这才安全地进入了藏宝洞。

随后，龙弋立刻撇下了众人，绕到了藏宝洞的另一侧。这里放着一口巨大的铁箱。打开箱子，里面全是颗粒饱满，个头儿巨大的珍珠。

吴秦激动地奔了过来，从箱子里捧起了一把把的珍珠，抛向了空中，就像在浴缸里抛起泡沫。

龙弋看也没看那些珍珠一眼，径自从铁箱子里取出了一个古朴、老旧的木盒子。盒子里空空如也，什么也没有，龙弋却将它视为了宝物。他从背包里取出一块锦布，把木盒仔细的包了起来，用绳索系紧了，小心翼翼地放进了随身的背包。

吴秦有些纳闷，“放着满箱的好东西，你不要，把个空盒子当宝贝？”

“这不是普通的盒子。”

“那是什么？”

龙弋没有答话。吴秦讨了个没趣，把注意力又放回了珍珠上。

这时，苏若水走了过来，从箱子里取出了一幅装在黄金画框里的油画。油画是一个年轻男人的半身肖像，他长得很瘦，留着平头，穿着日本军装，肩上横着礼带，胸口戴着硕大的军功章，表情严肃。

“这不会是山下奉文吧？”

苏若水摇头：“这是在二战期间执政的日本第124代天皇裕仁天皇。”

吴秦“哦”了一声，正想说什么，林青蓝忽然在他们身后叫道：“你们快过来！”

众人立刻围到了林青蓝身边。只见林青蓝面前的墙壁上有两扇一模一样的铁门。每扇门上都用红色的油漆画了一个骷髅头，骷髅头下面有两根呈十字形交叉的骨头，再下面是一排日文，文字的意思是“生死门”。

龙弋说：“‘十字骨’和‘生死门’是皇家藏宝点中的标志性机关，它往往指向了出入口的位置。”

“哪扇是生门？哪扇是死门？”林青蓝问。

龙弋没有立刻作答。他仔细的观察了一圈，目光落在了生死门对面的白色墙壁上。只见墙角的地方靠坐着三具手臂交叉成了十字形的骷髅。

龙弋走到骷髅面前，取出背包中的水平经纬仪，仔细地量了量每一个骷髅手臂指着的经纬度。完事之后，他说：“第三具骷髅的手臂指向了东京！东京是天皇所在的地方。日本军人一生都以效忠天皇为荣。对他们来说，天皇所在的地方，就是他们的永生之地。左边的那扇门和东京在同一个方向上。”

众人按照龙弋的说法，走向了左边的铁门。吴秦和林青蓝正欲推开铁门，龙弋忽然想起了什么，大喝了一声：“不对，不是这里！”

吴秦和林青蓝吓了一跳，各自往后退了一大步。不过铁门已经被他们推开了一条缝。

一阵淡紫色的烟雾从铁门后面冒了出来，想来是日本人当年施放的毒气。好在年深日久，门后的毒气已经挥发的差不多了，其分量再也不足以置人于死地了。吴秦不小心吸入了一些毒气，有点儿恶心。

他在原地站了片刻，缓了口气。就在这时，一道黄澄澄的光晃过了吴秦的眼睛。有一两秒的时间，吴秦的双眼因为那道强光出现了短暂的失明。他恢复视力后往光源的方向一看，发现死门后面竟然还有一扇铁门。铁门开着一条缝儿，后面堆满了闪闪发亮的金砖。吴秦从来没见过那么多的金砖！他好像被鬼迷了心窍，本能地走了过去。

苏若水一把拉住了他："小心！"

吴秦猛地顿住了，他的脚不小心踢到了地上的一个骷髅头，骷髅头"咕噜咕噜"地滚向了生死门。它刚越过门边，就堪堪地坠入了门下方那条黑红色的液体河。顿时，河中气泡升腾，刺鼻的气味阵阵飘来。骷髅头仿佛掉进了化尸水一样，与河水发生了剧烈的化学反应。

反应产生的味道可比刚刚的紫色毒气猛多了，吴秦差点儿被呛得背过气去。他赶紧捂住了口鼻，却免不了还是一阵猛咳。待他缓过神来，河中的骷髅头已经化得没影了。

吴秦捡回了一条小命，激动地握住了苏若水的手，"救命之恩，无以为报，只能以身相许了！"说着吴秦就要给苏若水一个熊抱。

苏若水一个闪身，躲开了。"财迷心窍扣一分！色迷心窍再扣一分！"

吴秦一听他在苏若水的打分表上就快要被扣成零分了，赶紧举起双手，做投降状："你别再扣了！最少给我留一分啊！"

苏若水白了吴秦一眼，走向了驻足于液体河旁边的龙弋，"这些液体是？"

"铬酸洗液。"①

苏若水左右看了看，发现脚下的铬酸河，非常长。从他们站立的位置往两边看去，竟然看不到头尾。"日本人的机关变化多端，我们真要小心一点儿了。"

---

① 铬酸洗液是用重铬酸钾和浓硫酸配制而成的，用于清理钢材的溶液，具有极强的腐蚀性，可以化骨溶肉。

龙弋点了点头，“刚才是我疏忽了。骷髅的手臂指向的并不是生门的位置，而是——”

“门上的骷髅！”吴秦抢在龙弋前面说。

“你怎么知道？”林青蓝问吴秦。

“是一种感觉！没法解释！你要是游戏打多了，也会知道的！再说了，日本可是游戏大国！套路都是一样的嘛！”

林青蓝露出了一副不相信吴秦的表情。

“地上摆的骷髅是骷髅！门上画的骷髅就不是骷髅了吗？相信我啦！”吴秦指着龙弋测量过的，手臂交叉成了十字形的那排骷髅说，“这些骷髅的数量是三，生死门上画的骷髅数量是二。这并不是巧合吧？”

“你的意思这是在计数？”

“对！”吴秦转向了龙弋，“你再测一测，左边那扇门上画的十字形骨头！”

龙弋依言，以死门上所绘的十字形骨头为参照物，测出了东京的位置。众人沿着龙弋测出的方向看过去，在地上发现了一组交叠成了“十”字的人臂骨。龙弋如法炮制，第三次找到了东京的位置。没想到那里竟然是吴秦和苏若水不小心撞塌的那面墙！

“不是吧？”吴秦满以为他破解了生死门之谜，可以在林青蓝面前证明自己了。没想到他的如意算盘打空了。

龙弋走向了坍塌的墙壁。墙上的洞仿佛一张巨嘴，大大地敞开着。龙弋拿起被撞坏的砖块仔细地查看了一番，对吴秦说：“你的判断没有错！这面墙就是生门！你们看看这些砖。”

众人凑过来一看。只见那些被撞坏的砖脆得像饼干一样，用手轻轻一掰，立刻就断成了两截儿。吴秦恍然大悟，“我就说，我怎么突然变成推土机了！”

龙弋说：“我们不是从大门进入这间藏宝洞的，而是从后门。所以我们忽略了一件事。正常情况下，人都是从大门进出这个藏宝洞的。可如果有一个人从大门进来，却想从后门溜出去，他是来干什么的？”

龙弋一语惊醒梦中人。林青蓝和吴秦异口同声地说：“偷东西！”

“或者逃命。”苏若水补充道。

龙弋点点头，“古代为达官显贵修筑陵墓的工匠，知道陵墓建成后，雇主很可能会把自己坑杀在墓中。于是，会在修建陵墓的过程中，偷偷给自己留一条秘密通道。以便日后逃生和回到墓中取宝贝。人性都是一样的，修建这个藏宝点的工匠一定也打过同样的主意。”

“所以才有了这面饼干墙？”吴秦调侃龙弋，“你不看盗墓小说。却知道这么多倒斗的事。难不成祖上有人是摸金校尉？”

龙弋淡淡道：“我的祖上是海盗！”

吴秦默默地竖起了大拇指。

林青蓝听吴秦和龙弋聊起了家常，有些不耐烦了，“请你们讲重点！现在的重点是，我们是原路折返，叫人来搬东西，还是找到入口，继续往下探？”

大家商议了一番，决定继续往下深入。可是问题来了，入口在哪里？众人疑惑地看向了两扇生死门，一时无法抉择。

“二选一。排除一个错误的选项，剩下的一个自然是正确选项。”吴秦说。

“你确定是二选一？万一都不对呢？”

“那你告诉我，哪里还有第三扇门？”

就在吴秦和林青蓝争论的时候，苏若水把龙弋带到了放有珍珠和裕仁画像的铁箱面前，低声对龙弋说了些什么。龙弋听得连连点头。

随后，龙弋从铁箱出发，沿着墙壁走了一圈。他每走到一组十字形人骨面前，都会把骷髅的臂骨逐一测量一遍，选出指着东京的那组人臂骨，轻轻踩踏它指着的地面。如此往复了几次，龙弋指着藏宝洞中央的某个位置说：“是这里。”

苏若水把装着珍珠的铁箱清空了，只留下了天皇的画像。然后她招呼吴秦和林青蓝把装着画像的铁箱搬到了龙弋指定的位置。

吴秦刚刚把铁箱放在地上，就听见“咔嚓”一声，铁箱下的砖头忽然下陷了一截儿。与此同时，那扇有铬酸河的生死门中传来了一阵“轰隆”的巨响。三个方形的柱台从河水中升了起来。柱台形成了一条小径，连通了生死门和它后面的铁门。

“你简直是个天才！”吴秦由衷地夸奖苏若水，“你怎么知道天皇的画像是个机关？”

“不过是女人的直觉罢了。画像不挂在墙上，却装在箱子里，不觉得奇怪吗？”苏若水说着，把铁箱合上了。众人这才注意到箱盖上雕刻着一朵绽放的菊花。

“日本现在的王朝，叫作菊花王朝。从公元前660年至今，已经传了125代，是世界上统治时间最长的王朝。菊花是日本皇室的家徽。天皇的宝座‘高御座’又被称为菊花宝座。天皇举行登基大典时就会坐在上边。如果我们把画像想象成天皇本人，这口雕刻着菊花的箱子就是——”

“高御座！”吴秦脱口而出。

苏若水点了点头，“船长说过，天皇所在的地方就是日本军人的永生之地。”

找准入口后，众人不再耽搁，踏过升起来的柱台，走向了那扇虚掩的铁门。铁门的后面是一间巨大的储藏库，库里有两座比吴秦还高的金条山。黄金发出来的耀眼光芒，比太阳的光辉还要灿烂，真真切切的可以亮瞎人眼。

大家很快走到了储藏库的尽头，这里有一扇紧闭的大铁门。铁门虽然没有上锁，但是看起来又厚又重，而且经年没有开合，轴承全都锈了。

众人都以为铁门一定很沉重，所以推门的时候异常用力。没想到这门挺轻的。四人用上了吃奶的力气推门，全是徒劳了。门开的瞬间，他们在惯性的作用下，踉跄着往前跌了出去，掉进了一间堆满了实验设备的仓库。

第二十一章 429 御研究所

整间仓库大概有两百平方米，采用了防渗水的构造，四面墙都密封得很好，屋顶也很高。墙上安装着一圈应急灯和一条条的管线。仓库里堆满了各种奇形怪状的实验仪器。所有的东西都用红色的油漆写着编号。仓库一角的架子上挂着一排排的防护服。

四人走到了仓库的最左侧。墙壁上挂着一个相框，相框里装着裕仁天皇的照片，照片和众人在藏宝点发现的那幅油画是一样的。看来油画是根据相框中的照片画成的。相框的旁边有一张地图，地图上除了进出口、通道、仓库、兵舍、发电所等基础设施外，全是实验室和培养室。龙弋翻译了地图的标题。原来，他们闯入的这个地方叫“429 海洋生物御研究所”。

眼前的一切，让吴秦想起了臭名昭著的 731 部队。吴秦把他的联想说了出来。

龙弋道：“其实不止 731 部队，日本在二战期间修建的秘密研究所还有很多。仅日本陆军兵器行政本部下属就有 10 个。其中最有名的是建在神奈川的，专门研究见不得人的非常规武器的陆军第九技术研究所。”

龙弋顿了顿，举例说：“日本走向战败的最后两年，在福岛、千叶和茨城等地施放的九千多个气球炸弹就是第九技术研究所的成果。其中的一千多个到达了美国。引发了美国的多起山火，造成了相当数量的人员伤亡；还有日本人从 1938

年开始，秘密投放到上海的总额约40亿到50亿日元的假币。这些假币造成了中华民国货币的大规模贬值，加剧了当时的经济混乱；1941年日军在湖南常德的桃源县投放了一批枯叶剂，给当地谷物生产造成了巨大的打击。这也是第九技术研究所的杰作。”

日军为了赢得二战的胜利，也是突破了人类智商的极限。幸好他们没有得逞，否则电影和电视剧里的世界末日，就要到来了。

“不知道这间429御研究所是研究什么的？”吴秦问。

“429……”苏若水小声地嘟囔，“这是裕仁天皇的生日啊！”

“你怎么记得那么清楚？”

“抛开政治罪行不说，裕仁天皇是一位令人敬仰的海洋生物学家。”

裕仁出生于1901年4月29日，祖父是明治天皇，父亲是大正天皇。6岁时，裕仁进入了皇室学习院，拜在有“肉弹将军”之称的乃木希典陆军大将门下。乃木倾尽全力，将这个被军国主义思想奴役的国家的准皇储培养成了一个质实刚健的尚武之辈。

1912年7月30日，明治天皇崩御。大葬两日后，乃木与妻子在赤坂的家中双双自裁，为天皇殉葬了。祖父的去世和严师的自裁，让年幼的裕仁悲恸欲绝。他把满腔的孤寂寄托在了生物学研究上。这项研究和战争一样，伴随了裕仁一生。

“裕仁天皇一生发现了200余种动植物，其中包括了十几种新的水螅虫。他写的《水母的书》《相模湾产后鳃类图谱》《那须植物志》和《相模湾产水螅虫类》都具有很高的学术价值。我以前在美国读书的时候，读过那些书。”

龙弋和林青蓝没有参与吴秦和苏若水的谈话，他们埋头把房间西南角的工作台上的图纸读了一遍。

“我们之前不是讨论过人牙章鱼和欧文小星鲽为什么会成批的出现在这里吗？现在有答案了。”

龙弋把手中的图纸拿了过来。只见图纸上画着一些奇形怪状的海洋生物，其中不仅有欧文小星鲽和人牙章鱼，还有一些只有在科幻小说里才会出现的生物，比如有卡车那么大的海葵和比人还高的蜘蛛蟹……每一种海洋生物的右侧空白处，都有一段文字，描绘了这种生物的捕捞地点、捕捞人以及培育方向。

苏若水看见那沓图纸，脸上露出了惊异的神情，“这些都是各大洋的珍惜物种啊！简直太齐全了！”

“韩大副从那智号上打捞起了一个保险箱。潮爷破解了保险箱里的机密文件。文件不仅提到了佩德罗的藏金，还提到这笔宝藏会用在支持某项‘不可言说’的伟业上。一直以来，我和潮爷都以为所谓不可言说的伟业是指日本在二战中获胜，和法西斯盟国三分世界。现在看来，是我们误解了。”

龙弋把目光投向了仓库后面，那间堆满了黄金的储藏室。“举全国之力从海里捕捞珍稀生物，再把它们送进实验室，进行秘密的研究。这才是那项不可言说的伟业。”

龙弋说话的时候，苏若水轻轻挪动了墙壁上裕仁天皇的画像。只听见“轰”——的一声巨响，林青蓝身后的墙壁，从两边分开了。墙壁后面的秘密实验室露出了它的庐山真面目。

吴秦一脸惊讶地看着苏若水，“你简直开挂了！这次你又是怎么识破机关的？”

“按照地图上的比例尺，我们所处的这间仓库面积是300平方米。可是我们看见的部分只有两百多平方米。所以我推断，这里应该有一间隐藏的密室。至于画像的事——”苏若水轻笑，“我只是看它挂歪了，想把它扶正。”

吴秦和苏若水对话的时候，林青蓝和龙弋来到了密室门口。

密室将近有80平方米，墙壁、屋顶和地板都被漆成了白色。密室左右两侧的墙壁前各自放置着五个两米来高的圆柱形玻璃培养缸。缸里装着淡蓝色的培养液。除了离门最近的培养缸是空的，其它的缸子里各自都有一个面目狰狞的人形怪物。

他们的样子和众人在老水手号上遇到的不明生物很相像，但又不完全相同。有的怪物手指和脚趾上的蹼完全粘连在一起，打不开；有的怪物身上有鱼鳞一样的硬痂；还有的怪物双脚分不开，仿佛一条鱼尾巴……每个怪物的脑部都罩着一个头盔，头盔上的细管插入了怪物的脑颅。

这些怪物也是日本人的杰作吗?

大家带着这个疑问，走进了密室。

密室的温度比外面低了很多，大概只有十度不到。苏若水常年生活在热带，很怕冷。吴秦见她冷得瑟瑟发抖，伸手轻轻揽住了她。苏若水不放心地睨了他一眼。吴秦耸了耸肩，“放心，我不吃冻豆腐！”

苏若水的脸上露出了“我才不相信”的表情，但她没有推开吴秦。

吴秦软玉温香在怀，嘴角愉悦地扬了起来，幻想着他和苏若水此刻不是在一间诡异的研究室里探秘，而是在一片白雪皑皑的森林中散步，浪漫又惬意。“话说我这么绅士，你能不能把刚才扣掉的分，给我加回来?”

苏若水被冻得牙齿打架，一句完整的话也说不出来。

吴秦趁机道：“我就当你默认了。”

说话间，众人走到了密室的尽头。这里有一间实验室，室内的温度比外面要高几度，房间正中央有一个巨大的医疗台。

医疗台上躺着一具干瘪、丑陋的男尸。尸体的脖子上戴着一条西谷椰子壳磨制成的项链。地上还有一个用西谷椰子树的树皮做成的宝贝套。苏若水见到眼前的一切，大吃了一惊，“我更正我之前的推测。欧文小星鲽是日本人带到这座岛上的。猎头族不可能是因为误食了它们的鱼卵毙命的。他们是被带进了这间研究所。”

苏若水的补充，彻底破解了自杀岛上所有的消失之谜。生活在自杀岛的猎头族，被带进了岛上的秘密研究所，所以他们消失了；被澳大利亚海军追击的日本逃兵，躲进了这座秘密研究所，他们也消失了；返航的澳大利亚海军误食了研究所培育出来的欧文小星鲽的鱼卵，产生了幻觉，跳海自杀了。外人看来，他们同样像是消失了。

所有的秘密都解开了，宝藏也找到了。大家再也不愿意在这间冰冷瘆人的实验实里多待了。苏若水把密室里的情形拍了下来。然后，大家开始往回走。

离开密室前，林青蓝拨打了卫星电话，想让韩斐派人来搬宝藏。可是电话一直打不通，话筒里总是不住的传出“吱吱”的杂音。

"会不会是信号不好？"吴秦说，"要不我们出去再打？"

林青蓝神色异常，摇头道："不是信号，而是电磁干扰。这附近似乎有一个很强的磁场。"林青蓝说着，给吴秦和苏若水看了她的手表。她手表上的指南针，像吃了摇头丸一样不住的左右乱晃，根本无法再指北了。

"让我试试。"吴秦不甘心地拿过了卫星电话，按下了拨号键。听筒里先是传来了一阵"吱吱"的噪声，紧接着竟然响起了一首沉郁而悲壮的日语歌。

吴秦一愣，"斐哥什么时候换铃声——"

突然，吴秦反应过来他打的是卫星电话，并没有彩铃！那诡异的歌声也不是从电话里传出来的，而是响彻在众人所处的密室里！

伴随着那悠远、低沉的歌声，培养缸里的蓝色培养液全都沸腾了起来，无数的泡泡从缸底肆无忌惮地蹿了起来。

很快，那幽怨的歌就唱到了尾声。余音消亡的瞬间，培养缸里的人形怪齐刷刷地睁开了眼睛！他们诡异的目光，仿佛冰冷的刀剑，刺透玻璃罩子，森寒地杀向了培养缸外面的猎海人！

变故来得太突然，所有人都石化了。就在这时，一首更加激昂、高亢的军歌响了起来。培养缸里的人形怪在歌声的刺激下全都躁动了起来，没命地用身体撞击培养缸。

"咚咚——咚咚——咚咚——"

吴秦的心随着那猛烈的撞击声狂跳起来，它就要冲出胸膛了。

"咚咚——咚咚——咚咚——"

苏若水也被吓蒙了，一脸菜色地愣在原地，忘记了动弹。

"咚咚——咚咚——咚咚——"

林青蓝摆出了一副迎战的姿势。

只有龙弋临危不乱地喊了一声："快走！"

可是已经来不及了。只听见"咣当"一声巨响，一个人形怪砸碎了苏若水左侧的培养缸。蓝色的培养液"哗哗"地倾倒了出来。缸里的人形怪随着泻出的液体落到了地上。

这是那个双脚连在一起的人形怪。它无法站立，只能双手着地，奋力地爬向了离它最近的苏若水。人形怪嘴巴大张着，做出了一副愤怒嘶喊的样子。可是在场的人并没有听见任何声音。

“它是哑巴？”

苏若水摇头，“人耳只能听见20到2万赫兹的声音。可是有的海洋生物，比如海豚，能发出大于2万赫兹的超声；还有的动物能发出小于20赫兹的次声，比如鲸。我们听不见它们的声音，并不代表它们没出声！”

苏若水说的没错。被困在培养缸里的那些人形怪听到同伴重获自由的喜悦呼喊后，更加玩儿命地撞向了困住它们的玻璃壁。

“咣——咣——”

“哗——哗——”

又有一个培养缸碎裂了，紧接着是第二个，第三个……很快，所有的人形怪都打破了困住它们的培养缸，获得了自由。从缸中脱出来的人形怪，被囚禁了数十年，终于重获了自由，兴奋得仰起了脸，欢快地叫着。它们宣泄完，立刻像一群贪婪的猎食者，把众猎海人困在了中间。

众人无路可跑，只有应战了。吴秦拿出了腰间的M10军刀；苏若水和林青蓝也祭出了腰间的枪；龙弋从身后的背包里拿出了那枚会放电的鱼梭。武装完毕，四人背靠着背，紧紧地挨在了一起。与此同时，那些人形怪也缩小了包围圈。

“怎么打？”吴秦问。

打架是林青蓝的专长。她思考了两秒，做出了指示：“我和船长在中间主力攻击。你顶在我们前面近战，掩护我们。若水在我们身后，解决远患！”

所有人都没有异议。于是大家迅速调整了阵型，一边按林青蓝说的组织攻防，一边朝门的方向缓步行进了三四米。

那个手指和脚趾无法分开的人形怪见他们要逃，龇牙咧嘴地蹦了起来，狂暴地扑向了离它最近的吴秦。人形怪的速度快得像一道闪电，等吴秦反应过来，它已经杀到了近前，狠狠地在吴秦的左臂上咬了一口。

人形怪的尖牙简直就像锋利的钢刀，削肉蚀骨，毫不留情。吴秦被咬得怒从胸中起，挥舞手中的M10，照着人形怪的后脑勺儿手起刀落。吴秦在平台练过，招式比一般人凶狠多了。但人形怪的后脑勺儿上好像长了眼睛一样，在吴秦的匕首离它还有一寸的时候，灵巧地把脑袋一歪，轻松地躲过了吴秦的攻击，简直像个武林高手。

吴秦一击失败，马上把刀一横，朝着人形怪的脖子平扫而去。人形怪不疾不徐地一低头，再次躲过了吴秦的进攻。就在吴秦准备把军刀抽回来继续再刺的时候，人形怪忽然一咧嘴，用钢爪似的双手死死地钳住了吴秦的双臂，往外一翻。吴秦的手腕差点儿要被它扭断了。他难忍剧痛，手中的M10“啷”的一声掉到了地上。“我的手！”

吴秦正痛不欲生，耳边忽然传来了“砰”的一声枪响。紧接着，一枚子弹深深地嵌入了人形怪的左肩。蓝色的血液从人形怪的伤口喷了出来，溅了吴秦一脸。人形怪痛不欲生，嚎叫着松开了吴秦，向打出子弹的林青蓝扑了过去。

林青蓝果断地把第二发子弹推上了膛，摆出了开枪的姿势。就在这时，她的左右两侧各自蹿出了一高一矮两个人形怪。林青蓝被三面夹击，陷入了前所未有的危机。

同伴们当然不会对林青蓝坐视不理。龙弋解决了视线范围内的一个人形怪后，没有片刻停顿，举起手中的鱼梭，果断地击向了林青蓝左侧的高大人形怪。带电的鱼梭，仿佛宙斯的闪电叉，直直地飞向了人形怪的胸口。

人形怪再次显露了它们绝世高手的潜质，身子往后一倒，折成了一个反弓形，巧妙地让开了带电的梭头。龙弋是个脑子灵光的主儿，他随机应变地关闭了鱼梭上的强电流，同时抓住梭头后方的链条，绕着人形怪转了一圈，把它绑结实了。然后他再重启鱼梭的电源，强电流卷土重来。人形怪完全没有招架之力，抽搐着倒在地上，再也不动了。

就在龙弋英雄救美的同时，吴秦也出手了，他抡起手中的M10朝着对面的秃顶人形怪劈头就是一刀。吴秦的对手早有防备，往旁边一跃，正好落在了苏若水和她的对手中间。彼时，苏若水刚好一枪打中了她面前那个矮小人形怪的左眼。后者痛苦地倒在了地上，发出了无声的惨叫。

吴秦的对手被同伴的惨叫声刺激到了，它再也不躲避了，向前猛冲一步，高高地跃起，扑向了苏若水。

苏若水没有防备，眼看就要着了道儿。好在吴秦及时赶到，以肉身化作护盾，为苏若水挡下了这次攻击。

人形怪笨重的身体像一个大沙袋，狠狠地撞在了吴秦身上。吴秦被撞得眼冒金星，痛叫着倒在了地上，手中的刀“咣啷”一声飞了出去。

林青蓝见状，一个翻滚，来到了吴秦身边。她迅捷地拾起了吴秦掉落的M10，看准机会，打横一削。人形怪身子后仰，作势要躲闪。林青蓝早料到对手会来这一手，一个屈膝，把它向上顶了起来。

龙弋默契地送出了一记闪电鱼梭，人形怪的脸正正地撞上了带电的梭头。只听见“噼里啪啦”的一阵电流声，人形怪的脸立时被烧成了一团黑乎乎的炭。人形怪受了重伤，先是蹿起一米来高，张嘴怪叫，继而倒在地上捂着脸打起滚来。

伙伴们通力合作，一下子就解决掉了四个人形怪，还有六个人形怪挡在他们逃生的道路上。经过之前的战斗，众人形怪对吴秦一伙人产生了忌惮。它们虽然还在张牙舞爪地向吴秦他们示威，却不敢轻举妄动了。

形势一片大好。吴秦等人正准备一鼓作气，突围出去。苏若水忽然脚下一软，走路东倒西歪的，像是晕车了。

吴秦一把扶住了她，关切地问：“你怎么了？”

苏若水表情痛苦的用手扶住了头，“我突然感到有些头晕、恶心。无法站立，好像丧失了平衡能力。”

苏若水这么一说，林青蓝也感觉自己有些不对劲，脚下踉踉跄跄的，仿佛喝醉了。吴秦的头也隐隐地疼了起来，胃里翻江倒海的，阵阵作呕。龙弋也出现了类似的症状。

苏若水像一颗泄了气的皮球，瘪在了地上。“这些人形生物发出的叫声大概是某种功率强大的次声波吧。外来的次声频率如果与人体内脏的振动频率相似或相同，就会引起内脏的‘共振’，引发头晕、耳鸣、恶心一类的症状。”

诚如苏若水所言，吴秦他们虽然听不见人形怪的叫声，但那无声的喊叫就快要杀死人了。吴秦身上的不适感越来越严重，龙弋和林青蓝也好不到哪里去。苏若水是四人中间受影响最大的，她已经产生了呕吐不止的症状，呼吸也变得有些困难了。

“烦死了！它们要怎么才肯闭嘴？”吴秦不耐烦地说。次声波不仅让他的身体产生了不适的感觉，还让他的心情变得越来越烦躁，越来越暴戾，简直想杀人。

那些人形怪根本不知道自己发出来的次声波有那么大的杀伤力。它们最初看见吴秦一伙儿出现异样，还有些怀疑，只敢试探性地收拢包围圈，一点点地靠近他们。后来，人形怪确定对手已经失去了战斗力，这才大起胆子，逼到了他们面前，作势要把他们生吞活剥。

就在这生死存亡的时刻，实验室里忽然传来了“砰砰砰”一串枪响。下一秒，围住吴秦一伙儿的人形怪仿佛被砍倒的大树一样，栽在了地上，失去了生命。蓝色的血液飞溅而出，喷洒在地板上，仿佛一朵朵为死亡绽开的花。

吴秦迷迷糊糊地坐直了身子，看向了把他们从死神手中抢回来的大英雄。其中一个人皮肤黝黑，身材精瘦，打扮得流里流气的，头上还包着一块骚气的红色头巾。另一人是留着及肩银发的干瘪小老头儿——竟然是乔治和山本！

他们身后簇拥着十来名海盗，为首的四名海盗看护着一辆手推车。车上放着那台在乱流湾出现过的，长得像巨型悠悠球一样的声波干扰器。干扰器一边像老式唱片机一样转动着，一边播放着灵异的日本军歌。吴秦瞬间搞明白了人形怪发疯的原因，可惜已经晚了。

“哟嚯，都还活着呢？”乔治笑着挥了挥手。一队荷枪实弹的海盗从他身后鱼贯而入，把吴秦和他的同伴绑结实了。

第二十二章　海上黑鹰

乔治和他的手下把一干俘虏押回了踏浪号。和吴秦预想的一样，踏浪号已经被海盗们占领了，所有的船员都沦为了阶下囚。

吴秦、苏若水和林青蓝被海盗们押到了水手舱，与杜长风关在一起。韩斐和龙弋被乔治带走了。

吴秦询问起海盗劫船的经过。杜长风说："你们走后大概半个小时，我正在房间里看书，突然听见外面传来了嗒嗒嗒的声音。我刚开始还以为是下暴雨了。结果没过几秒，就听见有人喊：'海盗来了！'船上的警报也响了起来。我跑到外面一看，海面上停了两艘快艇，艇上各有五六名手持 AK-47 的海盗，对着踏浪号一通扫射。借着枪火的掩护，他们靠近了踏浪号——"

林青蓝打断了杜长风："船上不是有监控吗？怎么值班的船员没有发出预警？"

"事后细想，这的确很不寻常。可是当时事出紧急，我们没有注意到这个疑点。斐哥让船员们躲进了安全舱，自己带着防务队的水手在铁丝网的掩护下，向意图登船的海盗喷射高压水柱。海盗船很快被打退了。我们以为这一拨儿防卫成功了，没想到'螳螂捕蝉，黄雀在后'。早在海盗的小艇进入我们的视线范围前，另一队，大约六七名海盗，就用抛缆枪挂住了船舷，从靠岸的一侧悄悄爬进了船。

他们杀了监控室的值班船员，擒住了斐哥，占领了包括驾驶室、轮机室、货仓在内的几处要害。我和轮机长，还有七名船员退进了安全舱。我正准备用舱里的求救设备发射信号，安全舱的门忽然被一枚火箭弹轰开了！铁门倒了下来，压死了一名船员。轮机长想趁机偷袭带队的海盗，却被他的同伙擒住了。海盗们打断了轮机长的手脚，把他关进了冷冻室！”杜长风一脸的悔恨自责，“是我们疏忽了。但我们真没想到这些海盗一早就藏在岛上了！他们伪装成是从海上过来的，其实只是为了吸引我们的注意力和火力，好让岸上的同伙趁机登船！”

吴秦拍了拍杜长风的肩膀，宽慰他：“你们已经尽力了。”

杜长风说完海盗劫船的经过后，吴秦、苏若水和林青蓝把他们在自杀岛上经历的一切讲了出来。

杜长风听得啧啧称奇。他正打算询问一些细节，医务舱的门突然“咣”的一声打开了。乔治和两名荷枪实弹的手下押着曾经被误认为是水狮鬼的那个不明生物大摇大摆地走向了苏若水。

“听说你是医生？哟嚯，挺性感！”乔治说着，伸出手想要摸苏若水的脸。

吴秦不假思索地站到了苏若水身前，护住了她。其他人也警觉了起来。

乔治把吴秦从头到脚打量了一遍，眼中露出了凶光，“我想起来了，你就是在海上鬼市坏了我好事的小子！还有在乱流湾的时候，你和姓马的站在一块儿吧？”

吴秦冷嗤了一声，算是默认了。乔治凶狠地眯了眯眼睛。下一秒，他突然掏出了腰间的手枪，枪口对准了吴秦的眉心，吴秦的心提到了嗓子眼儿。但他不能在苏若水面前认怂，咬紧了牙，抵死不退让，也不求饶。

“哟嚯，骨头还挺硬！”乔治阴鸷一笑，把子弹顶上了膛。杜长风见状，想也没想地跨前一步挡在了吴秦前面。林青蓝也握紧了拳头，摆出了一副要和乔治拼命的架势。

四人正僵持不下，不明生物突然“哈哈”地怪叫了一声，发起狂来。乔治只得放下了手中的枪，指挥手下把不明生物架到病床上，绑了起来。

不明生物浑身都是刀伤和枪伤，皮肉外翻，蓝血横流，后颈上还扎着两枚麻醉针。不过它虽然受了重伤，却还在不屈地挣扎，眼中泪水盈盈，口中发出了“哈哈”的悲号之声。

苏若水问乔治不明生物是怎么受伤的。乔治说海盗们在429御研究所的藏宝室里搬运黄金时，不明生物突然出现了。它干掉了两名海盗后，最终因为寡不敌众，被抓到了踏浪号上。

乔治指着病床上的不明生物问苏若水：“你能保住它的命吗？”

“不知道。只有等我为它检查过伤口才知道。”苏若水说罢，俯下了身子，细心地为不明生物检查起伤口来。

乔治趁机走到苏若水身后，猥琐地把下半身贴在了她翘起的臀上，“你可得帮我把它的命捡回来。要是捡不回来，我就把你睡了，然后再把你丢进海里喂鱼。如果捡回来了，我也会来睡你。只是睡完了，就不一定舍得杀你了。”

苏若水没有答话，淡定而娴熟的工作着，仿佛乔治那让人作呕的骚扰都是浮云。吴秦却看不下去了，当场就想跳起来，把乔治阉了。当然，吴秦没有如愿。不仅如此，他还被乔治的手下当成了人肉沙袋，一顿暴打。林青蓝和杜长风想跳出来替吴秦解围。可是他们还没出手，就被乔治的手下用枪指住了头。

最后，还是苏若水救了吴秦。“你不把我的助手放开，我怎么给你的患者做手术？它身上的伤口不少，流血过多。我们可没人能给它输血。再不把伤口缝起来，我不知道会发生什么事。”

乔治被苏若水说服了，示意手下放开了吴秦。

“病人需要在安静、整洁的环境中进行手术。你们那么多人端着枪站在这里，我没法手术。”

苏若水的话有理有据，不卑不亢。乔治没法反驳，只能听话地带着手下离开了。临走前，他色眯眯地在苏若水的屁股上抓了一把。

苏若水根本不理会乔治，指挥吴秦拿来了碘酒。她小心翼翼地用碘酒为不明生物的每一处伤口都消了毒，然后又拿来了针，穿上了线，悉心地把那些伤口缝合了。

起先，不明生物对苏若水充满了敌意，龇牙咧嘴的不愿配合。苏若水为了安抚它，用哄孩子睡觉一样的口吻，柔声道：“我叫苏若水，是你的主治医师。我不知道你为什么要攻击那些人。是不是因为他们杀死了你的同伴？我对你的遭遇感到很抱歉，我知道你很难过，但你最好配合我治疗。因为，你的族群，现在只剩下你了。”

不知道是插在不明生物脖子上的麻醉针起了效用，还是苏若水的话安抚了它。不明生物渐渐安静了下来，任由苏若水手中的针线在它的伤口上来回穿梭。不时，它会抬起脸，对着苏若水“哈哈”叫，好像在说“我很疼”。苏若水会立刻放轻手上的动作，并柔声地安慰它。

治疗足足持续了两个小时。一切结束后，不明生物的命算是捡回来了。

乔治对这个结果很满意。他让手下把不明生物带到安全的地方关押了起来，又给苏若水送来了一桌饭菜，犒劳她。

杜长风看见乔治准备的饭菜里有一条蓝眼的烤鱼，还有腌制的鱼子，不由得一愣。

“今天晚上所有人都吃鱼吗？”

“No！ No！ No！”上菜的海盗眉飞色舞地对苏若水讲了一大堆英文，大意是乔治为了奖励苏若水，特意为她准备了和海盗们同样的伙食。其他人质可没有这个待遇。

杜长风听海盗这么说，一条计策浮上了心头。等海盗离开后，他对苏若水说：“我记得你说过谣言就像毒瘤。特别是当局势紧张的时候，人们的恐慌心理会提供肥沃的土壤，让谣言恶毒的滋长。”

“你的意思是？”

杜长风警觉地看了看四周，确定没有人在偷听他们说话，才把伙伴们召集在了一起，悄声道：“我想到一个办法，或许能让大家脱身。”

“什么办法？”吴秦问。

杜长风笑而不答，看向了桌上的蓝眼鱼……

就在杜长风和伙伴们密谋怎么对付海盗的时候，山本把龙弋请进了自己的舱室。龙弋见舱内只有赤渔社的人在场，心下有些疑惑。但他还是不动声色地坐到了餐桌前。

一番假意的客套之后，山本直入主题道："上一次在乱流湾见面的时候，我就觉得阁下很眼熟，好像我们在哪里见过。可是像阁下这样年轻有为的猎海人，如果我真的见过，一定不会忘记。这个问题困扰了我许久，直到我找到了这个。"

山本说着朝常年跟着他的那个高大瘦削，戴着高度近视眼镜的男人使了个眼色。龙弋认得这个人。他叫渡边彻，是个小有名气的海洋生物学家。

渡边把山本的手机拿了过来，调出了一张1985年12月刊的《朝日奇闻》杂志的照片。那期的杂志刊登了一则骇人听闻的报道："1985年9月22日，一艘日本的捕鲸船在南极海域的冰川中发现了一艘搁浅的打捞船。打捞船的船员都被冻死了。已经成了冰人的大副，临死前还在写航海日志。日志里的内容非常惊悚。大副说他们2015年在南中国海执行一项打捞任务时遇到了异常的风暴，风暴过后船员们发现自己已经身在南极了……与此同时，捕鲸船的船员在打捞船上发现了一枚2014年中国发行的一元硬币！"

只听山本用悠远的声音说："那是我加入赤渔社的第三年。那一年，我刚刚三十岁。我们在南极发现的那艘打捞船被一个来自美国的科研组织买走了。买手中有一个二十出头的年轻人给我留下了很深的印象。因为我认出来了，他是猎海参军的人，那个人是你吧？"

龙弋没有承认也没有否认，而是说："到今天为止，我一共被囚禁过三次。第一个人想收买我。他失败了；第三个人绑架了我，想逼我就范。我花了五年的时间从他手中逃走了。第二个人和我做了个交易，我得到了我想要的，他也得到了他想要的，我们还成为很好的朋友。"

山本听懂了龙弋的话，"你想怎么交换？"

"很简单。"龙弋坐直了身子，"你问我一个问题，我也问你一个问题。我们都诚实的回答对方的问题，绝不说谎。"

"很公平。"

山本说话的时候，手下为他和龙弋各自端来了一碗蛤蜊汤。山本啜了一口汤，率先道："你是当年的那个年轻人吗？"

“是。”

山本瞪大了眼睛，“二十七年了！你为什么还是当初的样子？不！你比当年看起来更年轻了！”

“这是第二个问题了。”

山本被龙弋钻了个空子，一脸不悦。龙弋也不理会他，朗声道：“现在该我发问了。你们怎么知道自杀岛有‘金百合’的藏宝点？”

“我们的情报全部来自卡西雅伯。猎海参军应该对他不陌生吧？”

卡西雅伯是一个拥有巨额财富和强大势力的网络黑客。没有人知道他是谁，也没有人见过他。1997年，亚洲金融震荡，许多人失业破产，被迫当上了海盗。卡西雅伯趁机把这批人收入了麾下。之后的几年，他又笼络了一帮逃犯、恐怖分子和反政府武装的将军，成立了阿萨组织，把东南亚地区的海盗活动推向了高潮。卡西雅伯惯用一个变体的鹰头作为标志，他也因此得了个外号叫“海上黑鹰”。

山本用餐巾擦了擦嘴，接着说：“我和乔治都受雇于卡西雅伯。所有的线索都是他通过电子邮件告诉我们的。如果要下达什么指令，他会通过专线，给我们打网络电话。好像他和所有人都是这么联络的。他从来没有露过面，可是依然能够掌控全局。你们知道的，他全都知道。你们不知道的，他也知道。”

山本的话解开了龙弋长久以来的一个疑惑。早在他发现自杀岛的水下藏宝点被人炸开的时候，他就知道有另一支队伍和猎海参军一样，盯上了山下奉文藏金，并且对方已经占得了先机。纵使猎海参军的队伍里出现了内鬼，可是藏宝点的位置在起航前一直是保密的，只有他和潮爷才知道。如果不是内奸告的密，那只有一种解释——对方是自行找到自杀岛来的。这个人不但是隐藏在暗处的阴谋家，也是实力不俗的寻宝高手。

“我知道的都说了，现在该你回答我的提问了。”山本打断了龙弋的遐思，把他刚才的问题重复了一遍。“二十七年了，你为什么没有变老，反而变年轻了？”

龙弋这次没有卖关子。“我刚才说过，我曾经被一个人关了五年。他在我身上做了一些实验，把我变成了现在的样子。”

“就像《本杰明巴顿奇事》？”

“那是什么？”

“一部电影！男主角刚出生时是个老人，然后他违反了自然规律，越活越年轻！”

“也许吧。”

山本问完了他的问题，又该龙弋发问了。“去年乔治打劫了海上鬼市，他的目的是什么？”

龙弋已经从刚才的问答中，探明了山本和乔治背后的老板是卡西雅伯。也知道卡西雅伯盯上了山下奉文藏金。乔治是卡西雅伯的鹰犬。所以，他先在泻湖岛帮助山本摆平了与阿古图人的争端，又打劫了猎海号，现在他又杀到了自杀岛，彻底夺走了猎海参军的胜利果实。

乔治所做的一切，目的都是为了争抢山下奉文藏金。只有一件事，与此无关，那就是打劫海上鬼市。巡海夜叉与卡西雅伯无冤无仇，他们对山下奉文藏金也不感兴趣，卡西雅伯为什么要坏了他们的生意呢？而且，猎海参军与巡海夜叉素来交好，卡西雅伯就不怕两边联合起来对付他吗？卡西雅伯精于算计，不会想不到这些。他这么做一定别有图谋。可他的图谋是什么？山本也不一定知道。龙弋只想碰碰运气，没想到，他的运气实在不错。

“你们中国有本书叫《左传》，里面有句话：‘匹夫无罪，怀璧其罪’。这些年，科技进步了。打捞沉船的人越来越多，设备也越来越先进。只要资金和设备到位，从海底捞一艘沉船起来已经不是什么难事了。但论寻找沉船的能力，除了巡海夜叉，还有谁能与猎海参军抗衡？我听说猎海参军得了一面玄宗祈雨镜，巡海夜叉想把它收入囊中。但你们潮爷，似乎不忍心割爱啊。”

山本一语惊醒了梦中人。玄宗祈雨镜只是卡西雅伯拉拢巡海夜叉的一个幌子。一面镜子的归属，也不能左右猎海参军与巡海夜叉的关系。但巡海夜叉因循守旧，高傲自闭，不肯与他人合作，也不肯像猎海参军一样在船舶和装备上砸钱。随着科技的进步，新兴打捞公司的兴起，他们的活计越来越少，只剩下了海上鬼市还在运转。以前，鬼市每月都有一次。海盗光顾之后，鬼市的生意一落千丈。两三个月才能勉强组织起一次来，风光不再。

更可怕的是，这次事件让隐秘的海上鬼市完全地暴露在了天光之下。媒体蜂拥而至，对鬼市进行了大量的报道。这些报道在网络上引起了轩然大波，也引起了有关部门的关注。有新闻称，有关机构已经启动了立法程序，即将对海上鬼市这样的民间市场进行严格的监管。

海上鬼市之所以能存活，正是在于它的隐秘和自由。失去了这两个核心属性后，鬼市前途堪忧。

英雄都是被逼上梁山的。谁都不知道断了最后一口粮的巡海夜叉会做出什么事来。

龙弋陷进了自己的思绪，半晌没有说话。山本趁着这个当口喝完了碗中的蛤蜊汤。他把空碗推到了一边，再次开始发问："我在你的背包中发现了一个空盒子。金百合一共设有 172 处藏宝点。每一处都有一个这样的空盒子。没有人知道这些盒子究竟是干什么用的。里面是不是装过什么要紧的宝贝。或者隐藏着什么惊人的秘密。你知道吗？"

龙弋当然知道，不然他不会放着藏宝洞里的金银珠宝不拿，偏偏拿了这个空盒子。不过，空盒子的秘密不是三言两语说得清的。龙弋没时间了。因为他透过舷窗看见乔治带着三名荷枪实弹的手下走了过来。龙弋预感到事情不妙，当机立断道："我保证会回答你刚才的问题，但不是现在！现在我必须提出我的问题——不，是条件！请你替我保住那个盒子！"

龙弋话音刚落，乔治就带着手下闯了进来。

"是谁让你单独把他带出来的？"乔治跋扈地冲着山本大喊。

渡边不满乔治的态度，站出来替山本出头。"你凭什么——"他话还没有说完，脑袋就开花了。

乔治干掉渡边后，掉转枪口，指向了山本，恶狠狠地说："你最好不要跟我要花招儿，否则——"乔治把子弹顶上了膛。

山本看着倒在血泊中的渡边，双眼几乎要怒出血来。渡边跟在山本手下多年，深得山本信任。两人既是研究时的搭档，又是生活中的挚友。山本恨不得把乔治碎尸万段。但他深知乔治的残暴，也知道自己敌不过他，只能深深地吸了一口气，努力地压下了心中的愤恨，“是！”

乔治满意地收起了枪，朝手下使了个眼色。手下得令，把龙弋带了出去，和不明生物关进了同一间舱房，并派了四名荷枪实弹的海盗守在门口。

不明生物开始的时候还把龙弋当成了敌人，“哈哈”地冲着他怪叫，一副如临大敌的样子！后来它见龙弋并没有伤害自己的意思，也就消停了下来。很快，它就蜷缩在墙角，进入了梦乡。

龙弋也找了个舒服的地方躺了下来，但他没有睡着。他的脑海里思绪翻涌，想着山本在餐桌上透露给他的信息，还有脱身的办法。

时间一分一秒地流逝着。午夜时分，一声惨叫划破了岑寂的夜。舱房没有窗户。龙弋不知道外面发生了什么，只是听见枪声、水声和人惊叫呼喊的声音在舱房外此起彼伏地回响着。不明生物被那些声音惊醒了。“哈哈”地怪叫着跑到了门边，用身体猛撞舱门，想要冲出去。龙弋也不管它，只是安静的坐在黑暗中。

也不知过了多久，舱房外传来了一阵枪战的声音。混乱足足持续了三四分钟。舱房的门突然打开了。龙弋往外一看，舱房外守卫的海盗已经被击毙了。

不明生物看见舱门开了，兴奋地跑了出去。可是它还没有跑几步，就被一名追赶而来的海盗擒住了。海盗用枪瞄准了不明生物，打算把它解决掉。

杜长风突然闪了出来，一发子弹爆了海盗的头。不明生物获救后对杜长风“哈哈”的叫了一声，仿佛在说“谢谢”。然后，它迅速地逃走了。

杜长风赶到舱房把龙弋救了出来。

“你们怎么逃出来的？”龙弋问。

杜长风把枪收了起来。“说起来挺走运。海盗不知道蓝眼鱼的鱼子有问题，把它们拿来做晚餐了。我和若水故意讲起了自杀岛的故事。什么诅咒啦、消失的食人族啦，跳海的澳大利亚士兵啦、幽灵船啦……神秘故事本来就容易制造紧张气氛。这个时候再有一两个真正的跳海者出现，谣言就变成事实了。一旦人们陷入了恐惧，混乱就开始了。我们逃跑的机会就来了。”

杜长风侃侃而谈的时候，龙弋突然理解了潮爷对他的那句评价：“那小子精明得像只鬼一样。”

杜长风把龙弋带到了后甲板。吴秦已经张罗好救生艇，等着他们了。韩斐也被林青蓝救了出来。人员到齐后，吴秦发动了船引擎。救生艇劈开波浪，驶离了自杀岛。

龙弋坐在船尾向踏浪号望去，船上已经彻底乱作了一团。吃下了蓝眼鱼鱼卵的海盗，仿佛中了魔怔一般，一个接一个地跳进了大海。活着的海盗以为踏浪号受到了诅咒，带上了抢夺来的财宝，发疯似地涌向了救生艇。为了抢夺船只，人们拔枪相向，拼得你死我活。一时间，踏浪号上枪声四起，死尸满地。

龙弋看着那宛如人间炼狱一般的景象，不由得想起了老水手号的船长乔伊在他的航海日志上写下的那句话："佩德罗是一个被诅咒的岛屿，所有到过这里的人都会向撒旦奉上自己的生命。"

第二十三章　不明生物

死里逃生，大家都累坏了。救生艇像一片孤叶，载着劫后余生的人们，漂流在无边的海上。

龙弋带了 40 个手下到佩德罗寻宝。起航前，人人都满怀憧憬，意气风发。出海前的占卜也很吉利。结果一行人在海上九死一生，全队 41 个人只剩下了 12 人，宝藏和船也被海盗抢走了。这是猎海参军近十年来损失最惨重的一次。所有人的心情都很沉重。一整晚，都没有人说话。绝望像森寒的海水，漫进了每个人的心头。

第二天清早，龙弋打开了物资仓，为大家分配了食物。出发前，潮爷和龙弋做了一个约定。只要潮爷连续 72 小时联系不上踏浪号，就会出海来救他们。救生艇上的淡水和食物最多够大家撑两天。为了挨到得救的那一刻，龙弋减少了食物和淡水的供给。

水手们突遭横祸，心情本来就愤懑不平，又只分到了少得可怜的食物更是心里冒火。他们把所有的责任全都归到了龙弋头上。

“我们这趟遭的什么罪啊！摊上了这种活儿！”

“就是，以前韩老大领队的时候，怎么就没出过这种事？”

吴秦不满水手们责难龙弋，站出来替他说话：“我们船上有四十个人，海盗才区区十几人！这种情况还让海盗劫了船，是船长一个人的错吗？再说了，要不是船上有内——”

龙弋打断了吴秦：“我是踏浪号的船长，不管出了什么事，都是我的责任！安全脱险后，我愿意承担一切的后果！”

水手们可不吃龙弋这一套。

“说得轻巧！怎么逃？”

“我们可不是瞎子！踏浪号上的事谁没看见？要是真发生了那样的情况，谁还会管谁？”

龙弋知道“踏浪号”上发生的事已经变成了一颗邪恶的种子落进了每个人的心里，如果他再不想个办法来安抚众人的情绪，那种子很快就会开花，结果了。

龙弋正沉浸在自己的思绪里，海上忽然传来一阵怂人的枪声。众人循声望去，只见四周都是厚厚的海雾，能见度不到两米。这层雾是清早开始凝结的，到了现在，它已经变得很厚了，仿佛一床棉被压在海上。因为雾太大，没有人能看清发生了什么事，只听见雾里人声鼎沸，枪声大作，像是在拍战争电影。

大家正纳闷儿，救生艇周围的海面上忽然冒出了一串一串的气泡，好像海水被煮沸了。紧接着，七个卡车大小的黑影升上了水面。

水手们经历了连番的劫难后，全都变成了惊弓之鸟。他们立刻慌张地抄起了手边能应战的东西，摆好了攻击的姿势。然而，大家等了许久也没有遇到危险。相反，海面上出现了一幅奇幻、美丽的景色。

此时，朝阳已经升上了水面，海上的雾被染成了香槟酒的颜色。水天对称切割，形成了两种明度不同的金色，仿若一块漂亮的金锦。七朵卡车大小的血色海葵，从大海的深处浮了上来，将救生艇包围在了中间。巨型海葵起初还是合拢的。当阳光破云而出，洒向海面的时候，它们宛如春日的花朵一般，同时绽放了。海葵晶莹剔透的触手，在夺目的阳光中招摇着，好像从海水里生长出来的红珊瑚。

水手们都被这绝美的景色震慑住了，暂时忘记了危险，直到乔治和山本驾驶着一艘海盗船，慌不择路地从浓雾里冲了出来，撞上了救生艇的右舷。

船上的海盗全都受了重伤，有人缺了胳臂，有人没了眼睛，有人毁去了容貌。

离救生艇最近的那名海盗更是嘴唇乌黑发紫，皮肤泛绿，好像中毒了。突然，那人像得了急病一样倒在了地上，身体猛烈地抽搐了几下，不动了。乔治见状，立刻招呼手下，把他扔进了水里。

重伤的船员刚被丢进水里，就有一朵巨型海葵靠了过来。海葵的触手尖端有一个囊，里面装着无数有毒的长须。细密的长须，像蜘蛛丝一样，把那个可怜的船员死死地缠住，拖向了水下。

吴秦想起了他在海下藏宝点遇到的杀人长发！没想到它们竟是海葵的毒须！

苏若水也被眼前所见惊呆了。“我还以为 429 御研究所里的那些资料只是科学假想，没想到……”

说话间，毒须已经把垂死的船员，送到了海葵的触手中间。海葵的触手仿佛花瓣一般，瞬间绽放，又迅速合拢。就在这一收一放之际，那个可怜的船员已经被海葵吞进了口中。

海葵吃掉一个船员还不满足，再次靠近了海盗船，等待着捕杀下一个猎物。海盗们吓得魂飞魄散，惊叫着想要逃离。偏偏他们船上的螺旋桨转了两圈就不会动了。吴秦他们的救生艇被海盗船堵住了去路，也是进退不行。

危急之际，龙弋站了出来，“不要慌！我有办法！”

龙弋所说的办法是明朝抗倭大将戚继光发明的鸳鸯阵法。此法的布阵人数是十一人。一人担任队长，站在队伍的前列指挥攻防。队长身后是两名士兵，一名执长牌、一名执藤牌。他们的任务是掩护队长及后面的四名长矛攻手。站在盾牌兵和长矛兵中间的是能够灵活进行攻防转换的狼筅兵。鸳鸯阵法攻防兼备，实用性极强。戚继光正是在它的帮助下荡平了倭寇。

“我们船上的人数可以组成一个鸳鸯阵，对抗海葵！”龙弋的提议得到了众人的响应。

山本也想加入龙弋一伙联合对敌，乔治却不同意，两人针尖对麦芒地干了起来。海盗头子被惹毛了，举起手中的 AK–47，以子弹和鲜血昭示他的权威。

龙弋船上的两名船员躲避不及，一死一伤，倒在了船上。乔治已经杀红了眼，举着枪疯狂的扫射。很快，他就打完了第一拨儿子弹。龙弋趁着乔治换弹夹的当口，猛地跳到了海盗船上，把他扑倒了。两人在船上扭打起来。混乱间只听见“砰”——的一声枪响。乔治和龙弋的搏斗，分出了胜负。

乔治捂着流血的胸口，晃晃悠悠地站了起来。“你——”他话还没有说完，一朵海葵突然从他身后放出了一束长须，圈住了他的腰。长须上全是有毒的倒刺。倒刺穿透衣物扎进了乔治的皮肉，刺上的毒液渗进了他的血液。没过两秒，乔治就失去了知觉。他仿佛被砍倒的树一样，堪堪地栽进了水里，成了海葵的腹中餐。

乔治的死，彻底把海盗船上的人团结在了一起。山本央求龙弋：“我们离开自杀岛不久，就遇上了这些杀人的海葵！七条船一起出来的，最后只剩下了我们这一条。那些海葵都是杀人的魔鬼！大家只有联合起来，共同对敌，才有希望逃生啊！”

龙弋还没有表态，林青蓝先跳出来了，“我反对！猎海参军从来不和狼狈联盟！”

水手们本来就和海盗有不共戴天之仇，林青蓝又是除了龙弋和韩斐之外，最有影响力的人。她此刻振臂一呼，立刻赢得了所有水手的支持。

山本见状，把龙弋拉到了一边，低声道：“我已经把你要的盒子藏到安全的地方去了！我以赤渔社的名义起誓，只要我们安全逃离这里，我一定把盒子还给你！”

龙弋既不能完全的相信山本，也不能一点儿不信他。两相权衡之后，他决定赌一把。“带上他们！”

林青蓝不满龙弋的决定，她还想说些什么，杜长风按住了她。“大敌当前，你身为管理人员，要带头忤逆船长？”

杜长风一语点醒了林青蓝。后者立刻识相地闭上了嘴。水手们可不似林青蓝那么识大体。他们依旧不依不饶，不让山本一伙加入。

龙弋果断地站了出来，厉声道：“这是我以船长的身份下的命令！不服的人，我亲自送他下船，像乔治一样！”

众人想起乔治死亡时的惨状，再不敢多话了。战线暂时统一了。龙弋打开了救生艇的物资仓，从里面拿出了两套“巴斯光年”。这是他们最后的装备了。

龙弋把一套巴斯光年给了吴秦，他自己穿上了另一套。随后，他指挥水手们把救生艇划到了海盗船旁边，让两艘船的船舷紧紧地挨在了一起。龙弋、林青蓝和杜长风上了海盗船。吴秦带着韩斐和苏若水留在了救生艇上。

一切就绪后，龙弋说："我和吴秦会站在船舷两边抵挡海葵的攻击。其他人站到我们身后去！按指令行事！"众人得令，迅速行动了起来。

龙弋率先站到了船舷边，充当肉盾。山本带着赤渔社的四个手下躲在他的身后划桨。受到攻击，他们便用船桨抵御。余下的人在杜长风和林青蓝的带领下，手持 AK-47 和炸鱼雷潜伏在船中央。遇到合适的时机，他们就用手中的武器对巨型海葵发动猛攻。

和龙弋一船人相比，吴秦一方简直是一盘散沙。他们还没来得及遵照龙弋的部署站好队形。海葵的长须就攀着船舷爬上了船。吴秦忘了自己穿着巴斯光年，本能地往旁边一闪。长须越过吴秦，直直地伸向了他身后的韩斐，把他拖下了水。

韩斐也算是个狠角色，他的左臂虽然受了伤，但被长须拖下水后，仍然生猛无比。右手死死地拽住了船舷，双腿在水下一阵猛蹬，甩开了海葵的拖拽。吴秦的反应也很灵敏。见到韩斐受难，他立刻把船桨变成了武器，狠打缠人的长须。有那么一瞬间，长须发生了松动。吴秦趁机把韩斐拖回了船上。

海葵这次出其不意的攻击虽然没有得逞，却也让吴秦一船人彻底乱了套。所有人都吓得缩到了吴秦身后。整船人的队形都散了。一番乱战后，吴秦船上只剩下了五个人，他们只得转移到了龙弋的船上。

"这是最后的机会了，我们拼死也要突围出去！"林青蓝道尽了现在的处境。每个人都是一脸严峻。

"我们最好确定一个突围的方向！"苏若水提议。

"往东南走！"山本说，"刚才我们逃过来的时候，看见东南方大约一公里处，有一块礁石。如果我们能跑到那里，就能活命！那些海葵总不至于爬上石头来吧？"

山本的提议得到了众人的支持。大家在龙弋的指挥下，重新站成了鸳鸯阵法的队形。一船人抱定了破釜沉舟的决心，拼尽了全力向东南方突围。

小船仿佛溯流的鱼儿，一寸寸地在生死边缘挣扎着。终于，它到达了山本所说的礁石。那是一块高出水面四五米的黑礁石，面积大概有半个篮球场那么大。

吴秦正要把船靠到礁石边，海葵突然改变了战术。它们不再用毒须攻击船上的人，而是改为用触手缠住小船。小船就像落入了蜘蛛网的虫子一样，瞬间动弹不得了。

龙弋见状，果断地对众人说："我下水把船解放出来！"

吴秦也站了出来："我也去！"

两人整理好装备后，一前一后，跳进了水里。

水下的情形比吴秦和龙弋想象得更糟。所有的海葵都聚集到了船底。它们的触手和长须紧紧地吸在船底，几乎就要把小船裹成蚕茧了。龙弋和吴秦努力了半天也没能把小船解放出来。

眼看小船就要被海葵拖进水里，龙弋对吴秦说："一会儿我数一、二、三，我们同时打开动力背囊，开到最大马力。我负责把那些海葵冲开，你往相反的方向把船推开！"

吴秦猛然一怔。他知道龙弋的这个提议代表着什么。他想牺牲自己，换取所有人的安全！吴秦可不能眼睁睁地看着龙弋去送死！

但龙弋心意已决。他把装备调整到了最佳状态。"准备好了吗？"他问吴秦。

吴秦竖起了大拇哥。

龙弋深吸了一口气，开始数数："一！"

吴秦把手指按在了开启动力背囊的按钮上。

"二！"龙弋还没有按约定数完数，吴秦就压下了手指。下一秒，吴秦仿佛一支离弦的箭，旋转着冲进了海葵堆里。

龙弋没想到吴秦会做出这样的举动，倏然一愣。但他很快就反应过来了，打开了动力背囊，用最大的马力冲向了小船所在的位置，推动了船体。终于，小船挣脱了海葵的魔爪。

见此情景，吴秦露出了一个满足的微笑。此刻，他已经深深地陷进了海葵的包围中。吴秦感觉自己像是陷入了一个海绵做成的陷阱里，他越是奋力挣扎，身体越是往海葵的触手里陷。吴秦把巴斯光年上所有的夹子和爪子都用上了，照着缠住船的海葵触手，一通猛砍，乱抓。海葵受到攻击，触手一阵阵地往里缩，把吴秦身上的巴斯光年包裹得越来越紧。很快，吴秦就被缠成了木乃伊。

就在吴秦即将耗尽气力的时候，龙弋忽然游了过来，投出了一颗炸鱼雷。吴秦右侧的那朵海葵，不知道飞来的是什么东西，伸出触手，把炸鱼雷裹了进去。结果，被炸了个稀巴烂。它的触手散得到处都是，仿佛在水下上演了一场烟花秀。

海水被爆炸搅得天翻地覆。吴秦仿佛被塞进了一台滚筒洗衣机，身体 360 度的在海水中打转，要漂到哪里也不知道。

一阵眩晕过后，吴秦忽然看见了蓝天白云和刺眼的阳光。原来他被炸上了天。吴秦恍恍惚惚低头一看，海上一片惨状。

小船被发疯的海葵彻底地拖进了海里。侥幸活下来的人正挣扎着往礁石上爬。吴秦看见了杜长风、林青蓝、苏若水、韩斐、山本和他的两名手下，其他人全都阵亡了。吴秦心下一凉，他还来不及为死难者伤悲，就“哗”地落回了海里。

那些阴魂不散的海葵，又聚集在了一起，准备对吴秦发动新一轮的攻势。吴秦可不想让它们得逞！他用尽了浑身的解数，在水下夺命狂奔。终于，他逃出了生天。

吴秦前脚爬上礁石，龙弋后脚也上岸了。两人绝境逃生，正准备缓口气，山本忽然用枪抵住了吴秦的后脑勺。“把你们身上的潜水服脱下来！”

吴秦和龙弋只得照做。山本朝他的两名手下——满脸麻子的矮个子和黑脸的瘦子使了一个眼色。两人迅速地挟持着吴秦和龙弋，拖着巴斯光年，站到了山本身后。现在，猎海参军和赤渔社又成了互相敌对的两派。

猎海参军一方虽然人数占优，但他们没有武器，龙弋和吴秦又被控制住了。而且在刚才的恶战中，大家都耗光了体力，还受了伤。尤其是韩斐。恶战引发了他左臂的旧伤，他的整条胳臂都废了。要不是苏若水一直在旁照顾着他，他恐怕已经要倒下了。杜长风和林青蓝也伤得不轻。

山本把吴秦和龙弋赶到了礁石边。吴秦低头一看，只见远处白浪阵阵，排山而来。脚下怒涛翻滚，海礁嶙峋。那些追逐他们的巨型海葵依然徘徊在水中没有离开。从礁石上往下看，它们就像水栖的花儿一般娇艳可人，谁又能想到如此美丽的生物竟然是杀人的恶魔呢？麻子和黑脸解下了腰间的裤带作为绳索。他们先绑牢了吴秦和龙弋，又搞定了苏若水和韩斐，最后他们把魔爪伸向了林青蓝和杜长风。林青蓝可不是吃素的，她像凶悍的狮子一样，一跃而起抱住了黑脸的腰，头顶在他的胃上，用力地把他往后推了出去。

黑脸也不是个面瓜。他一屁股坐了下来，双手抓住林青蓝的双臂，身体一摆，从林青蓝的胯下钻了过去。林青蓝没料到黑脸会来这一招，失了着力点，踉跄着跌到了礁石边缘。黑脸趁机对准林青蓝的背心猛地蹬了一脚。林青蓝一下就飞出去了，半个身子挂在了礁石边缘。

黑脸已经对林青蓝起了杀心。他不给林青蓝喘息的机会，“呼啦”一下子跳了过来，骑在了林青蓝的身上。两人在礁石边扭打了起来。

杜长风和林青蓝离得最近。见同伴有难，他用力在制住他的麻子的胯裆上狠狠一踹。麻子被踢中了要害，疼得倒在地上，捂着伤处直骂娘。

杜长风重获自由，一跃而起，跳到了黑脸身上，死死地压住了他。黑脸正准备掏枪射向林青蓝。杜长风的奇袭不但解救了林青蓝，也迫使黑脸掉了枪。

林青蓝正准备俯身捡枪，麻子从半路杀了出来，一脚踩在了枪上，往后一踢。手枪擦着地面滚到了黑脸和杜长风中间。杜长风和黑脸同时去捡枪。最后，还是黑脸动作更快。

黑脸一捡到枪，立刻瞄准了林青蓝，并把子弹顶上了膛。林青蓝正和麻子斗得酣畅，没有防备。杜长风见状，大叫着“小心”，扑向了林青蓝。

“砰”——枪响了。众人听到的却是黑脸的惨叫声。只见一束海葵的长须从黑脸的身后伸了出来，紧紧地裹住了他的腰。黑脸的整个身体都被勒得变了形，脸上的表情扭曲得像是来自地狱的厉鬼。很快，黑脸就被长须卷住拉下了礁石。而这一切只是个开始。

更多的海葵毒须，仿佛生生不息的野草从礁石的边缘生长了出来。随着毒须的逼近，众人的耳畔响起了一阵“咔嚓咔嚓”的声音，就像无数把剪刀同时开开合合。很快，一朵巨型海葵爬上了礁石！所有人都被这突如其来的变故惊呆了。

只有苏若水叫了一声："是寄居蟹！"

人们定睛一看，只见巨型海葵的身体下方吸附着无数的寄居蟹。成千上万的寄居蟹充当了海葵的"脚"，它才能爬上礁石来。

自然界中，有的生物必须通过和其它生物彼此依赖，互相得益，才能生存下来，这种现象叫作共生。比如鲫鱼和鲨鱼，牙签鸟和鳄鱼。

海葵和寄居蟹也是这种互惠互利的共生关系。寄居蟹的头胸甲较窄，不能把自己柔软的腹部包住，它需要海葵带有毒刺的触手保护自己。同样海葵和珊瑚一样，不能移动，它们很容易被细砂、生物残骸和自身的排泄物埋没。所以，它们需要寄居蟹做脚，带着它们在海底旅行。

山本站得离礁石边缘最近，黑脸遇难后，巨型海葵的下一个攻击目标就是他。山本为了保命，一把将站在他身边的麻子推向了危险。麻子不甘心做替死鬼，反手抱住了山本的腰，试图把对方丢出去。两人你争我斗，各不相让。最后还是山本心狠手辣，用枪把麻子的脑袋打开花了。麻子死后，他的尸体立刻被爬上礁石的巨型海葵拖走了。

趁着山本和麻子争斗的当口，林青蓝和杜长风把所有的小伙伴都放了。同一时间，第二朵海葵爬上了礁石，紧接着是第三朵。礁石上本来就没有多大的空间，三朵海葵爬上来之后，所有的空地都被占满了。

山本见状，迅速地捡起了一套巴斯光年。他正准备穿上潜水服，一朵海葵蓦地伸出长须，攻向了他。山本慌忙丢下巴斯光年，往后逃了去。海葵长须一卷，裹住山本丢弃的巴斯光年，狠狠一甩，把它扔进了大海。山本趁着海葵认错猎物的当口儿，扑向了另一套巴斯光年。他以光速穿戴好了装备后，朝尚在危险中的猎海人挥了挥手，"祝你们好运！"说罢，山本跳下礁石，逃生去了。

众人看见山本逃走，恨得牙痒痒的，可是他们也无计可施。

"现在该怎么办？"吴秦焦急地问。

苏若水看着移动速度渐渐变缓的海葵，不解地嘀咕："海葵离开水根本活不了，它们为什么会上岸来呢？"

苏若水话音刚落，杜长风就指着礁石下的海面惊叫了起来："你们看！那是什么？”

众人顺着杜长风的指示望去，只见远处的海面上，涌起了一股奇异的白潮。潮水之中，有一个模糊的黑点，不知道是什么东西。潮水以极快的速度向礁石涌近。很快，它就逼到了礁石下方。没想到那竟然是成百上千只人牙章鱼！它们仿佛一群身穿白色铠甲的战士，踏着海浪，挺近了礁石。潮水正是因着这些“人牙章鱼”的存在，才呈现出了异常的白色。

苏若水见到那些“人牙章鱼”，脸上露出了恍然大悟的表情，“怪不得那些寄居蟹会爬上来！”

生物和人类一样，除了有共生的死党，还有相克的天敌。寄居蟹最大的天敌就是章鱼。为了躲避天敌，它们只能枉顾共生好友的生死，离开海水了！

就在苏若水道破玄机的同时，踏浪号宛如坐镇千军万马的将军一样，在人牙章鱼的护卫下，毫无预警地出现在了大家的眼前。这真是天降奇迹！众人为他们的好运欢呼雀跃的同时，也感到很疑惑。事情怎么会突然变得那么顺利了呢？

不过现在不是答疑解惑的时候。爬上礁石的海葵虽然已经到了死亡的边缘，但是垂死的豹子比猫猛。众人不敢耽搁，互相搀扶着回到了踏浪号。

踏浪号历经大劫，损失惨重。船身上弹痕满布，甲板上鲜血淋漓，船舱里尸横满地。可以想见船上曾经发生过多么恐怖的事情。

上船后，苏若水立即把伤重的韩斐带到医务室进行救治。龙弋和林青蓝合力驾驶船舶，远离了这片夺命的海域。吴秦和杜长风联系上了马海。

四个小时后，马海和文森特驾驶着直升机飞到了踏浪号的上空。就在众人准备搭乘直升机撤退的时候，林青蓝忽然指着海面说：“你们看！”

众人依言看向了窗外，只见那些搭救过他们的人牙章鱼再次出现了。白色的章鱼一条又一条地升上了海面。从空中看去，它们仿佛无数的蘑菇，钻出了蓝色的土地。被杜长风和龙弋放走的不明生物，好像国王一般，在章鱼卫兵的簇拥下，从水里露出了半个身子。大家这才明白过来，他们的好运，竟是源自这只不明生物的报恩。

吴秦感慨万千地说：“我从小看着《白蛇传》长大，没想到今天当了一回许仙。”

苏若水淡淡一笑，“他是雄性的！”说罢，她朝不明生物挥了挥手。

不明生物对着苏若水“哈哈”的叫了一声，一个利落的旋身，扎进了水底。他的章鱼亲卫队，也跟着归入了深海。成百上千的章鱼在海上舞出了一个巨大的白色漩涡，如群鸟回巢，游云聚集，美轮美奂。

又过了四个小时，飞机降落在了希奇岛的后援基地。众人在基地里见到了久违的潮爷。潮爷为大家准备了一桌子的饭菜。大家饥肠辘辘地坐到饭桌前，一边狼吞虎咽的吃饭，一边七嘴八舌地向潮爷和马海讲述了他们的奇遇。

潮爷和马海听得连连叹息，时而为水手们的不幸遭遇惋惜，时而又为猎海人的死里逃生庆幸。不过，不管是潮爷还是马海，都对此行的经济损失只字未提，也没有因为失去了宝藏而露出半点儿惋惜之情。

众人正疑惑，潮爷突然问龙弋：“你把那个盒子带回来了吗？”

龙弋摇了摇头，“盒子被山本风一郎拿走了。”

潮爷叹了一口气，“罢啦。看来是上帝的意思啦。”

吴秦不知道龙弋和潮爷为什么会如此看中一个平平无奇的空盒子，好奇地问：“不就是个破盒子吗？你们怎么把它看得比山下奉文的黄金珠宝还要金贵？”

潮爷“哈哈哈”地笑了起来，“不是一个破盒子，是 172 个聚宝匣……”

第二十四章 聚宝匣

1942 年 2 月 15 日，新加坡武吉知马福特汽车厂仓库。是夜，阴风骤起，暴雨倾盆。一名日本将军怒气冲冲地走出了仓库大门，他的手下战战兢兢地跟在他身后。

这一天是个大日子。就在当天的早些时候，英军驻新加坡总司令白思华中将在距离这间仓库不远的地方，签署了无条件投降书，正式将新加坡的主权移交给了日本。

投降仪式后，将军在眼前的仓库里亲自提审了 57 名战俘，他们是一群新加坡华人组成的爱国组织。这些人来自新加坡的各个政党、各个阶层、各个地方。有共产党、工友、舞女、学生和侨民。他们不是受过训练的士兵，也从来没打过仗。为了保卫家园，他们被迫拿起了武器。

在这群战俘中，有一位年过花甲的精瘦老者。灰发长髯，一脸正气。他是抗日爱国行动的主要资助者李金武先生，家里经营着船运、渔业和银行生意，富甲南洋。

传说，李金武先生发家的原因是他无意间找到了 172 个装满了黄金和翡翠的聚宝匣。李先生年轻时是一个贫穷的渔民。一天晚上，李先生做了一个奇怪的梦，他梦见一百多个身穿金衣的女子哭哭啼啼地求他救命。第二天，李先生出海打鱼，才走到码头就遇见一个渔翁捉了一网浑身闪闪发光的金鱼。李先生想到昨夜的梦，动了恻隐之心。他用自己的船换了那些鱼，把它们放归了大海。

当天晚上，李先生又梦见了那些金衣女子。女子们说她们在李先生家后院的井中沉了一些宝贝，以报答李先生的救命之恩。梦醒之后，李先生连忙来到了自家井边，从井底捞起了 172 个盒子，盒子里装满了金银珠宝。李先生用这笔宝贝建立了他的商业帝国。从此，他成了南洋首屈一指的大商人。

将军当然不会相信这种骗小孩儿的故事。他把手下派了出去，暗中调查李先生。

手下不辱使命，查到了三条重要的线索：第一，李先生的家中真如传说那般存放着 172 个空盒子；第二，李先生比传说中的更加富有。他的财富就像空气一样，取之不尽，用之不竭。而且这些财富不完全来源于他所经营的产业；第三，李先生很可能是中国清代，叱咤海上的粤洋六大海盗王之一的李尚青的后人。相传，海盗王们在南洋的某个地方，藏了一笔巨额的宝藏。李先生很可能已经找到了海盗王的宝藏。那 172 个空盒子可能就是找到海盗王宝藏的关键!

将军平生最大的爱好，除了杀人就是掠宝。他得到新加坡后，第一件事就是提审李先生。审讯的流程都是一样的，先用金钱利诱，再用武力胁迫，最后抓住犯人的一家老小，用他们的性命逼人就范。

将军用这个套路，达成了不少肮脏的目的。但这一次，他遇到了麻烦。李先生就像一尊石佛，软硬不吃，威武不惧。将军和李先生耗了大半个晚上，他的耐心就要消耗殆尽了。

“李桑家里一共有多少人？”将军坐在李先生面前，好整以暇地喝着茶。他腰间的军刀，随着他端茶、喝水的动作，左右地摇晃着，发出了“咔咔咔”的响声。

手下翻译了将军的问话。李先生说：“加上老朽，一共 167 人。”

将军放下茶杯，做了个手势。手下得令，打开了仓库的大门。一队日本兵鱼贯而入，搬来了从李先生家里搜刮来的 172 个空盒子。士兵们把盒子一字排开，放在了李先生的面前。

手下打开了其中的一个盒子。李先生往盒子里看了一眼，悲恸的泪，瞬时滑下了眼眶。

盒子里装着李先生发妻的头颅，李夫人眼睛怒睁，临死前仿佛还沉浸在仇恨中。手下又打开了一个盒子，这次是李先生的大儿子，他的脸和母亲一样愤怒。

手下一个又一个的打开了李先生面前的盒子。老人流着泪，在隔断了天人的匣子中，见到了他孝顺的大媳妇、顽劣的二儿子、喜欢跳舞的二儿媳、从不穿裙子的小女儿，还有从十二岁起就跟在他身边的忠仆……整整 164 个盒子，164 条被残杀的生命。

一个穿着紫色和服的日本女人抱着一个唇红齿白的婴孩，漠然地绕过盛放着死亡的盒子，走到了李先生面前。

女人是将军的老婆，孩子是李先生的小孙子耀祖。婴孩儿在襁褓中睡得香甜，丝毫不知道家里发生的惨案。

“这是李桑家的独苗了吧？”将军摸着孩子粉嘟嘟的小脸说，“我知道你们中国人很重视延续香火。不论发生了什么事，一个家族一定要留下一个男人来传宗接代！只要您把聚宝匣的秘密说出来。我保证会放走您和您的孙子，让李家香火不断。否则……”刽子手把抚摸孩子的手放到了腰间的军刀上。

李先生知道将军的意思，双眼淌下泪来。但他没有后退，反而上前了一步，站得离刽子手更近了。“将军对中国传统文化很感兴趣？”

将军点了点头。

“不知道将军有没有读过《孟子》？孟子说：‘富贵不能淫，贫贱不能移，威武不能屈，此之谓大丈夫。’中国丈夫的臭脾气，几千年了也没有改掉。将军手里不是还剩下一些空盒子吗？随便找两个出来，还怕殓不下我和孙儿的尸骨？”

将军的眼中露出了凶光，“李桑不要太顽固嘛！您已经活到了老年，享尽了荣华富贵，您的小孙子可是才出生啊！他的人生还很长！不要那么残忍！”

李先生含泪看向了他的小孙，脸上露出了脉脉的温情。“我没能保住李家的香火，也没有给耀祖一个安乐的家园，让他平安长大。我有愧于李家的列祖列宗，也有愧于耀祖！想一想，我这个无能的爷爷，能为孙儿做的，只剩下最后一件事了——那就是用我的热血和赤诚教会他站着做人的道理！我中华儿女的脊梁永远不会向侵略者弯下！我们的宝藏也不会交给双手染血的屠夫！”

在场的义士听见李先生这番大义凛然的陈词，群情激奋，异口同声地叫起好来。

“说得好！炎黄子孙宁可断头，也不低头！”

“华夏儿女誓死不做日本人的狗！”

“我们跟他们拼了！”

早在日本人摆出李家人尸首的时候，义士们的胸中就憋了一把火，现在他们的怒火彻底被点燃了！所有人都豁出了性命，扑向了身边的日本人。他们没有武器，就用双拳、双脚当作武器；他们没有军队，就用血肉之躯当作千军万马；他们没有战壕，就把热血洒在地上，让它们随着大树的根须长进土壤里，守卫着饱经战火的家园！

将军征战沙场多年，见惯了这样的场面。可是今天他的感觉很不妙。他突然想起了不知从哪儿听来的一句话：中国是一头东方的睡狮。有朝一日，它一定会苏醒。有几秒的时间，将军有些相信这句话了。但过了那几秒，他立刻打消了这个愚蠢的念头！大日本帝国是不可战胜的！天皇终将君临亚洲！

想到这里，将军横下了心。他冲妻子使了一个眼色。后者点了点头，轻摇着怀中的婴孩儿，唱起了一首旋律悠扬的日本民歌。一边唱，女人一边用手捂住了怀中婴儿的口鼻。

“樱花啊！樱花啊，暮春时节天将晓，霞光照眼花英笑，万里长空白云起，美丽芬芳任风飘。去看花！去看花！看花要趁早……”

女人的歌声混合着义士们的呐喊声，响彻了落雨的夜。

将军没能达到目的，心情咸湿地走出了仓库。他刚走了不远，突然想起了什么。将军停下了脚步，若有所思地看向了身后的仓库，“李桑说他家有几口人？”

跟在将军身后的手下说：“167人！”

将军身躯一震，“164加2等于166！谁跑了？”

“李——李桑的小儿子李崇明！”

将军狠狠地掴了手下一个耳光，“给我把他抓回来！我要活的！”

“是！”

将军和手下一边说话，一边走远了。他们离去后不久，一队日本兵进入了仓库。

一个身材矮小，穿着肮脏衣衫的少年兵混在队伍的最后面。他没有像队友那样去搬仓库里的东西，反而趁着日本兵不注意的时候，把李先生的尸体悄悄拖到了仓库后门，藏在了一堆汽车轮胎后面。

这个少年兵正是将军要找的李崇明。崇明是李先生五十一岁才得的儿子。当时只有十四岁。因为是晚年得子，李先生对崇明宠爱有加。崇明聪明过人，但天性顽皮，常常惹得脾气急躁的李夫人大发雷霆。

李家惨遭灭门的前一天，崇明趁着私塾老师打盹儿的时候，在他的脸上乱画一气。李夫人知道这件事后，狠狠地打了崇明一顿。崇明一气之下，离家出走了，这才躲过了一劫。

崇明见父亲双目圆睁，满脸是血，眼泪瞬间溢满了眼眶。他颤抖地伸出手来，想把父亲到死也未瞑目的双眼合上。就在这时，李先生的眼珠忽然一动。他一把拽住了崇明，把他拉到了身边，用尽最后一丝的力气，说出了那 172 个聚宝匣的秘密……

“1941 年最后的日子里，日本即将入侵的消息宛如暴雨前的厚重黑云，压在新加坡的上空。当时的狮城还是英国的殖民地。为了援英抗日，新加坡的华人站了出来。李金武先生便是其中的骨干，负责为抗日活动筹措资金。每一天都有人把黄金、首饰、古董、钞票，甚至是大米带到李先生开的当铺来典当。朝奉从来不开当票，当户也不要当金。双方之间，只交换一个了然于心的微笑。李先生家里有 172 个空匣子，专门用于存放这样的当物。”

潮爷说到这段悲壮又热血沸腾的历史，语气变得激昂起来。“日本将军只知道这 172 个盒子是聚宝匣，却不知道匣子里面装的到底是什么宝贝。中华民族曾经被奴役，却没有被征服。我想这正是因为这个民族的一部分人骨子里还保留着‘富贵不能淫，贫贱不能移，威武不能屈’的倔强吧！宁愿在聚宝匣里装进赤子的头颅，也不愿放入奴才的膝盖。”

潮爷这番话说得慷慨激昂，动情有力。所有人都被感染了。

龙弋遗憾地说："可惜我没能把那个盒子带回来。"

众人闻言也是十分惋惜。不过，大家的遗憾很快就烟消云散了。转机出现在第二天黎明，踏浪号回到后援基地两个小时后。

彼时，众人睡得正香，苏若水的帐篷里忽然传来了一声怂人的惊叫。吴秦和杜长风赶到帐篷一看，只见苏若水裹着被单坐在床上，在自杀岛救了大家的那个不明生物战战兢兢地蹲在她身边，手里捧着龙弋翻遍了踏浪号也没找到的那个空盒子，盒子里装着一个瓶盖一样，绿油油的东西。

杜长风拿起盒子里的玩意儿，用金蔡司看了看，惊得张大了嘴巴，"还记得小神龙说过的，朝鲜银行的老板进献给山下奉文的'小太阳'吗？"

"就是这个玩意儿？"

"如假包换！"杜长风一脸认真地对吴秦说，"你丫有情敌了！"

吴秦不屑地嗤了一声，"物种有别，我怕什么？再说了，它送完东西，就该走了吧？还能留下来？"

吴秦失算了。经过检测，不明生物的基因和人类基因的相似度达到了99.99%以上。苏若水带他剪了头发，买了一身行头给他穿上之后，他的外表更是和正常男人没有区别了。不，还是区别的。他长得太出众了！

不明生物的身高超过了一米九，皮肤白得像纸，发色浅得像银。他的体型颀长而健硕，浑身上下没有一点儿赘肉，身材完美得可以去参加世界最性感男人的评选。他的长相也让人过目不忘。不明生物长着一双眉弓深陷的欧式眼，一支高挺笔直的罗马鼻，一张线条分明的薄唇，还有一个漫画人物般的饱满下巴。最迷人的是他那双宛如大海一般的蓝眼睛。只要你朝那对碧蓝的眸子望一眼，便会像坠入了深海一样，无法自拔。就连向来视男人为无物的林青蓝见到那双迷人的眼睛后也情不自禁地称赞了一句："帅气！"

苏若水给不明生物取了个名字叫Blue，并成功地说服潮爷把他留了下来。如此一来，Blue更喜欢苏若水了。每天跟在苏若水身边，寸步不离，就像她的尾巴。

这下子，杜长风更加肯定了，Blue对吴秦来说是个威胁。"我就说你丫有情敌了吧？"

“切！谁会和一条鱼抢女朋友？”话虽这么说，吴秦却真的有点儿紧张了。因为他发现苏若水找了一条链子，把Blue送给她的小太阳挂在了脖子上。“我说，那个什么小太阳值多少钱？”

杜长风比了一个“八”。

“八十万？”

“八位数！”杜长风又补充了一句，“我说的是美刀！”

吴秦恨得差点儿把牙咬碎了。看来，在赚到足够的钱之前，他是没法把苏若水脖子上那碍眼的东西换下来了。打那以后，吴秦每次见到潮爷都会急不可耐地问：“老板，我们什么时候出发去找新的宝藏？”

每一次，潮爷都笑眯眯地回答他：“回到新加坡再说啦。”

五天后，众人回到了新加坡。安顿好之后，潮爷把所有人都叫到了家中，直入主题，讲起了下一次出海的目标——大清海盗王宝藏。

清朝嘉庆年间，正是大航海时代方兴未艾之际。欧洲大国全都吹响了向海洋进军的号角。在皇室的支持下，无数的水手扬帆远航，到海外开疆拓土，深远地改变了世界格局。反观中国，经济的繁荣催生了海外贸易的需求。欧洲列强的起锚，也把清王朝统治下的中国推到了码头边上。然而，站在历史潮头的嘉庆帝却选择了与时势背道而驰，闭关锁国，力施海禁。大清海盗夹在虎视眈眈的欧洲人和把他们视为乱臣贼子的清王朝之间，就像在夹缝中生长的杂草一样，腹背受敌，危机重重。

当时，海上最大的海盗组织是由郭学显、乌石二、吴知青、李尚青、黄鹤以及张保仔、郑一嫂夫妇统领的粤洋六大旗帮。六大海盗王，率领着各自的船队，盘踞在各自的海域，干着各自的营生。大部分时间，海盗头子们井水不犯河水。可有的时候，他们也会为了争地盘，抢财宝，敌对起来。为了维护海上的秩序，抗击清政府和强敌的夹击，海盗王们制订了一部名为《天地同约》的法典。

“类似于猎海法则？”苏若水问。

“类似于猎海法则，但比猎海法则详尽得多啦！”潮爷说，“法典不但划定了各方海盗头目的势力范围，规定了大家能做什么，不能做什么，还定下了一条特别规矩——那就是所有海盗王必须把所获的五分之一藏到一个秘密的地点去！”

《天地同约》的开篇，写明了这笔宝藏的用途：第一，保全海盗们的事业，对抗外国强敌；第二，反清复明，建立一个没有海禁的开放盛世；第三，倘若九州遭到贼人涂炭，这笔宝藏将做救国之用。不是以上三点理由，任何人不得挪用宝藏的一锱一铢，否则就是全体海盗王的敌人。

“日本侵略新加坡的时候，李金武先生曾经动过念头，要用这笔宝藏救国。可惜，他大业未成就死在了日本人的屠刀之下。这笔宝藏的下落也随着他的离世，成了不为人知的秘密。”

“既然是不为人知的秘密，你是怎么知道的？”吴秦的问题引得潮爷“呵呵”地笑了起来。吴秦不知道潮爷为什么发笑，纳闷儿道：“我说错什么了吗？”

潮爷笑眯眯地看着吴秦，“鄙人李潮宗，家父李崇明，爷爷李金武。”

吴秦大惊失色，“你竟然是海盗大王的后人！”

“彼此彼此啦。”

吴秦一开始还没反应过来，直到他想起了猎海参军的祖师爷吴平。“你的意思，我是祖师爷的后人？”

潮爷含笑不语，算是默认了。

吴秦简直激动得要飞起来。“我就说嘛，我天生水性这么好，船又开得溜，一定是有原因的！遗传基因太重要了！”

杜长风有些嫉妒吴秦，酸溜溜地问潮爷：“会不会我也是谁的后人？”

潮爷想了想，“我没听说有姓杜的在海上干出什么名堂啦。”

杜长风泪流满面了。

言归正传，潮爷的语气又严肃起来。“我一心想要振兴猎海参军，但这不是一件容易的事啦。除了要组建一支靠得住的队伍，还要耗费大量的金钱。如果我们找到了山下奉文藏金，问题就解决啦。可惜我们失败啦。更糟糕的是卡西雅伯不但得到了山下奉文藏金，还盯上了海盗王宝藏。这几年，卡西雅伯的势力在海上越来越大。反观我方，钓海渔夫早就分崩离析了，巡海夜叉也没落了。猎海参军的情况是最好的，但也只能自保而已。你们都看见啦，赤渔社已经被卡西雅伯揽入了麾下。他还在极力地笼络巡海夜叉和金水鬼。一旦卡西雅伯的诡计得逞，海上必有一场浩劫要发生啦！”

众人听见卡西雅伯的名字，脸上无不露出了愤恨的神色。就连一向喜怒不形于色的龙弋，也是双眉紧蹙，表情严峻。只有林青蓝一副天不怕地不怕的样子。“只要卡西雅伯的人敢露脸，我一定让他们连本带利的把上次的债还回来！”

林青蓝道出了大家的心声。众人受到鼓舞，纷纷表态要抢在卡西雅伯之前找到海盗王宝藏，还要给对手致命的一击，一雪前仇。

潮爷见大家对寻宝一事没有异议，指着一旁的保险柜说：“开启海盗王宝藏的钥匙就在柜子里。只要猎海号出了修船厂，我们就出发去寻找大清海盗王宝藏！”

众人闻言，全都兴奋地欢呼起来。潮爷简要地说明了寻宝计划后，大家各自散去了。一切看起来都很顺利，只除了一件事。这件事发生在第二天清晨。大家刚睡醒，就听说潮爷放在保险柜里的钥匙被盗了。

众人急匆匆地赶到了潮爷家，潮爷正在厨房里做面。

杜长风一见到潮爷，劈头就问：“东西是怎么丢的？”

吴秦也急死了：“报警了吗？”

“知道是谁偷的吗？”林青蓝也加入了提问的队伍。

潮爷一脸平静地端出了七碗福建炒虾面，招呼大家说：“都别急，先坐下，吃完面再说。”

潮爷十分淡定，一点儿也不像个失主。众人不知道他葫芦里卖的什么药，只能按捺住性子，坐了下来。潮爷把面一碗一碗地放到了大家面前。

林青蓝扫了一眼在场的人，“怎么不见斐哥和龙弋？”

“阿龙替我去办事啦。”潮爷说。他并没有提到韩斐。

林青蓝有种不祥的预感。

韩斐在自杀岛受了重伤，左臂差点儿废了。打从回到新加坡，他就一直在医院养伤，从来没有露过面。不过，经过了两个月的时间，韩斐的伤已经好得差不多了。以他的性格，发生了这么大的事。他一定会第一时间赶过来，除非——

果然，潮爷说："我对阿斐的怀疑，始于我无意间问起了佳伊的状况。他说佳伊被阿巧带走啦。阿巧和阿斐离婚后，佳伊就再也没有跟她妈妈说过话。你们出发前，吴秦和长风告诉我猎海参军的队伍里出了内鬼。我想到这件事，起了疑心，于是给阿巧打了个电话。结果我发现阿斐在撒谎。佳伊当时正在参加一个夏令营，但她已经去了一个多月啦，还没有回来。我一查，佳伊参加的那个夏令营根本就不存在！佳伊被人绑架了！"

"是卡西雅伯干的？"杜长风猜测。

"确切地说是乔治啦。"潮爷叹了一口气，"我查清楚这件事的时候，你们已经出海了，并且还失联啦！我没办法通知你们，只能自行打算了。我拜托马海去营救佳伊。同时委托马啸去调查阿斐——"

"是他把那智号的位置透露给了乔治的？"林青蓝咬牙切齿地打断了潮爷。林青蓝和韩斐相识多年。韩斐既是林青蓝的搭档，又是她的挚友。她一时无法接受韩斐的背叛。

"还不能肯定消息是不是阿斐放出去的啦。但猎海号被劫之后，他一直通过一个秘密的邮箱和乔治保持着联络是不假的。可惜，卡西雅伯在中间动了手脚。直到现在我也没能破译他们通信的内容。"

潮爷说到这里，杜长风也想起了一些疑点，"乔治劫持踏浪号的时候，斐哥把人全都调到了前甲板。虽然海盗是从正面对踏浪号发动攻击的，但我们的人手是他们的两倍还多。如果斐哥当时留几个人在后甲板，海盗就没办法从那里登船了！"

"你既然看出问题了为什么不早说？"林青蓝歇斯底里地冲着杜长风怒喊。韩斐的背叛对她打击不小。她的情绪有些失控。

"对不起，我以为这只是他的失误。而且当时他旧伤复发，又说了一些自责的话，我不忍心——"

林青蓝的情绪彻底崩溃了。伤心和愤怒犹如交战的冰与火将她的理智夷为了平地。"乔治那伙人一直就潜伏在我们周边，雷达却什么也没有发现。我早该察觉的，不是机器出了问题，是机器被人做了手脚！”说到最后，林青蓝已是哽咽难言。

大家还是第一次见到比男人还硬朗的林青蓝流下了女儿的泪水。

苏若水抚摸着林青蓝的背，柔声安慰道：“人们会自动拉远与陌生人的距离，这样的距离为我们拉起了警戒线。面对着朋友，我们却会自然而然地放下提防，无论他做什么，我们都不会往坏的地方想。心理学上把这种现象叫作距离反应。韩斐是咱们的朋友，你的反应是正常的，不要太自责了。”

潮爷也安慰林青蓝，“阿斐跟了我十多年，他的性子我清楚。要不是佳伊出事了，他不会背叛的。再说，事情还没到最后。你们也不要太绝望，再等等啦。”

林青蓝抬起泪脸，抽泣道：“还等什么？”

仿佛要回答林青蓝的疑问似的，房门被人从外面打开了。龙弋带着一个十一二岁大的女孩儿出现在了门口。女孩儿穿着一条蓝色的裙子，扎着马尾，手中抱着一个红木盒子。

眼前的女孩儿正是韩斐的女儿韩佳伊。她手中的红木盒子里装的是吴秦和杜长风拼死从海上鬼市保下来的玄宗祈雨镜。

“潮公，你要的东西我们拿来了！你今晚还要去给权爷爷送面吗？”

尾声 巡海夜叉

夕阳涂抹着困倦的城市，晚风吟唱着安眠的曲子。权威追着将逝的阳光，把出租车开到了日暮下的榜鹅海滩。

这片海滩是新加坡著名的闹鬼地。所以，即使傍晚时分的海滩美如诗画，除了靠近码头的地方，还有人烟之外，其它地方都异常的空荡。

权威把车停在了远离码头的安静地带。他已经到了耳顺的年龄，该经历的都经历了，来不及经历的也是真的来不及了。没有什么能让他害怕了，除了白发人送黑发人。

权佑死了，他唯一的儿子权佑死了。权威是一个月前知道这个噩耗的。他永远也忘不了那天的情形。一个乘客，通过出租车公司预定了他的车。他上车的地点是小印度的竹脚广场，目的地正是权威现在停车的地方。

那是个很奇怪的人，他穿着一套黑色的西装，戴着黑色的墨镜，打着黑色的领带。他一只手提着一台笔记本电脑，另一只手抱着一个黑色的骨灰盒。客人全程一语不发，只是笔挺地坐在后排。从他的坐姿可以看出来，他很可能是军人，或者曾经是军人。

车子开到目的地后，客人把手中的东西留在座位上，下了车。权威并没有提醒客人拿走随身物品，权威在巡海夜叉主了二十年的事，不会连这点情况都看不出来。这位奇怪的客人并不是普通人，他落下的也不是单纯的随身物品。

果然，客人下车后不久，他留下来的笔记本电脑就自动开机了。权佑支离破碎的尸体出现在了电脑屏幕上，他的上下半身分家了，左臂缺了一段，双脚更是完全没有了，他的左胸上有一处明显的枪伤，那很可能是他毙命的原因。他也可能是中毒而死的，因为他的皮肤呈现出了异常的黑紫色。

两名入殓师把权佑的尸体放进焚化炉，烧成了骨灰。然后他们按照极高的规格和礼仪，把那些骨灰殓进了一个黑色的骨灰盒里。那个骨灰盒，现在就躺在权威的车后座上，和播放入殓仪式的笔记本电脑并排放在一起。

权威呆呆地盯着电脑屏幕。有那么一刹那，他的脑海一片空白。过了那段时间，他和权佑相处的点点滴滴骤然化成了汹涌的潮水，将他狠狠地淹没在了苦涩的记忆中。

突然间，权威产生了一个幻觉。他感觉自己不是身在一片人迹罕至的海滩，而是身在一间空旷无人的电影院里。他孤独地坐在观众席上，眼前的电脑屏幕变成了电影院的大屏幕，上面正在播放一部悲伤的电影。

电影的主角是一对父子，影片始于儿子十二岁那年。暴戾的儿子骑在一个与他年纪相仿的同学身上，狠狠地揍对方。儿子的目光像刀枪一样凶狠，他的心肠更是硬如钢铁。要不是老师及时出面阻止，儿子几乎就要把他的同学打死了。

因为这次暴行，儿子被开除了学籍。那以后，父亲带他去看了心理医生。医生的诊断结果是，“您的儿子患有反社会型人格障碍，又称无情型人格障碍。这类患者往往具有高度的攻击性和强烈的社会适应不良，而且他们缺乏羞耻感，很难从以往的经历中取得经验教训。换句话说，他们很无情。”医生推了推眼镜，问父亲：“您和孩子的母亲关系怎么样？我的意思是说，这孩子生活在一个健全有爱的家庭，还是……”

父亲的脸上流露出了难以掩饰的悲伤，“我和她的母亲很恩爱。但是我太太的家族有精神分裂的病史。两年前，她突然犯病，自杀了。”

“这就难怪了。”医生叹了一口气，“一些研究表明，精神分裂患者的血统亲属中有 17%到 19%的概率会产生反社会人格。这孩子的病因，极有可能是遗传性的。这是最难治愈的。”

“难不代表没有办法，不是吗？”

面对着父亲的执着，医生沉默了。许久，他拿过笔和纸，写下了一个地址和电话号码，“我认识一个医生姓许，是这方面的专家。你们可以到他那里试试。”

父亲拿起了医生写下的便笺。他向医生道了一声谢后，带走了儿子。从此，父子俩踏上了漫长的求医之路。他们的关系，也是从那时开始，生出了裂痕。

蓦地，电影的镜头切换了。当初的少年已长成了十八九岁的青年，他的父亲两鬓间也生出了华发。在真实的人生中，这对父子必须经历多少喜怒哀乐，矛盾挣扎，才能走完这段岁月。可是在电影里，只需要切换一个镜头，悠悠岁月，人情冷暖，就能被抹得不留一丝痕迹。

“为什么不带我到海上鬼市去？为什么不让我参与巡海夜叉的事？”儿子满面怒容地冲父亲咆哮。

父亲没有说话，一根接一根的抽着烟。他静默的态度，让儿子更加恼怒了。

“你觉得我有病是吧？觉得我反社会是吧？觉得我自私自利，没有羞耻感是吧？”

父亲还是没有说话，但是他把烟抽得更凶了。

儿子的戾气被父亲的沉默彻底的激了出来。他咬牙切齿，他张牙舞爪，他抑制着想要杀人的冲动爆裂怒喊：“我知道，这么多年，你一直觉得我有病！你宁愿相信那些医生的鬼话，也不愿意多看我一眼！我让你羞耻了！有个精神病的老婆和一个反社会的儿子让你羞耻了是吧？权爷！”

父亲放下烟，看向了失控的儿子，“我没有这样想过。”

“那这么多年你为什么一个字也没有提过我妈？你连她的遗像也没有摆！”

这要他怎么说呢？父亲疲惫的拿着烟。抽完的烟，烧到了尽头。父亲被烟头烫得钻心蚀骨，那感觉和他每一次想起妻子的感觉何其相似，相似到就连一张小小的遗像他也不敢摆出来，怕睹物思人。叱咤海上的巡海夜叉老大，竟然害怕一张照片。这事听起来，真像个笑话。

儿子不明白父亲心中的百转千回。他完全被内心的魔鬼控制了。“你到底是怎么想的？你觉得我生出来就有病是吗？”

父亲把剩下的烟头按进了烟灰缸里。他就是这样的个性，内心波涛汹涌，外表波澜不惊。他不懂得如何表达感情。这让他感到无助又自责。“别忘了明天早上，你约了许医生。”

儿子浑身一凛。有几秒的时间，他的大脑一片空白。过了那几秒，他满腔的怒火竟然化为了乌有。这是一种很特别的感觉。儿子觉得自己一瞬间从世界的一个面，站到了另一个面。一个充满了诱惑的声音在耳边蛊惑着他，他知道这个声音不是真实存在的，但他听见了它说的话：“从这一刻开始，这个冷酷的世界和你再没有任何关系了。你可以卸下肩上的一切了！”

“是的，我终于可以卸下一切了。早该这样了，不是吗？”儿子自在地想着。他从来没有那么轻松过。他愉快得差点儿想要笑出声来。“我会去的，一定会去的！”撂下这句话，儿子头也不回地走了。整个世界只剩下了憔悴的父亲。他点燃了一支苦涩，在无声的黑暗中，独自抽着。

第二天，儿子果然像他对父亲承诺的那样，准时来到了许医生的办公室。问诊结束后，他跑到码头，混上了一艘开往菲律宾的渔船。当天稍晚一些，一则社会新闻，震惊了整座狮城。一名许姓的心理医生被失控的病人残忍地杀死在工作室里，疯狂的凶手连刺了医生十四刀后，消失无踪了。八个月后，逃亡的凶手加入了阿萨组织。他给自己取了个新名字叫乔治。

就这样，魔鬼堕入了魔窟。电影也打出了全剧终的字幕。

幻觉终结于此，权威仿如噩梦初醒般回过神来，卡西雅伯特有的菱形鹰头标志出现在了电脑屏幕上。“我也当过父亲，理解你此刻的心情。很抱歉，我能为你做的，只有这么多了——”

权威打断了假惺惺的黑客，“我们还是直接一点吧。你想要什么？”

“我想要的，从头到尾都一样。我想和巡海夜叉成为朋友。”

“我的答案，从头到尾也一样。只要我还活着，巡海夜叉就永远不会和你做朋友！”

“真遗憾。我还以为这一次，我们有点儿可能。”

卡西雅伯说出这句话的时候，电脑的画面突然切换成了山本风一郎的脸。“我亲眼看见的，龙弋杀死了乔治！他是潮爷的人！”

山本话音落处，画面又切换了一次。这一次出现在屏幕上的是龙弋的脸。从画面上清晰可见，龙弋的右颈靠近耳朵的地方有一个数字文身，内容是：070701。

只听卡西雅伯说：“070701 是我实验室里的一只“小白鼠”。我花了五年的时间，在他身上做了一个伟大的实验！就在实验快要成功的时候，他却背叛了我，逃了。”

“为什么要告诉我这些？”

“因为我想借你的手把叛徒除掉啊！运气好的话，我还能借这个机会，挑起巡海夜叉和猎海参军的矛盾，让你们斗个你死我活，我再坐收渔翁之利。这是个一箭双雕的好阴谋！”

“你有什么自信认为我看穿了一切还要心甘情愿地被你利用？”

“痛失爱子的父亲总是要踏上复仇之路的。你不看小说吗，权先生？所有的故事都是这样写的。为什么大家的故事都是同一个套路？因为人性都是一样的，这是每一个深爱儿子的父亲都会做出的选择，你也会走上这条路的！”

权威冷哼了一声：“多行不义必自毙。权佑有今天，是罪有应得，我不会追究的。”

卡西雅伯也笑了：“你会的。因为你觉得乔治，不，是权佑。他走到今天这一步是你一手造成的。你对他充满了愧疚，你没有一天不自责，没有一天不想补偿他。而你是个偏执、顽固的人，只要你认定了一件事，就会为之赴汤蹈火。因为只有这样，你才能摆平心中那无处安放的愧疚感，你才会觉得自己还算是个父亲。不信我们可以打个赌……”

咚咚！咚咚！

权威的回忆被一阵敲击玻璃的声音打断了。他如梦初醒地回过神来，看见了车窗外的李潮宗。权威长长地呼出了一口气，彻底回到了现实中。

权威和李潮宗在码头边的一条石凳上坐了下来，李潮宗像往常一样给权威带来了一份福建炒虾面。同样的面，李潮宗做了整整三年。同样的面，权威吃了整整三年。

他们像三年里的每一天那样，并排坐着。权威吃面，李潮宗絮絮叨叨地讲述着最近发生的事。从头到尾，权威都没有讲过一句话。等到他把面吃完，李潮宗的故事也讲完了。李潮宗见权威放下了碗，把他带来的红木盒子放到了后者面前。

权威打开盒子，看见了里面的玄宗祈雨镜。“你终于肯割爱了？”

“我知道巡海夜叉一直在找它啦。只是我心里舍不得，想霸着它，玩几天啦。”

权威盯着盒子里的镜子出神。无数的心绪在他的胸中流淌而过，仿佛镜面上映照出来的晚霞流云。

“镜子我给你了，我要的东西——”

“砰”——，权威关上了盒子。巨大的声音，打断了李潮宗的话。权威把盒子推给了李潮宗：“你的宝贝你收好，我的东西我留下。”

李潮宗还没死心，“我们可以联手的，找到宝藏后各分一半，就像从前一样。”

“好啊！但是你必须把龙弋交给我。”

李潮宗不说话了。

权威冷笑了一声，举目望向了远方。落日的余晖像血一样，漫过了海滩。刺目的颜色，让人视之忧心。

“卡西雅伯曾经对我说过，痛失爱子的父亲总是要踏上复仇之路的，我不相信他。他还说过我必须通过复仇才能减轻对阿佑的愧疚感，我也不相信他。没想到，我活了大半辈子，竟然不如一个从来没见过面的人了解自己。原谅真的很难，原谅别人很难，原谅自己更难。”

李潮宗也不知道说什么才好了。飞蛾扑火，鲸鱼搁浅，是看得见的悲壮，更是看不见的绝望。两人很久没有说话，沉默像荆草生长在荒凉的空气里。

许久，权威说：“以前光景好的时候，你劝我买船，买设备，培养新人，我没有听你的。我觉得老祖宗留下来的东西，不能变，也不能传给外人。阿佑出走的时候，你劝我把他找回来，我也没有听你的。现在我想后悔，已经来不及了。我的血脉已经后继无人了，再不能没人继承我的手艺了。况且这手艺也不是我的，是巡海夜叉的，巡海夜叉不能后继无人。”

李潮宗无法理解权威冤冤相报的执念，但他想要重振祖业的心思，却和自己如出一辙。振兴落魄的巡海夜叉，需要大量的资金支持。猎海参军自顾不暇，只能为巡海夜叉提供有限的帮助，卡西雅伯就不同了。

“你会和卡西雅伯合作吗？”

权威没有回答，他把手里的碗放在了自己和李潮宗中间，碗里的面被他吃了个一干二净，连一滴汤汁都不剩。“从明天起，不用再给我送面了。”说罢，权威起身走向了他的车。

李潮宗久久地凝视着权威越走越远，逐渐被夕阳吞没的背影，心绪难平。他想叫住权威，再努力一次，但是此时，他的电话响了。

韩佳伊惊慌失措的声音出现在了电话的那头：“有个叔叔，送了一个快递过来，非要你亲自签收！包裹上全是血！潮公，我害怕！”

参考文献

1. 齐东方 .“黑石号”沉船出水器物杂考 . 故宫博物院院刊，2017.4.

2.〔明〕冯梦桢撰 . 快雪堂漫录 [M]. 南京：凤凰出版社，2015.

3. 郑广南著 . 中国海盗史 [M]. 上海：华东理工大学出版社，1998.

4. 刘清道著 . 怪病怪治 [M]. 郑州：中原农民出版社，2000.

5.〔美〕斯特林 · 西格雷夫，〔美〕佩吉 · 西格雷夫著 . 黄金武士 [M]. 北京：中国对外翻译出版社，2005.

6.〔美〕威廉 · 罗宾斯著 . 指向死亡的宝藏 [M]. 西安：陕西师范大学出版社，1999.

7. 王健，戴轶尘 . 东南亚海盗问题及其治理 . 当代亚太，2006（7）.

8.〔美〕米尔顿 · 弗里德曼著 . 货币的祸害 [M]. 北京：商务印书馆，2006.

9.〔美〕黄仁宇著 . 万历十五年 [M]. 北京：中华书局，2006.

10. 陶梦清 . 一只碗引起的沉船灾难 . 陶梦清的博客：http://blog.sina.com.cn/u/1790592423

11. 张睿锜 . 疯狂探险家迈克·哈彻的海洋寻宝活动如何逼出了“南海一号”. 澎湃新闻，2017.5.17.

12. 我有话说 . 美国男子探秘食人族，生吃人肉血淋淋 . 南方网，2015.10.6.

13. 纪录片《陆军登户研究所》，〔日〕楠山忠之导演，2012 年出品。

特别鸣谢

1. 海上钻井平台资料提供：张务民先生（加拿大温哥华市）

2. “海军上尉幽灵船事件”素材提供：李俊雄上尉（中国台湾基隆市）

3. “岷江水狮鬼拉人事件”素材提供：卫红女士（中国四川宜宾市）

4. “聚宝匣”人物原型提供：张奇士先生（马来西亚槟城市）

5. 小说角色姓名提供（按出场顺序排序）：韩斐先生（韩斐、韩佳伊）、林若水女士（苏若水）、姜华先生（姜华、金世轩）、王虔女士（王虔）、李慕源先生（李慕源）、李德胜先生（李德胜、关飞）、梁珑弋女士（龙弋）、马啸先生（马啸）、乔治先生（乔治）、权威先生（权威）。

2018 年 1 月 31 日星期三于北京